L'ULTIME SACRILÈGE

Jérôme Bellay, homme de radio et de télévision, est le créateur de France Info et de LCI. Il a dirigé Europe 1 et il est producteur de « C dans l'air » sur France 5. *L'Ultime Sacrilège* est son troisième roman.

DU MÊME AUTEUR

Le Seigneur des dos-pelés
Tchou, 1979

Le Chercheur d'opale
Jean-Claude Lattès, 1983

Jérôme Bellay

L'ULTIME SACRILÈGE

ROMAN

Le Cherche midi

TEXTE INTÉGRAL

ISBN 978-2-7578-0281-6
(ISBN 2-74910-535-8, 1re publication)

Pour Isabelle

« Pourquoi les hommes ne sont-ils plus capables de bâtir des cathédrales ? »

Prologue

Certains parlent bien de la mémoire de l'eau ! Moi je dis que les pierres aussi ont des oreilles, qu'elles écoutent, et enregistrent tout.

Vous a-t-on raconté ce sang répandu qu'on entend pleurer, chaque année, au travers des murs, le jour anniversaire de la tuerie de Saint-Prahl ?… et les cris suppliants des femmes qui s'étaient réfugiées dans la dernière chambre de l'hermitage où elles furent toutes embrochées, les unes après les autres.

L'horreur incrustée se relit ainsi, chaque année, remontant les siècles, comme ressuscitée par le laser du temps qui balaye les sillons de la pierre… Aucun des nouveaux locataires ou propriétaires des lieux n'y a résisté. On les a pris pour des fous. Ils n'ont pourtant fait qu'entendre, et revivre un drame épouvantable, trop chargé pour ne tenir que dans la seule mémoire des murs, écorchés, eux aussi, par la lame froide des assassins.

Ainsi, quand revient la date anniversaire, les cris et les images rejaillissent, portés par un éclair plaintif, comme pour mieux imprégner le souvenir de la mort dans l'esprit des vivants… Aussi, si vous passez par Saint-Prahl, vous ne pourrez plus, vous aussi… ne pas croire en la mémoire des pierres…

1

Raté, le bus ! Je me suis donc mis à courir au cœur de la ville. En cette heure incertaine où le petit matin embue encore les souffles et les regards. J'étais en retard… Même si je savais que Jaquemard, le maître architecte, ne dirait rien, je culpabilisais déjà, en pensant aux compagnons qui s'affairaient, depuis l'aube, à river les dernières planches de l'échafaudage qui allait me hisser jusqu'au faîtage. Sur le sommet du transept nord.

Place d'Erlon, rue Talleyrand, le théâtre… l'air trop frais m'asphyxiait. Je me suis arrêté un instant, près du kiosque à journaux, pour reprendre mon souffle. Déjà, je la sentais. Je la devinais, encore froide de la nuit, silencieuse derrière ce dernier quartier de maisons qui me séparait d'elle. La dentelle de ses tours s'enfonçait encore dans la brume. Majesté hautaine, la cathédrale de Reims commençait à percer de sa pierre blanche le jour nouveau… Il en était ainsi, chaque matin, depuis bientôt huit siècles !

J'ai repris mon souffle et ma course. Le soleil pâle nappait d'acier bleuté les pavés du parvis, encore tout humides de la pluie.

*

Je m'appelle Mathieu. Mathieu Corneille. Pas de descendance illustre. Mais un nom prédestiné pour quelqu'un dont le métier est de se promener là-haut. Car de ces oiseaux transis qui nichent entre les poutres et les chevrons, j'en ai rencontré souvent, au début des chantiers. Quand la charpente craque. Quand l'ardoise se brise, ou quand, en dessous, la pierre s'effrite. Quand tout un monde de sans-abri vient squatter l'obscurité des toits. Rats, chauves-souris, frelons et petites buses des clochers. Ils disparaissent, une fois la restauration achevée, et l'ouvrage assaini. Puis ils reviennent.

Parce que je suis couvreur. Maître couvreur. Compagnon du tour de France. J'ai répondu à l'appel du Devoir à dix-huit ans – ça fera quinze ans, le mois prochain. Et en quinze ans j'ai bourlingué ! D'abbatiales séculaires en châteaux historiques. De dômes classés en poternes chancelantes. J'ai feuilleté bien des pages de notre architecture. J'ai traversé bien des époques. De Carignan jusqu'en Périgord, multipliant les adresses surannées… Cours des Drapiers, place des Francs-Bourgeois, rue de la Gabelle. Le marteau sur la hanche, les doigts gourds en hiver, sanglé au bout d'une corde, à refaire et refaire ce que le temps défait. J'ai ainsi parcouru les sentiers du passé, avec mes compagnons, campant nos vies, pour des mois, dans des pensions et des dortoirs à bon marché… Jusqu'au jour où je l'ai rencontrée. Ce fut comme un coup de foudre !

Précisément, c'était l'orage qui avait endommagé son aile gauche sur plusieurs mètres carrés. Ou plus exactement, la foudre, tombée sur du matériel abandonné par des ouvriers dans la soupente, avec une petite bonbonne de gaz en prime qui avait fait paratonnerre. Vous imaginez le feu d'artifice ! À l'archevêché, juste à côté, même monseigneur Colaggioni avait été secoué dans son lit à baldaquin. Choqué au point qu'il était impossible, encore aujourd'hui, de lui faire admettre que c'était bien la masse de ferraille et d'outils, malencontreusement stockés là, qui avait dévié l'éclair de sa route… Et non la main du Maléfique.

On nous avait appelés pour réparer. Sans attendre les conclusions de l'enquête, ni bien entendu les fonds de l'assurance. Il y avait urgence… Car une bâche sur le toit de Notre-Dame, en pleine saison touristique, ça la foutait plutôt mal !

Cotentin et moi, nous bricolions encore dans les Ardennes à raboter une toiture d'abbaye, quand l'architecte nous a déroutés. On n'avait même pas fini ! Mais, priorité oblige ! L'église de l'archevêque d'abord ! Pas de problème ! Chez nous, les paquetages étaient vite pliés.

Cotentin, c'était son surnom. Son nom de baptême sur la route où les anciens prônaient encore les traditions. Sans grand écho auprès des jeunes, pour qui ces sobriquets n'avaient plus cours et résonnaient comme des chapelets de castings en noir et blanc pour vieux feuilletons télévisés. « Ardéchois, cœur fidèle »…

Cotentin, lui, venait de Bricquebec, dans la Manche, où il n'avait plus personne. Nous faisions équipe tous les deux depuis cinq ans. J'étais sa seule famille. Comme il ne riait jamais et qu'il lui arrivait parfois de ne pas desserrer les dents de la journée, je l'appelais « Cotentin, cœur de pierre », pour l'énerver. Ça marchait à tous les coups. Sinon, dans notre quotidien, c'était Pépé. Sa place dans ma famille de cœur ! C'est sûr qu'à cinquante ans il avait moins d'agilité sur les toits, mais sur le tour de France, il était toujours considéré comme l'un des meilleurs charpentiers. On faisait vieux couple, tous les deux, à s'entraider là-haut. Moi soutenant ses poutres, lui me passant l'ardoise. J'étais son complément de force. Lui étayait mon impatience et mon manque d'expérience. J'aurais été bien triste, perdu même, si j'avais dû le quitter pour faire équipe avec quelqu'un d'autre. On s'aimait bien, Pépé et moi…

Inutile de dire qu'à peine raccroché avec l'architecte, nous avons fait la roue comme des paons. Nous n'étions pas peu fiers d'avoir été choisis pour monter en commando sur l'échine de la Grande Dame de Reims ! Ce coup de téléphone avait sonné comme une consécration. Ou mieux, comme une élévation reconnue par notre hiérarchie dans les degrés supérieurs du compagnonnage. Pépé avait ri, ce soir-là, à table. De bon cœur… Depuis, ça lui arrivait plus souvent.

Jamais je n'étais tombé en arrêt à ce point devant une œuvre d'art. Le setter de mon oncle, nez à nez, dans la luzerne, avec une perdrix géante ! On s'était dit, en débarquant dans cette ville inconnue, qu'avant de chercher le gîte on irait jeter un œil, pour voir l'étendue des dégâts. Le taxi nous avait déposés rue Libergier, là où les touristes s'agglutinent, profitant du recul de la rue pour faire des photos de la façade. Car, où qu'on puisse se placer, ailleurs, tout cadrage s'avérait impossible entre les blocs des maisons riveraines. Ou alors, il fallait choisir. Je garde le haut, j'enlève le bas.

À peine descendus, nous sommes restés interdits, les pieds dans le caniveau, bras ballants avec nos deux valises au bout, tellement elle nous impressionnait.

– Putain ! Tu vois ce que je vois ?

– Reste poli avec les dames, mon gars ! m'avait repris Pépé.

– D'accord, mais regarde !

Pour ça, nous avons regardé. Plantés là, un bon moment, comme deux andouilles ébahies. Muets comme des benêts. Jusqu'à ce que le bus klaxonne. On gênait la circulation.

Depuis cet instant, la cathédrale a exercé sur moi une emprise hypnotique. Comme si elle m'avait irradié, ce jour-là, d'une grâce divine et mystérieuse, imprégnant mes yeux du bleu lumineux de sa grande rosace. Sorte de soleil apaisé, gardé par ses deux tours sentinelles, et qui semblait relier la terre avec le ciel… telle une porte de l'Univers, un capteur d'énergie cosmique, ou – qui sait ? – un passage pour les hommes, en direction de Dieu.

Un mois après cette extase originelle, nous avions pris nos habitudes, Pépé et moi. Nous fréquentions régulièrement le bar du Cardinal, sur le cours Anatole-France, à l'arrière… Vue imprenable sur le chevet. Elle était encore plus belle de dos. Je l'ai ainsi contemplée des heures, assis en terrasse, tandis que Pépé jouait la tournée avec le patron. Je n'ai cessé de l'admirer, jour après jour, en me posant toujours les mêmes questions – Comment des hommes avaient-ils pu concevoir, il y a huit cents ans, et réaliser, avec des pierres taillées, des lignes aussi parfaites et souples ? Quel grand maître avait su en tirer une pareille harmonie et ciseler cette croupe avec tant d'élégance ?… Jamais, sous cet angle, cathédrale ne m'avait paru aussi féminine.

– Tu viens, Mathieu ? J'ai perdu…

– Attends !

– Attends quoi ?

– Mais, regarde Pépé ! T'as déjà vu un cul pareil ?

– Là, tu blasphèmes, fils ! Tu vas finir par prendre ton ticket pour l'enfer.

*

« Station Cathédrale ». C'est là que je descendais, chaque matin, en sautant sur le trottoir. Selon un même cérémonial, presque un rite, mon premier regard était pour elle. Je balayais sa façade des yeux. Le temps qu'il faisait la parait alors de satin, de grisaille, ou de pluie, me renvoyant son humeur qui teintait mon humeur pour toute la journée. Je ne l'avais pas encore vue sous la neige. Elle devait être belle en robe de mariée !

Pour gagner du temps, je pouvais contourner la place du Parvis, puisqu'on entrait dans l'atelier par la rue des Fuseliers, mais je préférais partir à sa rencontre, comme aimanté, jusqu'aux cinq marches que je gravissais généralement. De gauche à droite, je détaillais les porches, le nez en l'air, comme pour m'assurer que rien n'avait bougé pendant la nuit, répondant d'un sourire au sourire de l'ange que je croisais toujours le premier, sous le portail nord.

Ce matin-là, j'étais en retard. Pépé avait bien tenté de me secouer une bonne dizaine de fois. Mais, j'étais plus plombé qu'un vitrail. À peine l'avais-je entendu vociférer dans mon coma.

– Je pars devant. Tu entends ? Surtout, n'oublie pas que tu montes tout en haut aujourd'hui ! Mais qu'est-ce que tu fous ? Tu as dû en prendre une sévère, toi, hier soir, c'est pas possible autrement !

Puis, je m'étais rendormi.

Jusqu'au réveil en sursaut, une heure plus tard. Pas lavé. Pas le temps ! Ni rasé. Trop tard ! J'avais raté le bus. C'est toujours comme ça ! J'ai couru…

Il y avait déjà du monde sur le parvis. Un car de Japonais. Ou de Chinois… ou de Coréens. Je ne sais pas. J'en ai bousculé quelques-uns en montant les marches – comment dit-on « excusez-moi » en japonais ? J'étais un peu brouillé. Je ne gravissais pas très droit. Je m'étais couché bien trop tard.

Les trois clodos de la porte nord, à peine sortis de leurs cartons, étaient déjà prêts pour la quête, tendant leurs gobelets de machine à café, en affectant des poses douloureuses de radeau de la Méduse. À croire qu'ils étaient tous destinataires des plannings de l'office du tourisme, pour être si tôt à l'ouvrage ! Neuf heures venaient de sonner au carillon de l'hôtel de ville.

Que pensaient-ils de nous, les Coréens ? De cette mendicité ? Peut-être qu'elle faisait partie du tableau, et qu'ils avaient sous les yeux des spécimens de fantômes, hérités de la cour des Miracles, qui, comme les tire-goussets de l'époque, faisaient tinter leurs sébiles sous le nez des bourgeois, venus chercher l'absolution de leurs péchés… Un groupe de Chinois les prenaient d'ailleurs tous les trois en photo. Vous voyez, la France aussi a ses mendiants ! Souriant sous les flashes, ils posaient comme des stars…

C'est là, je crois, que tout a commencé… D'abord, cette lueur crépitante, trop agressive pour ma vue embrumée. Mes yeux furent aveuglés… Les bruits autour de moi s'estompèrent. Je n'entendais plus pépier les chœurs asiatiques. Puis, les sons sont revenus. Ce n'étaient plus les mêmes. Ils étaient lointains et sourds. On aurait dit qu'il y avait foule sur le parvis, comme un dimanche de messe… « La charité, belle dame ! Monseigneur, la charité ! » Ils étaient là. Non plus trois, mais dix peut-être… agrippés à leurs haillons les uns contre les autres, un œil ou un pied bandé dans des étoffes grossières. Certains haussant leurs misérables aisselles sur la fourche de béquilles de bois mort… Ils sortaient du passé… comme le tirage naissant d'une photo irréelle… Y avait-il des couleurs ? J'ai vu du rouge, et du gris. Ou peut-être un simple rêve en noir et blanc. Je ne sais plus. C'est allé si vite. Avec une telle violence ! Puis plus rien. Le film s'est éteint d'un coup, sur l'écran flou de mon imaginaire.

Hallucination, fatigue délirante ?… La réalité m'avait récupéré doucement, cloué sur les marches de la cathédrale, le regard vissé sur le portail nord, désormais vide. Les Japonais s'étaient déjà agglutinés à côté, sous les statues de la voûte centrale. Suivis par les clodos… qui n'étaient bien que trois !

J'ai eu l'impression, comme un ressac, que le ventre du parvis allait m'avaler. Un stress fulgurant m'avait coupé les jambes. C'était la peur qui répondait comme un écho à cette troublante vision du Moyen Âge. Je me suis frotté les yeux. Réveille-toi, Mathieu ! J'ai essayé de me reprendre… Allez ! Disons que mon esprit fatigué venait de se projeter une mise en scène de mes pensées, au moment où ces flashes avaient bridé mon nerf optique, déjà sérieusement mis à l'épreuve par une nuit difficile et trop courte… Avant de faire appel à un psy, ça pouvait me servir d'explication !

La voix de l'hôtesse m'avait alors rassuré. Je la croisais souvent, à la tête de ses hordes de visiteurs de toutes les couleurs, enchaînant bus de touristes après cars de pèlerins. Avec ses jambes de cavalière, sa croupe généreuse et sa jupe d'uniforme, elle arpentait la dalle avec un tempérament de cheftaine, récitant son boniment monocorde, avec une prédilection pour les montées dans les aigus. Sa litanie, je la connaissais par cœur. C'était la même, mot pour mot, que nous chantait la plus grande, une brune, souple des hanches, qui officiait plutôt l'après-midi. Un brin plus nasale et l'air inspiré.

– … au milieu du portail central, l'ange de l'Annonciation… À noter que cette statue est contemporaine de la construction de la façade, aux environs de l'an 1255. Vous noterez la candeur du sourire. Il ne s'agit pas cependant du fameux *Ange au sourire*, symbole de la cathédrale et de la ville de Reims, et que vous pouvez voir sur les photos qui illustrent vos dépliants touristiques… La confusion vient de la ressemblance entre les deux sculptures qui pourraient paraître identiques à l'œil non averti… Vous découvrirez cette œuvre qui nous vient également des ateliers rémois du XIIIe siècle, et donc baptisée l'*Ange au sourire*, dès que nous passerons devant le portail nord… La légende plus que l'histoire veut que deux des plus grands maîtres sculpteurs se soient affrontés…

Les flashes nippons crépitèrent de plus belle, me propulsant aussitôt dans un nouveau vertige ! J'avais l'impression de me désincarner, sous l'effet de la lumière. Mon corps absent, comme disparu, ne parvenait pas à échapper à l'aspiration d'un trou noir qui m'engloutissait, une seconde fois, pour mieux me projeter dans une autre vision schizophrénique du passé… Sur la façade, l'emplacement de l'ange était vide. Les bruits autour de moi semblaient remonter d'une carrière. Ou d'un vaste chantier en plein air… Les ailes de l'ange émergeaient d'un coffrage de planches retenues par des cordes. Des hommes en tabliers de cuir s'affairaient autour de ce sarcophage, posé sur le sol, sous un gigantesque palan. Ils s'apprêtaient sans doute à le hisser, pour le placer dans sa niche. Hirsute, Rascard agitait un maillet comme une menace, en direction d'un homme plus jeune qui se tenait sur ses gardes, quelques pas en arrière. « Je suis le maître ici, hurlait-il, je suis le maître ! »…

Combien de temps, là encore ? Une seconde, une minute, l'éternité… suivie d'un arrêt sur image. Puis d'un effacement rapide, dans mes yeux, dans ma tête – qui sait ! dans ma folie – de cet épisode hallucinatoire qui m'expulsait maintenant, comme un astronaute sans bouclier thermique, pour un retour sur terre des plus chaotiques.

Elle passe devant moi, l'écuyère, avec sa horde jaune. Sans un regard sur mon désarroi. Je suis pourtant là, vivant ce siècle. Elle ne m'a pas traversé, comme un spectre… Je délire. Je me tâte. Je m'affole. Je tremble d'une frousse incontrôlable. Fantôme de moi-même. Je ne vais quand même pas tourner de l'œil, devant cette suite, harnachée de caméscopes et d'appareils numériques. Je m'écarte. Voilà maintenant que j'ai peur des flashes comme un pur-sang nerveux ! Mais qu'est-ce qui m'arrive ? Je ne vais pas me présenter au boulot dans un état pareil ! Ni, à plus forte raison, monter sur un échafaudage.

J'ai gagné à tous petits pas, sans me retourner, le Bar du Parvis. Je me suis assis en terrasse, et dans un dernier soupir, j'ai commandé un café-calva, puis un autre. J'ai attendu un moment que le calme m'apaise, puis j'ai commencé à m'avancer dans une première explication… Les hallucinations, ça existe ! On dit bien que, dans leurs délires éthyliques, les poivrots se croient assiégés par des rats, des serpents et des éléphants roses. Ma grosse fatigue d'hier était assimilable à une bonne cuite. D'ailleurs j'avais trop bu !

Admettons ! Mais, plus je tentais de recaler dans ma tête ces images irréelles, plus j'en revoyais les détails avec une étrange précision. Tout le contraire d'un delirium, ou d'un coma de bistro, chargé d'incohérences ! Au fait, j'avais bien dit – ou pensé – Rascard ? Qu'est-ce qui m'a pris ? Pourquoi ce nom ? Rascard…

J'avais la sensation que la terrasse entière me dévisageait. Sans doute avais-je le teint blême des gens défaits ! À moins que tous ces touristes qui touillaient leur café n'aient vu la même chose que moi ! Mais ils n'en parlaient pas. Par peur du ridicule. C'est ça ! Je ne dirai rien, moi non plus. On me croirait cinglé.

J'avais beau raisonner dans tous les sens, aucune explication ne me paraissait satisfaisante. J'en étais même déjà à m'ausculter de tous les symptômes des maladies graves. Allez savoir ? L'intensité des flashes aurait pu déclencher, par stimulation, une réaction à caractère épileptique – voilà que je parlais comme un toubib, maintenant ! J'avais peut-être une tumeur au cerveau que j'ignorais. Et ces visions se seraient déclenchées comme un signal d'alarme. Il était temps de passer un scanner ! En y repensant, c'était vrai aussi qu'avec Pépé, je me prenais, de temps en temps, un coin de poutre sur la tête. Donc, à force…

Sans oublier que, depuis plusieurs semaines, j'étais habité par les personnages de ma planche. Les symboles et les valeurs qu'elle véhiculait m'avaient hanté, des jours et des jours. J'avais potassé, révisé. Je voulais tellement être à la hauteur, devant les notables de la franc-maçonnerie, réunis autour de moi, en tabliers !

– Toi, Mathieu, m'avait dit l'architecte, je sais qu'après le travail tu t'instruis dans les cours du soir. C'est bien ! Et tu as bonne réputation dans ta loge. Tu participes, tu travailles… Tes frères t'apprécient beaucoup. On dit même que tu pourrais passer vénérable, un jour ou l'autre… J'ai un ami, commerçant de la place des Templiers, qui souhaiterait que quelqu'un de chez nous leur fasse un topo sur le thème des bâtisseurs de cathédrales. Ça te dit ?

J'avais bien essayé de me défiler, mais il m'avait tellement flatté que j'avais fini par accepter. Le lendemain, je dévalisais la bibliothèque municipale. J'ai lu tout ce que j'ai pu y trouver… Le plus dur aura été de l'écrire, cette planche. Je devais m'adresser à une loge du gratin rémois. Des médecins, des profs, des industriels, des commerçants, des gros bonnets du champagne… Franc-maçon ou pas, frère ou pas frère, je savais que j'aurai à affronter sans doute un brin de condescendance dans leurs regards, en montant sur le plateau.

Les intellos face au prolo… À moi, les compagnons du Devoir et du tour de France ! Le défi était relevé.

J'ai plongé et pataugé dans le XIIIe siècle. J'ai revisité les voûtes et les absides. Toute l'histoire de la construction. J'ai beaucoup parlé avec un libraire de la « maison », pris des notes, consulté des archives. Puis j'ai mixé le tout à ma sauce, avec mon expérience de la route et des toits. Et pour trouver le ton juste, Pépé n'a pas hésité à me coacher, en supervisant les répétitions.

– Tu ne crois pas que tu es légèrement grandiloquent là ? dans ta conclusion, quand tu dis : « Dans notre monde d'aujourd'hui, pourquoi les hommes ne sont-ils plus capables de bâtir des cathédrales ? »

– Tu n'as pas le sens de l'effet ! C'est une phrase de fin !

– Bon ! Alors, si c'est une phrase de fin, tu dois marquer un temps d'arrêt, pour la souligner, avant de déclamer. Comme au théâtre… Et tu n'enchaînes pas tout, comme tout à l'heure. Sinon tu casses ta sortie.

– OK.

– Même, moi, tu vois, je supprimerais « dans notre monde d'aujourd'hui ». C'est ça qui fait prétentieux. J'attaquerais directement « Pourquoi les hommes ne sont-ils plus capables de bâtir des cathédrales ? »… draaales ? Tu traînes sur le aaales… Tu les fixes dans les yeux, comme si tu t'étais imprégné jusqu'à la moelle du poids de ta phrase… Rideau… Applaudissements.

– Tu sais que t'es bon, Pépé ! T'aurais dû faire metteur en scène…

Le pire ! c'est qu'ils ont tous applaudi spontanément à la fin. Chez nous, dans nos Loges, ça ne se faisait pas. On respectait les traditions. Eux étaient plutôt du genre mondain, cocktail et petits fours. Ils ne m'ont plus lâché. Le copain de l'architecte m'a même proposé de revenir. J'étais flatté… Puis bourré. Parce que sous leur magnifique lieu de rendez-vous à colombages qui s'ouvrait sur la place des Templiers, un site d'époque assorti à ma prestation, ils avaient aménagé un bar digne d'une boîte de nuit. On s'était donc refait une tenue des frères de la boutanche, jusqu'à trois heures du matin. Quand je suis rentré, Pépé ronflait comme un sonneur de gros bourdon.

Voilà pourquoi j'étais, ce matin-là, dans un état pareil !

*

Cet arrêt introspectif au Bar du Parvis m'avait remis les neurones en place. Je me sentais déjà beaucoup mieux. Mais j'avais le ventre vide. Ça aussi, ça devait jouer ! « Deux pains au chocolat et un calva, docteur ! »

– Pardon, monsieur ?

– Non, excusez-moi, je voulais dire : deux pains au chocolat et un autre calva, garçon !

– Dans un café, le calva ?

– Oui… dans le café, bien sûr !

J'ai avalé le tout, comme une gargouille affamée, et je suis parti, tête haute, droit devant… sans payer. Le garçon m'a rattrapé.

Ils se demandaient bien ce qui m'était arrivé, tous, à m'attendre depuis une heure dans la cour. L'architecte, le conservateur, l'expert et les trois compagnons qui avaient fixé les derniers degrés de l'échafaudage, en limite extrême de la toiture. Si tout se passait bien, je devais terminer le soir même. Fin des opérations de restauration. La Belle serait comme neuve.

Je ne me suis pas attardé en excuses, ni en explications – Pépé avait déjà fait le nécessaire. Je suis donc monté directement tout en haut… sans harnais. Sans protection, sans rien. Comme un trapéziste qui se lance dans le vide sans filet. Pour confirmer son art, ou faire oublier l'échec de son premier essai.

Je n'avais certes pas à m'exhiber dans des acrobaties particulières, mais c'était quand même périlleux ! Il me restait à souder, sur toute la longueur du faîtage, les raccords de toiture dans la masse épaisse du plomb… afin de rendre à la Grande Dame de Reims l'éclat de sa parure, et gommer définitivement les désordres d'une nuit d'orage.

J'ai travaillé avec amour et précision, sans m'arrêter. Sans même redescendre à l'heure du déjeuner. Sans plus penser à rien. Une fois terminé, je me suis dressé sur la dernière planche, et je me suis mis à danser comme un ours, d'un pied sur l'autre, en poussant des cris d'Apache. Bras ballants, en cadence, comme un Pinocchio désarticulé. Mais celui-là était sans fil…

L'air était pur et frais. L'après-midi finissante enveloppait les beaux quartiers. Je dominais la ville.

– Mais qu'est-ce qui lui arrive ? Il est devenu fou… Il va tomber.

– Non, laisse ! C'est sa façon à lui de marquer la fin du chantier, tenta de rassurer Pépé. Il a fini. Il est content… Je le vois faire ça depuis que je le connais… Je peux même vous dire que là, il est très content… De toutes façons, les gars, pour faire le singe là-haut, par tous les temps, il faut être un peu maboule !… J'en sais quelque chose.

Ça n'avait fait rire que lui… Accrochés à ma pantomime, les autres se tenaient serrés, comme prêts à tendre un drap de secours qu'ils n'avaient pas, bien sûr… Ils étaient visiblement moins confiants que Pépé, dans mes capacités à maîtriser longtemps mon équilibre hasardeux et précaire.

– Mais, il n'est même pas harnaché !

– Ah oui, merde, ça alors !

– Mathieu !

– Non, fermez-la ! Vous allez le déconcentrer… C'est le meilleur moyen pour qu'il se casse la gueule. Vous voyez bien qu'il nous tourne le dos.

– Qu'est-ce qu'il fait ? Il s'est arrêté. Il ne bouge plus.

Je ne bougeais plus. Stoppé net, en pleine extase « panoramique », admirant Reims à mes pieds, ville soumise à mon chant de victoire. Mon regard avait balayé les toits, la plupart semblables à ceux d'autrefois, tels qu'avaient dû les voir les couvreurs bâtisseurs, en déposant leurs feuilles de plomb sur la charpente, à huit siècles d'ici… Les bruits de la rue remontaient faiblement. Cette ambiance ouatée amplifiait mon impression de domination solitaire… quand mes yeux s'étaient arrêtés, en contrebas, sur Jeanne, la cavalière à l'étendard, qui chevauchait, dans son armure vert-de-gris, sur le côté du parvis, devant le square du palais de justice. On avait installé là sa statue. Ressuscitée du fond de l'oubli des siècles. Hommage officiel, érigé comme une croix de Lorraine, pour la remercier, elle aussi, d'avoir sauvé la France.

Stoppé net surtout… car devant moi venait de se cabrer le poitrail d'un cheval efflanqué. Dans la brouillasse de ma vüe, la cuirasse de la pucelle avait disparu, faisant place à une cotte de mailles, ouverte sur un torse velu, blessé et ruisselant. Celui d'un homme hagard… Une bande de soudards couraient à ses côtés, au cœur d'un désert de sable et de caillasses. Ils fuyaient… Le soleil avait buriné leurs visages. Leurs casques de fer, brimbalant à la ceinture, portaient le signe de la croix rouge de Malte… Le cheval de cette troupe en déroute tirait à grand-peine une plate-forme de charrette… sans roues, soutenant des malles rouillées…

Ce nouvel épisode fantastique s'arrêta là pour moi, aussi brusquement qu'il avait commencé… avant de retrouver Jeanne, toujours cambrée dans sa fierté de bronze…

Devant cette troisième vision, seule l'inertie paralysante du choc m'avait retenu, m'interdisant de basculer en arrière. Mais à présent, je sentais, comme le matin même, mon corps vaciller. Je perdais mes jambes. J'allais tomber… Je ne sais pas pourquoi, j'ai cherché à m'accroupir, pour gagner à quatre pattes l'extrémité de la planche, dans l'espoir diffus d'agripper une échelle de descente, arrimée sur le toit.

– Attention ! Regardez ! Il s'approche trop près du bord ! Son poids va tout déséquilibrer.

– Mathieu, ne bouge plus ! Ne bouge plus, tu vas tomber ! hurlaient-ils.

Mais ils ne pouvaient rien faire. Impuissants… Je ne les entendais pas, à demi inconscient. Davantage terrorisé par mes fantômes que par l'inconfort de la situation.

La planche s'est levée. J'ai basculé. Je me suis aplati sur le toit comme un sac, et j'ai glissé sur le ventre, les pieds devant… Non ! Je n'ai pas eu le temps de voir défiler ma vie. C'est allé trop vite. Et côté cinéma intérieur, j'avais mon compte pour la journée ! Je ne me souviens pas non plus d'avoir pensé à la mort, ni au spectacle de mes tripes explosées sur le pavé. L'instinct de survie m'a fait tendre les bras, sans rien pouvoir saisir. Les aspérités du plomb m'arrachaient la peau sur les doigts… Alors, j'ai senti la ferraille qui me glissait le long des côtes, puis du bras. Au passage des mains, j'ai serré de toutes mes forces… Un grand choc électrique m'a parcouru, comme si le bourreau de

Notre-Dame venait de m'arracher les membres. La secousse fut rude.

Je pendais maintenant, les pieds dans le vide, accroché à cette miraculeuse barre de fer qui émergeait, comme plantée dans la pierre, entre la gouttière et une gargouille à tête de monstre, gueule ouverte, déçue, semblait-il, de ne pouvoir se repaître de mon sang répandu… Vite ! Je n'allais pas tenir très longtemps dans cette position ! Je ne parvenais même pas à crier tant je serrais la tige, pendouillant comme un gigot au crochet d'un boucher, comprimant du même coup mon ventre et ma poitrine. Là, j'ai pensé à l'impact sur le sol… trente-sept mètres plus bas. J'ai serré davantage.

Les compagnons avaient calé leur grande échelle sous moi. Pépé, qui n'aurait laissé monter personne à sa place, m'encadrait déjà de ses bras paternels.

– Je suis derrière toi, mon garçon, ça va aller ! Tu peux lâcher prise… Mets ton pied là… un peu plus bas… c'est ça !

J'ai eu droit à toutes les embrassades. Massage du cœur et brassée d'amitié après l'épreuve. En les voyant comme ça, encore pleins d'émotion, j'ai compris qu'ils avaient échappé au pire, et que je revenais de loin… Des croisades, même ! Car pour le reste, je n'avais guère eu le temps de regarder la mort en face.

– Tu nous as foutu une belle frousse ! soupira Pépé, tout essoufflé… Allez, les gars ! On va faire péter un bouchon. J'ai du champ' au frais dans la glacière, à l'atelier. Mais, tu saignes ! Regarde ! tu as du sang plein les mains… Il faut vite mettre du désinfectant là-dessus… Qu'est-ce que tu tiens là ?

– Je ne sais pas… rien ! C'est ce qui m'a sauvé la vie… Un morceau de barre de fer… Je ne sais pas ce que c'est !

– Si ça t'est resté entre les mains, c'est que ça ne devait pas tenir beaucoup ! Tu imagines le bol que tu as eu ?… Jette-moi ça ! C'est un paquet de rouille. Ça va t'infecter.

J'ai jeté le bout de ferraille sur le pavé. J'ai fait trois pas, puis, je me suis retourné… On n'abandonne pas un objet qui vous a sauvé la vie ! Je suis allé le ramasser.

Après le champagne et une douche brûlante, je suis resté une bonne heure, assis dans les vestiaires, devant la porte de mon placard. Pépé était parti me préparer un cassoulet, « du consistant, avait-il dit, qui vous recale les tripes, en même temps que les émotions ».

Seul sur mon banc, je me suis passé et repassé le film de la journée. Je n'y comprenais plus rien. D'autant que sur le toit, il n'y avait eu ni flashes, ni Japonais… Sans doute avais-je été aveuglé par le soleil couchant. Car, quand j'avais salué Jeanne d'Arc, mon regard s'était tourné vers l'ouest. La lumière rasante aurait pu stimuler à nouveau ma tumeur… qui ne cessait de grossir, dans ma tête, à mesure que j'y pensais. Bon, c'était décidé, demain j'irais voir un psy ! Non, un scanner d'abord ! Non, un psy !

J'avais gardé, serré dans la main, mon morceau de ferraille. Drôle de forme ! À bien le regarder, on aurait dit un vieux ciseau de sculpteur. En tous cas, sous la rouille, il en avait l'apparence. J'ai commencé à gratter, avec un couteau. Gratter… La couche était si épaisse que j'arrivais à peine à la décoller. Il avait dû en passer du temps là-haut ! C'est alors que j'ai aperçu le premier signe. Une sorte de « S ».

Mais Pépé m'attendait, je verrais ça demain !

*

Au scanner, ils n'ont rien trouvé… Finalement, j'avais préféré commencer par là. Je n'étais pas pressé d'aller raconter mes histoires sur un divan de psy, refoulant ce mauvais sentiment de culpabilité qui commençait à m'envahir, comme la honte qu'éprouvent à parler les femmes battues ou violées. Je ne m'étais d'ailleurs pas précipité pour aller pleurnicher sur une épaule amie ! Car vous ne ferez croire à personne, pas même à Pépé, qu'un type victime, trois fois dans la journée, d'hallucinations moyenâgeuses n'est pas un peu fou quelque part ! Je gardais donc une préférence pour la tumeur, à condition qu'elle soit toute petite, facile d'accès, bien en vue sur un lobe de mon cerveau, afin de pouvoir l'opérer, sans complication, ni rechute !

Du coup, le médecin du CHU ne comprenait pas mon insistance. Puisqu'il me rassurait…

– Je vous dis qu'il n'y a rien !

– On peut en être sûr à cent pour cent ?… Vraiment rien ?

– Rien de rien !… Si on devait vous opérer du cerveau, ce serait pour vous extirper la trouille que vous avez dedans. Remarquez, à votre place, j'irais quand même consulter un ORL, pour vérifier que vous n'avez pas un problème d'oreille interne. Avec le métier que vous faites ! Ça expliquerait vos vertiges…

L'ORL n'a rien trouvé non plus. Il me restait le psy.

Entre une bouffée d'angoisse et un accès de tachycardie, je suis retourné, entre-temps, prendre des nouvelles de mon bout de ferraille. Je m'étais pris d'affection pour lui comme pour une personne. Je voulais le sortir de sa gangue, lui redonner son éclat primitif, le lustrer, lui nouer une jolie corde rouge autour du cou, et l'accrocher dans ma chambre. Ou à l'une de mes valises, sur la route, quand on repartirait… J'allais l'introniser porte-bonheur officiel. Il méritait bien ça ! Mais ce signe « S » ? Il m'intriguait. Même si ce n'était qu'une marque de fabrique, je voulais en savoir plus, tout de suite.

Comment faire ? En le passant à la meule, je risquais de tout abraser et de n'avoir aucune chance de lire l'inscription ! Alors, j'ai frotté à la main. Doucement, avec une toile émeri. Je prenais des grains de plus en plus fins à mesure que j'approchais de la surface lisse. Ça m'a pris un temps fou. Mais plus je frottais, plus je devinais de nouveaux signes. Et maintenant des chiffres. Il y en avait partout. Des deux côtés…

J'avais attendu que l'atelier se vide pour m'installer sur un établi de restauration. Là, le fer calé dans un étau, j'avais pu poncer à chaque extrémité… D'abord, j'avais réussi à faire ressortir le fil du ciseau. Il avait dû être bien tranchant ! Ensuite, à l'autre bout, j'ai découvert une tête en forme de cône renversé, plate sur le dessus, qui pouvait recevoir les coups d'un burin de bonne taille. Rien de commun avec les ciseaux de sculpteur que j'avais pu trouver, en fouillant dans l'atelier. J'ai comparé. Celui-là était bien plus grand, plus large, et bizarrement plus léger… Quant aux hiéroglyphes, en tous cas ce que j'en comprenais pour le moment, ils me faisaient penser aux reproductions des lames gravées des sabres d'apparat comme on en voyait, droits sur le nez des hussards, dans les parades de l'Empire. Peut-être datait-il de cette époque ! Abandonné là-haut par un artisan pressé. À moins que le maître de ce bel outil n'ait glissé du toit comme moi, sans avoir eu, lui, la chance de s'accrocher à un miracle aussi insolent que le mien.

Malgré mes efforts, l'usure du temps et la rouille rendaient très difficile la lecture de ces signes. Faire mieux relevait du travail d'un expert. Il fallait donc que je trouve une autre solution pour raviver le secret de ces marques. J'ai donc amoureusement huilé mon porte-bonheur. Je l'ai roulé dans un chiffon et je l'ai rangé au fond de l'étagère haute de mon casier. Derrière une paire de tennis que je ne mettais plus. Là, personne ne pourrait le voir, même si je laissais mon placard grand ouvert.

2

En poussant la porte étanche, assez fort pour décoller le caoutchouc des battants, je venais d'entrer dans un sanctuaire feutré, peuplé de blouses blanches, masques antipollution sur le nez, penchées sur des bras, des jambes et des têtes coupées. Une morgue statuaire, un laboratoire de docteurs de la pierre qui recollaient des morceaux d'estropiés, de défigurés du temps. Ils ressuscitaient des anges, des monstres, des rois, des reines, des saints et des démons, rassemblant leurs vestiges épars… des doigts, des genoux, des bras, des crânes, des épées. Certaines pièces étaient sculptées à l'identique, d'autres n'étaient que des pansements de pierre reconstituée… Ici, on sauvait les galeux, les lépreux, toutes les statues rongées par le gaz des voitures, mais aussi par la pluie et le vent. Par l'effritement du soleil et la gelure des ans… Dehors, sous le préau d'une cour blanchie par la poussière, les tailleurs de pierre s'affairaient à découper des blocs entiers qui iraient remplacer ceux que les siècles avaient grignotés. Ridés. Diminués.

J'aurais dû frapper avant d'entrer. Mais, désolé, je n'avais vu aucun panneau limitant l'accès. Aucune inscription interdisant le site « à toute personne étrangère au service ». Juste, pochée en lettres blanches sur la porte, la mention « Défense de fumer ». Ce qui pouvait se comprendre ! Avec une telle suspension de poussière, les chirurgiens, esthéticiens de la pierre, avaient largement de quoi se tapisser les poumons, sans avoir à y rajouter un surplus de goudron. Et vu la tête qu'ils faisaient, ils devaient, tous, couver une silicose en phase bien avancée ! Le premier m'a ignoré. Les deux autres, penchés sur un plissé de robe ébréché, ont soulevé leurs paupières à la peau blanchie, avec un air réprobateur. « Qu'est-ce qu'il fout là, celui-là ? » Un quatrième ne m'a montré que son dos, pour ne pas dire davantage… tant il était plié au-dessus d'un crâne de moine décalotté… J'ai bien cherché à esquisser un signe, pour capter leur regard – Pardon, monsieur ! – mais rien ne pouvait les distraire de leur mal-aimable silence. Je sentais bien que ma présence dans ce lieu « saint » tenait de l'incongruité. Pire que celle d'un curé traversant la cour d'une mosquée un vendredi soir de prières.

Tant pis ! J'ai foncé droit sur le dernier que je venais d'apercevoir dans l'entrebâillement de la pièce d'à côté, assis devant une batterie de planches à dessiner. Je le sentais mieux, celui-là. D'abord, parce qu'il était plus vieux. Avec sa moustache grise… Il respirait moins la poussière, et ne portait pas, comme les autres, de blouse blanche d'infirmier. En bras de chemise, décontracté, il était occupé à compulser des gravures de têtes couronnées qu'il agrandissait à l'aide d'un compas. C'était sans doute le chef ! Un chef, c'est pire, ou c'est meilleur !

– Pardon, monsieur ! Je suis l'un des ouvriers… qui travaillent sur le toit…

– Oui, je vous reconnais. J'étais samedi soir à la « tenue », chez nos amis de la loge des Templiers. Je suis content de vous voir. J'ai appris que vous aviez failli vous tuer, dites donc !

– Ben oui… les nouvelles vont vite ici !

– J'ai lu le journal… Dans *L'Union* d'hier, ils parlaient de vous… « le miraculé de la cathédrale ». Vous savez, Reims, c'est un village. Ça ragote beaucoup… Bon, mais je préfère ça ! Vous avez l'air en forme… Jean Lestrat de Morange !

– Mathieu Corneille !

– Comme l'oiseau ou le théâtreux ?

J'avais l'habitude ! Avec un petit rire de nez étouffé, il m'avait serré une poignée de main bien appuyée. Bien de chez nous. C'était un « frangin ». J'allais pouvoir lui parler.

Encore qu'au début, je ne suis pas arrivé à en placer une, tant il s'évertuait, dans une avalanche de gestes et de mots par trop philosophiques, à vouloir décortiquer ma planche de l'autre soir. Point par point. Il faut bien avouer que j'en étais flatté ! Il avait particulièrement apprécié ma conclusion qu'il citait dans le texte. « Pourquoi les hommes ne sont-ils plus capables de bâtir des cathédrales ? » C'était simple et direct, disait-il. Mais quelle ouverture pour la réflexion ! Pépé avait encore eu raison, sur ce coup-là !

On a refait ainsi un coin du monde, puis je lui ai raconté mon envolée sur les toits. Bien entendu, j'ai enjolivé la scène, en m'inventant, sans aucune modestie, une certaine maîtrise de la haute voltige. Histoire de peaufiner ma stature de héros. J'ai gommé aussi, pour éviter la honte, toute allusion à mes transports hallucinatoires… On commençait à sympathiser. Le tutoiement nous avait vite gagnés. Normal. On était francs-maçons.

– Bon alors ! Qu'est-ce que je peux pour toi ?

J'ai sorti de ma poche le chiffon. Du chiffon, j'ai extrait la pièce à conviction. Il l'a soupesée. Regardée dans la lumière. Et sans hésitation, il l'a authentifiée. À deux cents ans près… XIIe, XIIIe ou XIVe siècle. Pas plus.

L'outil avait certainement été forgé par son propriétaire qui l'avait adapté à sa main. Avec un alliage spécial… Et il a commencé à m'expliquer comment jadis, pour la pierre brute comme pour le marbre, on adaptait ses outils à sa frappe et à son tour de maillet. Il fallait de la vigueur pour une première taille, puis de l'agilité pour caresser les détails. D'où les formes. Larges et trapues. Ou élancées et souples, comme celui-là… À la forge, chacun usinait jalousement ses outils selon ses propres secrets. Car la compétition était rude, chez les maîtres sculpteurs…

– La renommée faisait partie du salaire, souligna-t-il.

– Et les inscriptions, alors ?

– Ça, il faudrait qu'on puisse les rendre plus lisibles. On ne voit pas grand-chose… Sur cette face-là, ça m'a tout l'air d'un nom… De l'autre côté, c'est moins clair… Il s'agit sans doute du nom de son propriétaire et des symboles de sa ville, ou de sa région… ou des signes distinctifs de son obédience. Sa carte d'identité, si tu préfères… Imagine qu'il l'ait perdu, son ciseau ! C'était le seul moyen de le retrouver… Mais c'est une belle pièce ! Rare… N'en parle pas. Garde-le. Il est à toi.

– Et comment faire pour lire quand même les signes, sans les faire disparaître ?… En frottant, même doucement, j'ai essayé, ça n'est pas possible…

– Je ne vois pas… Attends ! Si… J'ai peut-être une idée…

*

Je n'ai eu que l'étage à monter. Là c'était bien écrit. Un petit panneau rouge de sens interdit. « Défense d'entrer ». Avec juste au-dessus l'inscription « Salle Laser »… Je suis entré quand même.

Elle se tenait debout, derrière un appareil fixé sur un trépied, qui ressemblait à l'un de ces instruments de mesure dont se servent les géomètres pour arpenter les surfaces. On les voit souvent dans la rue, visant un grand dégingandé accroché à un double décimètre géant, et qui a toujours l'air de poser pour un album de photos ridicules… Elle, elle visait un écran mat, au fond de la salle. Une pièce immense, haute de plafond, des poutres datant de la construction, avec des fenêtres à meneaux et un parquet revisité par les promotions de chez Saint-Maclou. On avait dû manquer de subventions pour la menuiserie !… Dommage ! J'aurais plutôt imaginé cette salle réservée à un conseil municipal respectueux des traditions que livrée à ce capharnaüm d'électronique, et de lasers, reliés par des fils spaghettis à toutes sortes d'imprimantes… Avec, en projection sur l'écran de cette demoiselle, une statue sur laquelle elle baladait ses points rouges comme un tireur d'élite…

Du genre belle plante élancée, elle se tenait de trois quarts. Je n'apercevais pas son visage, mangé de toute façon par des lunettes de monstre, à foyer multiple, dont elle tournait les cercles amovibles à la main. Sans doute pour grossir les détails de son examen qui visiblement faisait cohabiter les techniques de l'artisanat et celles de la haute définition. Pour ajouter au grotesque de cet harnachement, le tout tenait devant ses yeux par une tige reliée à un serre-tête en acier, un peu comme celui de l'ORL qui m'avait plongé, la veille, sa lampe frontale dans les yeux et les oreilles…

Toc, toc, toc. Ma présence ne l'avait guère troublée. Elle avait continué à promener son point rouge au bout de son laser. Toujours sans se retourner, elle était venue s'asseoir devant un autre écran sur lequel l'image de sa statue tournicotait, emmaillotée dans une multitude de marques repères, avant de se transformer sous l'effet de la 3D en silhouette grillagée, comme prête à recevoir une coulée de béton.

Je n'ai rien trouvé de mieux que de toussoter dans ma main, façon comédie de boulevard, pour lui signaler ma présence. Pas assez fort, cependant, pour couvrir les trompettes d'une ouverture de grand-messe médiévale qui défilait sur une cassette, et que ma musicologie défaillante attribuait forcément à Josquin des Près, à l'instar de ceux pour qui une opérette est toujours d'Offenbach... Car, en plus, la belle harmonisait son ballet, en passant du réel au virtuel et du laser à l'écran, sur un tempo d'ambiance. Certes mieux adapté au contexte qu'un concert de hard-rock... Je me suis dit que, au choix, j'allais donc avoir affaire à une « déviante inspirée », ou – pire ! – à une « intello maniaco-sensuelle ».

Je me suis donc raclé la gorge encore plus fort. Enfin, elle s'est retournée.

– Vous êtes qui, vous ?

La tête inclinée sur le côté, elle avait relevé d'un geste sec et rapide l'une des lentilles mille-feuille de ses énormes lunettes de myope. J'avais l'impression, d'un seul coup, de passer au microscope, disséqué sous l'œil d'une fourmi géante... En fait, elle fixait mes mains qui serraient le mystérieux ciseau, emballé dans son chiffon.

– Vous n'avez qu'à poser ça là, sur la tablette à côté de vous !

Déjà elle avait pivoté, le nez sur son écran, ponctuant son demi-tour sur siège d'un musical « merci », lancé comme une note expirée de vocalise aiguë. Ciii !

Non, mais elle se prenait pour qui, la fourmi ? À s'imaginer que j'étais venu lui céder mon trésor... J'ai bien failli tourner les talons. Puis je me suis ravisé. J'ai retoussé encore plus fort. Cette fois, grassement et grossièrement.

Très énervée, elle s'est redévissée vers moi sur son tabouret tournant. Excédée.

– Puisque je vous dis de poser ça là ! Je n'en ai pas besoin tout de suite… C'est clair !

Là, j'ai marqué un temps… car, dans sa virevolte rageuse, elle venait de fixer mon attention sur une remontée de cuisses lisses et soyeuses, grâce à la complicité d'un bas de blouse lascivement échancré jusqu'au dernier bouton. Vu l'ouverture généreuse, il ne devait pas y avoir grand-chose comme jupe ou comme jupon là-dessous ! Mais, bon ! L'intérêt supérieur qui m'amenait ici me commandait de relever délicatement les yeux. Mathieu, mon garçon, reprends-toi ! Je me suis repris.

– Qui parle de besoin ?

– Moi ! Mais vous êtes qui, finalement ?

On était parti – semblait-il – pour se vautrer dans un florilège de scènes de quiproquo, à la Feydeau.

– L'un de ceux qui ont restauré le toit, sur le transept nord…

– Je veux bien ! Mais, moi, j'attends quelqu'un des archives qui doit m'apporter un nez de saint… Ce n'est pas vous ?

– Un essaim de quoi ?

– Un nez de saint… Un nez de statue… d'une statue de saint. Vous ne comprenez rien, ou vous faites semblant ? Au lieu de faire le malin, vous n'auriez pas, par hasard, mon nez là-dedans ?

Elle désignait mon chiffon.

– Non, c'est un ciseau.

– Des ciseaux ?

– Pas des… Un ciseau de sculpteur. Je viens justement vous voir pour ça…

– Mais, je ne suis pas sculpteur !

Enfin, elle avait retiré son masque de fer, déliant sa chevelure épaisse, et avait posé ses yeux de fourmi sur son établi. Pour la seconde fois, en moins de temps qu'il ne faut pour l'écrire, je suis resté bouche bée devant cette algue fraîche et brune comme un embrun de Méditerranée. Le nez fin. Les lèvres aussi. Et pas sophistiquée. Jamais je ne me serais attendu à découvrir, derrière ces bésicles barbares, un visage si joli. Naturel. Un peu dur et fragile de je ne sais quelle épreuve. Et la voilà qui souriait maintenant, attendrie de me voir étonné ! Moi qui tombais toujours dans les pièges à sourire, elle m'aurait fait chavirer sur-le-champ… Mais, je le répète, on n'était pas là pour ça… J'ai rebondi comme je pouvais.

– Je crois qu'on n'y arrivera jamais… Allez ! On reprend tout, et on recommence… Bonjour, madame la crémière. Je m'appelle Mathieu.

Elle m'a d'abord écouté patiemment. Feignant l'admiration, quand je lui ai vanté mes prouesses de voltigeur des toits. À l'évidence, j'en faisais beaucoup trop. Elle attendait la suite… Puis j'ai vu monter dans ses yeux une fulgurante curiosité quand j'ai enfin déballé mon mystérieux ciseau.

C'est elle qui a pensé tout de suite au scanner. Elle avait ça en magasin…

Plus que de la fébrilité, je commençais à éprouver une sorte d'angoisse. Persuadé que cet outil, oublié dans les siècles passés, allait nous remonter un signe, une lumière, un message… qu'il n'était pas qu'une simple pièce rouillée, otage du temps… Clic et re-clic. Nous étions penchés sur l'écran. Clic encore… L'image a jailli. Et notre déception aussi… Seule consolation : l'outil était bien un ciseau à sculpter la pierre, de forme sans doute ancienne. Avec un tranchant large et une tête en forme de cône renversé. Il gisait là, tout bête, sans plus de relief qu'une gravure dessinée à la main dans les pages d'une encyclopédie… Pour le reste, il y avait bien des inscriptions, mais indéchiffrables. Trop morcelées et voilées par les nuages grisâtres que projetait le spectre de la rouille sur le scanner. On s'est regardés, dépités. Alors, elle a appuyé sur sa souris. Clic à nouveau. Elle a grossi l'image.

– Celle-là ressort mieux. Je peux la travailler un peu…

Elle a lentement balayé son laser, sur le premier dessin. Trois traits sont apparus. Ils ont bientôt formé une fourche. Avec un pic central légèrement plus haut et dont le prolongement vers le bas pouvait être le manche. Sortirent enfin trois petits accents circonflexes qui couronnaient les dents.

– Avec ces flèches, on dirait un trident… Le trident de Neptune.

– Ou d'un gladiateur, renchérit-elle.

– Ou de satan.

– Ne parlez pas de malheur ! Je suis superstitieuse…

– Symboliquement, ça représente quelque chose ?

– Un trident ?… À ma connaissance, non.

Dans le même temps, elle avait retourné le burin et lancé le scanner sur l'autre face… Trois lettres émergèrent, « I.A.S. », qui se révélèrent, après quelques minutes de débarbouillage au laser, être la terminaison d'un nom. « Macias »… C'était peu, mais nous avions déjà l'impression d'avoir percé un mystère.

– Macias ?… C'est un prénom ?… Ou bien un nom.

– Lestrat de Machin-Chose avait raison tout à l'heure. Il pensait que c'était le nom du propriétaire… Encore que ! Macias, ça ne fasse pas très moyenâgeux…

– Il s'appelle Lestrat de Morange… Ne vous moquez pas de lui. C'est un grand spécialiste… Cela dit, je ne suis pas d'accord avec vous. Macias, comme Mathieu d'ailleurs, sont des noms à consonances gréco-latines. Tiens oui, c'est amusant. Macias, Mathieu… Vous qui aimez les symboles, c'est peut-être un signe.

– Comment connaissez-vous mon nom ?

– C'est vous qui me l'avez dit !

– Ah oui ?… Et moi, je ne sais même pas comment vous vous appelez.

– Fleur.

– Fleur ! Fleur de quoi ?

– Non, c'est un prénom italien. Flora.

– Vous êtes italienne ?

– Non. Ma mère. Mais, si vous voulez, on va s'en tenir là pour les présentations… Je suis désolée. Je dois terminer mes mesures pour ce soir… Je décrypterai tout ça demain. Il me faudra bien la journée… Vous n'avez qu'à me laisser votre téléphone. Je vous appellerai…

– Non, je préfère revenir. Je l'emmène… On ne se sépare jamais d'un porte-bonheur. Même pour une nuit. Même pour de beaux yeux verts…

*

J'ai remonté la place d'Erlon à pied, espérant me détendre et respirer. Mais j'allais à tâtons. J'ai même failli me faire écraser en traversant la rue à l'aveugle, à hauteur de la gare. Distrait. Absent… Je ne savais pas ce qui me hantait le plus, des signes cabalistiques ou de la Fleur italienne… Mais, au fait ! Ça remontait lentement des profondeurs de ma mémoire… ce drôle de trident avec des flèches au bout, j'étais certain de l'avoir vu quelque part. Et il n'y avait pas si longtemps !

Passant d'une idée à l'autre, j'étais retourné à nouveau à cette Fleur qui se transformait déjà en obsession dans mes pensées. Il fallait reconnaître qu'elle était appétissante, sous sa blouse échancrée. J'avais même eu envie d'y toucher. De la cueillir. De respirer son parfum… Elle me troublait au point de ne plus parvenir à me concentrer sur ce détail qui me manquait… Je l'avais vu, ce trident, mais où ? C'était récent… hier ou avant-hier.

Paupières closes, dans le bus qui me ramenait vers l'auberge où nous logions avec Pépé, j'ai zoomé sur chacun des moments de ma journée divinatoire. Le parvis, le toit, la cathédrale… oui, la cathédrale ! C'était ça ! J'ai sauté sur le trottoir, à l'arrêt suivant. J'ai traversé la rue. Et je suis reparti dans l'autre bus. En sens inverse.

*

La nuit tombait. Les lourdes portes allaient se refermer, les unes après les autres, replongeant Notre-Dame dans son silence de pierre. J'étais passé de justesse avant que les bedeaux ne mettent sous tension les alarmes, après avoir chassé, jusque dans les habitacles des confessionnaux, les pilleurs de troncs et les clodos en quête d'un peu de chaleur chrétienne pour la nuit. Je disposais donc de peu de temps pour retrouver la marque du trident que j'avais aperçue, gravée sur un pilier, l'autre soir. Maintenant, je m'en souvenais très bien.

C'était à la même heure. Après avoir compté mes os au bas de l'échafaudage, nous étions partis trinquer dans les vestiaires. Le miracle du transept nord valait bien une bouteille… Puis, comme un cavalier qui tombe enfourche aussitôt sa monture, j'avais voulu revisiter les lieux de mes hallucinations, afin d'exorciser mes doutes. Anxieux, mais décidé. La cour des Miracles avait disparu et l'ange souriait toujours, sur son promontoire. Déjà, en entrant, je m'étais senti beaucoup mieux.

J'avais alors remonté l'allée jusqu'à la croisée des transepts. Sous l'endroit approximatif de ma chute sur le toit… C'est là que j'avais fait connaissance avec un saint du cru. Jean-Baptiste de La Salle, enfant de la région. On lui avait dédié une chapelle latérale d'où il avait pour voisine une autre Jeanne d'Arc qui possédait, elle aussi, son alcôve. Elle était décidément partout, la Pucelle ! Dedans et alentour. Reims lui devait tellement ! Celle-là était debout, appuyée sur le pommeau de son épée, le regard triste. Comme si elle regrettait de m'avoir fait tomber. Après tout, c'était bien de sa faute ! Les croisés étaient arrivés quand je m'étais tourné vers sa représentation du parvis…

Le saint Jean-Baptiste en revanche semblait me couvrir d'une attention bienveillante. Comme sa statue protégeait un enfant orphelin, j'ai décidé qu'il allait me protéger, moi aussi, et que j'allais le remercier par avance. J'ai donc allumé trois bougies au pied de son autel. Un cierge pour chacune de mes visions de la journée. C'est dire ma superstition ! Puis je me suis agenouillé dans un coin, à l'abri des regards. Et j'ai prié… en tout cas, discuté avec Jean-Baptiste. Je ne sais plus trop bien de quoi nous avons parlé. De toutes façons, il s'agissait d'arrangements entre nous.

Ce n'est pas que je sois un bon chrétien ! Je suis baptisé comme tout le monde, et ma dernière messe remonte à… l'enterrement de mon grand-père. Mais, il y a des moments comme ça, où on a envie d'y croire un peu…

Et c'est en quittant Jean-Baptiste, me relevant, en appuyant la main sur le poteau derrière lequel je me tenais, que j'avais aperçu, entre mes doigts, la fourche à trois dents surmontées de trois flèches. Je l'avais remarquée parce qu'elle m'apparaissait, dans ce sanctuaire de la foi, comme un message profanateur. J'avais même pensé à un graffiti indigne. Un symbole satanique, inscrit là comme une provocation. J'avais frotté avec un doigt. Les entailles étaient profondes, mais érodées sur les bords, comme si cette blessure avait vieilli avec la pierre. Et s'était incrustée dedans… C'était ce signe que je voulais revoir, impatient de le comparer avec le trident du ciseau, précieusement entortillé au fond de ma poche.

Presque vide, la cathédrale résonnait du pas martelé de ses derniers visiteurs qui regagnaient les portes. Quelques ampoules falotes l'éclairaient encore, avec ici et là le scintillement bleuté du souffle évanescent des bougies, offrande à Marie, pardon à Notre-Dame, ou reconnaissance à saint Jean-Baptiste de La Salle. Au pied de la colonne, mes mains balbutiantes ont déplié le chiffon qui enveloppait toujours le secret du burin. Puis, j'ai touché, comme un aveugle, le braille de l'autre signe, saigné dans la pierre du pilier. La ressemblance était forte ! Mais je n'y voyais pas assez. L'endroit était trop sombre. J'ai arraché sur l'autel un cierge – Jean-Baptiste me pardonne ! J'en brûlerai trois en expiation de ce péché véniel… J'ai placé la flamme entre les deux dessins… Identiques. Frères. Jumeaux ! J'avais sous les yeux l'agrandissement parfait du trident du ciseau, projeté en dix fois plus grand sur la colonne…

À peine avais-je réussi à contenir les pulsions désordonnées de mon émotion qu'un grand fracas vint secouer la cathédrale. Une lueur intense bouscula la flamme de ma bougie. Un flash incandescent, isolant dans son faisceau de lumière les deux signes qui semblaient soudainement réunis côte à côte comme deux pièces à conviction. J'avais tellement l'impression d'être pris la main dans le sac, sous des projecteurs de la police que, tétanisé, j'ai tout lâché. Le ciseau, la bougie… Et je me suis accroupi, d'instinct, les bras masquant le visage, comme pour me protéger.

Puis le flash a disparu. L'obscurité est revenue. Les yeux brouillés par la fulgurance, je ne voyais plus rien… De toutes façons, je n'existais déjà plus. Écrabouillé, malaxé, hébété. Je subissais ma peur. Mes oreilles bourdonnaient des palpitations de mon sang qui battait la panique dans tout mon corps. Comme s'il cherchait à jaillir, afin d'échapper à un bouillonnement fatal. Je tremblais. J'avais froid. On aurait dit que la température avait chuté et qu'un courant d'air glacial venait de s'engouffrer subitement sous les voûtes des allées. Et il faisait si sombre !

Je rêvais ?… Non, ce n'était plus un rêve ! Je pénétrais au cœur d'un cauchemar insensé. À mesure que mes yeux s'affranchissaient de leur aveuglement, ils découvraient les contours d'un décor irréel qui s'était substitué, sur ce coup de tonnerre, au présent disparu. Comme si tout avait basculé subitement dans une brèche du temps… Les colonnes étaient là. Les voûtes et les allées aussi. Mais l'alcôve de Jeanne d'Arc était vide. Et Jean-Baptiste s'était évanoui dans le néant de cette nuit fantastique… Un feu de brasero éclairait à peine. Là devant moi… La cathédrale était encore un chantier. Des pierres entassées, des planches, des outils épars en étaient les témoins. J'ai cru m'évanouir. J'aurais voulu disparaître… Et ne pas voir la suite.

Un garçon au visage glabre, le crâne couvert d'une mousse de cheveux roux et galeux, courait dans la grande allée, en claudiquant sur une sandale – sans doute avait-il abandonné l'autre dans sa course effrénée –, divaguant au milieu d'urnes à feu qui servaient de lanternes.

– Maître, ils arrivent… Ils arrivent par le nord, criait-il, ils arrivent…

Il se précipitait en direction du chœur lorsque son élan fut stoppé par la lame d'un couteau aussi large que celle d'une épée. L'homme qui le cueillait ainsi n'était pas visible de ma cachette. Il se tenait tapi dans l'ombre que projetait une estrade de planches servant d'échafaudage.

– Je ne dirai rien, maître ! Je n'aurais rien dit, gémit l'enfant désemparé, en s'affaissant sans quitter le regard de ce maître de l'obscurité qui lui donnait la mort.

L'homme essuya sa lame sur la capuche du garçon et disparut entre les colonnes.

Un silence fait de mille frémissements parcourut la fraîcheur fluide de l'air qui propageait tous ces échos feutrés. Un court instant. Car un nouveau choc violent fit voler la poussière. Cette fois plus près de moi. Il provenait d'une porte latérale, celle du Sacre de Clovis. Ainsi nommée pour rappeler la voie empruntée par le roi des Francs lorsque, par son baptême, il initia l'alliance entre le pouvoir des hommes et la puissance de Dieu. Entre la Couronne et l'Église. Échangeant, sur une simple onction, la reconnaissance de son droit divin contre le bouclier de sa protection…

Poussée d'un coup de pied, la porte avait claqué, faisant craquer ses gonds, avant de rebondir sur l'arête de l'enceinte… Je vis d'abord passer deux piques, prêtes à frapper, dans les mains gantelées de deux hommes d'armes qui s'avancèrent l'un après l'autre, scrutant l'obscurité, le visage masqué par la protection nasale de leurs casques coniques. Ils portaient des hauberts, longues cottes de mailles, dont le frottement métallique rendait d'autant plus glaçante cette apparition brutale… L'un d'eux s'était planté en faction, à quelques mètres de moi. Je percevais son souffle. L'autre avait regagné la porte pour protéger l'entrée d'un troisième... aux allures de seigneur de guerre. Différent par sa prestance et par la toge blanche qui flottait sur sa cuirasse. Celui-là s'avançait à visage découvert. Son casque pendait à sa ceinture. Il ne lui manquait que la croix rouge de Malte pour ressembler à l'un des croisés en déroute, venus m'accabler dans ma vision du toit. Ses cheveux blonds bouclés, flottant lorsqu'il marchait, laissaient apparaître une cicatrice fermée au feu qui soulignait sa mâchoire, de l'oreille au menton... Il fit signe à l'un des gardes d'inspecter alentour, désignant d'un doigt de fer la direction du maître-autel. Puis fouillant l'obscurité de ses yeux furtifs, je vis son regard acéré se fixer dans ma direction... Risquait-il de me voir ? Étais-je cette fois au milieu du tableau, ou toujours spectateur d'une hallucination sans fin ?... Je me suis recroquevillé plus encore et j'ai bloqué mon souffle.

– Rascard, où es-tu, fils de chien ? Ne me fais pas attendre !... Rascard !

La voix résonnait sous la voûte, forte d'autorité et cinglante de mépris. Rauque, mais moins grasse que celle qui répondit.

– C'est moi qui t'attendais, seigneur de Montchicourt. Je suis là. Tout est prêt ! Pour te servir...

L'homme était sorti de l'ombre, la chevelure hirsute, le teint buriné, le visage creux et sans joues. Il affichait sur ses lèvres le sourire assuré de ceux qui ne le sont guère. Venu de l'arrière, il s'était avancé sans bruit. Ses chausses, lacées jusqu'aux mollets, avaient glissé sournoisement dans la poussière, à deux pas devant moi. Sous son gilet de cuir, pendait l'extrémité d'une lame, large comme une épée.

– Ne prononce pas mon nom ici, sacredieu ! reprit Montchicourt courroucé, mais d'une voix à présent chuchotée.

– Ne prononce pas le mien non plus, monseigneur.

– Pressons ! Montre-moi l'entrée.

Rascard enjamba la dalle sur laquelle il s'était planté, se saisit d'un levier de fer, qui attendait, posé contre un pilier, et le glissa dans l'intervalle des pierres. Appelant, sur un signe de tête, les deux autres à basculer avec lui la dalle qui s'ouvrit sur un trou noir, comme la stèle d'un tombeau… Elle masquait le passage d'un souterrain plongeant dans le sol par un petit escalier, à la pente aussi étroite que raide. Sans perdre de temps, Rascard décrocha un flambeau qu'il tendit à l'homme d'armes, l'invitant à descendre.

Une vive tension régnait. Chaque geste était emprunt d'une grande brutalité. Arrachant la flamme d'une poigne d'acier, le piquier s'engouffra dans les entrailles de la cathédrale. Sa plongée fut rapide. Car il ne tarda pas à reparaître.

– La charrette est bien là, messire… Mais on n'y voit guère plus que dans le cul pourri d'un Sarrasin. Il nous faudrait une torche pour chacun…

– Fais ça, Rascard ! ordonna le seigneur. Puis se tournant vers la porte du Sacre, il lança un signal en direction d'autres hommes qui venaient d'apparaître sous le portail d'entrée.

– Bauld, Daguin ! Vite ! Moineau, tire-moi ça vite… Et toi, presse aussi, Féret, presse, presse !

Je vis passer sous mes yeux quatre malles, à ferrures d'Orient, tirées sans ménagement par des torses puissants emmaillotés de fer… Maintenant tout remontait dans ma mémoire. Ces quatre malles, qui faisaient l'objet de tant de précipitation, étaient celles que j'avais vues défiler dans ma vision du toit, tirées par une pauvre carne sur un chariot sans roues. Et ces hommes étaient ceux qui fuyaient éperdus dans le reg désertique. Ils étaient sept aussi.

Montchicourt avait saisi l'une des anses du coffre qui semblait le plus lourd, pour soulager le plus petit d'entre eux. Celui qu'il appelait Moineau…

Ils descendirent l'un après l'autre dans le trou noir du souterrain, faisant glisser derrière eux le précieux chargement. La lueur de leurs torches disparaissait déjà. Seuls restaient Rascard et Montchicourt, et le second lancier qui guettait toujours du côté de l'autel.

– À ton tour, Rascard. Descends !…

– Non, messire, je reste… Tu connais le chemin ! Va sans crainte !… Pour moi, le travail à l'atelier n'est pas terminé. Nous trimons à nous saigner les mains, nuit et jour. Notre architecte s'impatiente d'attendre les grandes sculptures… J'ai dit m'absenter pour pisser et prendre l'air… J'ai beau être connu pour avoir la vessie d'un porc plein de vinasse, mais j'ai des frères qui s'inquiéteront bientôt. Et il est sage que j'y retourne…

– Tu manques à ta parole, foutre Dieu !

– Non ! Point de blasphème ici, monseigneur. Prudence ! Prudence pour nous. Pour toi et notre secret…

– Comment puis-je encore faire confiance à une engeance comme la tienne ?

– T'ai-je jamais trahi, seigneur de Montchicourt ?… Je te verrai demain, ici même, si bien sûr tu l'entends de cette oreille !

– Poursuis.

– Donc, tu suis droit le tracé. Surtout n'incline pas sur ta droite quand le souterrain s'élargit. Tu parviendrais alors aux portes de notre temple… Droit, droit devant. Tu iras jusqu'au second tunnel… Là tu trouveras la crypte de saint Remi, et tu accompliras ce que tu décideras. Ensuite tu rebrousseras chemin et tu ressortiras sous la butte Saint-Nicaise. Par ce trou, on sort, mais on ne rentre pas… Daguin connaît bien les pièges du parcours. Je l'ai guidé hier, sans rien lui cacher. Va, monseigneur, et que Dieu te bénisse !…

– À moi, Beuclair ! lança le seigneur de la troupe, en s'engageant à son tour dans le passage étroit.

Le guetteur de l'autel reparut, tirant par le bras le cadavre de l'enfant dont la tête morte rebondissait sur les dalles aussi blanches que ses chairs, vidées de leur sang. Beuclair fit rouler du pied cette dépouille, devant son assassin.

– Qu'est-ce que celui-là ? C'est ton ouvrage, Rascard ?

Ce corps désarticulé était si misérable qu'il n'apitoyait même pas Montchicourt. Mais la colère et le doute venaient de l'envahir.

– Je n'ai pas eu confiance. Il pouvait parler.

– Peut-être a-t-il déjà parlé !… Tu n'es qu'un chien, Rascard !…

Sur un signe du menton balafré de son chef, le piquier plongea par deux fois sa lance dans le corps du maître des sculpteurs qui s'affaissa d'un coup, dans un râle à peine exprimé, planté comme un taureau, terrassé dans l'arène.

Alors qu'il gagnait l'entrée du tunnel, Beuclair buta contre un objet qu'il balaya du pied. Sacrebleu ! Je vis glisser devant moi, sur la pierre, le ciseau que j'avais lâché dans ma frayeur… Les deux hommes tirèrent pardessus eux la lourde dalle qui recouvrit bientôt l'entrée du souterrain… Puis, le calme s'installa à nouveau sous la voûte. Comme si rien, jamais, n'était venu en troubler la quiétude… Lorsqu'un frémissement vint froisser ce silence rédempteur. Rascard bougeait encore.

*

L'homme qui me secouait avait l'air d'un curé.

– Eh bien, mon garçon ! Qu'est-ce que vous faites là ? Vous avez eu un malaise ?

Vautré de tout mon long contre la colonne, les fesses glacées par la pierre, saint Jean-Baptiste me regardait. Derrière, Jeanne d'Arc somnolait, bien accrochée à son épée. La cathédrale s'éveillait comme à son habitude. Rien n'avait changé.

– Oui, c'est ça… Je crois que j'ai eu un malaise. Mais ça va ! Ça va aller. Merci, mon père !

– Vous voulez un médecin ?

– Non merci, ça va aller !…

Je me suis relevé, mal assuré sur mes jambes. J'ai ramassé mon ciseau. Je l'ai mis dans ma poche. Et je suis sorti de la cathédrale comme un fantôme. L'hôtesse du syndicat d'initiative était déjà là, sur le parvis, suivi d'un groupe d'Allemands… Surtout, ne te retourne pas, Mathieu ! Ne te retourne pas ! Dieu sait ce que tu pourrais voir encore ! J'ai filé jusqu'à la terrasse du Bar du Parvis.

– Un calva, s'il vous plaît !

– Dans le café, le calva ?

– Non, deux calvas, garçon !

3

Il en est bien monté une vingtaine qui travaillaient à l'étage. Tous à me dévisager, intrigués d'avoir à enjamber ce gars assis sur la dernière marche, avec sa gueule défaite, courbé, les bras croisés, comme un SDF transi de froid. Remarquez, il y avait de quoi s'interroger ! Je n'avais même pas pris soin de faire un saut aux toilettes du bar pour m'asperger le visage, ou tout simplement pour voir la tête que j'avais. Rescapé d'une nuit d'angoisse, après mon reality show « spécial retour des croisades ».

Les plus hardis se penchaient vers moi, compatissants : « Vous attendez quelqu'un ? » Imperturbable, je répondais, sans les regarder : « Oui, madame Fleur. » Puis j'ai rectifié. Parce que, d'abord, je ne savais rien d'elle. Ensuite parce que « madame » accolé à Fleur, ça faisait tenancière… Mademoiselle lui allait mieux… Mais quand j'ajoutais « mademoiselle Fleur… de la salle du laser », ça sonnait aristo. Alors ! Bon ! Mais, j'y pense ! Fleur, c'était la traduction. Son vrai nom était Flora !

Juste avant, au téléphone, j'avais menti à Pépé. Pour le rassurer… Je m'étais inventé une conquête aux Colonnes, le café chic du centre-ville. « Une fille d'enfer, je ne te dis pas !… Une drague insensée, je te raconterai ! Et pour conclure, une nuit fantastique... » Je l'avais prévenu aussi qu'il me faudrait la journée pour bien fixer l'affaire, anticipant sur une absence qui allait sans doute se prolonger... Il était content pour moi, et du coup, il m'a pardonné le sang d'encre que je lui avais fait faire, toute la nuit. Il avait dû appeler la police, le Samu et les pompiers !... De toutes façons, il n'y avait pas d'urgence. Le boulot était fini. Nous attendions maintenant notre nouvelle feuille de route. Sans doute pour Saint-Rémy-de-Provence. Soleil assuré. Ça nous ferait des vacances !

Flora est arrivée... comme une fleur... à dix heures. Très chic dans son manteau de cuir noir, noué à la ceinture. Elle paraissait pressée. Toujours active. Hier déjà, j'avais remarqué sa façon de ne jamais s'arrêter, martelant le parquet de ses talons aiguilles lorsqu'elle était debout, réfléchissant à haute voix quand elle était assise, bougeant, enchaînant, pirouettant, virevoltant, tantôt séduisante puis cassante, volant sans cesse d'une idée à une autre. Une fille à vous flanquer le tournis ! En réalité, comme toutes les surdosées, accros au modèle *working girl*, elle courait derrière son personnage de femme étoile filante, sans doute pour mieux masquer un stress exponentiel, et des monceaux d'incertitudes.

– Qu'est-ce que vous faites là ?

– Ben, je vous attendais !

– Mais, on n'avait pas rendez-vous !

– Non, mais j'ai des choses à vous dire... essentielles... importantes.

Je n'étais certes pas attendu... d'accord ! Mais, nous nous étions quittés, la veille, sur des propos aimables. Elle avait même promis de s'occuper de mon ciseau et de ses hiéroglyphes.

– Vous avez une sale tête ! me fit-elle remarquer. Vous êtes malade ?… À moins que vous n'ayez passé une mauvaise nuit…

– Une mauvaise nuit, oui ! J'ai couché avec une pucelle… Jeanne d'Arc. Vous connaissez ?

– Hmm !

Accrochée à une drôle de moue, elle avait haussé le menton, inquiète et sur ses gardes, comme si elle redoutait les assauts d'un détraqué qui aurait prémédité de la violer dans l'escalier.

Elle m'a pourtant laissé entrer. Sans trop de conviction. Dans sa grande salle aux boiseries reposantes, encore toute gorgée d'une chaleur conservée de la veille par les murs épais de cet hôtel ancien, vieux d'au moins quatre ou cinq siècles. Cette douceur ambiante m'a vite réconforté. J'avais l'impression qu'un sang chaud irriguait à nouveau mes veines et ma carcasse. Tant j'étais glacé dedans, des fesses jusqu'au cerveau…

Cette fois, j'ai tout fait pour capter sa confiance. Me tenant éloigné pour ne pas l'effrayer, respectant la distance des mots, contrôlant tous mes gestes. Bien élevé, en somme !… Mais dans le même temps, en la découvrant plus que la veille, je mesurais tout ce qui nous opposait. Elle, aisée en tout, dans sa vie, dans son job, dans son comportement. Et moi, mal éduqué, malappris, maladroit. Une scientifique bourgeoise et un couvreur de toit… « Il faut savoir rester à sa place ! » disait-on au pays… Pourtant, cette femme m'attirait d'une curieuse façon. Non pas que j'aille m'imaginer je ne sais quelle aventure, mais j'étais certain de pouvoir me livrer à elle, sans risque de passer pour un illuminé. Je la sentais…

Elle s'était assise, raide, dos calé sur sa chaise tournante, mains jointes sur sa jupe plissée. Prête.

– Je vous écoute.

– Vous n'allez pas me croire…

– Si vous commencez comme ça, c'est sûr !

À vrai dire, je ne savais par quel bout commencer ! Pudeur, gaucherie, trouble de l'esprit ? Un cocktail de sentiments brouillés sous-tendus par une évidence : elle m'impressionnait terriblement…

D'ailleurs je ne parvenais pas à trouver la bonne posture pour m'assurer un soupçon de contenance devant ce bloc de marbre. D'abord debout, bras ballants, puis mains dans les poches. Trop vulnérable, trop décontracté ! Je me suis alors assis sur une chaise inconfortable. En avant, en arrière. Penché pour mieux convaincre. Un bras posé sur le dossier pour prendre un peu d'aisance. Jambes croisées. Décroisées. Trop assuré, trop sûr de soi ! Trop trop. Trop pas assez !

Tout en m'agitant, j'avais repris la chronologie de mon histoire. Le parvis. Le toit, la chute. L'objet mystérieux. Tout ça, elle connaissait déjà. Elle ne bronchait pas. Elle me regardait.

J'avais d'ailleurs fini par abandonner ma chaise et je m'étais calé, debout, en appui sur le bord d'une de ses tables, bardées d'informatique. Légèrement de côté. Ce qui l'obligea à décoller la raideur de sa nuque. Et surtout à desserrer les dents.

– Attention, s'il vous plaît, ne faites rien tomber !

Comme une petite fissure dans le marbre… Je me suis engouffré.

J'ai plongé. J'ai osé lui livrer l'essentiel de mon incroyable odyssée. L'apothéose de mes visions. Le double crime de la cathédrale…

Au relâchement de ses épaules, j'ai compris qu'elle m'écoutait davantage. Qu'elle s'intéressait peut-être ! J'ai donc donné le maximum. Totalement habité, hanté par ce que j'avais vécu. Oui, vécu ! Puisque j'étais dedans ! Bien sûr, ça faisait très polar médiéval ! Surtout que mon récit ne manquait pas de détails, puisque j'avais tout vu. Tout entendu. Non seulement je relayais l'ambiance du script, mais en plus j'avais les dialogues en *live*, sur bande originale… Je n'ai rien oublié. J'ai témoigné au mieux. Et pour me livrer, je me suis livré ! J'étais même épuisé à la fin. J'avais l'impression d'avoir revécu mon cauchemar sous hypnose.

– Voilà, vous savez tout ! À vous de me dire ce que vous en pensez ! Je n'ai rien inventé… Ça m'est tombé dessus comme ça ! Avant j'avais une vie normale. Je manquais même plutôt de rêves, si vous voulez tout savoir… Est-ce que je suis devenu fou à lier ? Schizophrène ? Si c'est le cas, il faut me passer la camisole, tout de suite… Sinon, il faut que je comprenne ce qui m'arrive… J'ai peur que ça me reprenne… Voilà, j'ai peur ! Je n'ai pas honte de le dire. J'ai peur… Je pète de trouille… J'ai peur de devenir complètement dingue, si ça continue… Vraiment dingue, pour le coup !

Dans un roman, l'auteur aurait écrit quelque chose comme :

« À mesure qu'il parlait, transgressant sa pudeur, Mathieu s'humanisait aux yeux de Flora qui réalisait son profond désarroi. » Eh bien oui, c'était ça ! Oubliée, ma fierté ! Mon orgueil s'était liquéfié. De partager ce poids m'avait soulagé. Maintenant j'étais prêt à la convaincre. Et si possible, à lui demander son aide.

D'abord, elle n'a rien dit. Ses yeux m'évitaient. Elle réfléchissait, en balançant légèrement la tête, amorçant quelques mouvements de lèvres, comme si elle cherchait les mots par lesquels elle allait, sans me blesser, me poser une première question.

– Vous donnez l'impression d'avoir enregistré une multitude de détails. Ces… ces visions, dites-vous, elles ont duré longtemps ?

– … Au début, quelques seconde, peut-être… Une minute à peine quand j'ai vu les sculpteurs autour de l'ange… je ne peux pas dire ! Un peu plus longtemps sur le toit… Mais dans la cathédrale, ça n'en finissait pas. J'ai vu toute la scène… J'ai vu comme je vous vois, je vous jure ! Il faut me croire !

– Oui, je vous crois… Je cherche simplement à comprendre pourquoi vous avez été victime d'hallucinations aussi précises… Ça ne vous était jamais arrivé auparavant ?

– Jamais ! Même la nuit, je ne rêve pas. Le soir je suis crevé. Je me couche tôt et je tombe comme une souche… Là, c'était autre chose. C'était comme si j'avais vécu des moments d'une autre vie, à une autre époque… Au début, j'étais spectateur, mais dans la cathédrale, j'étais en plein dedans. Au beau milieu de l'action… Je n'ose pas prononcer le mot tellement il me fait peur, mais… c'était… surnaturel.

– Vous avez donc vécu une expérience paranormale.

– Si vous préférez !

– Vous donnez des noms aux personnages. Des noms précis… comme Rascard… ou le comte de Montebourg. D'où ça vient ? Vous avez déjà vu ces noms quelque part ? Dans un livre, une BD ?

– Vous voyez, vous vous foutez de moi !… Ce n'est pas parce que je suis couvreur que je suis complètement stupide et inculte… Vous ne me connaissez même pas. Vous ne savez même pas d'où je viens. Vous seriez étonnée ! Une BD ? Bien sûr ! Un dessin animé, même !

– Pardon ! Je ne voulais pas vous blesser. Ce n'est pas ce que je voulais dire… Mais vous savez bien que la mémoire est complexe, la mienne comme la vôtre… L'inconscient, ça existe, non ?

– D'abord, ce n'est pas « Montebourg », mais « Montchicourt ».

J'en suis sûr. Son nom a été prononcé à plusieurs reprises. Celui de Rascard aussi… Et vous allez me croire encore plus fou que vous ne l'imaginez, quand je vous aurai dit qu'avant même de l'entendre prononcé, ce nom s'est imposé à moi… J'ai eu de Rascard une première vision. Sur le parvis. Il s'engueulait avec un autre sculpteur, et il lui disait quelque chose comme « je suis le maître ici »… Et c'est moi qui en y repensant quelques instants plus tard, sur la terrasse d'un café, l'ai baptisé dans ma tête, comme ça, naturellement : « Rascard »… Je me suis même fait la réflexion : pourquoi ce nom ? Comme si je le connaissais ! Ensuite dans la cathédrale, Montchicourt l'a effectivement appelé Rascard. C'était bien la voix de Montchicourt. Pas la mienne. Pas une voix intérieure… Je ne suis pas allé lui souffler la réplique…

Évidemment, ce flot de précisions l'avait laissée perplexe. D'autant qu'au fil de mes explications ressurgissaient spontanément des détails nouveaux. J'étais imprégné comme une pellicule, de formes et de couleurs. D'odeurs, de sensations. D'impressions et de cris… L'épisode de la cathédrale, par exemple, s'était joué sur un fond de violence inouïe. D'en reparler me glaçait… Elle m'a posé d'autres questions. Comment étaient-ils habillés ? Armés ? En particulier, ma description des soldats semblait l'intriguer. Elle avait l'air de s'y connaître. Moi pas du tout.

– Vous dites qu'ils portaient des « hauberts »… Vous savez ce que c'est qu'un haubert ? Vous connaissez les armures des hommes d'armes de l'époque ?

– Non… mais ceux-là avaient des grandes cottes, un peu comme de longs manteaux de mailles qui leur descendaient jusqu'aux chevilles, ou presque… Mais pourquoi ? J'ai dit « haubert », moi ?

– Oui, et c'est ça, un haubert ! La cotte de maille était plus courte. Elle s'est portée sous les armures, deux siècles plus tard… En fait, vous êtes complètement raccord… Haubert et casque ovale à protection nasale. XIIe et XIIIe siècles… C'est bien l'époque que vous décrivez, à l'achèvement du premier étage de la façade de la cathédrale…

– Comment vous savez tout ça ?

– C'est mon métier.

Ensuite elle m'a demandé de tout reprendre depuis le début, comme pour recouper les détails de mon récit et vérifier que je n'allais pas me contredire… En réalité, je crois qu'elle amorçait son immersion au cœur de mon histoire. Je commençais à l'intéresser… Alors j'ai raconté et reraconté. Dans tous les sens.

– Et dans ces coffres, qu'y avait-il ?

– Un trésor… Un trésor volé aux Turcs, aux Sarrasins, à je ne sais qui ! et qu'ils allaient mettre à l'abri, avec la complicité de Rascard…

– Qu'est-ce qui vous permet de dire ça ?

– … J'en sais rien !

Oui, pourquoi un trésor volé aux Sarrasins ? Cette idée s'était imposée à moi comme une évidence. En la formulant, je n'avais éprouvé aucune raison d'en douter. Même si j'avais eu l'impression, un court instant, que cette réponse ne m'appartenait pas. Qu'elle était instinctive, semblable à ces impulsions qui secouent les possédés au cours des expériences d'écriture automatique.

– Mais au fait ! Est-ce que je peux savoir ce que vous alliez faire dans la cathédrale, hier soir, avant la fermeture ? Ça vous arrive souvent ?

– Oui, c'est vrai, il faut que je vous dise aussi… C'est sûrement un indice important… Vous vous souvenez, le trident sur le ciseau ? Eh bien, je savais que je l'avais vu quelque part. Et hier, en rentrant dans le bus…

La clé était certainement là, quelque part – je le pressentais – puisque tout s'était déclenché au moment de la confrontation des signes… Nous avons donc fait le tour de la symbolique du trident. Sans succès. Et puisque nous nagions dans l'ésotérisme, pour couronner le tout, je me suis découvert. Je lui ai tout déballé. Que j'étais franc-maçon. Ou plutôt compagnon du tour de France, issu de la pure tradition des loges « opératives », les plus anciennes de mon obédience.

De la curiosité, elle était passée à une incrédulité amusée, devant une situation si rocambolesque qu'il valait mieux la tourner en dérision. Le temps de décompresser un peu… Pensez donc ! Un maître couvreur qui prêche devant une loge de notables, avant de se lancer dans un jeu de piste entre les colonnes de la cathédrale où il rencontre des croisés qui ont volé des Turcs… C'était beaucoup, pour une seule matinée ! D'ailleurs, il était midi. Elle a ôté sa blouse, pour recouvrer son élégance de femme. Et elle m'a invité à poursuivre, autour d'un déjeuner.

*

Installés à la terrasse du Bar du Parvis, au milieu de tous ces gens, le nez dans leur assiette, nous savourions, muets, le goût suave de l'instant. Qui n'était rien d'autre que la caresse d'une belle journée ensoleillée. J'étais pourtant toujours aussi nerveux, noué… En parlant, j'oubliais. Il me fallait donc rompre ce silence entre nous, qu'elle gardait pudiquement comme une protection, jetée sur mes pensées…

– C'est quoi, votre spécialité ? ai-je alors demandé avec un accent de franche banalité, l'informatique… l'art… l'histoire ?

– Je suis avant tout une amoureuse des pierres… J'aime les caresser, des yeux, des mains… du cœur. De la mémoire. De cette mémoire collective du temps dont nous sommes dépositaires, vous et moi. Comme tous ceux qui vivent sur cette terre… Voyez, par exemple, le sourire de cet ange, là-bas, que tout le monde connaît et qui symbolise à lui seul l'œuvre de milliers de bâtisseurs anonymes… il est figé dans son éternité. Et pourtant ! Est-ce que vous imagineriez sur la plus merveilleuse des photographies un sourire pareil ? D'un homme ou d'une femme ?… Est-ce que vous vous rendez compte que c'est la main d'un homme qui lui a transmis, en taillant un bloc de pierre, cette douceur, cette bonté ? Cette éternité… Hou, hou ! Vous ne m'écoutez pas ? Vous êtes perdu dans vos pensées ?…

Elle agitait sa main devant mes yeux. Accroché, dans le vide, au son de sa voix, je m'étais laissé glisser, funambule, en équilibre sur un rayon de soleil, jusqu'au sourire de cet ange que je croisais, chaque matin, et que je m'efforçais de redessiner dans ma mémoire.

– Non, non, j'écoute… Vous êtes lyrique, quand vous vous laissez aller. C'est bien ! J'aime vous entendre… Savez-vous qu'au départ, je voulais être sculpteur ? Pas artiste, mais tailleur de pierre, pour restaurer. Mais quand je suis arrivé sur le tour de France, il fallait attendre deux ou trois ans. J'étais pressé. J'ai donc choisi une autre spécialité…

– Vous êtes si impatient ?

– C'est long à raconter, mais… C'était l'année du bac… J'ai voulu quitter la maison, pour des raisons que je vous expliquerai plus tard, peut-être… En réalité, je ne m'entendais pas avec mon père. Famille bourgeoise et tout… Je rêvais d'aventures, d'air libre, de passion et de solitude… Voilà ! Il vaut mieux que je sois tombé sur les compagnons du tour de France que sur une bande de voyous, non ? J'avais dix-huit ans… Je suis bien. Je ne ferai peut-être pas ça toute ma vie, mais enfin ! Pour l'instant, ça va…

On s'est raconté comme ça deux ou trois épisodes de vie. Juste professionnels. Mais assez pour m'apercevoir que je m'étais probablement trompé sur l'analyse des apparences… Elle n'était pas la fille que j'imaginais.

Sans souci, sans besoin, et née comme ça. Son allure, la distinction, les manières et tout ce qui la rendait inabordable, elle se les était fabriqués toute seule. L'aspect racé, le vernis n'étaient pas d'origine. Elle avait tout bossé. Les études comme l'élégance. Ce qui donnait, au résultat, un produit agréable à regarder, plaisant à suivre et à écouter. Et désirable, pour qui avait cette chance…

Le visage tendu vers le ciel, dans la position du capteur solaire de terrasse, à la recherche d'un regain d'énergie, je me suis passé la main dans les cheveux et j'ai dû dire quelque chose comme :

– Je dois avoir une sale gueule, non ?

– Vous n'êtes pas très frais !

– Normal, j'ai dormi toute la nuit sur le pavé glacé !

– Je ne pense pas que vous ayez dormi. On ne reste pas une dizaine d'heures allongé par terre sans bouger… Je crois plutôt que vous êtes resté groggy sous l'effet d'un choc psychique intense. Vous étiez vidé, comme assommé. Évanoui…

– Ah oui ! Je peux vous demander quelque chose ? Vous connaissez quelqu'un de schizophrène ?

– Jusqu'à présent, non.

– Vous pensez que je le suis ?… Non, parce que ça ! Ça me fait peur. La semaine dernière j'ai vu une émission à la télé, dans laquelle ils parlaient des schizos… Eh bien, les psychiatres disaient que les premiers symptômes se manifestaient généralement par des bouffées délirantes, et que, dans certains cas, les schizophrènes pouvaient passer à l'acte. C'est-à-dire même tuer. Faites attention à vous ! Non, mais sans rire, c'est grave ! Vous croyez que je devrais voir un psy ?

– À première vue, vous n'avez pas une tête de schizophrène… même si vous êtes persuadé d'avoir couché avec Jeanne d'Arc. Non, le psy, je ne pense pas que ce soit la solution…

On est resté là, encore un long moment, à lézarder. Chacun de son côté, plongé dans ses pensées. À nouveaux silencieux, au milieu des derniers clients qui payaient l'addition. Puis, Flora, qui suivait son idée, est revenue sur le sujet.

– Vous savez ce que je crois ? Ne riez pas ! C'est que vous êtes médium et que vous ne le savez pas… Attendez ! Ne faites pas cette tête de sceptique. Je vais m'expliquer. Je pense même qu'il y a là une piste sérieuse ! Vous m'avez bien dit qu'après chaque vision, ou flash, appelez ça comme vous voulez, vous vous sentiez totalement anéanti ?

– Vidé comme une chiffe molle…

– Ainsi vous êtes tombé d'un échafaudage, malgré votre agilité… parce que vos forces vous ont lâché… Et vous êtes resté KO comme un boxeur, toute une nuit sans vous relever. Parce que vous n'aviez plus le moindre soupçon d'énergie en vous… Ce qui est classique lorsqu'un médium est soumis à des épreuves de voyance répétées ! Surtout aussi intenses.

– C'est ça… je suis Madame Soleil !

– Faites le malin ! Est-ce que vous vous souvenez de Yaguel Didier ? Une voyante très connue. Elle s'est prêtée, un jour, à une expérience, en direct à la télévision… On lui présentait, sous enveloppe scellée, une mèche de cheveux, un morceau d'étoffe, un fragment de lettre, ayant appartenu à un personnage célèbre… Elle touchait simplement cette enveloppe, avant de se plonger dans l'espace du temps. Et elle était capable, en direct, de remonter, grâce à son don de voyance, jusque dans les prisons du Temple, par exemple, où on coupait les cheveux de Marie-Antoinette, avant de la conduire à l'échafaud…

– Avec deux ou trois bonnes questions… et quelques vieilles combines de télépathie de cabaret, on doit y arriver, non ?

– Moquez-vous ! Moi, j'y crois, à ces phénomènes-là !... Je crois que la vie, l'histoire, s'inscrivent sur un grand disque dur qu'on devrait pouvoir relire si on savait comment. Et je suis persuadée que les médiums, les vrais, ne sont pas des imposteurs. Ils ont ce don, ou simplement cette faculté de dérailler d'une base de données vers une autre, sous je ne sais quelle impulsion. Je pense... que c'est... ce qui vous... arrive !

– Remarquez, je préfère être médium que cinglé ! À cette seule différence que moi, je n'ai pas tripatouillé d'enveloppe contenant des souvenirs de croisades...

– Non, mais vous avez trouvé un bout de ferraille, comme vous dites si bien, qui, à l'évidence, vous est arrivé tout droit dans les mains, en provenance du passé...

Son raisonnement s'enchaînait trop bien. Difficile de ne pas adhérer. J'ai réfléchi, un peu.

– Mille excuses, mais il y a encore une faille dans tout ça...

Ce ciseau n'est entré dans ma vie qu'au moment de ma chute... Avant, alors que j'en ignorais même l'existence, j'avais déjà vécu les trois premiers flashes... Et ce n'est pas tout. Souvenez-vous ! Je vous ai expliqué – Dieu sait que ça m'a marqué ! – que juste avant de descendre dans le tunnel, le dernier soldat avait shooté dans mon bout de ferraille, justement. Ce n'est pas de la voyance, ça. C'est de la participation active. J'étais... dedans !

– Bon, écoutez ! Je vais appeler une amie qui fait les tarots, mais qui a surtout des dons extra-lucides réels. Je trouve même qu'elle est très douée... Je lui parlerai pas de vous... Je vais vous demander aussi de me prêter votre ciseau. Demain, promis ! je le ferai parler sous la torture du laser. Et je vous téléphonerai...

– Non, je ne m'en sépare pas... Je vous l'ai déjà dit !

– Si !.. Ne faites pas l'enfant ! Après tout ce qu'on s'est raconté, si vous n'avez pas confiance en moi, débrouillez-vous tout seul…

Je lui ai passé le ciseau, sous la table, toujours emballé dans son chiffon. On avait l'air malin ! Un couple de maffieux faisant circuler de la drogue. Ou l'argent d'une rançon. À moins que ce ne fût l'arme du crime.

– Qui c'est, ce gars que vous regardez comme ça, de l'autre côté de la place ?

– Je devais déjeuner avec lui. C'est mon fiancé… Il faut que j'y aille. À demain.

4

« Meeerde ! »… J'ai tapé un grand coup sur le portable qui, après avoir traversé la chambre, s'était mis à parler tout seul, en rebondissant sur le parquet. Il faisait jour derrière les volets, mais ce n'était pas une raison pour venir m'accabler dans mon premier sommeil. Je venais tout juste de m'endormir, après une nuit d'insomnie, peuplée de fantômes et de rêves éveillés.

La voix qui m'appelait berçait déjà mon nouveau rêve. J'étais à Domrémy, ivre de fatigue au milieu des moutons… lorsque j'ai reconnu le timbre de Flora. Adieu, Jeanne ! J'ai glissé sur le ventre pour récupérer le portable. J'avais dû appuyer sur la touche verte, en envoyant tout valdinguer… « Allô… Oui, c'est moi… Non, non, vous ne me réveillez pas !… Depuis longtemps ! J'allais partir… » Déjà exubérante en ligne, de si bon matin, elle parlait vite et fort, la voix teintée d'une certaine émotion… Émergeant de mes brumes lorraines encore mal dissipées, je ne comprenais pas tout ce qu'elle disait, si ce n'est qu'elle avait réussi à déchiffrer le plat du ciseau sur lequel figurait le nom du propriétaire… « présumé », pour respecter la nuance. Car rien ne prouvait qu'il s'agissait d'un nom. Qu'importe ! J'étais impatient de voir ça, comme un gosse son cadeau sous l'arbre de Noël. J'ai donc filé, mal réveillé, mal fagoté. Jusqu'à son atelier.

Le polissage au laser avait lissé le métal qui brillait désormais d'un bleu d'acier très pur. Sans les traces de rouille qui bavaient sur les côtés, on aurait même pu croire que l'outil était neuf. Car, pour un burin surgi du Moyen Âge, il paraissait davantage moulé dans un alliage moderne que fondu dans une ferraille d'époque.

– Ce qui m'étonne, précisa Flora en le soupesant entre ses mains, c'est sa légèreté ! Prenez-le ! On dirait qu'il est faux. C'est comme un jouet ! Depuis hier, chaque fois que je le touche, j'ai la même sensation.

D'accord, il était léger ! Mais j'étais accouru si vite, pan de chemise hors du pantalon, lacet craqué, arraché, chaussure flottante, moins pour m'interroger sur l'alchimie des fondeurs d'autrefois que sur le sens des signes qui étaient gravés dessus…

– Montrez-moi ça ! Ça se regarde comment ?

Inutile de le tourner dans tous les sens ! Le nom apparaissait maintenant, très nettement, occupant à lui seul la moitié de la lame… « Macias »… Prénom peu usité de nos jours ! Il avait même plutôt une consonance étrangère. Méditerranéenne, peut-être. Déjà les pistes se brouillaient… Ces six lettres étaient suivies de deux dessins. Deux symboles… Le premier en forme de goutte d'eau. À l'envers, si on voulait respecter le sens de la gravure du nom. L'autre représentait à l'évidence un rectangle coupé en deux, ou deux carrés unis par un même côté. Affaire également d'interprétation !…

Nous nous sommes repassé l'objet. Précautionneusement. Nous l'avons regardé, à tour de rôle, retourné, soupesé à nouveau. De près. De loin, à bout de bras. Tout en cherchant à décrypter les signes. Sans un mot. Déstabilisés sans doute, tous les deux, par la même crainte de passer pour ridicule aux yeux de l'autre si nous commencions à libérer, sans retenue, tout ce qui nous passait par la tête.

– Pour moi, dit-elle, se lançant la première, celui-là… la goutte d'eau comme vous dites, représente un cœur… Grossièrement dessiné peut-être, mais avec sa pointe en bas… Regardez ! Et dans l'arrondi du haut on sent une légère inflexion au milieu. Comme dans le dessin d'un cœur !… Je dis ça parce que nous partons bien sûr du principe qu'il s'agit de symboles. Nous sommes d'accord ?… Sans compter que ça ne devait pas être facile de graver quelque chose là-dessus !… Et vous ! Qu'en pensez-vous ?

– Je pense comme vous… C'est sûrement un cœur. Et je crois même en comprendre la signification…

– Déjà !… Mais, vous avez l'air troublé ?

– Troublé, oui ! Si c'est bien un cœur… À côté, c'est sans doute une pierre. C'est même l'un des symboles les plus basiques de la franc-maçonnerie. Très certainement hérité des bâtisseurs de cathédrales… Ces deux carrés juxtaposés représentent les deux faces d'une pierre taillée… L'homme était donc au moins compagnon. Sinon, il aurait gravé la représentation de sa pierre de manière différente…

– Donc, ça pourrait indiquer son grade ?

– Non, pas du tout. Il faut lire ça comme un rébus… C'est simple. Regardez ! Macias… cœur… pierre… C'est son nom, suivi de son sobriquet. « Macias, Cœur de pierre ».

– Yééé ! Incroyable. Vous êtes très fort. Je veux des cours du soir ! Hé ! Vous devriez être content ! Au lieu d'avoir cet air dubitatif. C'est merveilleux, non, de pouvoir redonner vie à un objet tombé du ciel, et de découvrir qu'il a appartenu à quelqu'un ! C'est même émouvant !

– « Cœur de pierre » ? C'est comme ça que j'appelle mon ami, vous voyez qui je veux dire ? Le charpentier… Je l'appelle « Cœur de pierre » quand je me moque de lui… quand il m'énerve, avec son goût des traditions… Mais le pire, c'est que je n'ai jamais eu la moindre raison de l'affubler d'un nom pareil… Ça m'est venu comme ça ! C'est troublant ! Et de l'autre côté, vous n'avez rien pu déchiffrer ?

– Il m'a déjà fallu toute la matinée pour nettoyer ce côté-là ! Soyez patient… Demain, on verra !

*

* *

Macias se tenait debout entre les colonnes, pieds d'équerre sur le dessin du labyrinthe peint à même le sol. Réplique de celui qui ornait le parterre d'entrée de la cathédrale, une sorte de damier de pierres blanches et noires, qui portait la signature des architectes du grand et divin projet de Notre-Dame.

La main gantée, il était resté figé dans le salut du compagnon, en signe de respect envers le grand maître, assis face à lui, au sommet des sept marches. Généralement, c'était Rascard qui ordonnait ce genre de cérémonie, comme il présidait d'ailleurs, en raison de son grade, toutes les tenues fermées de la loge. Mais, aujourd'hui, le maître des sculpteurs avait cédé sa place au maître d'œuvre du chantier qui régnait depuis six ans déjà sur toutes les confréries de bâtisseurs. « Gaucher de Reims » avait pris en effet la relève de Jean d'Orbais. Lequel avait succédé à Jean Le Loup. Tous trois ayant mené ici l'essentiel des travaux, depuis un quart de siècle.

Avec l'arrivée de ce nouvel architecte, le chantier avait repris de la vigueur. Le sale temps des émeutes dissipé, les équipes s'étaient reconstituées. Et l'édification de la façade occidentale avait commencé, pierre après pierre, érigée autour de trois portails monumentaux, à l'image de la cathédrale de Laon. On disait que cette première étape terminée, l'ouvrage serait coiffé par un second étage, supportant la plus grande rosace jamais réalisée, encadrée par deux tours qui s'élèveraient jusqu'à deux cent cinquante pieds du sol… Un immense puits de lumière, filtrée par d'innombrables pièces de verre multicolores, enchâssées dans du plomb et des pétales de pierre. Et deux tours ajourées comme de la dentelle, surmontées de clochers pouvant toucher le ciel… Après ça, il fallait bien espérer que Dieu et la Vierge Marie en sauraient grâce aux milliers de serviteurs de la foi qui s'échineraient encore, des décennies durant, à élever cet édifice comme un pont d'espérance entre la terre des hommes et les portes du paradis…

Même s'il vivait vieux, Macias n'en serait plus. Lui qui n'était pas né quand Aubry de Humbert, l'archevêque de l'époque, posa la première pierre de cette nouvelle cathédrale. La troisième bâtie sur les mêmes fondations, en huit siècles de chrétienté… Toujours plus grande, toujours plus belle. Celle-ci avait été conçue pour être le fleuron du gothique, marquant l'apogée et la magnificence de cet art. Elle serait la plus haute, la plus longue, la plus monumentale de toutes, couverte de sculptures et de bas-reliefs, afin de pouvoir lire sur ses murs comme dans la Bible, et, dans les moindres recoins, l'Ancien et le Nouveau Testament. Avec aussi un peu de l'histoire de ses serviteurs les plus dignes, saints et martyrs… depuis Clovis dont le baptême avait fait de la ville le haut lieu des sacres pour tous les rois de France…

Après avoir levé le maillet qu'il tenait serré sur sa poitrine, l'architecte Gaucher frappa de trois coups appuyés le pupitre qui le séparait, sur sa droite, de Rascard, le maître des sculpteurs. Sur sa gauche siégeait Francœur, le maître des maçons… Débuta alors la lourde marche des « initiés » de la loge du Levant, celle qui rassemblait les maîtres et compagnons de tous les métiers de la pierre. Leurs semelles de bois et de cuir cloutées martelaient le sol, d'un rythme lent et cadencé, impressionnant de solennité. Deux par deux, ils s'avançaient ainsi, formant un long serpent qui entreprit de tourner autour des colonnes en bois, disposées aux quatre coins du labyrinthe. Tous ces hommes, pénétrés de leur rite, portaient la même tenue. Le pan droit de leur tablier de cuir épais était relevé et attaché à la ceinture. Leurs chemises de bure à manches larges, nouées sur les poignets, bâillaient sur leur poitrail. Avec autour du cou, pendant au bout d'une chaîne, la médaille frappée aux insignes du Levant. Ils s'avançaient, la tête haute, les avant-bras croisés sur le torse, tenant dans chaque main les outils symboles de leur métier. Le ciseau et le maillet pour les tailleurs et les sculpteurs. L'équerre et le fil à plomb pour les maçons. Tous semblaient habités d'une même gravité dans l'exercice rituel de cette cérémonie. Du plus jeune, aux cheveux jaunes et bouclés, le teint blanc aussi lisse que le portrait d'un ange, au plus vieux, à la peau grêlée par la poussière et burinée par le vent des chantiers.

Avant que ne commence cette lente procession, les deux ouvreurs de rang avaient bandé d'une étoffe noire les yeux de Macias et l'avaient déplacé comme un aveugle sur le coin gauche du labyrinthe, devant la première colonne. Il n'y voyait plus et n'entendait désormais que le bruit de cette chenille cloutée qui tournait autour de lui, frappant la roche du sol, de son piétinement sourd, accentué par un murmure guttural, scandé sur chaque troisième pas, semblable aux ahans des bûcherons lorsqu'ils jettent leurs cognées.

Ainsi masqué, Macias perdait tous ses repères, ne sachant plus si cette rumeur lancinante qui l'enveloppait passait devant, derrière. Venait du ciel ou de l'enfer.

Des frissons parcouraient sa peau. Il était gagné par la fièvre envoûtante de sa propre initiation.

Sous son bandeau, défilaient les souvenirs d'un long voyage et de son arrivée sur le chantier rêvé de Reims… Il venait de Bamberg, avec quatre autres compagnons. Là-bas, de l'autre côté du Rhin, il avait fait l'un des plus beaux voyages que puisse faire un jeune homme plein d'allant et d'adresse, curieux d'apprendre à dominer la pierre. D'abord, à la tailler comme apprenti. Puis à la sculpter comme compagnon. Il tenait cette passion des récits de son père, sculpteur avant lui, dont les mains étaient devenues plus rugueuses que les blocs qu'il caressait avec sa peau, pour aplanir, comme avec une râpe douce, les dernières aspérités du grain. Ce n'était pas pour rien qu'on l'avait surnommé « Jacques le Ponceur ». Mais son art et sa vie avaient pris fin au pied des tours d'Amiens, écrasé par l'une des pierres qu'il avait lui-même taillée. Il était monté sur la butte de terre qui permettait de surélever les échafaudages. Toujours prêt à servir, il aidait les manœuvres à tirer sur les cordes des poulies, au moment du levage, lorsque l'ensemble avait cédé. Le terrain détrempé par les pluies d'automne avait glissé sous trop de poids, emportant tout, la charpente, les pierres et les hommes. La compétition était si grande entre les évêques, sur les chantiers des cathédrales, qu'on cumulait parfois les négligences au profit d'une course frénétique, et parfois hasardeuse, contre le temps… Anonyme, mais satisfait de cette demi-vie au service de Dieu, Jacques le Ponceur avait mis trois jours de souffrance à mourir, les jambes et les reins broyés.

– Salut, les Vandales ! avait lancé Rascard, bras ouverts, dans un rire plus rocailleux que la voix, en accueillant Macias et ses compagnons, exténués d'avoir marché près d'un mois, pour venir de Bamberg… C'est bien la première fois que des barbares foulent la terre de Reims sans être taillés en pièces, foutre Dieu ! s'exclama-t-il, en se signant.

Même si les siècles avaient passé, le souvenir des envahisseurs germaniques hantait toujours les mémoires. Et si aujourd'hui on en plaisantait, c'était vite oublié qu'on avait tremblé d'effroi, à maintes reprises, sur leur passage, dans toutes les marches de l'Est… avant qu'ils ne descendent semer la terreur jusqu'au fond de l'Espagne. Car ces hordes vandales avaient massacré et pillé assez de familles et de villages dans la région pour demeurer à jamais, rien qu'à l'évocation du nom, symbole de terre brûlée et de dévastation. Saint Nicaise en fut témoin. Il demeurait pour tous le martyr exemplaire de la résistance à ces invasions sanglantes. Lui, l'évêque de Reims qui fut décapité sur les marches de son église, alors qu'il en interdisait l'entrée à des pillards chevelus, irrespectueux de la foi. En perdant la tête, il avait gagné dans l'aventure son auréole de saint et le droit de figurer sur le fronton de la première cathédrale, toujours représenté sa tête entre les mains.

Il faut dire que ces immenses plaines de l'Est n'avaient pas vu passer que cette invasion-là. Sur ces longs chemins plats, véritables pistes à chevaux, les cavaliers barbares, poussés par les vents, venaient buter tout naturellement sur les régions fertiles de la Champagne. Ainsi les Huns d'Attila vinrent après les Vandales. Heureusement vaincus avant d'avoir pu fondre à leur tour sur la ville… La sauvagerie des combats fut telle que pendant plusieurs jours les cris déchirants des milliers de blessés agonisants glacèrent le sang des habitants du bourg le plus proche, pourtant distant de quatre lieues. On dit que, de longues années encore après cette boucherie, les oreilles de ces gens bourdonnaient toujours du murmure lent de la mort. Expression si enracinée qu'elle devint la désignation même de ce lieu, dit « Mourmelon ».

Le passage facile entre les monts d'Ardenne et la montagne des Vosges ne facilita pas que la venue des barbares. La croisée des chemins entre le Nord et l'Est vit passer les marchands, les voyageurs et les échanges de toutes sortes. Reims en fut le centre, et devint au fil des siècles la plus grosse ville de la région. L'une des plus importantes du royaume de France. Et l'une des plus riches aussi. Ses draps étaient réputés. Ses alentours fertiles. Une bourgeoisie cossue s'installa, se développa, en même temps que poussaient les clochers d'églises, de basiliques et autres maisons de Dieu. On n'en comptait pas moins de cinquante du haut des remparts, lorsque Macias et ses compagnons se présentèrent devant la porte Neuve qui ouvrait la ville sur les plaines de l'Est.

Rascard avait fait, douze mois auparavant, le chemin inverse de celui de Macias et de ses compagnons. Il avait gagné cette ville, chef d'œuvre d'art, qu'était Bamberg, en Germanie. Avec la bénédiction de l'évêque et un attelage rapide de quatre chevaux, fourni par le chapitre. Il allait recruter là-bas du sang neuf, chercher l'inspiration nouvelle, et des techniques modernes, espérant relancer l'ardeur émoussée des compagnons de Reims. Car le cœur n'y était plus. Les émeutes de 1233 et la répression qui avait suivi avaient jeté la suspicion sur la capacité de la ville des sacres à mener à terme le plus grand projet de tous les temps… qui, jusqu'alors, ne l'avait conduit qu'à la révolte.

Le projet était grandiose. Mais plus il avançait, plus il coûtait… Il fallait bien extraire la pierre. Dans des carrières parfois lointaines, à Trigny, à Vitry, et même jusqu'à Courville. Pour satisfaire à la demande des concepteurs qui réclamaient des matériaux toujours différents, selon la partie d'édifice à bâtir. Ensuite, il fallait bien acheminer ces charges lourdes dans des chariots qui n'en supportaient que peu, si on ne voulait pas risquer de rompre les essieux. D'où la nécessité de construire d'autres chariots. Avec d'autres charrons. D'autres bœufs, d'autres chevaux. Sans compter les efforts du Trésor qui devait assurer le salaire des hommes et défrayer les confréries… Certes l'archevêché était riche. Il payait. Le chapitre payait. Les bourgeois payaient l'impôt. De plus en plus lourd. Les commerçants croulaient sous les taxes. Et le petit peuple se saignait aux quatre veines, n'ayant plus assez de foi pour prier Dieu d'en finir avec les exigences de l'art gothique… et les rêves de grandeur de monseigneur l'évêque.

La belle ville s'appauvrissait. Les plus démunis ne mangeaient plus à leur faim. À l'entrée de l'hiver la révolte éclata. La répression fut sanglante et sans pitié. On vit les soldats abandonner les corps pendus des émeutiers aux coins des rues, pour inspirer la terreur, et les meneurs suppliciés sur la roue, exposés pour l'exemple au cœur du marché, sur la grève du Boulingrin. Il fallut l'intervention du pape et la médiation du roi pour mettre un terme à ce désordre. Mais l'eau coula encore longtemps sous les ponts de la Vesle avant que la rivière ne soit purifiée du sang des innocents. Le temps fut long avant de renouer avec la foi.

Pendant près de quatre ans, le chantier de la cathédrale resta ouvert aux vents et à la ruine. Les travaux furent arrêtés, faute de tout. D'argent, d'hommes et d'envie. La pluie ruisselait sur les piliers des travées inachevées, bras lépreux, émergeant du tombeau de la terre. Aux cantiques des chanoines qui célébraient toujours le culte, entre les murs de l'ancienne nef, répondaient au-dehors des nuées de corbeaux croassant, perchés sur les échafaudages abandonnés, comme les pendus de la révolte, au milieu d'un décor sinistre et décharné.

L'endroit était si triste le jour, et coupe-gorge la nuit, qu'on faisait le détour pour le contourner par la rue des Fuseliers…

Quatre ans plus tard, quand Jean Le Loup revint en maître d'œuvre, avec ses équipes de maçons et de tailleurs, ses ferronniers et ses charpentiers, la fièvre n'y était plus. Le charme merveilleux s'était rompu. Certes la construction était relancée. L'argent rentrait à nouveau, bien que moins généreusement. Mais l'oubli n'opérait pas vraiment dans les esprits. L'ambiance sur le chantier était devenue aussi terne que la brouillasse humide sur les plaines de Champagne. La seule conscience du travail bien fait avait supplanté l'enthousiasme. Et la force de l'habitude avait tué l'audace.

Le Loup décida alors de tester de nouvelles méthodes, afin de réduire le poids des finances et des charges. Il imagina ainsi pouvoir faire rentrer les hommes qui s'étaient expatriés outre-Rhin, partis là-bas chercher un travail dont les avait privés l'arrêt de la construction. C'est ainsi qu'avec l'accord de l'évêque inquiet, il dépêcha Rascard à Bamberg, pour recruter des bras et des talents sur le parvis du joyau de la Bavière, cette cathédrale rhénane dont tout le monde parlait, dont les architectes s'inspiraient déjà et où se formaient de jeunes sculpteurs à la réputation florissante. Ne parlait-on pas de « nouvel art » à Bamberg ? Moins académique que celui de l'école d'Amiens… et qui prenait des libertés parfois audacieuses avec l'expression statuaire. Pire encore ! Avec la représentation divine.

Rascard en avait donc choisi cinq. Dont Macias, qu'on surnommait alors le « Lion des Flandres », pour marquer son origine. Et en raison de sa crinière blonde et de sa charpente à la fois souple et solide. Durant sa visite, le maître rémois était resté suspendu, de longues heures, à regarder faire ce jeune homme qui adoptait une singulière posture lorsqu'il sculptait. Campé bien droit sur ses jambes écartées, à une distance de bras de son bloc de pierre. Seule la partie supérieure de son corps semblait bouger, articulée sur un bassin quasiment fixe et rigide. Il avançait son torse et ses épaules, les rejetait vers l'arrière. Procédait par touches. Puis s'arrêtait, regardait et recommençait. Sa frappe était précise et franche. Il était si concentré qu'il donnait l'impression de ne devoir jamais s'arrêter, entièrement pénétré par son œuvre… Mais une fois terminé, ce marbre flamand s'animait, éclairant son visage d'un sourire triste et doux, identique à celui qu'il accrochait dans la pierre au coin des lèvres de ses anges. Bon vivant, il passait ses nuits à boire du vin de Moselle dans les tavernes de la vieille ville, en compagnie de Claudius, un Saxon, qui faisait l'interprète, écorchant autant le français que le patois du pays. Mais il les faisait rire. Et il riait de les voir rire. Lui aussi allait faire partie du voyage, ainsi que deux Bourguignons, frères jumeaux, qui sculptaient comme ils se ressemblaient. Impossible de les différencier. Ni au physique, ni au métier. Heureusement l'un travaillait le diable et l'autre les saints. Encore qu'on pouvait se demander s'il ne leur arrivait pas d'intervertir, pour passer du mal au bien, sans rien dire. L'un soulageant, à tour de rôle, la conscience de l'autre. Car, comme beaucoup, ils n'aimaient guère s'attarder à chatouiller, même du ciseau, la barbiche de Satan.

Le cinquième enfin, dit « le Bourdon », parce qu'il avait commencé son apprentissage chez un fondeur de cloche, était d'un penchant taciturne. Il se couchait très tôt. Quand il n'allait pas voir les filles, à l'auberge Apfelbaum. En solitaire et en secret… Ce qui ne l'empêcha pas de ciseler une Vierge d'une rare pureté, pour la façade d'entrée. Dieu seul sait qui servit de modèle ! Était-elle Marie, ou bien Marie Madeleine ? Bref ! Rascard tourna ainsi deux bons mois, sous les préaux d'ateliers qui jouxtaient la cathédrale rhénane. Humant les cœurs et les talents. Puis, certain d'avoir fait son marché, donna rendez-vous à ses cinq jeunes recrues. Avant la fin de l'été, si tout allait bien, pleins de force et d'entrain, sur le parvis de Reims, une fois leur travail achevé chez les chrétiens germains.

– Salut, les Vandales !…

Sous le bandeau qui lui voilait les yeux, Macias revoyait ces moments qui l'avaient conduit jusqu'ici. Il se souvenait, comme si c'était hier, de cette apostrophe braillarde, empreinte de fraternité autant que d'arrogance, lancée par Rascard, lorsqu'il s'avança à leur rencontre. Il barrait à lui seul, de ses bras agités, l'allée des loges bleues, l'allée des maîtres de l'Ordre. C'était… Il y avait bien trois ans…

Ce soir, Rascard, en maître des sculpteurs, siégeait digne et fier aux côtés du grand maître Gaucher, assis sur la plate-forme taillée dans la roche, marquant l'emplacement des vénérables. Son œil noir acéré, qui, avec son bec de nez, lui conférait un profil de faucon, s'était fixé sur ce jeune homme qu'il avait mené jusqu'à l'initiation. Sa chevelure épaisse et toujours aussi noire, sa peau tannée par le soleil ne permettaient pas de discerner, dans la pénombre percée par la seule flamme des bougies, cette lueur de fierté et d'affection qu'il déversait, en cet instant, sur ce fils spirituel dont le regard masqué ne pouvait croiser le sien. D'ailleurs, ne l'appelait-il pas « fils », parfois, lorsqu'il se laissait aller à parler doucement ! Il est vrai que ces moments étaient rares. Plus souvent il grognait, pestait, s'emportait. Mais, au fond, si on avait pu percer cette insondable carcasse jusqu'au cœur de son humanité, on aurait compris combien Rascard espérait de son brillant élève. Il voulait faire de lui le meilleur des meilleurs. Que son bras prolonge son bras. Que son art prolonge son art. Il le voulait son égal… en même temps qu'il craignait que ce jour n'arrivât. Que le ciseau du maître ne frappe un dernier coup, avant de s'effacer devant celui, plus habile et plus jeune, de Macias…

La chenille des maîtres sculpteurs avait terminé son troisième cercle autour du labyrinthe. Un par un, ils avaient pris place, devant leurs tabourets, dans un alignement parfait. Debout, immobiles sur plusieurs rangées, du côté qu'ils nommaient le midi, parce qu'il était au sud. Figés dans la même posture, bras croisés, serrant sur la poitrine leurs signes distinctifs. Ils regardaient s'avancer, à leur tour, ceux d'en face, ceux qui se tenaient du côté nord, appelé septentrion… Midi, septentrion, c'est ainsi qu'on désignait les façades sur les plans des architectes de cathédrales. L'occident pour la grande entrée. Et L'orient, à l'est, là où se trouvait l'autel…

Après les sculpteurs, les maîtres maçons, arborant eux le fil à plomb et l'équerre, s'étaient engagés, à leur tour, dans une procession identique, lente et solennelle, déambulant autour des piliers. Frappant le plat de leurs bottes cloutées sur le sol et ponctuant chaque troisième pas d'un murmure guttural qui résonnait sous la cavité rocheuse du temple du Levant.

La loge avait choisi cet endroit parce qu'il était discret et secret. On y accédait par un escalier souterrain, débouchant sur un réseau de galeries, en partie creusées à l'époque du premier édifice, et terminées sous l'évêque Samson, initiateur de la deuxième cathédrale. Il n'en restait rien aujourd'hui. Ou presque. Excepté ces souterrains qui avaient permis autrefois de fuir les barbares, en reliant entre eux certains lieux, le plus souvent religieux.

Il se trouve qu'en creusant, les sapeurs s'étaient heurtés à une veine de roche très dure. Après des jours d'efforts, ils avaient préféré renoncer, et contourner l'obstacle par une autre galerie, plus profonde, dont l'un des bras remontait jusqu'à la basilique Saint-Remi… La cavité rocheuse fut cependant conservée et élargie, d'année en année. Elle permettait d'entasser du matériel, des armes et des vivres, en cas d'attaque ou de siège. Puis vint l'idée d'en faire une chapelle. Car il fallait bien vivre et se battre pendant les invasions, mais aussi prier Dieu le Sauveur, sans risquer d'être embroché, voire décapité comme l'évêque Nicaise, par les Vandales et autres Wisigoths. Le projet fut, lui aussi, abandonné, alors qu'on était parvenu à dégager un bel espace. Car le spectre des raids et des tueries s'estompait. Et pendant l'ère de tranquillité qui suivit, en oubliant les barbares, on oublia le trou, les galeries et la chapelle souterraine. On reboucha l'entrée, et il n'y eut bientôt plus d'âme pour se souvenir de son emplacement. L'évêque d'alors qui avait interdit tout plan, pour maintenir le passage secret, fut, hélas ! terrassé par la peste, avec tous ceux qui connaissaient l'endroit, sans que personne n'ait eu le temps, ni la conscience, d'en communiquer l'existence.

L'accès du souterrain ne fut redécouvert que plus tard. Par hasard. Lorsqu'un groupe de compagnons entreprit de remanier le dallage de l'ancienne cathédrale de Samson… Reconnaissance faite de cette grotte oubliée, les confréries de la maçonnerie et de la pierre décidèrent de se l'approprier, et d'y enfouir, vingt pieds sous terre, la confidentialité des délibérations de leurs assemblées et le rituel de leurs cérémonies. Elles y installèrent leur loge de cérémonies. On ne pouvait trouver meilleure cache. Il faut dire qu'avec la concurrence des chantiers qui s'ouvraient jusque dans le Sud du pays, les confréries et les obédiences du compagnonnage avaient tendance à nimber de secret la transmission de leur savoir et de leurs traditions… Bien sûr, les autres avaient fini par soupçonner l'existence de ce temple souterrain, mais nul n'en connaissait l'accès. Et malheur à celui qui aurait omis de tenir sa langue, comme à celui qui aurait tenté d'espionner ! Il était entendu aux quatre coins du chantier que l'un comme l'autre risquait d'y laisser sa vie, étranglé au lacet par une nuit sans lune… D'ailleurs, jusqu'à présent personne ne s'était aventuré, même par curiosité, à suivre de trop près le manège qu'on pouvait observer, chaque mois, d'une descente secrètement organisée d'ombres furtives dans les entrailles de la cathédrale…

Les autres confréries, elles, ne quittaient pas leurs loges pour se réunir. Elles s'enfermaient à l'intérieur des baraquements lorsqu'elles tenaient leur conseil ou pratiquaient leurs rites initiatiques. Car si certains de ces préaux restaient ouverts à la lumière – afin d'y travailler lorsqu'il pleuvait –, les autres étaient clos, fermés à la rigueur du temps. Vivaient là en communauté tous ceux qui n'avaient ni couche, ni famille dans les quartiers de la ville ou dans la proche campagne… Les hivers étant rudes, dans l'Est, l'architecte avait préconisé d'arrêter les travaux pendant les mois les plus rigoureux. Car on ne comptait plus les accidents trop fréquents par temps de gel ou sous la neige. Trop de malades aussi disparaissaient, crachant leur sang et toussant la mort. Il avait donc obtenu du Conseil de la fabrique la construction de ces baraques afin d'abriter les hommes, et les travaux couverts. En particulier les sculpteurs.

Sous son bandeau, Macias se souvenait… Le martèlement des bottes sur le sol ravivait dans sa mémoire les bruits du chantier qui vibrait comme une ruche, au jour de leur arrivée. Il ne manquait que les cris, les chants, les blagues qu'on s'échangeait, et les sifflets au passage des filles. Ce jour-là, leurs yeux et leurs tympans avaient fait provision de couleurs, de sons et d'impressions nouvelles. Car bien qu'exténués, ils avaient voulu tout de suite reconnaître les lieux. Leurs emplacements. La pierre qu'ils travailleraient. Avant de courir s'effondrer sur une paillasse, pour y dormir trois jours.

Le spectacle qu'ils avaient découvert fut d'abord surprenant. La façade de la cathédrale n'était encore qu'une épaisse muraille. Perdue, seule au milieu d'un terrain dénudé, soixante pieds devant le reste de l'édifice… C'était là aussi tout l'art des bâtisseurs. De faire et de défaire. De détruire et de reconstruire. Parfois sur des fondations nouvelles, parfois en conservant un mur, une porte, ou une enceinte. Ainsi certains vestiges de l'ancienne cathédrale de Samson et, avant elle, ceux de la porte du Sacre de Clovis de la première église avaient été conservés.

Les premières travées de la nef étaient terminées, mais fermées provisoirement par un mur afin de laisser libre cours au culte, en attendant d'opérer la jonction avec la façade. Laquelle n'était pour l'instant que cette gigantesque muraille inachevée, dressée comme un arc de triomphe abandonné au milieu d'un terrain vague, avec ses trois trous béants qui préfiguraient les portes et portails de demain… par où sortiraient, un jour, acclamés par le peuple, les futurs rois de France, sacrés au cœur de Notre-Dame de Reims. La mère des cathédrales.

Le silence était retombé sous la voûte rocheuse du temple du Levant. Tous les membres de l'assemblée des maîtres avaient regagné leur place. L'un d'entre eux, au passage, avait fait tomber le bandeau des yeux de Macias. L'architecte Gaucher frappa à nouveau trois coups avec son maillet. Commencèrent alors les échanges rituels.

– Compagnon ! Tu viens de retrouver la lumière, après avoir parcouru la froide obscurité des ténèbres… Tu viens de connaître une troisième renaissance. Tu peux donc quitter le Septentrion et passer au Midi. Ton travail de compagnon est terminé… Monte à l'Orient pour y recevoir ton salaire ! Car tes maîtres t'ont reconnu le droit de te joindre à eux.

Macias traversa la diagonale du labyrinthe. De gauche à droite. De bas en haut. Toujours figé dans son salut de soumission au grand maître.

– Ceux de ta loge t'ont baptisé « Macias, Cœur de pierre », non pas que ton cœur soit dur comme un rocher sans âme… Mais parce que ton cœur bat au cœur de cette pierre que tu sculptes à merveille. C'est toi qui par le souffle de ta connaissance et de ton art lui donnes la vie dans sa rigidité éternelle… Continue, Macias. Cherche la perfection que tu n'atteindras jamais, parce que l'homme n'est pas Dieu. Mais poursuis infatigablement ton chemin, à la recherche de la sagesse et de la beauté. En union avec tes frères apprentis et compagnons…

Ayant prononcé ces louanges, le grand maître descendit les sept marches, tenant dans sa main une épée à la lame ciselée. Il adouba Macias à la manière des chevaliers. Posant le plat de l'épée par deux fois sur chacune de ses épaules.

– Sois reconnu désormais dans nos loges comme maître sculpteur, Macias, Cœur de pierre !

Le nouvel initié, qui avait plié un genou à terre, se releva. Salua, à trois pas, le grand maître. Renouvela son salut en direction des dignitaires, puis de l'assemblée sur sa gauche, et sur sa droite. Accompagné d'un triple hourra qui fit vibrer la roche. Macias avait abandonné le salut des compagnons. Il usait désormais du signe de reconnaissance des maîtres qui lui avait été transmis au cours de l'initiation.

Tous lui donnèrent l'accolade. Rascard, le dernier. Qui le serra d'un avant-bras de fer, lâchant un seul mot étranglé d'émotion : « Fils ! »… Puis tous remontèrent en surface, enterrant leur secret sous la dalle du tunnel, avant de s'abandonner dans des agapes profanes. Ils burent toute la nuit. Macias, le lendemain, fut incapable de se lever avant midi.

*

Je me suis précipité sur le téléphone.

– Allô, Flora ?... Je viens de faire un rêve étrange. J'étais initié dans une loge du Moyen Âge...

– Mais vous dormez encore ! Vous savez l'heure qu'il est ?... Midi.

– Midi ! Oui, excusez-moi. Je ne sais plus où j'en suis... Je suis complètement crevé...

– Bon, vous avez rêvé... d'accord ! Initié au Moyen Âge, oui !... Vous m'avez dit que vous étiez franc-maçon... Voilà tout ! Je ne vois pas où est le problème ! Il n'est pas nécessaire d'appeler Freud à la rescousse pour décoder un rêve aussi simple !...

– Oui, mais dans mon rêve, il y avait les personnages que j'ai vus... Rascard, Macias !

– Eh oui, c'est comme ça quand on rêve !... Vous avez vraiment besoin de décompresser, vous ! Sinon, cette histoire va finir par tourner au cauchemar.

Bien sûr qu'elle avait raison ! Tout ça n'était qu'un scénario débile. Une projection privée de mon inconscient qui mettait cul par-dessus tête des images empruntées à des scénarios différents. On peut rêver des poilus de 14-18 sans avoir été enseveli, pour autant, dans les tranchées ! Mais quand même ! Moi qui ne rêvais jamais... Et tous ces détails ? L'histoire de cet homme écrasé par une pierre ? Est-ce que j'y connaissais quelque chose, moi, aux bâtisseurs de cathédrales ?

Plus je raisonnais, plus le souvenir de mon rêve s'estompait. Comme si ma mémoire refusait d'en restituer davantage. Une dernière image arrêtée... Puis plus rien. Tout avait disparu en fumée dans ma tête malade qui n'en pouvait plus. Qui n'en voulait plus… J'étais trempé de sueur. Mon tee-shirt était mouillé comme si j'étais passé sous la douche. J'ai même eu un moment d'hésitation… Je n'aurais pas pris une douche, par hasard ? Comme ça, machinalement, dans cet engrenage d'actions désordonnées que mon cerveau avait du mal à contrôler.

Je me suis dressé sur mes jambes. J'ai fait deux ou trois fois le tour de la chambre, à la recherche d'un équilibre. Plus mental que physique. La pièce tanguait. Je me suis agrippé à la poignée de la fenêtre. Il faisait beau dehors. Des garçons en polos à manches courtes et des filles en minijupes traversaient la rue. Ils avaient l'air gai. Sans autre rêve que celui de faire l'amour. C'est ce que j'ai imaginé… J'avais tout l'après-midi pour recouvrer mes forces et mes esprits. Flora m'attendait en fin de journée. Elle avait pris rendez-vous avec son amie, la voyante… Je ne sais pas combien de temps je suis resté ainsi, le nez collé contre la vitre. Peut-être une heure ou deux. Mon esprit s'était évanoui. Les yeux dans le vide, arrêtés au coin de la rue, là où avaient disparu les filles. Je ne regardais rien. Je ne voyais rien. Je ne pensais plus à rien.

*

Ça allait beaucoup mieux. Je ne gardais déjà plus qu'un vague souvenir de ce rêve oppressant que j'avais relégué au rayon poubelle verte, détritus non recyclables, de ma mémoire sélective. Évaporé, le songe médiéval ! Après l'effondrement… la reprise en main !

J'avais du temps devant moi. Je me suis donc engagé, d'un pas ferme et déterminé, en direction de la cathédrale. Prêt à en découdre… Bonjour les filles ! La cheftaine était là, avec ses Japonais qui aujourd'hui étaient des Italiens. Je les ai frôlés de près, comme si j'avais voulu les bousculer. Les provoquer. « Place ! Poussez-vous ! » Rien ne pouvait m'arrêter… J'en ai d'ailleurs bousculé quelques-uns, en franchissant le portail nord, ouvert aux visiteurs. Non par indélicatesse. Mais parce qu'en gravissant les marches, je fixais dans les yeux l'*Ange au sourire*. Comme pour le défier. Je le toisais, l'Ange !… «Vas-y, fais-moi une petite vision, toi, si tu l'oses ! » Mais l'Ange n'a pas bronché…

Sitôt à l'intérieur, j'ai emboîté le pas des touristes, en suivant leur cortège irrespectueux qui traversait les allées. Rompant le silence de prières des quelques bigotes agenouillées, venues faire la sieste à l'ombre de la croix… Des Allemands braillaient. En allemand. Un Belge, le short ceinturé haut sur la bedaine, tenait son chien dans les bras. Comme s'il le conduisait au sacrifice sur le maître-autel. Deux Françaises gloussaient, mains écrasées sur la bouche. Elles venaient de renverser une chaise en marchant de travers, à force de vouloir fixer la clé de voûte, trente-huit mètres au-dessus de leur nez… Dieu n'était même plus tranquille dans sa propre maison, aux heures ouvrables des tour-opérateurs… Il devait certainement se terrer derrière les nuages, là-haut, effondré et humilié comme un propriétaire silencieux devant le sans-gêne des acheteurs qui visitent son appartement avec la dame de l'agence.

J'avais pourtant fini par adopter leur comportement, en détaillant toutes les bondieuseries à vendre dans le kiosque, à l'entrée… Ou à la sortie… Car ceux qui entraient achetaient des brochures et des plans qu'ils complétaient, en sortant, avec des cathédrales miniatures, en plâtre ou sous la neige. Signe des temps et de l'emprise du temporel sur le spirituel… du business sur le recueillement… Les marchands du Temple, autrefois cantonnés sur le parvis, pénétraient désormais avec leurs échoppes, à l'intérieur de l'enceinte sacrée. Des cabanes en bois jouxtaient les confessionnaux. Seigneur, Marie, Joseph ! Dieu leur pardonne ! Hier des cierges, aujourd'hui des souvenirs, bientôt des sandwiches ! Si les évêques, architectes et compagnons d'antan avaient imaginé tout ça !..

J'ai fait deux ou trois fois le tour des galeries, admirant au passage la majesté de cette nef. Culminant à plus de vingt fois ma hauteur… Dans un élan de ferveur, je me disais que tous les agnostiques, athées, non-croyants et apostats de la terre devraient pénétrer au moins une fois sous ces colonnes monumentales, suspendues à leur voûte ogivale… Alors, ils se prosterneraient devant l'art maîtrisé et la perfection achevée de l'œuvre de ces hommes, en se demandant comment ils avaient pu faire, au nom de quel espoir, pour construire à main nue, de tels élancements de force et de beauté.

J'ai détaillé aussi les vitraux. Ceux qui représentaient les métiers de champagne. En fixant longuement ces vendangeurs et ces bûcherons baignant dans leurs couleurs naïves, soulignées par de gros doigts de plomb, je pensais qu'ils auraient bien pu s'agiter eux aussi… et m'offrir ma quatrième vision… Car elle était là, ma détermination ! J'étais venu me confronter, sans peur, au théâtre de mes hallucinations… S'il y avait du surnaturel là-dedans, il reviendrait au galop. Sinon, je devrais m'interroger sur les dérapages de mon imagination fébrile… J'avais le choix, en somme, entre dialogue inopiné avec les morts, délire mystique ou fièvre paludéenne dans les marécages de ma tête fatiguée. Inutile de dire que je m'accrochais à cette dernière proposition…

En dépit de leur belle lumière, les métiers de champagne restaient figés dans leur labeur. J'ai tourné le regard vers ceux d'à côté. Rien. Bien sûr ! Puisqu'ils étaient signés « Chagall ». Donc restaurés. Récents. Et pas d'époque…

Alors, prudemment, je suis retourné sur les lieux du crime. Je me suis glissé contre la colonne de l'autel de l'Immaculée Conception. D'un côté, Jeanne d'Arc. De l'autre, saint Jean-Baptiste. Je suis resté là un bon moment, pas fier. Les gens me regardaient, adossé au poteau. Si j'avais tendu la main, je crois bien qu'ils m'auraient jeté un ou deux euros… Jeanne, Jean-Baptiste. Jean-Baptiste, Jeanne. Toujours rien ! Droit devant moi, de l'autre côté de l'allée, j'apercevais l'endroit où se trouvait, dans mon rêve éveillé, la dalle pivotante qui cachait l'entrée du souterrain. Il y avait bien un escalier, mais sans mystère. C'était celui qui conduisait à la crypte, transformée en chapelle, et que venaient visiter les touristes en été… De chevalier pillard qui plongeait sous la dalle, point ! Il n'y avait que des Japonais qui remontaient, l'appareil à la main. En passant devant la Pucelle, les flashes crépitèrent. Mais sans rien provoquer !… J'avais beau faire des efforts pour appeler mes fantômes, ils ne répondaient pas.

Qui était celui-là, que je ne connaissais pas ? Saint truc, saint machin ? Je les regardais quand même, d'un air provocateur. On ne savait jamais ! Devant cette porte, un autre ! J'attendais de pied ferme… Je finirais bien par voir entrer quelqu'un ! Un croisé, un moine, Rascard… Que sais-je ? Mais quelqu'un ! En désespoir de cause, je suis allé squatter un siège de curé, dans le périmètre interdit du chœur, sur le côté de l'autel. Là, plus près du mystère de la Passion, j'ai proféré, dans ma tête, des jurons, des horreurs, des blasphèmes… si énormes que je ne veux même pas m'en souvenir. J'ai insulté Dieu, comme pour l'obliger à descendre de sa croix. Le Père et le Saint-Esprit. Pourquoi me laissaient-ils tous tomber ? Sans m'adresser le moindre signe ! Tiens, tiens ! J'apercevais un chiffre sur le pilier d'en face. Rouge, la couleur de Satan. Était-ce enfin le signe tant espéré ? Je suis allé voir. Vérification faite, chaque pilier était ainsi marqué. Comme pour les compter, ou leur donner une adresse. Rendez-vous, pilier douze, avant l'office !

J'ai quitté la cathédrale, déçu. Sous le regard inquisiteur du marchand de souvenirs qui avait suivi mon manège sans comprendre. J'avais bien vu qu'il s'était penché vers un touriste, en me désignant du menton. J'ai ralenti mon allure, pour qu'ils n'aillent pas s'imaginer que je cherchais à filer comme un voleur… Après avoir tourné deux heures dans les allées, je préférais plutôt passer pour un cinglé que pour un pilleur de troncs.

Encore un petit tour de portails, et puis s'en va… Sans davantage de résultat. Tout était terriblement normal. Je n'avais rien déclenché. Et ce n'était pas faute d'avoir tout essayé !… Maintenant, je ne savais plus si je devais être soulagé, ou encore plus inquiet.

*

Nous avions rendez-vous aux Colonnes, le seul bistro huppé que je connaissais, en centre-ville. Là où j'imaginais qu'elle puisse entrer sans crainte d'être clouée par les regards, dévisagée comme un soulier de vair dans un champ de citrouilles. En revanche, c'était moi qui, recroquevillé sur un coin de table, me sentais mal à l'aise, à l'attendre. Gêné, déplacé parmi ces gosses de riches qui sirotaient du champagne, par seaux entiers, au milieu d'un décor de bois, de glaces et de similicuir… J'aurais dû m'en douter, Flora était en retard. Comme c'est toujours le cas avec ce genre de femme trop joliment pressée.

Son amie Véra possédait une adresse bourgeoise, sur le boulevard Lundy. Là où il suffisait d'être, pour figurer, sur simple reconnaissance postale, aux premiers rangs de la bonne société… Une jeune fille, en sari, vint nous ouvrir. Garantie d'origine, avec point rouge au milieu du front, et pas glissés sur le parquet. Nous étions dans l'ambiance ! Odeur d'encens et parfum d'ésotérisme sanscrit. Bouddha n'était pas loin… Pourtant la voyante n'avait rien d'une pythie. Cheveux noirs, pulpeuse comme une Italienne. Le physique précédait ce qu'il lui restait d'accent. Cette pétillante fille de Modène avait su marier ses bulles de lambrusco à celles d'un vague comte de Champagne qui, s'il avait perdu les traces de ses armoiries, avait su garder celles des raisins juteux de ses hectares de vignes. L'adresse reniflait l'aisance, comme certaines vieilles demeures respirent la cire ancienne.

D'ailleurs tout était faux ici… tellement ils étaient riches. À commencer par l'immense rotonde où nous avait priés d'entrer la maîtresse de maison. Cette pièce, au centre de l'appartement, avait perdu ses quatre coins, cachés derrière une bibliothèque circulaire qui montait du plancher jusqu'à la verrière du plafond… fausse elle aussi, mais baignée par une lumière de jour artificielle. Plutôt perturbant à la tombée de la nuit ! D'un coup de pouce, la voyante, illusionniste, répara l'erreur, en riant comme une enfant. Peut-être s'amusait-elle du même sketch, devant chaque visiteur !… Le jour disparut donc, cédant la place à une chaude ambiance de soirée d'hiver. Un feu électrique venait d'embraser des bûches rougeoyantes et leurs braises de plastique, dans l'âtre d'une fausse cheminée… Enfin, elle trouva le bon interrupteur. Et le feu disparut.

– Décidément ! dit-elle. Mais, ne vous inquiétez pas, je ne vous ferai pas, ce soir, le coup de la tempête de neige ! Champagne ? Amsour, apporte-nous, s'il te plaît, une bouteille de 99… Bien fraîche !

L'accent était charmant et malicieux. Comme les deux obus, pointés sous son pull en V, pris dans une taille serrée au dernier cran. En descendant le regard, il valait mieux s'en tenir là, car ensuite le pantalon prenait de l'arrondi. Il fallait bien que l'opulence puisse s'exprimer quelque part ! Véra n'était pas très jolie, ni très grande. Mais elle portait la vie.

Tandis qu'elles échangeaient quelques propos de salon, je m'étais éloigné, détaillant par curiosité les titres au dos des livres, tous reliés de cuir. Il y en avait des centaines. Plusieurs milliers même, alignés en harmonie parfaite, dans le chêne cérusé de cette énorme bibliothèque ronde. Quand j'ai tiré sur *La Légende des siècles*, pour juger de l'imprimerie des pages, tout le bloc est venu. Il n'y avait pas de livre !... Que des dos, collés sur des boîtes empilées le long des étagères !

– Ils sont tous faux ! lança Véra, en riant de plus belle, devant mon air ahuri de gogo, mais le cuir est véritable, et magnifique, non ?... Ils sont interchangeables. Comme ça, je peux intervertir les blocs de couleurs, et changer le décor... Vert bouteille, cuir naturel, rouge cardinal, et les vieux jaunes, là-haut !... C'est beau ! Et astucieux, *si* ?

Elle se moquait ? Ou était-elle à ce point superficielle ? Même de sa personnalité, il était bien difficile de distinguer le vrai du faux.

– Et ceux que vous lisez, les vrais, vous les mettez où ?

– Moi, je lis dans les cœurs, et là-dedans...

Elle s'était approchée et pointait son index sur mon front.

– Alors, parlons-en, justement ! Flora m'a dit, mais je ne sais pas grand-chose, en fait... Une coupe de champagne !

– Eh bien, voyez-vous, je délire ! Je ne sais pas pourquoi. Je délire... Je peuple la cathédrale... Vous savez, j'ai refait… Oui, Flora vous a dit… Donc je peuple la cathédrale de personnages d'époque…

Je n'y arrivais pas ! Je ne parvenais pas à accorder du crédit à cette voyante des beaux quartiers. Je n'arrivais pas à la prendre au sérieux… C'est donc sans conviction que j'ai commencé à lui raconter mon histoire. Peut-être encore plus gêné par la présence silencieuse de Flora, restée à l'écart, plongée dans un fauteuil trop confortable qui la mangeait presque entièrement… Elle s'était extraite délicatement de la conversation, comme pour se faire oublier, mais le poids de son regard me bloquait. J'avais l'impression de la tromper, sous ses yeux. D'offrir à une autre les clés d'un secret que nous étions les seuls à partager. Et qui nous liait.

Véra s'était assise devant moi. Elle avait pris mes mains, et, les yeux fermés, semblait partie je ne sais où, du côté de l'au-delà.

– Avec vous, je ne pourrai pas… si vous restez aussi contracté, soupira-t-elle. Il faut vous laisser aller. Vous n'avez aucune confiance en moi, je le sens… Vous savez, je n'ai pas toujours connu cette vie-là. Je suis une petite fille des Pouilles, la région la plus misérable de l'Italie. J'ai gardé des chèvres. Si ! Ça vous fait rire, mais j'ai gardé des chèvres, à neuf ans. Dis-lui, toi, Flora ! C'est certainement là, toute seule pendant des journées entières, que j'ai communié si fort avec la nature… Il y a en nous des dons que chacun pourrait développer, s'il savait… On dit que le don de voyance appartient souvent aux êtres frustres. J'étais frustre. Je ne savais pas lire. Et je ne parlais qu'à mes chèvres… Eh bien, ce don m'est venu quand j'ai dit à ma mère que j'avais vu mon père, dans un rêve, en train de mourir sur le chemin de la maison. Un chemin rocailleux de village. Le soleil était trop lourd pour lui. Il avait trop bu… On m'a crue ensuite quand j'ai dit que Sandra, ma petite sœur, était tombée dans un trou broussailleux, au cœur du maquis. Elle avait disparu. Elle est restée deux jours à pleurer, avec sa jambe ouverte. Aujourd'hui, elle boite encore, mais elle vit ! Alors, on a voulu me vouer à la Vierge Marie. Une belle cérémonie ! J'ai toujours les photos. Au milieu des curés, on dirait un ange ! Mais il n'y avait rien de divin dans tout ça. Ni le bon Dieu, ni le diable ! Que de la voyance ! Qui comme toutes nos activités se développe par la pratique… Dans l'espace et dans le temps, où nous situons-nous exactement ? Nous ne sommes peut-être que des êtres virtuels ! Nous existons, ou nous n'existons pas ! Là maintenant, par exemple, nous sommes peut-être dans le futur… peut-être déjà dans le passé ! De toutes façons, il y aura toujours une trace de nous quelque part, dans le temps, ou dans l'espace. Je crois intensément en tout ça. C'est ça, le don ! Bon, allez, on recommence !

La petite fille des Pouilles venait de gagner ma confiance, comme ça, d'un coup d'interrupteur. Avec autant de facilité que pour recréer le jour, la nuit et les saisons. Avec quelques mots simples. Et vrais. Elle m'avait hypnotisé, et elle le savait. C'était sans doute ça aussi, le don qui l'animait !

Je suis donc reparti au plus profond du Moyen Âge. J'ai parlé seul, repris par la violence de mes visions. Habité par mes personnages et cette ambiance qui me devenait familière. Véra ne m'a posé aucune question. Lorsque j'hésitais, chaque fois que je marquais un temps d'arrêt, une pause, elle se contentait de me dire, d'une voix douce qui semblait appartenir à mon récit : « Après ? »…

– Après ?

– C'est tout ! Je crois que j'ai tout dit… Après, j'ai fait un rêve, mais ce n'était qu'un rêve. Je ne m'en souviens plus…

Pendant tout ce temps, elle avait tenu mes mains serrées dans les siennes, comme pour mieux me capter. Une sorte d'électroencéphalogramme du bout des doigts.

– Je pense que tout ce que tu dis est vrai… Flora a raison. Tu es médium. Ta mémoire et ta sensibilité sont des récepteurs puissants. Tu as vu défiler le passé. Une partie du passé… C'était si intense tout à l'heure que j'ai vu avec toi. Tu m'as transmis tes sensations… Je crois que quelqu'un veut te parler. Qu'il veut communiquer quelque chose, au travers de toi… Mais quoi ?… Alors, il se manifestera encore. C'est certain !

Si elle croyait me rassurer ! Elle me glaçait, au contraire ! L'idée de revoir mes fantômes, au coin des rues, de les attendre, sans savoir ni où ni comment, ne m'enchantait guère… Et pourquoi moi ? Qu'il aille se confier à quelqu'un d'autre, celui qui voulait se raconter dans l'espace-temps ! Je n'étais pas client.

Avec l'espoir de l'orienter vers d'autres conclusions, j'ai détaillé mon après-midi à traquer les flashes hallucinatoires, entre les colonnes de la cathédrale. La preuve ! J'y avais passé deux heures, à me frotter à tous les saints, et il ne s'était rien passé. Bredouille ! Après tout, je n'étais peut-être pas plus médium que ça ! Juste un peu fatigué. Stressé. Ça passerait !

Mais, non ! Elle y croyait dur comme fer. Et elle avait même rarement rencontré une personne aussi réceptive que moi.

– Ça n'arrive pas comme ça, sur un claquement de doigts ! Il faut le moment, les circonstances… C'est lui qui décidera quand il voudra te contacter. Peut-être demain… Peut-être dans un an ! Mais n'aie pas peur ! Un médium n'est qu'un intermédiaire. Jamais, il n'est victime de ce qu'il voit ou de ce qu'il entend.

Il me fallait bien encore une coupe ou deux pour nettoyer tout ça. Après je pourrais rencontrer tous les fantômes de la terre, des dinosaures à nos jours ! Quelle teuf !

5

À en croire le concierge de l'hôtel, on en avait pour trois jours, au moins. Après, c'était variable. Six jours, neuf jours… peut-être davantage. Le mistral avait ses habitudes. Et quand il soufflait, il prenait son temps. Balayant la Provence, empruntant, au passage des côtes, quelques embruns à la mer, pour mieux repeindre le ciel en bleu. De ce bleu si pur qu'à travers les époques, tous les mélanges d'huiles et d'aquarelles n'avaient pu que l'imaginer ou, comme Van Gogh dans sa folie, le transformer… Ensuite, le calme redescendait sur la plaine et les Alpilles, soutenu par le chœur lancinant des cigales. Et avec lui, perçait le soleil qui écrasait les ombres et les contours, achevant de figer ce décor dans une immobilité plastifiée de carte postale, empreinte d'éternité.

L'hiver dernier, c'était déjà le mistral, allié à une forte tempête, qui avait déraciné quelques platanes, faisant voler les tuiles rondes des villas, et par là même endommageant la toiture du monastère de Saint-Paul. Après Reims, on nous avait programmés en urgence sur Saint-Rémy-de-Provence… Pour gagner du temps, j'avais bien traîné un peu, prétextant souffrir des séquelles de ma chute. J'étais même allé jusqu'à menacer d'un arrêt de travail. Sans jouer les revendicateurs ! Le syndicalisme n'était pas du genre de la maison, mais il fallait bien admettre que j'avais quand même été sérieusement secoué. Au point de ressentir encore des courbatures sévères et d'avoir parfois la fâcheuse impression que, des poignets aux épaules, mes jointures jouaient des castagnettes... Mais, inutile de résister plus longtemps ! Pépé avait la bougeotte. Une semaine en Champagne, quand on n'a rien à faire, c'était beaucoup trop pour lui qui avait déjà vu toutes les sorties de films en salle, à raison de deux ou trois toiles par jour. Ordre de route en poche, il avait donc jugé suffisantes son attente et mes longues échappées qu'il prenait toujours pour des escapades amoureuses. Je ne lui avais toujours rien dit.

– Elle te tourne la tête, cette fille-là !... Il est temps que tu reprennes le boulot... Allez, secoue-toi ! Tu lui dis « au revoir », et on s'en va... Tu la retrouveras, pendant les vacances... si tu penses toujours à elle ! Ou alors, c'est elle qui descendra en Provence. Ça me donnera peut-être une occasion de faire sa connaissance !...

Justement !... Pour m'assurer de revoir Flora, je lui avais laissé mon ciseau en dépôt de confiance. Son bureau « laser » ayant été squatté par une autre équipe, elle n'avait pas eu le temps de gratter la face qui m'intéressait le plus. Va donc pour l'insoutenable suspense ! J'attendrais ! Et mon communiquant de l'au-delà aussi.

Le mistral avait donc plié à nouveau les cyprès, et nous avait, par la même occasion, surpris sur le toit du monastère provençal... Au quatrième jour, le vent soufflait toujours. Impossible de travailler. D'autant que je ne me sentais guère l'aplomb de me surpasser dans une nouvelle tentative de vol plané. Le saut de l'ange, sans filet. Statistiquement, c'était risqué !... Avec Pépé, nous avons alors visité Arles, les Baux-de-Provence et les Saintes-Maries-de-la-Mer. Que des vieilles pierres !

Mais qui ont rallumé mon trouble et mes angoisses. C'est toujours comme ça ! Comme un bouchon dans l'eau, les mauvais sentiments, ça remonte en surface quand on ne s'y attend pas… Trois, six, neuf, avait dit le concierge. J'avais tout mon temps. Alors, j'ai pris un billet Avignon-Reims et retour aux premières heures, et me voilà parti, le nez collé sur la vitre du train, à regarder défiler les vaches de toutes les couleurs. Des blanches, des rousses et des pis rouges. Elles vous indiquent plus sûrement les étapes du parcours que les noms des gares qui filent trop vite, en TGV. À condition, bien sûr, de s'y connaître en vaches… Pas de vache du tout, c'était la région parisienne. Des hollandaises, les noires et blanches, on était en Champagne.

Plus le train me rapprochait, plus je pensais à elle. Pépé avait raison. Elle me tournait la tête, cette fille-là… Car, à bien y réfléchir, rien ne justifiait cette décision soudaine de partir. Il était convenu que Flora m'appelle lorsqu'elle serait parvenue à déchiffrer les signes du ciseau. Si elle ne l'avait pas fait, il y avait fort à parier que les squatters occupaient toujours son laser ! Eh puis, un simple coup de fil m'aurait économisé le prix du billet ! Non, je crois bien que j'étais taraudé par une indicible envie de la voir. De lui parler… Sur un chantier, lorsque j'ajustais une tuile ou une ardoise, je ne pensais à rien. Mon esprit était vide. Il laissait s'exprimer l'automatisme des gestes. Mais depuis que j'arpentais le toit du monastère de Saint-Paul, je ratais presque une tuile sur deux. Son omniprésence me troublait. Du coup, j'avançais lentement. À ce rythme-là, on était partis pour passer Noël au soleil !

Quand je pensais à elle… je ne voyais rien d'elle. Juste la projection d'une image impalpable. Une présence indéfinie. Une obsession… Je ne percevais ni son sourire, ni le son de sa voix. Ni attitude, ni traits, ni regard… Plus forte, plus lancinante, je sentais sa présence virtuelle qui, à l'appel intérieur de la voir apparaître, venait se bloquer comme une image subliminale sur le fond de mes pensées. Je l'appelais, elle envahissait tout. Mes sensations, mes réflexions. Puis disparaissait, laissant un spectre flou. Jusqu'à ce que je l'appelle à nouveau pour combler ce vide de rien… qui était plus que tout…

Ainsi dans ce train, dès que s'évanouissait un nouveau mirage d'elle, impressionnant mes yeux comme une éclipse de soleil, j'en chassais les derniers scintillements, en raccrochant ma vue au défilement de l'horizon. Tiens, les vaches ! Au fait, de quelle couleur ?… Mais j'avais beau me concentrer, le retour à la banalité du voyage ne résistait pas longtemps aux bercements du rail qui me renvoyaient à nouveau cette présence hypnotique… Mais, peut-être n'était-elle aussi qu'un rêve ? comme un éblouissement devant une œuvre d'art. Ne rien m'avouer était sans doute mieux que de désespérer. Elle était trop bien pour moi. Trop distinguée… Allez, réveille-toi, Mathieu ! Garde ton imaginaire intact pour celles qui t'aimeront ! Et prends ton sac, car le train arrive !

*

Porte close. Il était déjà trop tard. L'atelier était fermé… J'ai téléphoné. Mais, personne ! J'ai tourné dans les bars, regardé par-dessus les rideaux des restos. Je ne l'ai pas trouvée… Alors, j'ai pris une chambre dans un hôtel pouilleux du quartier de la gare, et, d'un sommeil léger, j'ai attendu le lendemain.

À la première heure, j'étais dans l'escalier, assis devant la porte de son bureau « laser ». Les gens sont montés, en m'évitant, comme la première fois. « Tiens, encore là, celui-là ! »… Mais je les intriguais moins. J'étais déjà une habitude. Et pourtant, ni frais, ni rasé, je n'étais pas dans un meilleur état. Même si, cette fois, je n'avais pas passé la nuit groggy sur les dalles de la cathédrale.

Enfin, elle est arrivée plus en retard que jamais. Pimpante et légère.

– Mais qu'est-ce que vous faites là, Mathieu ? Je vous croyais à Saint-Rémy ! Vous avez un problème ?

– Où étiez-vous ? Je vous ai cherchée partout, hier soir. J'ai téléphoné plusieurs fois, jusqu'après minuit…

– Mais qu'est-ce que c'est que ce ton ? J'étais avec mon fiancé… Ça vous dérange ?

– Oui, ça me dérange…

– Mais ma parole, vous êtes jaloux !

– Oui, je suis… Non ! mais je veux dire… que ça ne me dérange pas… mais je suis venu spécialement de Saint-Rémy pour vous voir… et je n'ai pas beaucoup de temps. J'ai du boulot. Je dois retourner vite. Je ne fais que l'aller et retour…

Bon ! Il valait mieux couper court, car je m'embrouillais. Elle me voyait m'embrouiller. Et elle s'embrouillait elle-même de me voir m'embrouiller… Il était temps de revenir à l'essentiel !

– Ça tombe bien ! J'allais vous appeler. J'ai passé ma journée d'hier sur votre ciseau. J'y suis arrivée tant bien que mal… mais je pense qu'on peut maintenant tout déchiffrer… Vous qui parliez d'hiéroglyphes, vous allez être servi !

– Et alors ?

– Alors ? Alors, vous allez voir, on dirait des signes indiens. Un jeu de piste pour « Castor Junior »… tellement ça paraît enfantin…

– Et alors ?

– Alors, attendez ! Je ne trouve pas ma clé… dit-elle en fouillant dans son sac.

C'est vrai qu'à première vue, ces hiéroglyphes d'Indiens, dans leur graphisme et dans leur symbolique, ne paraissaient ni sérieux, ni authentiques ! On les aurait dit tout droit sortis de l'imagination d'un gamin fasciné par la littérature du « Club des cinq ». L'idée même d'un canular me traversa l'esprit.

– Qu'est-ce que vous en pensez ?

– Pour l'instant, pas grand-chose !…

J'essayais donc de déchiffrer :

– … La croix, là, c'est peut-être le symbole de l'Église… Le trident, on connaît déjà. C'est celui qui se trouve à l'intérieur de la cathédrale, sur la colonne de l'Immaculée Conception… Mais quoi ? Mystère !…

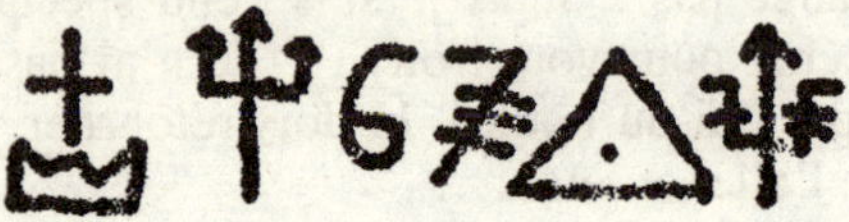

– Alors, après ? Le rond avec une queue, c'est peut-être un « 6 »… ensuite un « 7 » avec trois barres… Un triangle, avec un point au milieu, ça ressemble vaguement à un signe franc-maçon…

– Oui, et ça veut dire quoi ?

– Chez les francs-maçons, c'est un œil. Pas un point… Ça symbolise la Connaissance avec un grand C ésotérique. Mais ça ne devait sûrement pas exister à cette époque-là, chez les compagnons du Devoir. Je ne pense pas ! Et alors, pour finir, cette espèce de signe tarabiscoté qui ne ressemble à rien ? Ça tient à la fois du trident et du signe inca… Nous voilà bien avancés ! Qu'est-ce que vous suggérez ?

– De voir si ce rébus a une signification quelconque.

– Ah oui ! Et comment ?

– En cherchant !

*
* *

Jambes écartées, le buste penché, Macias jonglait avec ses outils. Se saisissant de l'un, puis de l'autre avec adresse, sans plus d'agitation du corps que le moulinet de ses bras qui enlaçaient de gestes souples le visage de sa statue. Il ne quittait pas des yeux le regard de cet ange dont il achevait, à petites frappes, l'arrondi des paupières…

C'était une invention à lui, Macias. Il s'était confectionné une ceinture à pattes de cuir. Trois sur le côté gauche pour enfiler les manches de ses maillets de diverses tailles, et quatre sur sa droite qui maintenaient, par le col, ses différents ciseaux. Il pouvait ainsi rengainer, dégainer d'un geste, sans quitter du regard le détail de sa sculpture, gagnant en rapidité et en précision. Surtout au moment des finitions… Car se pencher sans cesse pour ramasser l'outil qui lui convenait finissait par lui briser les reins, sans compter l'énervement à chercher les poinçons lorsqu'ils avaient roulé entre ses pieds, sous les éclats de la pierre. De plus, il lui fallait ensuite recadrer son angle de vision… Autant de pertes de temps et d'agacements inutiles qui perturbaient sa grande attention. Pour ne pas dire son extrême tension.

Quand Macias sculptait, il n'entendait plus rien. Il ne fixait rien d'autre que son sujet, pénétrant à l'intérieur de la pierre comme un moine entre en prière. Il ne fallait alors ni lui parler, ni le troubler. Il était capable de grande colère, si quelqu'un venait l'extraire, sans raison, de sa transe sculpturale… Dans ces moments-là, c'était à peine s'il percevait lui-même le choc de ses coups, du maillet sur le ciseau, du ciseau sur la pierre. Inspiré à la manière d'un musicien qui joue dans son cœur et sa tête les notes qui reviennent ensuite frapper ses oreilles sous la forme des sons… Macias communiait avec les anges, lorsqu'il sculptait des anges. L'une de ses spécialités. Il l'aurait fait avec Dieu, s'il avait sculpté Dieu.

Un dernier coup de poinçon sur le coin de l'œil, pour effacer une aspérité que seul lui, Macias, pouvait voir dans son grand souci de perfection, et il sauta de la plate-forme qu'il avait dressée pour caler son ange. Car cette statue, fixée pour l'instant par des tiges de fer plantées dans un madrier, ne reposait pas sur un socle comme d'habitude. Elle devait être scellée, plus tard, sur la façade, au bas du *Sacre de la Vierge*, le tableau central, chargé de force et de symbolisme… que Rascard s'était approprié, en sa qualité de maître des maîtres, sans que personne n'ait eu le front de le contester. Tous auraient pourtant rêvé de signer cette œuvre, au sommet du portail royal, mais le patron s'en réservait l'honneur, c'était ainsi ! Il était craint pour son autorité mais respecté malgré tout pour son art, même si au sein du groupe de Bamberg on le trouvait quelque peu rétrograde dans sa représentation des scènes et des personnages qu'il sculptait. Il était vrai que, façonné à l'école d'Amiens, Rascard n'était pas imprégné de l'audace de ces jeunes qui s'imposaient aujourd'hui sous la réputation de la « Belle École de Reims ». Ouvrant une large place à l'esthétisme et au réel, sans rien renier du symbolisme et du sacré… Le couronnement de Marie à sa montée au ciel devait marquer le sommet de la voûte du grand portail central, cette partie que les architectes nommaient le gâble, entre la petite et la grande rosace. Sorte de clé architecturale du premier niveau de la façade, dont chacun pourrait admirer, une fois installée, les détails depuis les marches du parvis.

En sautant de sa plate-forme, Macias, les bras levés vers le ciel, poussa des cris guerriers, en dansant d'un pied sur l'autre, à la manière d'un ours. C'était sa façon à lui de saluer une œuvre terminée. Il laissait s'échapper ainsi sa souffrance créatrice, nouée par tant de tension cumulée, qu'il lui fallait exprimer d'un jet, comme la vapeur bouillante contenue sous le couvercle d'une marmite. Ensuite, il pouvait passer des heures à tourner autour d'un travail achevé, généralement mains sur les hanches. À le jauger sous tous les angles. À imaginer la place qu'il allait prendre dans l'ordonnancement de la façade.

Il faisait beau. Les jours rallongeaient. Macias préférait travailler dehors, à l'air libre, sur le chantier. Lorsqu'il pleuvait, il protégeait sa pièce de vieux sacs cousus. Et s'il s'attaquait à une statue de grande taille, il s'installait sur des tréteaux couverts… Jusqu'à présent, il avait résisté aux invites de Gaucher qui l'exhortait à se joindre à l'un des ateliers, nombreux entre les murs de la cité. Et qui s'étaient développés en même temps que les commandes de l'archevêché. C'était certes une belle marque de reconnaissance, mais en travaillant au cœur du chantier, Macias se sentait plus libre de mouvements et d'inspiration. Avec le groupe de Bamberg, ils formaient un quartier de sculpteurs, en arrière des tailleurs de pierres, eux-mêmes en retrait des maçons, sur le terre-plein du parvis. D'autant qu'il y avait de la place désormais, depuis que le chapitre était parvenu à racheter, après de longues tractations, les terrains riverains à des bourgeois qui bien que dévots n'avaient pas fait – à ce qu'on disait – offrande d'un prix très généreux à la puissance divine.

Le recul. C'était bien là l'une des frustrations des bâtisseurs ! Exception faite du flanc sud, on manquait d'espace autour de l'édifice. La mère des cathédrales couvrait, déjà à elle seule, un emplacement trois fois plus étendu que celui des deux précédentes. Sans compter qu'il fallait construire, à ses côtés, un luxueux palais pour l'archevêque et sa suite. Il était clair qu'on manquerait singulièrement de perspective pour apprécier, un jour de sacre royal, toute la majesté et la puissance de Notre-Dame. Même si elle écrasait de sa masse et de ses deux cent cinquante pieds de hauteur tous les toits de la ville. Même si ses tours gigantesques étaient visibles jusqu'au fin fond de la campagne environnante…

Répondant à ses cris de victoire, ses compagnons s'étaient rapprochés en voisins, pour venir contempler l'œuvre achevée de Macias. Il les attendait de pied ferme, le regard noir, prêt à affronter leurs critiques. Point de flatteries excessives ni de célébration… mais une volée de sarcasmes et de plaisanteries l'attendait, pour contenir sa fierté, si d'aventure il affichait une trop grande satisfaction. C'était un jeu entre eux. Une tradition. Car l'humilité se devait toujours de prévaloir chez les compagnons du Devoir. Or, ce n'était pas là, la qualité première qu'on pouvait admirer chez Macias…

Claudius, le Saxon, était le plus caustique…

– Il a le nez bien en l'air, ton ange… On dirait un ravi !

– Sais-tu au moins où il siégera, mon ange, pauvre idiot ? Sur le gâble, aux pieds de la Vierge recevant la couronne… Il est ravi parce qu'il contemple Dieu ! Juste au-dessus de lui…

– Et pour monter si haut, il lui fallait trois ailes ! Une paire sur les épaules. Une troisième au milieu du dos… Ta vision me semble originale ! Tu as déjà vu, toi, un ange avec trois ailes ?

– Et toi, que connais-tu de la réalité des anges ? s'énerva Macias qui ne supportait pas qu'on puisse critiquer la force créatrice de son imagination.

– D'ailleurs trois ailes, ça ne lui suffit pas ! reprit l'un des jumeaux, la moitié de son corps est couverte de plumes. Regardez-moi ça ! Ce sont bien des plumes, dis-moi ? Ou les écailles d'un poisson ? Oui, une queue de poisson ! C'est ça ! C'est une queue de poisson ! Un ange à queue de poisson… Tu as confondu ange et sirène, Macias…

– Qui connaît les anges et les sirènes, ici ? Personne ! Alors, rendez plutôt grâce à ma vision, vous qui n'en avez pas… misérables coupeurs de pierre qui n'entendez rien à l'art d'aujourd'hui… Si vous avez de quoi payer, je peux vous enseigner la finesse et la beauté. Sinon, retournez travailler, à la façon amiénoise, à la hache chez Rascard !

– En parlant de payer, offre-nous donc une pinte, Macias ! Quand j'aurai bu, je te jure que je trouverai normal que ton ange ait trois ailes ! Haut les cœurs !

Alors qu'ils buvaient au « Pichet du Rat », ainsi nommé parce que le tonnelier ne versait jamais plus d'une goutte au-dessus du trait, une grande agitation parcourut le chantier. Ils entendirent crier leurs noms d'une voix qui portait jusqu'à la taverne, pourtant distante de deux rues. C'était Rascard qui les cherchait, parcourant le quartier des sculpteurs avec autant d'empressement que si une vie en dépendait. Il criait depuis le terre-plein et son appel était repris en écho par d'autres voix, compagnons, marchands ambulants ou artisans, qui faisaient ainsi rouler leurs noms jusqu'à la porte de l'auberge.

Tous les riverains les connaissaient. Surtout Macias et son carré de bonimenteurs dont la réputation ne s'arrêtait pas qu'aux jupons des filles. Il suffisait de les avoir vus passer au coin de la rue des Tournelles, tabliers négligemment tirés sur le côté, occupant l'espace des épaules et du verbe, pour savoir qu'ils étaient chez le Rat à frapper leur pichet sur la table. Comme eux, chacun avait ses habitudes dans ces gargotes et ces tripots qui battaient leurs enseignes depuis qu'on bâtissait, et qui servaient la soupe et le vin aux âmes seules du chantier.

La cadette du Rat et ses deux cousines étaient avenantes. Elles riaient de bon cœur, et s'en laissaient conter sans déplaisir, par jeu et par inclination, passant volontiers plus de temps avec les jeunes loups de Bamberg qu'avec d'autres clients. L'aînée, la préférée, qu'on appelait « Linotte », était assise sur les genoux de Macias quand Nicolot, essoufflé par sa course, vint couper court à ses assauts de galanteries. Le petit rémouleur qui les côtoyait souvent sur le chantier voulait les avertir que Rascard fulminait.

– Il attendra ! fanfaronna Macias, nous avons travaillé pour huit jours… Et j'ai d'autres anges à trousser que lui…

– Mais son œil est encore plus noir que d'habitude. Il crie fort, et dit que c'est urgent dans l'heure…

– Alors, allons-y ! Pousse-toi, ma Linotte, et garde tes cuisses bien chaudes jusqu'à ce soir ! Tiens, finis-moi ça ! ajouta-t-il en poussant sa chope vers le gamin, c'est de l'anjou !

Gaucher avait convoqué les dix meilleurs sculpteurs des loges. Le maître d'œuvre semblait pressé, car il avait souhaité les rencontrer sur-le-champ… La rue du Clou-dans-le-Fer connaissait son effervescence habituelle, pleine d'échoppes et de forges. Telle une escouade de spadassins, le groupe fendit la foule des curieux qui regardait un maréchal-ferrant, l'un des plus réputés de la région, enfoncer ses clous à même les sabots d'un cheval qu'avaient peine à tenir au garrot deux de ses apprentis. À quelques enjambées de là, s'élevait une maison de maître, solide construction de pierres dont la façade était ornée de statues et de motifs sculptés, et qui abritait l'organisation du chantier. À l'étage, une salle unique, largement ouverte à la lumière. Gaucher les attendait, entouré de ses architectes, dessinateurs et contremaîtres, rangés derrière une longue table sur laquelle étaient déroulés les plans de la façade occidentale. Rascard se planta devant lui, encadré de ses hommes.

– Voici l'élite de notre art, Gaucher ! Ceux dont je t'ai parlé. Tu les connais et tu les apprécies. Ils sont à ta disposition, comme je le suis…

Gaucher, les mains appuyées sur la table, les dévisagea l'un après l'autre. Botté comme un seigneur, bras de chemise relevés comme un entrepreneur, le col ouvert comme un bretteur, il avait fière allure avec sa crinière grisonnante qui ondulait sur son crâne légèrement dégarni à l'avant. Fort de cette prestance, il savait parler aux hommes et les convaincre. Sans distinction d'âge, ni de rang. Car il était des leurs. Parfois, il les appelait « mes frères », même en dehors des cérémonies et des tenues en loge. Une façon de leur rappeler qu'il avait, lui aussi, commencé un ciseau à la main. Avec cette particularité qu'il tenait ce ciseau de la main droite et qu'il frappait du maillet avec la main gauche. D'où le sobriquet qui lui valait son nom. « Gaucher de Reims ». Ses détracteurs lui reprochaient d'ailleurs de se montrer plus sculpteur qu'architecte. Mais c'était sans doute pour cette qualité-là qu'il avait été choisi comme digne successeur de Jean Le Loup. L'archevêque et le chapitre savaient qu'après l'achèvement de la nef, qui exigeait une parfaite maîtrise du nombre d'or et de l'art ogival, viendrait le temps de l'embellissement statuaire. À la sobriété monumentale de l'intérieur de la cathédrale devaient répondre les enluminures extérieures de plus de deux mille statues de toutes tailles qui orneraient les façades. Et plus particulièrement la façade ouest. Celle des grands portails et des tours. La façade du parvis, entrée de la nef, et sortie du roi, le jour de son sacre.

– Nous bâtissons pour l'éternité, sans doute ! Mais nous œuvrons surtout pour offrir un écrin à la communion du temporel et du spirituel, poursuivit Gaucher, après les avoir salués et encouragés. Le roi Louis n'est plus prisonnier des barbares. Grâce à Dieu !… Mais on ignore quand il reviendra sur le sol de France. Certains disent qu'il chercherait à poursuivre la croisade depuis la Syrie et que son retour pourrait demander encore des mois… Certes, notre roi est encore jeune ! mais cet épisode fâcheux nous rappelle qu'il faudra bien un jour envisager sa succession. Et ce n'est pas faire injure à la Couronne que de penser ainsi ! L'évêque, quant à lui, n'ose imaginer un instant que le prochain sacre puisse échapper à Reims parce que la cathédrale ne serait pas prête pour l'accueillir. Je crois qu'il nous ferait jeter en prison, si le futur roi se voyait détourné par nos rivaux de Chartres, ou – pire ! – par l'archevêque de Paris. Bien sûr, on peut penser tenir un sacre dans l'actuel lieu de culte… puisque la nef inachevée est provisoirement fermée par un mur. Vous me direz que Louis, lui-même, a bien été couronné dans cette enceinte, aux côtés de sa mère, Blanche de Castille ! Mais il n'avait que douze ans ! L'accepterait-il aujourd'hui ? Non ! On ne sacre pas un roi au milieu des gravats quand Paris vous tend les bras ! Reims y perdrait son prestige, et il n'en est pas question ! Tout ce beau travail que nous aurions entrepris pour rien ! Vous ne l'imaginez pas non plus… C'est donc clairement le défi que m'a formulé monseigneur l'évêque : faire au plus vite pour unir la nef et la façade. Ce qui implique l'achèvement du deuxième étage, et la mise en place des grandes statues… La moitié d'entre elles a déjà été réalisée par vos pairs, nous avons donc décidé de les conserver et de compléter les tableaux prévus initialement. C'est-à-dire les saints du portail nord, les thèmes de la Vierge du portail central, et les personnages de la Bible du portail sud… Chacun d'entre vous va donc se voir confier, en plus de sa charge, l'exécution d'une de ces grandes statues…

Macias avait levé la main pour intervenir.

– Nous te remercions pour ta confiance, maître Gaucher, mais comment veux-tu concilier les écoles ? Nous n'avons pas le même coup de ciseau que nos pairs, et tu as toujours laissé libre cours à nos représentations et aux techniques nouvelles… Comment veux-tu aligner côte à côte une œuvre d'hier et une autre d'aujourd'hui ?

– La beauté n'est pas uniforme, Macias… Ce qui compte, c'est la perspective de l'œil, et l'impression de broderie, imaginée par nos prédécesseurs, grâce à cette façade de dentelle, suggérée par nos mille et une statues. Les tiennes, quel que soit ton talent, ne seront que détails parmi les autres… Seuls, peut-être, dans mille ans – qui sait ? – les historiens se pencheront sur vos œuvres pour savoir si telle était de l'école d'Amiens, telle de la facture de Reims, ou encore inspirée de l'art antique !

– Peut-être dira-t-on aussi : « Tiens ! celle-ci est de Macias »…

Les pirouettes et les piques du jeune sculpteur détendaient souvent l'atmosphère dans ce genre de réunion austère. Il était connu pour son franc-parler et son humour pincé, mal ressenti parfois par ceux qui préféraient y voir l'expression d'une certaine arrogance. Mais il fit rire Gaucher qui ne mâchait pas non plus ses mots. Et avec lui toute l'assemblée.

– Je parle bien sûr des grandes statues, poursuivit Macias. Pour ceux qui les croiseront sur les marches d'entrée, la différence des styles sera bien évidente. Puisqu'elles auront deux fois la taille d'un homme ! Toi, tu penses, Gaucher, qu'un saint à grosse tête de l'école de Chartres peut côtoyer une Vierge sage de l'école amiénoise ? Ou un ange souriant tel qu'on les conçoit désormais dans notre Belle École de Reims ?

Rascard s'était renfrogné. Il savait que ce trait lui était destiné.

– Je vais te dire, Macias, les symboles valent bien la beauté, coupa l'architecte. Et pour vous livrer un secret, je crois bien que, dans cet esprit, je ne respecterai pas à la lettre l'ordonnancement des statues tel qu'il a été conçu, il y a près d'un demi-siècle. Je procéderai à des regroupements selon les thèmes. Plus que d'après les styles… Je ne trahirai pas les initiateurs du projet pour autant, mais il est juste de considérer que les hommes, comme les esprits, changent chaque jour qui passe. Et changeront encore jusqu'à l'aboutissement du chantier. Avec ou sans nous… L'essentiel est de concilier l'art et la foi. Comme je vous le disais en préalable : offrir un écrin à la communion du temporel et du spirituel, tel est notre devoir, compagnons, mes frères. C'est pour cela que nous avons été embauchés…

Les sculpteurs s'approchèrent de la table pour recevoir, chacun, commande d'une grande statue. Quand vint le tour de Macias, Rascard suggéra qu'on lui confiât… l'un des anges. Il y en aurait trois, dont deux restaient à faire.

– Un ange souriant, comme on les conçoit si bien dans la Belle École de Reims, insista le maître des sculpteurs qui trempait ses propos sournois dans un relent d'acrimonie.

Ainsi, Macias s'était fait prendre au jeu de sa propre ironie. Lui qui espérait tant se frotter à un visage de Vierge. Ou, à défaut, à une représentation nouvelle. Un apôtre ou un saint, s'il le fallait ! Car il en avait assez de tailler les ailes des anges. Des petits, des grands. Avec encensoir, sans encensoir, soufflant dans une trompette, avec croix, sans croix, tenant un livre saint ou un agneau pascal. Il les avait tous faits. Il était devenu une machine à fabriquer des anges. Au point qu'il ne savait plus quoi inventer. D'où l'ange du gâble auquel il avait posé trois ailes et qu'il avait quasiment emplumé de la tête aux pieds. Nul autre que lui n'aurait osé s'aventurer dans une telle interprétation. Mais Gaucher, qui appréciait autant sa finesse que son imaginaire, lui passait ses élans visionnaires. Il aurait même pu inventer un chérubin à queue de poisson ! Il l'aurait laissé faire…

– Encore un ange ! soupira-t-il. Vous n'avez pas autre chose ?

– Mais ce sont des statues monumentales, Macias ! Les plus imposantes de toute la façade ! Il ne s'agit pas de n'importe quel ange ! lui précisa Gaucher, c'est celui de la Visitation. Et tu vas vite ravaler ce mépris affiché en apprenant qu'il doit tenir la première place, à droite du portail royal. Il sera donc le plus remarqué… Ah, voilà de quoi flatter ton orgueil, maintenant ! Je finis par te connaître !

Ils se dispersèrent. La nuit tombait. Il était trop tard pour décrocher le chérubin emplumé de son estrade. Il attendrait jusqu'à demain ! Macias et ses amis décidèrent donc d'aller retrouver dans la taverne Linotte, sa sœur et sa cousine.

– Trois petits démons, ça te changera ! lança Claudius de son accent gothique.

*

– Eh bien, Mathieu, te voilà faisant le joli cœur auprès de la serveuse !

J'étais le dernier à demander l'addition, et je prenais mon temps. Personne ne m'attendait dans ma chambre d'hôtel. Elle était tellement quelconque, avec son dessus-de-lit orange de bordel ordinaire, que l'idée de rentrer me plongeait dans une désespérance existentielle incontrôlable. Seul, le sourire de la mignonne me maintenait hors de cet état de tristesse. Sans doute gagné par la solitude des soirées de province. Quand tout est éteint, sans vie, sans bruit, autour de vous, isolé dans un halo de lumière verte, naufragé de l'âme et du cœur. Je n'avais même plus la force de lui proposer d'aller prendre un verre… Juste comme ça ! Pour gagner un peu de temps sur la nuit. De toutes façons, elle n'attendait que ma carte bleue pour raccrocher son sourire et son tablier, avant de courir se jeter, à peine démaquillée, dans son lit. Tant elle respirait l'usure d'une banale journée de serveuse de restaurant… C'est là que Flora m'a cueilli. Le portable a sonné, mettant un terme à mon enfouissement désespéré et consenti d'un soir.

Rendez-vous aux Colonnes. Puis direction le bar du Jockey, parce que le premier fermait, et qu'elle avait un tas de choses à me raconter… C'est dans cette ambiance de fin de nuit, mêlés aux couples illégitimes, aux notables en goguette qui faisaient sauter les bouchons millésimés dans les seaux glacés, et les filles sur leurs genoux, au rythme de tubes anciens des années soixante-dix, que Flora m'a montré à quel point elle s'intéressait à moi. Je veux dire à mon histoire ! Pour le reste, ce ne serait que purs fantasmes. Mais ça me plaisait d'y croire un peu, en regardant briller ses yeux. Car, nous aussi, nous avions bu beaucoup de champagne, cette nuit-là… Elle n'avait rien dit pendant le trajet. Je ne lui avais d'ailleurs pas posé d'autre question que « comment ça va ? », etc. En revanche, au Jockey, à peine assise dans la pénombre, le coin des amoureux, elle m'a asséné, sans prévenir :

– Le seigneur de Montchicourt a bien existé… Si, si, c'est vrai !… Henri de Montchicourt… J'ai retrouvé sa trace. Qu'est-ce que vous en dites ? Ça vous épate !… « Merci, ma petite Flora, vous êtes formidable ! »… Allez, dites-le !…

– Merci, ma petite Flora, vous êtes formidable !… Et comment avez-vous fait ? En feuilletant vos vieux livres d'histoire ?

– Presque !… Je ne sais pas si vous connaissez, mais il y a, derrière la cathédrale, une bibliothèque formidable, remplie de trésors. La bibliothèque Carnégie. Elle a été offerte à la ville par la fondation d'un milliardaire américain… Eh ! Vous m'écoutez ? Ça ne vous intéresse pas plus que ça ?

– Si, si… mais vous m'annoncez ça… laissez-moi le temps… vous imaginez ce que vous me dites ? Je suis poursuivi par un fantôme. Je ne sais pas qui m'a soufflé son nom. Je ne sais même pas comment ça s'écrit. Et vous m'expliquez qu'il a existé… Bien sûr, c'est pas plus compliqué que ça ! Il a existé ! J'ai même bu un pot avec lui, en vous attendant… Laissez-moi le temps de respirer… D'ailleurs, qu'est-ce que ça prouve ? Des Montchicourt, il y en a sûrement des tas ! Et je n'ai jamais dit que le mien s'appelait Henri ! Eh puis, j'ai peut-être lu son nom quelque part ? C'est pas un nom si compliqué, Montchicourt !

– Calmez-vous ! Au lieu de vous emballer comme un moteur… C'est le monde à l'envers ! Maintenant, c'est moi qui vais défendre votre thèse… malgré vous ! Un comble ! Je me fais engueuler parce que je vous prends au sérieux. Et que je crois en votre don de voyance !

– Mais moi, je n'ai jamais dit ça ! Je n'ai jamais parlé de voyance… ni de médium, ni rien…

– Allez ! Buvez une coupe. Ça va passer. Et écoutez-moi ! Henri de Montchicourt est bien votre Montchicourt.

– Qu'est-ce que vous en savez ?

– Je peux continuer, oui ? Il possédait un château, entre Reims et Laon – ici on prononce « Lan » – à une vingtaine de kilomètres environ, d'après ce que j'ai compris. Car ce château n'existe plus. Il a été rasé, en représailles, après sa disparition. Montchicourt a été accusé de trahison et jugé hérétique. Mais il a disparu. Il s'est enfui ? On ne sait pas. Toujours est-il que l'Église a confisqué ses biens, et que sa femme et sa fille ont terminé leurs jours enfermées dans un couvent à expier la faute de leur seigneur de mari et de père, sous les verrous des sœurs de l'Assomption... Comment je sais tout ça ? Je vais vous le dire... J'ai d'abord fait sortir, tout simplement, les archives de la bibliothèque Carnégie concernant la cathédrale au début de sa construction. Disons, première moitié du XIIIe siècle. Il n'y avait pas grand-chose, et je n'ai rien trouvé... Alors j'ai pensé que, d'après votre vision sur le toit, vous aviez décrit des gens qui pouvaient ressembler à des croisés... J'ai donc cherché du côté des croisades... Et là, bingo ! Septième croisade, menée contre les infidèles par Louis IX en Égypte... Le bon roi Saint Louis, la trentaine, qui avait dû inventer un truc pour fuir sa mère... Blanche de Castille, la reine mère qui l'avait déjà bien traumatisé dans sa jeunesse, sous la régence, et qui l'avait marié de force à Marguerite de Provence. Je n'ai pas vu la photo de la mère ! Mais pour lui avoir préféré les Barbares, on peut tout imaginer ! D'autant que le malheureux n'a pas eu de chance. Il a pris une pâtée à Mansourah et s'est fait capturer comme un novice. Il a fallu une très grosse rançon pour le relâcher. Le temps qu'on rassemble assez d'or, il est resté là-bas quatre ans, libre de ses mouvements. À quoi faire ? On se le demande ! C'est fou ce qu'on peut apprendre, dès qu'on plonge dans l'histoire ! Moi, je ne me souvenais plus de tout ça. Et vous ?

– Je révise. Je découvre. J'apprends. Mais, bon, c'est intéressant votre histoire, mais Montchicourt, quel rapport avec Saint Louis ?

– Patience, j'y arrive !

Elle aurait dû faire prof d'histoire. La voilà qui parlait maintenant comme Decaux à la télévision. À m'expliquer comment Montchicourt était parti, lui aussi, faire sa croisade, en 1248, avec le bon roi Louis. Qu'il avait même participé à la bataille de Mansourah. Sauf que lui avait été plus malin, parce qu'il n'avait pas été fait prisonnier. Il s'était battu comme un lion, sans pouvoir sauver son roi. Et il avait même reçu une blessure à la face qui l'aurait défiguré. Ça, je savais. Je l'avais vu. Une blessure à la lisière du cou, le long de la joue et du menton… Plus malin ou plus fort ? Parce que d'après les documents, Montchicourt était du genre chevalier de légende. Flamboyant, costaud, valeureux, sabreur, moitié soudard moitié seigneur. Comme Lancelot dans « Excalibur »… Seigneur ? Seigneur que de nom ! Car ces gars-là n'avaient pas autant qu'on voulait bien le dire la foi conquérante chevillée à l'armure. Certes, ils partaient en croisade pour casser du Sarrasin, mais surtout pour piller les lieux saints… Toujours est-il que Montchicourt avait réussi à regagner son château, fuyant l'ennemi… qui le connaissait bien, puisqu'il avait servi d'intermédiaire pour négocier la rançon et faire libérer le roi.

Flora venait de terminer son récit.

– Dans vos visions, vous ne vous souvenez pas avoir vu un blason sur… je ne sais pas, un bouclier par exemple ? Ou un étendard…

– Non, pourquoi ?

– Parce que dans ce livre qui parlait des croisades, il y avait des reproductions d'armoiries. Celles des seigneurs qui avaient accompagné Saint Louis en Égypte. Dont celui de Montchicourt. Dommage !

Décidément, c'était ma journée de fermeture des bars. Les femmes de ménage étaient arrivées et montaient déjà les fauteuils sur les tables. Nous étions les derniers depuis un bon moment quand le barman du Jockey est venu nous annoncer qu'il allait fermer. Il nous avait observés patiemment, assis sur un tabouret, derrière sa caisse, grillant cigarette sur cigarette. S'interrogeant sans doute sur ce que pouvait bien se raconter ce drôle de couple qui n'avait même pas dansé. La femme qui parlait, parlait... et l'homme en face, la tête dans les épaules, le nez dans sa coupe vide. À la façon prudente dont il était venu nous annoncer la fermeture, il était clair qu'il pensait s'immiscer dans une scène de rupture. La nuit, dans ce genre d'endroit, on se drague ou on se quitte. Il n'y a guère d'autre logique. S'il avait su que nous étions partis ferrailler en croisade, il nous aurait envoyés nous coucher depuis longtemps !

J'avais, en effet, laissé parler Flora, en soliste, presque toute la nuit, face au grand chambardement qui s'opérait à nouveau dans ma tête. J'étais resté muet, accroché à ses lèvres et à sa voix que, par moment, je n'entendais plus, tant j'avais l'esprit brouillé jusqu'à l'arrêt complet de la pensée, incapable de concevoir qu'un de mes fantômes ait bien pu exister. Et si celui-là, pourquoi pas les autres ! J'étais vraiment très perturbé... Elle, pas du tout. Elle était désormais acquise à l'idée qu'elle avait rencontré un médium et que nous étions en train de vivre une expérience fantastique. Un vrai jeu de rôles à l'ancienne, dans lequel elle était prête à s'investir, quitte à fouiller toutes les archives du Moyen Âge, avec l'aide de sa copine Véra, consultante, experte ès voyance, à qui elle avait déjà tout raconté. Avant même de m'appeler. Et moi, dans tout ça ? Je n'avais qu'à me laisser guider. Et attendre le nouvel indice, susceptible de nous faire progresser sur la voie du mystère.

Il faisait jour. Un air, frais et doux à la fois, inondait les rues de la ville encore vide. Une sensation de jouissance, de renaissance à la vie qui, à elle seule, justifiait d'avoir laissé filer cette nuit blanche jusqu'à l'aube. Flora a proposé de me raccompagner. J'ai prétexté une envie de marcher pour me dégriser du champagne et de mes fantômes. Je ne voulais pas qu'elle s'arrête devant le crépi sale de mon hôtel de passe. Avant de monter dans sa voiture, elle s'est tournée vers moi, pour me serrer la main. Son visage était si près du mien. Sa bouche près de la mienne… J'ai failli l'embrasser, tant ses lèvres semblaient m'appartenir. Je n'ai pas osé, par pudeur ou par crainte d'être repoussé. Pourtant, un instant, j'ai cru lire dans ses yeux qu'elle était traversée par la même pensée.

6

C'est vrai que j'avais besoin d'elle ! Flora n'avait pas pu venir… et rien qu'en gravissant, seul, les marches d'entrée de la bibliothèque Carnégie, je me sentais démuni. Gauche. Toujours habité par ce sentiment de gêne à me mouvoir dans un espace qui n'était pas le mien. Seul… Retiré depuis tant d'années sur les toits des églises et des monastères, j'avais fini par entrer en communauté avec ceux qui les habitaient. En fait, Pépé et moi, nous formions un couple de trappistes, ayant fait vœu d'isolement entre les poutres et les chevrons. En refusant mon milieu d'origine, j'avais voulu la liberté… Je n'avais trouvé que la solitude ! En rêvant d'espaces libres, je courais désormais sans attaches parmi des espaces vides. Personne ne troublait plus mon îlot de pensées, mais j'étais seul à le partager. Et comme le prisonnier dont la porte du cachot s'est violemment rouverte, la lumière du monde d'aujourd'hui m'aveuglait. J'avais peine à marcher, mal assuré dans ma relation atrophiée avec la vie des autres… Flora, sans le savoir, avait commencé à entrouvrir la porte. Créant ce besoin que j'avais d'elle pour avancer. C'était décidé ! J'allais faire des efforts pour m'en sortir… Mais sans doute au prix d'une longue convalescence.

À l'issue de notre nuit sans fin, nous avions connu le même destin. Chacun de notre côté… À peine touché l'oreiller, Flora s'était évanouie dans le sommeil. Jusqu'en début d'après-midi. Moi, j'avais juste eu le temps d'enlever mes chaussures. Ensuite, elle avait rejoint son bureau, quelques heures seulement, pour faire semblant de travailler. Moi, désœuvré, je m'étais mis à piétiner dans la chambre, pétri d'indécision. À la fois impatient d'aller vérifier dans l'heure mais terrorisé tout autant à l'idée de découvrir un nouvel indice. Car bien qu'ayant répondu « non » à sa question, je n'étais pas certain de n'avoir rien vu. En découvrant les écussons dont elle m'avait parlé, peut-être me souviendrais-je d'un détail ? D'un signe déclencheur, susceptible de raviver ma mémoire ? Son Montchicourt était-il le mien ? Ou toute ressemblance avec une personne ayant existé n'était-elle que pure coïncidence ? Et si elle avait raison, alors il me faudrait bien admettre qu'il y avait sans doute de la voyance dans tout ça… L'idée me perturbait. Mais j'avais fini par prendre mon courage à deux mains ! En route pour Carnégie !

À la bibliothèque, j'ai demandé le livre. Flora m'avait donné la référence. Elle avait tout noté. J'ai vite trouvé la page. Mais les blasons étaient si petits, dessinés sur une planche, les uns à côté des autres, que la plupart d'entre eux étaient illisibles. Et leurs détails indescriptibles. Surtout sous cette lampe qui ne devait pas dépasser vingt watts. Une lampe comme on en trouve dans toutes les bibliothèques. En opaline verte, avec un pied doré. À l'anglaise ! J'aurais pu en rester là. Le blason du seigneur de Montchicourt que j'avais sous les yeux ne me rappelait rien. Le motif de l'écu, un gros damier rouge et blanc, paraissait somme toute assez classique, mais il n'avait pas imprégné ma mémoire. En tous cas pas assez, s'il m'était apparu quelque part, dans l'une de mes visions. J'allais donc refermer le livre quand je me suis aperçu que les couleurs du blason n'étaient pas séparées par des traits, l'un horizontal, l'autre vertical, mais par un dessin. Un symbole.

J'ai sauté sur le premier employé de la bibliothèque qui passait. Sans doute un gardien. Il avait une casquette de gardien. Je lui ai demandé une loupe.

– Une loupe ?

– Oui, monsieur, une loupe, pour voir plus gros.

– Mais il n'y a pas de loupe ici !

– Trouvez-en une ! C'est vital, pour moi.

J'avais l'air si déterminé qu'il est parti me chercher une loupe. Tu vois, Flora, j'apprends vite. J'ai même de l'assurance.

Voilà, nous y étions ! Sous le verre qui grossissait maintenant le blason, se dessinait parfaitement un trident dont la flèche centrale, plus haute, coupait l'écu en deux. Une fourche à trois dents, identique à celle du ciseau. Et semblable au signe gravé dans la pierre, à l'intérieur de la cathédrale.

Pfff ! Quelle histoire ! J'ai eu l'impression que le trident me remontait de l'estomac dans la gorge pour aller se ficher dans le haut du palais. Gloup ! Ma peau n'était qu'une chair de poule, devenue moite sous une poussée de sueur froide. J'aurais découvert mon épitaphe sur mon propre tombeau, au travers des pages de ce livre, que je n'en aurais pas été moins retourné… Non, je ne voulais pas y croire. Je n'avais décidément aucune prédisposition, aucune envie d'admettre que je naviguais depuis quinze jours, comme un zombi, entre le Moyen Âge et l'époque d'aujourd'hui. Et même avec le coup du médium, je n'y arrivais pas !

J'ai sorti mon ciseau qui ne quittait plus ma poche. Je l'ai déballé comme un sandwich, sur la table. Pas de doute ! Le premier signe était bien celui-là. Et il me renvoyait à la colonne de l'autel de l'Immaculée Conception. Entre Jeanne d'Arc et saint Jean-Baptiste.

*

Le marchand du temple qui remballait ses souvenirs dans sa cahute avait suivi mon arrivée d'un regard soupçonneux. J'ai fait mine de l'ignorer. La lumière bleutée des rosaces s'évanouissait sous la grande voûte avec la montée du soir. L'obscurité s'installait autour des dernières petites étoiles qui scintillaient au-dessus des bougies des autels. J'avais attendu le dernier moment, juste avant la fermeture de la cathédrale, pour entrer, espérant reproduire les circonstances qui avaient présidé à ma dernière vision. La descente dans le tunnel… Je me suis faufilé dans la pénombre de l'allée du nord. J'ai glissé le long des immenses colonnes jusqu'au fond du transept. Là, le dos tourné au signe gravé sur la colonne, je me suis installé dans la même position, recroquevillé comme pour me faire oublier. Et j'ai attendu. Posté de cette façon, l'endroit où s'était déroulée la scène se situait droit devant moi. La dalle qu'avaient fait pivoter Rascard et les hommes de Montchicourt aurait pu se trouver à l'emplacement du petit escalier qui menait à la crypte, creusée sous le maître-autel.

Je me suis avancé vers ces marches étroites, protégées par une rambarde de fer forgé. C'est à ce moment-là que le sol a tremblé. Que je me suis senti brusquement déséquilibré… Je me suis agenouillé, pour éviter de tomber. Sur le coin de la dalle qui vibrait sous moi, j'ai cru apercevoir, à nouveau gravé, le signe du trident. Je n'ai pas eu le temps d'en voir davantage. Ma vue s'est brouillée sous l'effet d'un grand flash. Et l'air frais du chantier de la cathédrale est venu me saisir, comme la première fois…

Plus de statue de Jeanne d'Arc, ni de saint Jean-Baptiste. Que des planches, des pierres entassées, quelques outils abandonnés et l'échafaudage au pied duquel était tombé l'enfant, saigné par la lame de son maître. Son corps gisait, désarticulé, abandonné comme un chien misérable au milieu de l'allée, jeté par le soldat à côté de Rascard qui gémissait encore… Je n'avais plus peur. Si je tremblais, c'était du froid glacial qui s'engouffrait dans la nef par l'avant du chantier. Car derrière moi se découpait, sur un coin de ciel noir, la façade inachevée, escortée de quelques rares étoiles. Étrange spectacle de cet édifice coupé en deux, ouvert aux vents, qu'on finissait de raccorder. Je n'avais plus peur. Je connaissais les lieux, je connaissais la scène dont – je le savais maintenant – je n'étais que le spectateur venu d'un autre siècle.

Un craquement pourtant m'avait fait tressaillir. Le frémissement d'un mouvement retenu. Puis un autre… Le froissement d'une chausse, glissant sur la poussière… L'ombre se dépliait lentement, face à moi, de l'autre côté de l'allée. Qui était ce nouveau fantôme dont j'ignorais la présence ? L'homme s'était tapi, accroupi comme moi, à l'endroit où je me tenais l'instant d'avant, sous la colonne marquée du signe du trident. À nouveau, j'étais paralysé d'angoisse. Je le vis se pencher pour ramasser un objet qui traînait à ses pieds. Un ciseau de sculpteur. Semblable au mien… Il s'avançait maintenant vers moi, sans me regarder. Ou sans me voir. J'étais tétanisé, sans voix, comme dans ces rêves où la peur panique retient les gestes et bâillonne les cris… Il avait ma taille, mon âge, et portait un tablier de cuir. Il enjamba le corps de l'enfant. Rascard, qui cherchait, sans y parvenir, à tendre une main vers lui, murmurait dans un râle son nom à peine audible.

– Macias… Macias…

L'homme, un genou à terre, s'était penché sur ce corps blessé, examinant ses plaies, palpant sa hanche et son thorax, là où le soldat l'avait frappé par deux fois. Il arracha la manche de sa propre chemise, la roula et appuya avec force cette boule de chiffon sur la blessure qui lui semblait saigner le plus abondamment. Rassemblant ses forces, Rascard l'avait agrippé au passage par l'épaule pour lui murmurer dans un souffle haletant quelques mots à l'oreille. Alors, l'homme se redressa d'un bond, et, saisissant la torche que Rascard avait lâchée sous les coups du piqueur, se précipita vers l'entrée du souterrain. Fonçant droit sur moi, il allait me percuter violemment. Attention, Macias, je suis là ! Nous n'étions, lui et moi, ni dans le même espace, ni dans le même temps. Nous étions si loin, mais nous n'étions plus qu'un. J'ai cru me regarder moi-même. Il était mon double. Il avait mon visage.

Avec une vigueur surhumaine, Macias fit pivoter la dalle qui masquait l'entrée du souterrain. Puis bondissant sur les marches exiguës, il disparut dans une course effrénée. Dans le trou noir du tunnel.

Devant lui, la troupe de Montchicourt avait déjà pris une belle avance. On n'apercevait déjà plus la lueur de leurs torches. Si, pourtant ! Sur la droite, à vingt pas, une lumière vacillante montait, en même temps que le bruit mêlé du cliquetis des armes et du crissement des roues de la charrette qui sautaient sur les cailloux. La bande avait fait fausse route. Elle s'était heurtée à la porte secrète du temple cachée de la loge, et rebroussait chemin… Surpris, Macias avait jeté sa torche à terre, et ôté précipitamment son gilet, cherchant à étouffer la flamme pour ne pas être vu. Il s'était plaqué contre la paroi, et respirait déjà l'odeur âcre du cuir qu'il avait piétiné sur l'étoupe en feu… Vite ! Entre ses doigts, accrochés à la cavité, il sentait filer la terre qui s'effritait derrière son dos. Qu'ils passent vite ! Mais les hommes s'étaient arrêtés à la croisée des galeries.

– Là, il ne s'agit plus de te tromper, Daguin ! avertit le seigneur de Montchicourt qui se tenait en tête du cortège.

– J'avais oublié leur foutue tanière de mécréants ! Il faut gagner le prochain embranchement. Nous venions d'ici. Nous devons repartir par là. Il n'y a pas d'autre issue.

Plus déterminés que perdus, ils s'engagèrent sans attendre, poursuivant leur course dans l'autre direction.

La terre avait glissé entre les doigts de Macias qui poussa du pied son gilet. Le cuir était trop brûlé. Tant pis ! Il lui fallait l'abandonner. Il saisit alors sa torche qu'il fit tournoyer dans l'obscurité du tunnel, espérant raviver les mèches rougeoyantes et fumantes. Une fois, deux fois, de toute la force de ses bras. Trois fois. C'était peine perdue. Il décida donc de plonger dans le noir, frôlant de ses mains la paroi. Comme un aveugle, pour se guider. Trébuchant sur les pierres et les aspérités du chemin. Mais poussant son pas fermement, sans trop d'hésitation. Il connaissait tous les pièges du parcours pour l'avoir emprunté à maintes reprises, lorsqu'ils quittaient la loge souterraine, lui et ses compagnons, par cette voie qu'ils appelaient la « porte secrète ». Un peu plus loin, la galerie se séparait encore en deux. Menant d'un côté à la basilique Saint-Remi – jamais il n'avait exploré cette direction. De l'autre, on remontait au jour par la butte Saint-Nicaise, en se faufilant à l'intérieur d'un puits, noyé dans les broussailles. Un endroit hostile autour duquel personne ne s'aventurait. On disait que cette butte était un coin maudit. Mais seulement pour éloigner les curieux. Car, en réalité, elle n'était que la décharge des monceaux de terre qui, depuis l'élévation de la première cathédrale, celle de l'évêque Nicaise, avaient été charriés là, après avoir servi à la surélévation des échafaudages qui permettaient de pousser les pierres le plus haut possible. Cette technique était d'ailleurs toujours utilisée par les maçons d'aujourd'hui.

À nouveau, Macias apercevait la lueur des torches. Il s'approcha au mieux, sans risquer d'être vu. Tapi dans une saignée de roche, plié sur ses genoux, il pouvait distinguer, dans le halo des flammes, l'équipe de soudards qui avait fait halte au second embranchement. Ils entouraient leur chef qui, par ses gestes, semblait donner des ordres, ou expliquer un plan. Contrairement aux cris et aux coups de gueule entendus jusqu'ici, ils parlaient bas, comme s'ils venaient d'entrer dans une phase délicate et mystérieuse de leur expédition. De là où il se trouvait, Macias ne pouvait rien comprendre de leurs intentions. Il ne percevait que de vagues chuchotements. Lorsque brusquement, Montchicourt s'engagea dans la galerie qui conduisait à la basilique Saint-Remi. Suivi de Daguin, homme d'armes casqué, dont Rascard avait dit qu'il connaissait les lieux. Et de Moineau, le plus petit, qui semblait vif et agile sous sa carapace guerrière.

Les autres – ils étaient quatre – étaient restés, silencieux, sur leurs gardes, campés autour de la charrette. Après avoir scruté de tous côtés, ceux qui tenaient les torches entreprirent de mener une ronde, s'avançant, tour à tour, de quelques pas à l'intérieur des galeries. Comme pour vérifier qu'ils n'étaient pas suivis. Soudain, l'un d'eux, ayant perçu un bruit, s'avança plus avant, à l'intérieur du souterrain par lequel ils étaient venus. Il tenait serrée d'une main sa pique pointée, prêt à frapper. Macias, cœur battant, ne bougeait plus. Ne sentant plus les muscles de ses jambes, il avait tenté de se déplier lentement. En faisant glisser son dos le long de la paroi, il avait provoqué la chute sourde d'une pierre. Le soldat avançait, balayant l'espace de sa torche. Macias avait bloqué son souffle. Puisqu'il ne pouvait lutter, il s'apprêtait à fuir désespérément dans la nuit du tunnel… quand l'une des caisses glissa de la charrette. Le garde qui s'appuyait dessus avait fait basculer la cale du plateau. Les autres malles suivirent, dans un fracas démultiplié par l'écho roulant qui se propageait au fond des trois galeries.

– … Oh là ! À moi les gars ! J'ai besoin d'aide… cria l'un d'eux. Eh ! Féret, reviens !

– Chut, fit le piquier qui avançait toujours, convaincu de sentir une présence ennemie.

– Ça va ! Cesse de courir après les rats et les renards. Il n'y a rien ici. Viens nous donner la main… Si nous ne sommes pas prêts quand le seigneur reviendra, il va nous embrocher !

La menace ne souffrait pas la contradiction. Montchicourt était craint. Il pouvait décider du sort d'un homme sur un coup de colère. Féret fit demi-tour.

– Allez, viens ! Éclaire-nous au moins ! Avec deux torches, on n'y voit pas assez… À cette heure, qui oserait nous suivre, crois-tu ? Même pas un fou ! Il y a meilleur tombeau que de vouloir pourrir dans un trou pareil ! Allez, amène ta torche par ici !

Pour mieux caler les malles, le garde fit un triple nœud. Pas question de les éventrer, ni d'en semer le chargement. Il frottait déjà avec avidité son gant de mailles sur les ferrures des couvercles, rien qu'à l'idée de sa part du butin.

– Demain, nous serons loin ! Demain, nous serons riches ! Et toi, Féret, que feras-tu de tout cet or ? Donne-m'en la moitié, si tu ne sais qu'en faire ! ricana-t-il. Eh ! Tiens ta flamme bien droite ! Regarde, elle vacille !

La torche du piquier avait décliné brutalement. Avant de s'éteindre, comme soufflée, plongeant le groupe dans une semi-obscurité. Macias, qui n'avait toujours pas bougé, remarqua qu'un soupçon de panique gagnait ces soudards, pourtant aguerris aux pires situations. Était-ce l'absence du chef, ou le poids trop pesant de ces malles mystérieuses ?

– Mais qui t'a donné ça ? Une torchère finissante… On ne va même pas pouvoir la rallumer.

– C'est Rascard qui nous les a tendues. Il devait le savoir… Ce chien a bien la face d'un traître !

– Il ne l'a plus ! Je l'ai planté avant de descendre, sur l'ordre de Montchicourt. Il avait raison de s'en méfier !

Quelques instants à peine, et la seconde flamme vacilla à son tour.

– Tudieu ! Mais, c'est un piège ! hurla l'un des soldats.

En même temps qu'il criait, deux bruits secs claquèrent dans le fond du tunnel. Deux cordes d'archers bien tendues qui vibrèrent, tour à tour. Le sifflement fut bref. Les tirs étaient à bout portant. Les flèches, transperçant les hauberts, se fichèrent dans le corps des deux gardes penchés sur la lueur évanescente de la torche… Trois ombres surgirent alors de l'obscurité. Tels des démons, armés d'épées, vêtus de bures de moines, le visage dissimulé sous une ample capuche. Ils frappèrent à la gorge les deux autres soldats, avant de disparaître, comme ils étaient venus, abandonnant là leurs victimes, les malles et la charrette.

Pétrifié, Macias n'entendait plus un bruit. Plus un râle, plus un souffle. Les coups précis, portés aux gardes, avaient sans doute été mortels. Dans la nuit noire du souterrain, il se dégagea de sa cache, puis recula à tâtons lentement. Pour éviter que les agresseurs, alertés par un faux mouvement, ne fondent sur lui, témoin insoupçonné de leur guet-apens. C'est alors qu'il entendit courir. Une lueur vague perçait déjà par intermittence à la croisée des galeries. Montchicourt et ses hommes revenaient, après avoir accompli leur détour par la basilique Saint-Remi.

Macias accéléra son pas, glissant ses mains le long de la paroi. Il était parvenu au second embranchement, celui de la loge. Maintenant, il apercevait la trappe qui se découpait au bout du tunnel, comme un espoir. Enfin l'escalier. Puis les dalles de la cathédrale.

Sans même prendre le temps de retrouver son souffle, le sculpteur s'approcha de Rascard qui gisait sur le sol, la main toujours appuyée sur le chiffon rougi de son sang et qu'il pressait contre sa blessure. Ils échangèrent à nouveau, quelques mots à l'oreille. Puis, Macias arracha de la ceinture du maître l'épée courte qui lui avait servi à transpercer l'enfant. Et saisissant l'une des torches accrochées aux colonnes, il repartit vers l'entrée du tunnel.

Pour moi, la scène s'arrêta là. Quand les deux gardiens musclés me saisirent par les épaules, j'étais sur le point d'enjamber la grille de l'escalier qui descendait à la crypte.

– Eh, jeune homme, ça ne va pas ! Qu'est-ce qui vous arrive ? C'est interdit, ce que vous faites là !

– Rien, rien ! Je voulais juste lire ce qui est écrit sur la porte.

– Parce que vous ne voyez rien d'ici ?

– Non !

J'eus beaucoup de difficultés à leur expliquer que ma vue était à ce point défaillante, et qu'en me penchant pour voir mieux, j'avais failli basculer par-dessus la rambarde. Maintenant, je savais… Il y avait des visites pendant la saison touristique. C'est ce qui était écrit… et pour l'instant la crypte était fermée. D'accord !

Chance ! Ils ne m'ont pas expulsé. Ce n'était certes pas faute de m'avoir pris pour un illuminé, mais j'avais réussi à les convaincre que j'étais venu prier pour ma mère, très malade. Je suis donc allé m'asseoir pieusement sur une chaise, près du chœur.

Je n'ai pas prié. Mais je suis bien resté là une heure, immobile, une bigote devant, et une Portugaise, coiffée d'un carré de dentelle, sur le côté, qui, elles, priaient à n'en plus finir…

J'avais la tête vide. Le corps fébrile. Électrisé. Comme la première fois, il me fallait maintenant récupérer de cette violente immersion dans le passé. Suffocante apnée souterraine. Ou état d'hypnose profond ? Je ne savais pas vraiment définir les effets de cette longue absence de moi-même. J'avais la sensation d'étouffer. De ne plus pouvoir respirer. Aspirer. De ne plus posséder ni souffle, ni poumons. Plus rien à l'intérieur. Peut-être n'y avait-il plus rien à l'intérieur !

Qui était le fantôme, d'ailleurs ? Et de qui ? Lui, courant sous la terre, sans rattraper les siècles ? Ou moi, haletant, cherchant à remplir ma poitrine de l'air du temps présent ? Et si nous n'étions qu'illusion, l'un et l'autre, dans l'attente d'un troisième, venu d'encore plus loin. Issu d'un monde où les cathédrales auraient depuis longtemps disparu. À la recherche d'une foi perdue.

Non, j'étais bien là. Je me tâtais, je me palpais. La Portugaise priait d'un œil, me regardait de l'autre. Sûr que celle-là me prenait pour un maniaque, un détraqué sexuel. Elle s'est levée, est allée s'agenouiller aux côtés de la bigote. Et toutes les deux se sont retournées vers moi. Il était temps de déguerpir, avant qu'elles n'aillent avertir les vigiles.

*

Je me suis retrouvé chez Véra, la voyante aux mille livres sans pages. Elle était assise devant moi, les yeux fermés, à la recherche d'une résonance avec l'au-delà.

À l'écart, Flora avait disparu, à demi mangée par l'immense fauteuil édredon. Soucieuse, disait-elle, de ne pas provoquer d'interférences dans l'échange de nos ondes. La séance d'exorcisme pouvait commencer. L'eau bénite du goupillon ayant été, pour l'occasion, avantageusement remplacée par les bulles du champagne qui chantait dans nos verres. Du « 99 » servi par Amsour, la servante indienne qui glissait sur le parquet.

À vrai dire, je n'avais plus le choix. En dépit de mes délires métaphysiques, j'avais commencé à me faire à l'idée de posséder un réel don de voyance. C'était, finalement, plus confortable ! Imaginer qu'un homme cherchait à me communiquer un secret m'enorgueillissait même, comme tout porteur d'exception. Je ne cachais certes pas mon appréhension, mais ma curiosité était désormais en éveil.

– Écoute, Mathieu, tu vas te concentrer très fort et tu vas essayer de te souvenir de tout…

Véra avait pris mes mains, et, l'air grave, me parlait avec son accent roulant, empreint ce soir d'emphase divinatoire.

– Mais, je me souviens parfaitement de tout ! Ce que j'ai vécu tout à l'heure était dans la continuité de mon premier… allez ! disons rêve. C'était la suite. Exactement. *Record. Pause. Start.* J'ai un vrai magnétoscope dans la tête. Ça repart à l'image près. Ce que j'ignore, c'est si j'ai vécu tout ça en temps réel, ou si tout s'est joué en quelques secondes, comme dans un rêve.

– Peu importe, Mathieu. Je sais maintenant que tu as opéré ta jonction avec celui qui t'attend depuis si longtemps derrière le miroir. Il est en toi. Il va chercher à te guider vers ce lourd secret qui a jonché de tant de morts déjà le sol de cette cathédrale. Car il doit être lourd, son secret ! Si lourd et indélébile qu'il a imprégné à ce point la pierre, sans jamais s'effriter, après, combien dis-tu ? six cents ans ?

– Presque huit cents…

– Je crois en la mémoire de la pierre, comme je crois en la mémoire de l'eau…

– Oui mais, Véra, s'il est en moi, alors pourquoi tout s'est arrêté d'un coup ? Suite au prochain numéro. Et on attend ! On dirait un polar à suspense, mon histoire. Je sais que je ne suis qu'un apprenti voyant, mais quand même ! Non, je plaisante. C'est le seul moyen que j'ai pour chasser la trouille que ça m'inspire. J'ai hâte d'arriver au bout. S'il y a un bout ! En attendant, peux-tu m'expliquer, toi, pourquoi tout s'est arrêté ? Ce sont les grosses pattes des vigiles qui ont brisé mon rêve ?

– Peut-être aussi ! Mais c'est surtout parce que tu as déchargé d'un coup toute ton énergie. La voyance, dans sa dimension extrême, est une épreuve terrible. Terrible ! C'est comme si tu recevais la foudre. Mais tu retrouveras bientôt la force nécessaire, j'en suis sûre. Lui t'aidera à la retrouver. Il a besoin de toi. Je sais que vous allez bientôt vous rencontrer à nouveau. Et ne fais pas qu'attendre, Mathieu ! Lui aussi est épuisé d'avoir traversé les siècles avec son fardeau. Il t'a laissé des signes. Il faut t'en servir.

Ça, c'était facile à dire ! Nous n'avions pas progressé d'un pouce dans la lecture des hiéroglyphes. Même si les trois premiers me paraissaient d'une banale évidence. La croix au-dessus d'un rectangle, symbole d'un autel, représentait sans aucun doute la cathédrale. Ensuite venait le trident qui désignait Montchicourt… Dos à la colonne sur laquelle était gravé le signe, j'avais compté six pas jusqu'à la descente de la crypte. Le « 6 » était donc bien un « six ». D'ailleurs, lorsque le sol avait tremblé, au début de ma nouvelle et éprouvante vision, j'avais pu distinguer une réplique du trident, incrustée dans la dalle, à l'entrée du tunnel. Cette dalle n'existait plus. Le petit escalier était aujourd'hui découvert. Mais les trois premiers signes indiquaient bien ce lieu et un passage secret. Que je connaissais, à défaut de savoir comment y accéder. Pour le reste, les autres symboles n'étaient pour l'instant que du charabia…

La discussion fut longue. Nous avions beaucoup bu. Et il était très tard. J'ai pourtant décliné l'offre de Flora de me raccompagner. Pour les mêmes raisons que la veille. Je lui ai dit, cette fois, que je préférais rentrer à pied, au grand air, pour me dégriser. Il pleuvait. Les bulles du champagne, avec la pluie glaciale, m'étaient montées à la tête. Et je ne me sentais pas très à l'aise, en « triturant » l'idée qu'un *alien* sommeillait quelque part dans mon corps. Je n'aurais jamais dû prendre l'allégorie de Véra au pied de la lettre.

En traversant le marché du Boulingrin, j'ai croisé le Moyen Âge, dans un rêve éthylique. Cette place était l'une des grèves sur lesquelles furent suppliciés les révoltés de 1233. Quand la voiture des flics est passée, tous feux éteints, ils ont vu un énergumène qui gesticulait, mouillé jusqu'aux os. Les cheveux ruisselants, collés sur le front par la pluie, il avalait l'eau du ciel, en criant :

– Macias, je sais que tu es là ! Montre-toi ! Macias, ne me laisse pas tomber. Où es-tu ? Montre-toi !

Je ne sais pas ce que je leur ai raconté, mais j'ai passé la nuit au poste.

7

« C'est bien vide, chez toi ! » avait lancé Macias, en redressant la tête. Comme tous les hommes trop grands, il avait du mal à pénétrer dans la taverne le front haut et droit. Il lui fallait se tordre le cou, pour éviter les bosses. Car la porte était si basse qu'on se cognait, sans crier gare, à la poutrelle de l'entrée. Une fois sonné, on risquait même de dévaler les trois marches qui descendaient jusqu'au parterre. Une attraction qui faisait toujours son effet. Et attention à la sortie ! Car le risque ne faisait que s'accroître à mesure qu'on engloutissait les pintes.

Seule Hermine, la femme du Rat, était là, occupée, derrière son comptoir, à remplir les chopes et à touiller sa soupe qui sentait fort la couenne fondue et le haricot rouge. Elle attendait le retour des hommes, partis tous, déjà bien éméchés, sur le champ de la foire aux vins, au bout de la rue du Barbâtre. Un marché qui revenait tous les ans et qui durait trois jours. La fête et la gaudriole y prévalaient autant que le négoce. Et personne ne voulait rater ça !

– Et les filles ? s'enquit Macias.

– Elles sont avec le père. Plus pour tourner du jupon que pour goûter les vins, va ! lui répondit Hermine, en désignant du menton Rascard qui l'attendait, attablé au fond de la salle, dans le recoin le plus sombre.

Le maître des sculpteurs était encore plus renfrogné qu'à son habitude. Immobile, les bras posés sur la table, il avait l'œil rivé sur un point vague autour duquel tournicotaient une dizaine de mouches, attirées par les miettes mal essuyées d'un précédent repas. Il demeura ainsi, sans bouger, quand Macias vint s'asseoir sur le banc, face à lui.

– Salut, fils ! Paix et fraternité ! dit-il sans le regarder.

– Salut, Rascard ! Paix et fraternité ! Tu ne bois rien ?

– Je t'attendais. Hermine, de l'anjou, jusqu'à plus soif, ma belle !

Rascard respira profondément, sans quitter les mouches des yeux. Il avait l'air d'un vieux lézard à l'arrêt, prêt à dérouler sa langue d'un coup pour en gober une ou deux. Ses traits étaient tirés. Et le sillon de ses rides épaisses qu'il arborait comme des cicatrices accentuait plus encore l'impression de grande fatigue qui semblait le miner. Ou d'infinie lassitude qui l'anéantissait.

– Tu vois, fils, je réfléchis beaucoup, ces temps-ci. Je suis vieux, et je n'ai plus l'allant ni la force de ta jeunesse. Je n'ai plus la même ardeur sur le chantier. Parfois, je manque d'adresse. Mon bras tremble et ne guide plus ma main. Gaucher le sait. Et je sais qu'il songe à me remplacer… Parfois encore, je me dis que mon temps est fini. Mais qui s'y résoudrait ? Pas moi qui ai passé ma vie à l'ombre des cathédrales. J'ai commencé bien avant ton âge. J'ai appris à Amiens, tu le sais. Et je voudrais, au moins, pouvoir terminer celle-là avec ceux qui ont compté plus que ma propre famille. Et après, que nous restera-t-il de ces longues années ? Certainement pas la gloire ! Elle est pour les architectes, les évêques et les potentats du chapitre. Notre art ne nous appartient plus. Nous l'avons vendu. Et pour si peu de récompenses. Si je devais transformer en or ce que j'ai accumulé en trente ans, il ne remplirait pas mes bottes ! Alors, nous l'avons fait pour Dieu ? Ou Marie ?... Non, ma foi s'est émoussée, fils ! Il y a déjà bien longtemps que je n'y crois plus. Ni en l'un, ni en l'autre.

– Parle moins fort, Rascard ! Ta voix porte. Tu ne peux faire entendre ici un pareil discours. Il y a des oreilles partout... Moi aussi, je n'y crois plus. D'ailleurs, y ai-je cru vraiment ? Je n'en sais rien.

– Un jour, tu seras comme moi... harassé, usé. Tu te demanderas, comme il est écrit dans la Bible, ce que tu as fait de « tes talents ». Mais pour nous – hélas ! – il ne s'agit pas de pièces qui peuvent faire la fortune. Tu te demanderas ce que tu as fait de ton talent, Macias ! Alors, j'en suis sûr, tu regretteras la vie que tu n'as pas eue. Par vanité. Comme moi.

Rascard parlait seul. Pour la première fois, il dévida sa vie longuement, dans l'ambiance de ce bouge, embaumé de graillon, au cœur duquel montaient les rires et les cris, à mesure que rentrait du marché la foule des buveurs au gosier toujours sec.

Sous la langue du vieux maître roulèrent alors des années d'amertume. Au service de Dieu et des puissants... Servir, servir ! Il n'avait fait que servir, toute sa vie. Aujourd'hui, son jugement était tranchant comme un ciseau, et sa réflexion plus dure que la pierre. Si Gaucher voulait le remplacer, il partirait. Mais avec beaucoup de paires de bottes, remplies d'or. Il irait vivre sur les chemins errant de ses derniers plaisirs. Loin d'ici, il se forgerait un nouveau monde. Dût-il vendre son âme au diable. Et qu'importe ! D'ailleurs, les gargouilles à tête de monstre n'étaient-elles pas plus près du ciel que les saints du parvis ?

Macias, qui n'avait encore rien dit, commençait à s'effrayer de ces propos froids comme la mort. Moins en raison de leur violence sacrilège que par ce qu'ils semblaient révéler des intentions insoupçonnées du maître des sculpteurs.

– Tu me fais peur, Rascard ! Ou tu délires, ou tu te laisses emporter par les mots ? Je veux bien qu'à ton âge tu rêves d'un paradis des hommes où tu puisses trouver tout ce qui t'a manqué. Et si c'est la luxure, va pour la luxure ! Roule-toi sur la chair molle des femmes prostituées, gave-toi de leur sexe et de vin, enivre-toi de tout, de débauche et d'oubli. Tant que tu bandes encore ! Mais avant de te vider les couilles, comment rempliras-tu tes bottes ?

Rascard prit son temps pour répondre. Il fixa longuement Macias de ses yeux marrons, injectés d'alcool et de sang, qui donnaient à son regard un air fourbe et mauvais. La gravité de son silence semblait soutenir un instant de grande réflexion. Comme s'il avait souhaité cette question et qu'il pesait sa réponse, lourde de conséquences. Alors, il prit leurs deux pichets et les aligna sur sa gauche, poussa sur sa droite la pinte remplie de vin, afin de former le dessin d'une équerre. Là, il lui parla, sur un ton solennel :

– Nous sommes tous deux liés par le secret des loges. En tous lieux nous pouvons former un temple. En voici les trois piliers. Jure sur la Bible que tu enfouiras à jamais dans le silence et jusqu'au tombeau ce que je vais te dire. Et si tu es parjure, que tu mériteras la mort…

– Mais j'ignore ce que tu veux me dire, Rascard. Comment peux-tu exiger de moi que je m'engage aveuglément ?

– Tu n'imagines pas, fils, que je puisse chercher à te compromettre contre ton gré ? Ce serait oublier nos liens particuliers. Jamais, tu entends, jamais, je ne te demanderai de me suivre contre ta conscience. Si tu refuses, tu effaceras simplement de ta mémoire cet instant, et ce lieu. Tu oublieras ce qui s'est tenu ici, et tout ce qui va se dire. Et selon nos lois, au-delà du secret, tu ne chercheras ni à me nuire, ni à me détruire. La main sur le cœur, jure de garder le silence !

Macias hésita. Puis, la main sur le cœur, jura. À voix basse, mais avec cette solide conviction qui engage à jamais un compagnon du Devoir. Il était désormais prisonnier du secret qu'allait lui confier Rascard.

À peine avait-il prononcé son serment que deux mains vinrent lui cacher les yeux. Des doigts fins et habiles qui caressaient ses paupières, plus qu'ils ne tentaient de lui masquer la vue. La douceur de sa peau et son rire enfantin avaient trahi Linotte. Elle rentrait du marché et reprenait son service entre les tables jonchées de braillards ivres morts. Elle appuya un baiser aguichant au coin des lèvres de Macias qui la prit par le bras, avant qu'elle ne s'enfuie, féline et câline comme une chatte enjôleuse.

– Si tu continues, Linotte, je finirai par t'épouser.

– Fais-moi d'abord l'amour, si tu veux en juger.

– C'est bon ! File ! Je relève le gant, ma belle, avant de relever ta jupe tout à l'heure. Laisse-moi en terminer avec cette affaire que me vante mon ami, et je saute dans ton lit.

Un gros homme, derrière eux, ne tenant plus sa tête ni son corps, s'affaissa sur la table, balayant de tout son poids deux ou trois chopes pleines qui se brisèrent en tombant sur le sol. L'anjou éclaboussa les buveurs tout autour, avant que le gros ne se vautrât par terre, déchaînant le ricanement des uns et les injures des autres. Obligeant Rascard à se pencher pour mieux se faire entendre.

– Elle est plus gironde qu'une princesse, ta mignonne. Plus facile et sans doute plus experte… mais elle n'est pas princesse. Voilà la différence, Macias. Cette petite Linotte n'est que la fille d'un cabaretier et de la pauvre Hermine qui ne sait même plus combien l'ont renversée… Ou elle vendra son cul comme sa mère, ou avant de perdre sa fraîcheur, elle se donnera en mariage à un marchand à la bourse aussi pleine qu'il aura les couilles vides, comme ce lardu qui patauge dans la vinasse. Toi, Macias, tu plais aux femmes. Elles admirent ta jolie gueule et ta prestance. Je connais plus d'une fille de riche qui en pincerait pour toi. Il ne te manque que la fortune. Si tu marches avec moi, je peux la faire, ta fortune ! Sortons d'ici. L'endroit n'est pas assez couvert pour continuer cette conversation.

Macias baissa la tête avant de franchir la porte. Au sommet des trois marches, il fit signe à Linotte qui lui envoya un baiser, comme pour lui confirmer sa promesse d'une nuit chaude.

Dehors, sur le pavé des Tournelles, il y avait plus de monde et de cris que dans la taverne du Rat. Des grappes égrillardes redescendaient de la rue du Barbâtre, en chantant et rotant, puant la vinasse, titubant et glissant dans la vomissure des autres… Un peu plus haut, sous les premiers auvents du marché, des hommes allongés contre les barriques s'apprêtaient à veiller toute la nuit sur ces vins venus de partout et qui, demain, seraient offerts à de nouvelles beuveries.

Ils marchèrent ainsi jusqu'au terre-plein de la cathédrale que les fêtards n'osaient profaner. Et vinrent s'asseoir sur un carré de pierres, préparées par les tailleurs avant d'être livrées aux maçons. Sur le chemin, ils avaient peu parlé. Macias était songeur. Inquiet. Que lui voulait Rascard, si sombre et si déterminé ? Il redoutait d'avoir à entendre des paroles terribles qu'il ne pourrait oublier, malgré son serment. Mais il avait juré ! Il redoutait surtout la brutalité et les emportements du maître qui, le nez dans les étoiles, comme s'il cherchait une indulgence du ciel, poursuivait son discours commencé dans la taverne.

– Quand tu auras fini celle-là… dit-il en se tournant vers l'ombre de la façade, ceinte d'échafaudages qui semblaient la soutenir comme autant de béquilles dans la nuit claire, quand tu auras fini celle-là, tu iras sur une autre… pour y sculpter d'autres anges. Tu n'en as pas assez, Macias, de sculpter des anges ? Tu n'y mettras bientôt plus de cœur ! Alors, prends-toi à rêver. Et songe que si tu avais de la fortune, tu pourrais ouvrir et diriger un atelier… ton atelier, Macias, avec pignon et enseigne sur rue. Comme Cléry de Mortagnes. Tu ferais marner à ton tour les maîtres et compagnons, envoyés par le Devoir. La richesse appelle la richesse, Macias. Tu prendrais alors ta quote-part sur les marchés. Puis tu entrerais la tête haute chez les notables. Les portes te seraient grandes ouvertes. Tu obtiendrais rapidement une voix au chapitre, car on ne pourrait se passer de ton savoir, ni de tes conseils… Peut-être même te choisirait-on comme architecte, un jour, pour remplacer Gaucher ! Car tu le mérites, fils ! Peu d'hommes possèdent à la fois ton art et ton intelligence… Et ce jour-là, s'il arrive, il ne te restera plus qu'à choisir parmi les filles de cette cour qui nous gouverne. La plus belle, la plus douce, la plus aimante, pour faire un beau mariage… Qu'en dis-tu, fils ?

– Tope-la, Rascard ! J'aime ta manière de me faire rêver ! Mais si tu continues comme ça, tu diras bientôt la bonne aventure sur le parvis. Il ne manquait plus à ton histoire qu'à m'octroyer la charge de l'évêque. Mais j'imagine que tu ne m'as pas encore livré tous tes secrets ? Et où veux-tu que je la trouve, cette fortune ? Tu l'as dit toi-même, nous travaillons par amour, pour la gloire et pour Dieu ! En tous cas, si je devais rêver, après tes propos, et connaître un si beau destin, crois-moi, j'irais sur-le-champ demander la main de Sîlane. Tu sais, la jolie fille aux cheveux lisses et au teint rosé. Celle qui suit sa mère aux vêpres, avec tant de fausse dévotion. Vas-y, toi le magicien d'un soir, prends-toi au jeu ! Exauce donc mon rêve, si tu le peux !

– Tu ne crois pas si bien dire. Sais-tu qui est Sîlane ? Elle est la fille d'un seigneur. Le seigneur de Montchicourt. Un croisé. Un templier, plus riche que l'évêque. S'il savait d'ailleurs que tu lorgnes sa fille, il te ferait embrocher et disparaître à jamais. Tu vois bien qu'elle n'est pas pour toi ! Tu dois te satisfaire de ses doux regards. Et pourtant, elle te plaît, celle-là, je le sais ! Il suffit de te voir courir à la sortie des vêpres. Pour y apercevoir sa grâce… plus que pour recevoir celle du curé !

– Tu la connais ? Elle est vierge à pâlir ! Je donnerais ma vie pour la satisfaire… mais en gardant Linotte pour maîtresse ! Car cette garce-là n'a pas son pareil pour écarter les cuisses… Et je m'en contente bien !

– Va pour la maîtresse ! Mais pour l'épouse… Sîlane ? Je te l'offre, fils !… Car, écoute maintenant, et souviens-toi de ton serment ! Voici ce que j'ai à te dire.

Rascard l'avait pris par le bras. Les yeux accrochés à ses yeux, comme pour mieux faire passer la gravité de son discours, il commença à raconter. À voix basse. Jetant, de temps à autre, un regard autour d'eux, inquiet de s'assurer qu'on ne les épiait pas.

Il y avait déjà bien longtemps, il s'était lié d'amitié avec un tailleur de pierre, lorsqu'il travaillait sur le chantier d'Amiens. Tous deux étaient remplis de jeunesse et d'espoir, et savaient s'amuser, fréquentant les tavernes et les maisons de plaisir. Jusqu'au jour où ce compagnon des heures chaudes décida de répondre à l'appel des recruteurs de Montchicourt qui parcouraient les places de village. On préparait la nouvelle croisade. L'homme était dur et courageux. Il s'appelait Gondier. Mais, en raison de sa petite taille, on l'avait surnommé « Moineau ».

De retour d'Égypte, Moineau était resté fidèle à son seigneur. Toujours prêt à le servir, avec une poignée d'autres équarrisseurs de Sarrasins. Ceux-là qui, de bout en bout, s'étaient battus comme des chiens, formant une haie de boucliers infranchissable autour de leur chef. Lanciers, archers, sabreurs, bêtes de combat, nourris du seul espoir des rapines et des butins qu'ils affichaient comme leur unique foi, dans cette expédition, laissant au roi Louis le soin de justifier leurs exactions, en proclamant, au nom de Dieu, la guerre sainte et la reconquête des lieux sacrés… Devant Mansourah, quand la bataille avait fait rage, Moineau s'était porté au secours de Montchicourt, tombé en bien mauvaise passe. Sans lui, il ne serait plus de ce monde pour veiller, aujourd'hui, sur sa fille. Car cueilli au visage par un sabre ennemi, désarçonné, le seigneur avait roulé à terre, mêlant son sang au sable impur. Aveuglé par ce flot qui jaillissait en saccades, il ne voyait même plus, dans l'éclat du soleil, le cimeterre levé qui s'apprêtait à achever sa décapitation manquée. Alors, la flèche de Moineau était venue frapper en plein cœur ce guerrier infidèle, noir comme de l'ébène, qui s'était écroulé, inerte, aux côtés de son maître blessé. Puis, il l'avait aidé à se hisser sur son cheval, et, flanc contre flanc, il avait taillé tous ceux qui s'approchaient, jusqu'au moment où il avait trouvé un chemin de repli vers les lignes arrières qui déjà sonnaient la déroute. C'était lui aussi qui, de son épée rougie par le feu, avait cicatrisé cette plaie purulente sur la face de Montchicourt avant qu'elle ne s'imprègne d'une infection de mort. Depuis, ainsi lié, il était plus qu'un écuyer, qu'un confident. Il était le bras armé, l'ami fidèle. Une dette de tripes et de sang. Un intouchable.

Repliés sur Damiette, où ils avaient débarqué un an plus tôt, ils s'étaient constitués en camp retranché, aménageant leurs navires en citadelles. De là, ils avaient repoussé quelques assauts de cavaliers barbares, combattant presque nus, avec leurs boucliers pour uniques armures. Fort heureusement, déjà bien décimés, ils perdirent, dans ces escarmouches, plus de chevaux que d'hommes, davantage terrassés par la soif et le soleil ardent que par les coups des Sarrasins dont les incursions se firent bientôt plus rares. Ils comptèrent ainsi les jours, livrés à eux-mêmes, privés de leurs chefs. Le roi était prisonnier du sultan… et Montchicourt délirait dans la chaleur épaisse, le cou entortillé dans des lambeaux de drap qu'on lui changeait trois fois par jour. Mais sa vigueur et sa volonté étaient si grandes qu'il s'était redressé d'un coup pour proposer sa médiation lorsqu'il apprit que l'ennemi était prêt à monnayer la libération du roi Louis.

Il convenait d'opposer aux émissaires du sultan des négociateurs habiles et courageux. Les seigneurs de croisade, plus soucieux de leur vie, se rangèrent sans peine à ses arguments. Il leur avait fait valoir que sa perte serait moins lourde, si d'aventure il tombait dans un piège, puisqu'il n'était pas en état de mener une armée dans de futurs combats. Ils acceptèrent. Et c'est le cou bandé, encore fiévreux, mais droit dans sa fierté, sa haine et son sens du devoir, qu'il partit affronter ces marchands d'esclaves pour qui un roi de France ne valait rien de plus que cinq cent mille livres d'or.

Son courage impressionna les émissaires du sultan et, à défaut de confiance, le respect s'installa. Moineau faisait partie de l'escorte, forte d'une dizaine d'hommes, des plus vaillants, ruisselants de sueur sous leurs casques et leurs cottes de mailles, et de deux supplétifs, parlant l'arabe et le franc, pour faciliter les échanges. Deux prisonniers de la précédente croisade qui avaient fait allégeance, et qu'il fallait serrer de près, de crainte de les trouver égorgés au détour d'une des tentes, plantées au milieu du désert. Moineau fut le seul admis à assister aux palabres, aux côtés de son maître et du seigneur de Thoron, connu des musulmans. Les autres montaient la garde, harassés de chaleur, face à une haie de guerriers dont la peau restait sèche et dont seuls les yeux perçaient derrière le drap bleu qui masquait leur visage.

Montchicourt, assis sur un siège, tendu d'une peau de chèvre, se tenait le buste droit, la main sur l'épée. Le visage fermé, il répondait à peine aux civilités affectées des émissaires, refusant le thé et les friandises que les esclaves noirs lui proposaient. Car il n'ignorait pas que l'art du poison était une pratique répandue en Égypte, depuis l'Antiquité. Il parlait peu et semblait réfléchir longuement. Mais c'était pour mieux concentrer ses forces sur sa blessure, afin de contenir sa souffrance.

Ils revinrent ainsi, à intervalles réguliers, sans jamais céder un pouce de vigilance. Sans montrer le moindre signe d'inquiétude ni de faiblesse. Les négociations duraient. Et il fallait rendre compte, après chaque séance. Au sultan pour les uns. Pour les autres au Conseil des seigneurs qui finirent par accepter le prix de la rançon... Après quoi, on attendit longtemps le retour des ambassadeurs, partis pour le royaume y chercher le soutien de l'Église et des vassaux. Et surtout l'assistance des Templiers, peu pressés, semblait-il, de voir rentrer le roi. Ils se firent en effet tirer la bourse pour rassembler leur quote-part, le complément d'or qui manquait.

Une fois libéré, avec une poignée d'armée, miraculée de tous les périls, l'exil du roi Louis dura quatre ans... pendant lesquels, tel un jardinier, il fit fructifier les conquêtes des croisés, construisant des églises et des monastères, comme autant de graines semées, implantées en terre sainte.

Des deux délégations dépêchées sur des itinéraires différents par souci de sécurité, celle qui voyageait par la mer accosta la première, de retour à Damiette. Elle apportait dans ses coffres une somme suffisante car, entre-temps, le marchandage avait permis de réduire de moitié les prétentions du sultan.

Montchicourt, de son côté, avait retrouvé ses forces et sa superbe, affichant cette balafre qui le défigurait comme un signe ostentatoire de courage et de fidélité. Qui pouvait nier désormais qu'il avait bien risqué sa vie, pour son Dieu et pour son roi ? Pourtant, ce seigneur, couvert de gloire, n'avait de noblesse que celle qu'arborait son blason. Il avait trop guerroyé pour ne pas avoir cédé à la tentation du vol et du viol, comme ses soudards qu'il encourageait au pillage et avec lesquels il partageait les butins et les femmes. Durant ces longues semaines passées sous la tente des Barbares à soupeser le poids en or du roi, il avait conçu un plan machiavélique afin de s'enrichir durablement, estimant qu'une défiguration valait bien, elle aussi, son poids de récompense. Et qui le lui donnerait, s'il ne se servait pas lui-même ?

Il rassembla donc ses fidèles. Une douzaine d'hommes tout au plus. Sans foi ni loi, mais entièrement dévoués à ce chef qui tenait leur destin dans le pommeau de son épée. Ils firent mine de rentrer au pays par la terre, empruntant le chemin de retour de la seconde délégation. Et c'est dans la vallée de la Beqaa qu'ils tendirent leur piège, exterminant sans pitié tous les hommes du convoi, porteur de l'autre partie de la rançon, celle qu'on n'attendait plus.

Ils fléchèrent d'abord l'avant-garde. Puis transpercèrent de leurs piques l'escorte du chariot qui s'imaginait voir arriver des renforts. Vint ensuite le tour de l'arrière-garde, exténuée et affaiblie, après une si longue course contre le temps et les embûches du parcours.

Ayant transvidé l'or dans quatre grandes malles à ferrures d'Orient, ils éparpillèrent autour des cadavres les cassettes éventrées, portant le sceau du roi, afin de simuler une attaque de pillards. Ils arrachèrent les flèches des corps, pour ne pas laisser de traces accusatrices, et entreprirent leur longue remontée vers le royaume de France.

Jusqu'à leur traversée du bras de mer, aux portes de Constantinople, ils ne cessèrent de fuir le harcèlement des raids de Barbares ou des groupes de bandits, détrousseurs du désert. En Palestine, en Syrie, malgré tous leurs efforts pour éviter les affrontements avec les tribus dont ils traversaient les territoires, il leur fallut combattre encore, avec d'autant plus de hargne qu'ils devaient désormais, en plus de leur vie, préserver leur trésor. Se défendre, mais aussi attaquer des fermes isolées pour les piller, se nourrir et voler des chevaux. À aucun moment, il ne leur fut possible, sans mettre en péril leur inavouable chargement, d'emprunter les chemins et les relais amis. Ils menèrent, de longs mois, une existence de parias et de bêtes traquées qui les soudait plus encore, tout en durcissant leurs cœurs et leur opiniâtreté. Quatre jours durant, ils tirèrent ainsi à bras d'homme la plate-forme de leur carriole, avant de croiser des Bédouins sur la piste, en route vers les marchés. Les roues de leur charrette s'étaient rompues sous les chocs de la rocaille désertique. Leurs chevaux s'étaient écroulés, épuisés de tirer ce radeau de bois, roulant sur son essieu.

Ils avaient tué tous les hommes de la caravane et laissé libres les femmes et les enfants, avant de s'approprier leurs montures, leurs chameaux et leurs vivres. Quand vint l'heure des représailles, rejoints par le reste de la tribu, ils durent mener un combat sans merci, contre une troupe trois fois plus nombreuse. Jamais, on n'avait vu pareils démons, blessés de toutes parts, ajuster leurs flèches à bout portant, faisant tournoyer leurs masses et leurs épées, écrasant de la pointe de leurs boucliers les ennemis à terre. Montchicourt et ses hommes les exterminèrent tous, frappant, tuant, hurlant comme des hyènes en furie. Ce jour-là, pourtant, cinq de ces croisés perdus y laissèrent leur vie.

Ils n'étaient donc plus que sept, lorsque sous un ciel noir d'orage, tels des fantômes, hirsutes et décharnés, des pans de leurs cottes de mailles arrachés, dont les lambeaux pendaient comme une peau métallique, la tunique si souillée qu'on distinguait à peine la croix rouge de Malte, maculée de leur sang, et de celui des autres, séché par le soleil, ils poussèrent enfin leurs quatre malles pleines d'or derrière la herse du château de Montchicourt.

Par la suite, circulèrent autant de versions sur le sort de la mission disparue qu'il y avait de chapelles et d'églises en Occident. Chacun s'affirmant convaincu de détenir la vérité, selon le jugement qu'il portait sur la croisade et les croisés. Une seule chose était certaine : l'escorte n'avait jamais rallié Damiette avec les cassettes. On accusa évidemment, en premier lieu, le comte de Mirebeau qui menait le convoi et dont la réputation était aussi équivoque que celle de tous ces seigneurs de guerre, avides d'asseoir leur puissance sur le pouvoir et la fortune. Mais lorsqu'on retrouva les corps rongés par la vermine, dans la vallée de la Beqaa, force fut de constater qu'il y avait autant de crânes que d'hommes dans l'équipage. Mirebeau compris, identifié par sa grande taille et par les protections articulées de ses gants qui étaient restées accrochées aux os de son squelette. Le reste avait disparu. Les armes, les casques et même les cassettes dont on découvrit un exemplaire bien en vue dans l'étable d'un berger. Il y rangeait ses ustensiles pour tondre les moutons. Les enquêteurs du pape lui firent avouer que les pilleurs de cadavres étaient tous de la région, mais que, selon la rumeur, un autre berger avait vu des croisés s'attaquer au convoi. On n'en savait pas davantage. Car le témoin, abandonnant son troupeau, avait trouvé son salut dans la fuite, loin de cette tuerie dont la sauvagerie l'avait prostré pour toujours. Depuis, il s'était muré dans un silence de pierre et vivait seul, reclus dans la montagne. Disait-il vrai ? Ce fut assez en tous cas pour faire porter des soupçons sur chaque seigneur et sa troupe, repartis par la terre. Dont Montchicourt, qui fut le premier à emprunter cette route. Personne cependant n'avait osé jusqu'ici porter d'accusation publique. Tant ces héros flamboyants, tatoués de blessures guerrières, inspiraient le respect et la crainte. On attendait donc, pour ce faire, le retour et le jugement du roi.

Louis IX ne revint donc que quatre ans plus tard, après son exil sans fin sur les terres syriennes.

Et c'est devant l'imminence de ce rapatriement royal, provoqué par l'annonce de la mort de la reine mère, que Montchicourt décida, par précaution, d'exhumer les malles du fond des oubliettes de son château pour les transporter ailleurs, dans une cache plus sûre. Ainsi, il entendait prouver au roi, à qui il ferait visiter tous les recoins de sa demeure, combien étaient ignobles et infamantes les accusations portées contre lui, le fidèle compagnon. Le héros jalousé, aux faits d'armes exemplaires qui l'avaient hissé au premier rang des chevaliers du royaume.

– Voilà pourquoi Moineau m'a contacté dans le plus grand secret, poursuivit Rascard. Il répond de moi sur sa tête. Et tu vois dans quelle estime le tient Montchicourt ! Je connais un puisard inviolable, dans le tunnel qui relie la cathédrale à la basilique Saint-Remi. Bien malin celui qui irait chercher quoi que ce soit au fond de ce trou profond. C'est là que je lui ai proposé d'ensevelir les malles. En échange de quoi il m'a promis… la part qui serait revenue à leurs compagnons morts. Tu imagines, fils ! Il nous faudrait trois vies, toi et moi réunis, pour amasser cet or ! Eh bien, je t'en donne la moitié si tu marches avec moi. Car, dans ma chienne de vie, j'ai appris que la méfiance devait rester de mise, quels que soient les serments… et qu'il valait mieux être deux dans une pareille affaire ! Après ça, comment veux-tu, devenu riche et complice, que Montchicourt puisse refuser de te donner Sîlane ?

Si Macias s'attendait à un tel discours ? Il en était bien loin. Il ne répondit pas. Son regard s'élevait par-dessus la façade, au-delà des étoiles, comme s'il attendait une réponse du ciel. Des sentiments divers bousculaient sa raison. Lui, le sculpteur des anges, pourrait devenir si riche qu'il épouserait l'une des plus jolies filles que sa route ait croisées ? Et si Rascard, qui rêvait haut pour lui, rêvait vrai, pourquoi n'ouvrirait-il pas un atelier ? Pourquoi ne serait-il pas désigné au chapitre, avant de devenir architecte à son tour ? La puissance et la gloire lui iraient aussi bien qu'à tout autre ! Restait sa conscience. Mais devant qui ? Devant Dieu ? Il ne croyait ni en la confession, ni en la rédemption. Alors, face à lui-même ? Est-ce qu'aider les croisés à cacher leur trésor faisait de lui le complice de leurs crimes et de leurs trahisons ? Certainement pas ! L'or n'était pas souillé du sang des innocents ! Sinon, toutes les fortunes seraient indignes. Car qui s'était enrichi du fruit de son labeur ? Personne sur cette terre… Pas même l'Église. Tout, ici-bas, n'était que vol. Par l'épée, par la croix, ou par l'impôt. Même les pauvres volaient les pauvres. Les riches volaient les riches. Et les puissants, les puissants.

– Laisse-moi un peu de temps, Rascard ! Tu m'assènes, en si peu pour le comprendre, la prise du roi, les chevauchées du désert et la fortune qui coule entre mes doigts. Avoue qu'il me faut réfléchir. Prendre le temps de dégriser. Puis de peser les risques. Dis-moi aussi quand, et comment !

– Avant le retour du roi ! Je peux gagner du temps, si tu veux, mais guère plus. Car Montchicourt me presse. Louis doit quitter la Syrie par bateau, sous quelques semaines… et sa colère sera à la mesure de ses quatre ans d'exil. Il cherchera à se venger des Templiers qui ont mis si longtemps à réunir leur part de la rançon. Alors, fais vite ! Et souviens-toi, fils, que tu es désormais entré au cœur d'un labyrinthe, sans fil de retour. Celui de notre secret…

Un vent tiède avait balayé les derniers instants de cette conversation. Les cris s'estompaient déjà sur le marché endormi… Le ciel s'était allumé d'étoiles nouvelles, découpant plus encore les contours de la façade inachevée, telle la proue noire d'une arche immense qui défiait la nuit…

*

– Vous préparez une thèse sur les croisades ? m'a demandé avec une curiosité gourmande la bibliothécaire qui affectait de parler fort, comme pour se distinguer de l'ambiance studieuse et feutrée des lieux.

– Pour ne rien vous cacher ! ai-je répondu avec une grande assurance, en plongeant malgré moi un regard furtif sur ses seins, moulés avec malice dans un pullover largement échancré.

Elle en semblait ravie. Il faut dire qu'elle devait apporter un soin particulier à mettre en valeur ce bel arrondi, faute de mieux à présenter. Je l'imaginais bien, chaque matin, devant sa glace, se compressant les seins, soulevant l'un, puis l'autre, d'un geste de main assuré, dans des bonnets trop étroits, afin d'accentuer le rebondi de sa peau laiteuse. Car pour le reste, difficile de s'extasier devant son chignon roux de cheveux frisés, ses yeux ronds cerclés d'écaille, et sa grande bouche taillée jusqu'aux oreilles, qui laissait apparaître, quand elle souriait, des dents si écartées qu'on aurait pu croire que ses gencives roses n'en comptaient qu'une sur deux. Mais elle était si serviable, et bichonnait tellement ses clients pour qu'ils s'intéressent à elle, qu'on finissait par lui répondre.

– Vous êtes passionné par Saint Louis ?

– Comment le savez-vous ?

– C'est le métier ! Je suis à Carnégie depuis bientôt vingt ans. Vous vous rendez compte ! En trois jours, vous m'avez fait sortir tout ce que nous avons, ou presque, sur la septième croisade. Passionnantes, ces quatre années passées en exil volontaire ! Il a eu tout le temps de méditer sur l'ingratitude de ses vassaux, le pauvre ! Mais, la huitième, ça ne vous intéresse pas ? C'est là qu'il est mort… Oui, vous le savez, bien sûr, puisque vous faites une thèse. Suis-je bête ! Vous êtes professeur ? Où ça ? À Reims même ?

– Non. Je suis maître de conférences à Paris. Ma thèse ne porte que sur la septième.

– À la Sorbonne, peut-être ?

– Oui, c'est ça.

– Mais, vous avez sûrement mieux là-bas ! J'ai une collègue…

– Oui, mais actuellement je suis en vacances ici. Alors, j'en profite !

– En tous cas, si vous avez besoin, n'hésitez pas ! Je peux faire des recherches pour vous, si vous voulez ? Je connais le catalogue par cœur. Vous pensez, vingt ans ! Et tout n'est pas inscrit sur les fichiers accessibles au public.

– Je cherche la trace d'un compagnon de Saint Louis. Le seigneur de Montchicourt. C'est curieux, je ne trouve rien sur lui.

– Prénom ?

– Henri.

– Mon… avec un *t*, ou sans *t* ?

– Avec un *t*…

– Je vais faire ça pour vous. Vous allez revenir, bien sûr ?

Elle écarta les dents et les seins, en échange d'un sourire mielleux qu'elle ressentit comme une avance, à en juger par le regard appuyé qui m'accompagna jusqu'à la table de consultation des ouvrages où j'allais m'asseoir, une fois encore, à la recherche d'indices hypothétiques sur le seigneur félon.

Autour de moi, des têtes se tournèrent, courroucées, accompagnées de « Chut » réprobateurs, quand la sonnerie de mon portable vint perturber le silence monacal de ce temple de l'érudition. On ne dérange pas un intellectuel qui lit, qui pense et qui prend des notes ! Surtout avec un instrument de technologie moderne, difficilement tolérable dans ce lieu de tradition. Un doigt vengeur me désigna d'ailleurs la pancarte. « Prière de couper les appareils portatifs »… J'ai bondi sur l'objet sacrilège, fébrilement appuyé sur la touche verte. Avec mes gros doigts, j'ai raté la touche et coupé la communication. Deuxième sonnerie. Des « Ooh ! » exaspérés ont renforcé les « Chut ». J'ai baissé la tête, comme pour me cacher derrière le portable. Allô ! C'était Flora. Qui, comme d'habitude, venait me cueillir quand il ne fallait pas.

– C'est vous, Mathieu ? Qu'est-ce que vous avez à chuchoter comme ça ? On dirait que vous êtes dans la sacristie de la chapelle !

Elle avait trouvé quelque chose d'intéressant. Il fallait qu'on en parle sur-le-champ. Mais pas au téléphone. Rendez-vous dans cinq minutes, à son bureau laser. J'ai plié mes bouquins. Dans ma précipitation, j'ai fait tomber ma chaise, entraînant des « Râaa ! » ulcérés. La gourmande aux seins pâles écarquillait des yeux aussi ronds que ses montures d'écaille.

– Vous partez déjà ? Vous avez trouvé quelque chose ?

– Oui, en quelque sorte. Mais cherchez toujours Montchicourt, avec un *t*. Je reviendrai demain ! ai-je lancé à voix haute, pour énerver la salle une dernière fois avant de disparaître.

*

Et me voilà, de nouveau, assis sur ma marche préférée, à l'attendre dans l'escalier, devant sa porte. Trois bons quarts d'heure, avant qu'elle ne m'appelle. Que ferait-elle sans portable ?

– Vous êtes déjà parti ? Dommage ! Ç'aurait été plus sympa de prendre un verre aux Colonnes. Peut-être est-il encore temps ? Qu'est-ce que vous en dites ?

D'accord, je file ! Décidément, elle faisait de moi ce qu'elle voulait. Même si, bien entendu, j'étais plus pressé de la revoir qu'impatient de découvrir ce qu'elle voulait me dire ou me montrer… La salle des Colonnes était pleine à craquer, enfumée et bruyante. C'était l'heure où les minets vont boire. Champagne apéritif et ragots d'une journée. Je n'aimais pas cet endroit à cette heure où tout ce monde s'entassait sur les banquettes de cuir, dans une promiscuité bourgeoise. La fesse droite compressée par la grosse dame d'à côté, ma cuisse gauche était venue s'appuyer contre celle de Flora. Et là, délicieusement, j'ai senti sa chaleur monter derrière la toile de mon pantalon, dans une sensation d'attouchement érotique. De frôlement sensuel. J'en avais les joues rougies d'une émotion adolescente que je déglutissais en silence. Elle, affectant d'être étrangère à ce jeu innocent qui avait ralenti mon souffle, me serra d'encore plus près, en fouillant dans son sac pour en tirer un livre ancien qu'elle posa sur la table. Il portait l'estampille des archives municipales… D'où sortait-elle cet ouvrage « ne pouvant être consulté qu'à l'intérieur », comme le précisait l'étiquette ? Elle ne l'avait quand même pas subtilisé !

– J'ai des complicités ! répondit-elle. En attendant, j'ai trouvé la signification de trois nouveaux signes… Travail de professionnel ! Car ce que vous ne savez peut-être pas, c'est que ceux qui restaurent ou qui travaillent, comme moi, sur les originaux des statues découvrent parfois encore des marques gravées dans la pierre, désignant son origine ou sa destination. Des sortes de poinçons. Eh bien, là-dedans, il y en a trois pages… Trois pages de reproductions des principaux signes connus et répertoriés. Regardez !

Sans excès de romantisme, elle me faisait passer d'une émotion fébrile à une leçon de choses de cours élémentaire. Chapitre « architecture ». Paragraphe « médiévale ». J'ai tourné les pages, sans rien dire. Il me fallait bien quelques secondes pour assurer une transition sereine…

Mais qui était-elle vraiment, Flora ? Cette femme élégante qui faisait tourner les têtes et les regards ? Cette beauté froide et savante qu'on invitait en Porsche ? Que dissimulait-elle derrière tant d'énergie fuyante et virevoltante ? Elle était comme ça ! Insaisissable. Attachante et réfrigérante. Parfois, je la prenais à me fixer, m'écouter, m'approcher avec douceur. Puis elle tournait les talons aussitôt, et se fermait, comme pour marquer sa distance. Comme pour échapper à la tentation d'un signe que j'aurais pu mal interpréter… En réalité, je n'y comprenais rien. J'entretenais trop de confusion dans ma tête à vouloir décrypter l'intérêt qu'elle semblait me porter… ou non ! De toutes façons, tout cela me paraissait bien illusoire ! Sinon pourquoi ne pas oser un geste, une déclaration. Un simple mot. Mais, je ne pouvais pas. Elle m'impressionnait trop. Je préférais me dire que seule l'extravagance de mon histoire l'intriguait. Qu'elle s'amusait de ce jeu de rôles dont elle remontait les pistes comme dans un divertissement mondain. Pour le reste, je n'étais qu'un ouvrier couvreur. Un tuileur, comme elle le fit remarquer.

– « Tuileur », là, vous avez vu ? Ces signes étaient utilisés par les tuileurs. C'est comme ça qu'on appelait les gens qui faisaient votre métier, autrefois…

Je ne sais pas pourquoi, mais je me suis senti terriblement vexé. Blessé. Non pas d'être ravalé, d'un mot, à ma condition de couvreur, coureur de toitures, mais parce que j'avais reçu cette phrase comme une porte claquée. Comme l'illustration de ce fossé infranchissable qui me rendait Flora encore plus inaccessible. Rien à faire ! Nous étions bien, chacun à l'autre bout de l'échelle. La princesse et le tuileur. Les rôles étaient inversés. C'était moi Cendrillon. Sauf que dans ce sens-là, ça ne marche jamais ! Ma réaction fut, disons… coincée.

– Je sais ! Je connais quand même un peu l'histoire de « mon métier », comme vous dites. Merci pour le tuileur ! Vous savez, on utilise d'ailleurs toujours ce mot, dans nos réunions souterraines. « Tuiler »…

– Chez les francs-macs ?… Euh ! Je veux dire… chez les francs-maçons, pardon ! Décidément, je n'ai pas les mots, ce soir !…

– Si ! Vous êtes naturelle, c'est tout !

– Bon !

Bada, bada, bada… Elle décrivit quelques cercles avec ses longs doigts qui vinrent frapper la table, pour signifier qu'elle retombait sur ses pieds et qu'on reprenait l'affaire à zéro. Le tout accompagné, au coin des lèvres, d'une pointe de sourire enjôleur, à retourner… même un homme en colère.

– … Pourtant, il n'y a pas de tuiles sur les cathédrales ? reprit-elle.

– Sur les grandes, non. Sur d'autres, oui… Je vais justement rejoindre mon ami à Saint-Rémy-de-Provence, pour terminer une couverture en tuiles…

– Vous m'avez l'air bien excédé, ce soir. Qu'est-ce qui vous arrive ?

– Rien. Parlons d'autre chose !

– Oui. De quoi ?

– De vous et moi, par exemple.

– … Justement, si vous feuilletez les planches de mon bouquin, regardez bien, car je dois le rendre demain, vous allez découvrir les 7 qui sont gravés sur le ciseau. Un 7 avec une barre désigne certaines pierres qui ont servi à la construction de la cathédrale de Chartres. 7 retourné avec deux barres, la cathédrale d'Amiens. 7 avec trois barres, c'est Reims ! Pas plus compliqué que ça ! On marquait toutes les pierres, à cette époque. Souvent même dès leur extraction de la carrière, et en tous cas sitôt taillées aux gabarits demandés par les architectes. Il y avait comme ça des centaines de signes pour préciser leur emplacement dans l'édifice. Comme dans un grand Lego où chaque pièce serait numérotée… Au Moyen Âge, on procédait par marquage, voilà ! Regardez, on dirait même parfois des tatouages. Celui-là ressemble à une tête de cheval.

– Désigner Reims, ça, d'accord ! Je comprends. Ce serait pour signaler la pierre de l'entrée du tunnel… Mais Chartres et Amiens ? Pourquoi ?… On est bien avancés. Qu'est-ce qu'on fait avec ça ?

– Allons d'abord faire un tour à Amiens… N'oubliez pas ! Les grandes énigmes policières ont souvent trouvé leur solution au hasard d'une enquête de routine. Procédons de la même façon, commissaire ! Même mode opératoire… Pour le reste, on verra plus tard !

– Le reste ?

– Oui ! Vous et moi…

Elle avait rangé le livre dans son sac et s'était déjà levée, sans en dire davantage. Sans un regard. Un baiser furtif sur la joue, et la voilà partie. « À demain ! » dit-elle, sans se retourner.

Je suis resté figé, droit sur ma banquette, fixant la porte vitrée des Colonnes, derrière laquelle sa silhouette s'était enfuie. J'ai fait des efforts de yoga pour bloquer mes pensées. Certain de ne trouver que de nouveaux vertiges si, dans un excès de confiance, je m'avisais de disséquer cette dernière phrase. « Vous et moi »… Les signes de Flora étaient plus difficiles à décrypter que les messages venus du Moyen Âge. J'avais trop peur de me tromper encore sur le sens de ces mots… La salle s'était vidée. La grosse dame m'avait rendu ma fesse endolorie. Et la chaleur de Flora s'était dissipée sur ma cuisse.

Le portable a sonné. Vite ! Ce n'était que Pépé qui s'impatientait. Le mistral ne soufflait plus. Il était temps de reprendre le boulot à Saint-Rémy, car nous étions très en retard sur notre feuille de route. Il faisait beau sur la Provence. Mon escapade était terminée.

8

Flip. Flop. La pluie lourde de l'orage frappait le sol… Le ciel pissait des trombes d'eau, comme mille vaches déversant sur la cathédrale le poids de leurs vessies trop pleines. Les gouttes drues et épaisses creusaient des cratères, puis formaient des tranchées, au pied des échafaudages, dans un mélange de terre et de mortier perdu. Un torrent boueux dévalait la pente, ravinant le terrain tout autour de la façade, toujours en construction.

Tous avaient trouvé refuge dans les loges, ou sous les préaux, attendant derrière des feux, rallumés comme en hiver, que passe ce si mauvais temps qui paralysait le chantier. Comme chaque année, les saints de glace étaient au rendez-vous, apportant leur froid pénétrant et humide, assombrissant le ciel autant que les esprits… Tous, sauf Macias qui ne décrochait pas de sa statue, frappant et polissant la pierre comme un beau diable, au milieu des éclairs.

Il frappait si fort que ni le clapotis lancinant de la pluie, ni le ruissellement de l'eau ne parvenaient à couvrir le bruit de ses efforts. On pouvait l'apercevoir, depuis les loges d'en bas, derrière le rideau serré de la pluie. Silhouette agitée telle l'ombre d'un spectre. Couvert d'une capuche de toile huilée qui ne suffisait pas à le mettre à l'abri des gouttes, balayées en rafales par les tourbillons du vent.

Il frappait, il pestait. Il cognait, il grognait. Car plus il entaillait la pierre, plus il semblait perdre la maîtrise de son art, et sa patience. C'était vrai que Macias n'était pas à son ouvrage, depuis huit jours, depuis qu'il avait entrepris de sculpter l'ange du portail central, commandé par Gaucher. Pourtant, il s'était attelé à la tâche avec une rare détermination. Affrontant d'abord Rascard qui voulait lui interdire d'installer son tréteau de plein air sous la voûte du porche central qui n'était encore qu'un trou béant, ouvert aux quatre vents. Mais c'était son idée ! Il prétendait s'imprégner de cet endroit précis où trônerait bientôt son ange de la Visitation. Il voulait sentir la masse et les volumes. Comme s'il devait lui-même s'incruster dans l'alvéole réservée à son œuvre. Et pour se fondre pleinement dans cet ensemble, il faisait davantage confiance à son instinct qu'au plus parfait des dessins. À l'appréciation de son œil et de son corps plus qu'à l'application méthodique des mesures et des calculs. À son inspiration fusionnelle plus qu'aux gestes académiques. Il s'était préparé à entrer dans cette sculpture, comme s'il allait s'abandonner, selon son habitude, dans une transe créatrice.

Ensuite, il avait dû convaincre Gaucher, alerté par les maçons qui craignaient d'être dérangés dans leurs travaux par cet original arrogant qui, décidément, ne faisait rien comme tout le monde. D'autant qu'avait commencé l'édification des murs de jonction entre la façade, isolée comme un navire abandonné, et le chœur de la cathédrale. On allait bientôt procéder à la montée des derniers piliers, afin de refermer définitivement toutes les ogives gothiques sur la nef, enfin terminée… Macias, pourtant, leur avait fait remarquer qu'une charrette entière, pleine de pierres taillées, pouvait passer de part et d'autre, dans les trouées des portails nord et sud, d'aussi belles dimensions que celle du centre. Et qu'il ne gênait en rien leurs allées et venues en occupant pour quelques jours le passage du milieu, par lequel ils charriaient d'ordinaire leurs moellons. Mais rien n'y avait fait. L'affrontement avait porté sur les habitudes du chantier, sur les traditions, et leur non-respect… au prétexte de laisser libre cours à des méthodes prétendument nouvelles. La solidarité et la fraternité atteignaient vite leurs limites lorsqu'il s'agissait, pour les corporations, de défendre leur pré carré ! Les maçons jalousaient parfois les sculpteurs qui faisaient figure d'artistes, alors qu'eux passaient pour des tâcherons. On avait bien failli en venir aux mains, sans l'arbitrage de Gaucher qui avait finalement cédé aux caprices de Macias. N'était-il pas, lui-même, issu du compagnonnage des sculpteurs ? Et adepte des formes et des techniques modernes ? Sans compter la confiance qu'il accordait à ce jeune homme aussi têtu que talentueux, sans doute son préféré, pour lequel il ne cachait ni son estime, ni son admiration.

Bref, on avait fini par dresser un châssis, autour d'un bloc de pierre de dix pieds de hauteur, là où Macias le souhaitait. Sous le portail central. À une coudée du chambranle, qui devait accueillir l'une des deux lourdes portes de l'entrée principale, et sur lequel figuraient déjà des scènes de petits personnages sculptés, symbolisant, de haut en bas, les saisons et les mois.

Quand l'œuvre est commencée, il faut bien la finir ! Mais la main fébrile du sculpteur ne parvenait pas à figer les traits, ni l'expression qu'il avait imaginés, afin de donner à son ange un air d'éternité. Il peinait et s'exaspérait. Regrettait-il de ne pas avoir réalisé une ébauche ? Un dessin ? Il était trop fier pour se l'avouer ! Il était trop sûr de lui et des mille astuces de son art qui lui avaient si souvent permis de rattraper des coups mal ajustés. Devait-il, alors, en rester là, laisser reposer la pierre, autant que son impatience et sa nervosité ? Non plus ! La voie qu'il avait choisie lui commandait d'aller jusqu'au bout. Tout arrêter, c'était courir le risque d'évoluer dans sa vision et de ne plus pouvoir reprendre dans la veine originelle de son inspiration. Il se voyait mal commander un autre bloc et jeter celui-là, le livrer à la récupération pour en faire une statue plus petite. Comme un apprenti. Même à ses débuts, il n'avait jamais connu une telle déconvenue. Sûrement pas aujourd'hui. Surtout après l'épreuve de force qu'il avait menée contre les maçons et les siens pour conquérir cet emplacement… Il était le meilleur. Il devait le rester et ne pas décevoir Gaucher. Quoi qu'il lui en coûtât !

Ses doigts étaient gourds. Il devait s'arrêter de temps en temps pour réchauffer ses mains, les glissant sous sa chemise, afin de récupérer un peu de la chaleur de son ventre ou de ses aisselles. Mais l'humidité de cette pluie qui n'en finissait pas parvenait, malgré tout, à le glacer. Alors, il lui fallait bouger, frappant ses pieds sur les planches de l'estrade, élevée à bonne hauteur pour qu'il puisse porter son regard face au visage de l'ange, et sculpter ainsi, les yeux plongés dans les yeux de sa statue… à laquelle il ne parvenait toujours pas à donner un peu de grâce. Un peu de vie… Par moments, en sautillant de cette façon, Macias se prenait à sourire d'un rictus transi, devant ce masque inerte, comme pour communiquer à la pierre la béatitude qu'il espérait graver. Mais l'ange inexpressif le regardait, sans jamais lui sourire…

Pourtant, il avait déjà travaillé dans de pires conditions ! En hiver. Lorsque Macias sculptait, il ne sentait ni la pluie ni le froid. Au cœur de son sujet, il était toujours porté par la chaleur de sa passion, pénétré par la flamme créatrice qui lui faisait oublier jusqu'à ses propres sensations… Non ! Le trouble de Macias était ailleurs. Depuis des jours, il était obsédé par les révélations de Rascard sur la rançon du roi, et par l'étrange proposition qui avait suivi cette confession aussi brutale qu'inattendue. Lié par son serment, tout le poids du secret était en lui et si lourd à porter qu'il n'en dormait plus, et se nourrissait à peine. Tard, le soir, il traînait dans les tavernes. Seul, muet, cherchant à s'enivrer pour noyer dans le vin son désarroi sans fin.

Hanté par la trahison barbare des templiers de Montchicourt, Macias n'était plus lui-même, enfermé dans une réflexion qu'il ne pouvait partager. Écartelé entre la tentation coupable de s'enrichir à bon compte, au point d'en bouleverser sa vie, et un sentiment mêlé de peur et d'anxiété. Il en savait trop, désormais, pour en rester là, mais ne parvenait pas pour autant à se décider.

Un rire mouillé lui fit tourner la tête. Il souleva la capuche qui lui tombait sur les yeux, et renifla comme un bœuf, en essuyant du poignet les gouttes d'eau qui lui dégoulinaient sur l'arête du nez. Rascard, trempé jusqu'aux os, les cheveux gras, douchés, plaqués sur le visage, se tenait derrière lui, sous le rideau de pluie.

– On dirait que tu as perdu la main, mon bel artiste ! ricana-t-il, en poussant sa voix rauque, pour mieux se faire entendre, au milieu de tous ces gargouillis chantés par l'eau du ciel. Ça n'est pas un temps pour sortir tes ciseaux. Tu vas attirer la foudre !…

– Mets-toi donc à l'abri, Rascard ! Tu vas attraper la mort. Avance-toi sous le porche.

– La mort, elle est déjà en moi, fils. Je ne la crains pas !

Il s'avança jusqu'au pied de l'estrade et détailla ce morceau de pierre sur lequel s'échinait Macias.

– Pousse-toi ! Que j'admire ton chef-d'œuvre ! Tu me caches la perspective… Allez ! Pousse-toi !

À chaque mot, le ton du maître devenait plus agressif. Il était venu pour défier Macias. C'était clair ! Preuve, sa marche dans la boue ! Il avait fait le chemin qui séparait la façade des loges bleues, et traversé le terre-plein, sans même se couvrir. S'enfonçant jusqu'aux chevilles, et contraint à chaque pas de décoller ses croquenots du bourbier. Car il était même impossible de marcher dans ce marécage, rendu impraticable après trois jours de pluies diluviennes. On n'avait sans doute pas connu pareille inondation depuis le Déluge de Noé ! Les habitants des quartiers bas de la ville avaient quitté leurs maisons. La Vesle était sortie de son lit, dévastant, sur plusieurs lieues, les champs et les cultures…

Rascard avait dû progresser à la manière d'un poulpe maladroit, siphonnant à chaque pas la glaise comme une ventouse. Chemise et pantalon lui collaient à la peau. Comme s'il avait remonté la rivière à la nage, tout habillé, pour venir jusqu'ici. Il se tenait cependant droit, dressé dans son arrogance, le menton relevé, en dépit de ses cils qui clignotaient sous l'avalanche des gouttes, rendant plus floue encore sa vue déjà bien embuée. Sec ou mouillé, cette attitude était chez lui celle qui précédait l'attaque. Les mains sur les hanches, il se préparait toujours ainsi à décocher ses mots blessants, ses phrases méprisantes et cinglantes, sans jamais lâcher prise. Pour affirmer sa prédominance ou son autorité. Il attaquait pour se défendre. Dressé sur ses ergots, il affûtait son trait. À l'évidence, Rascard n'était pas venu pour suivre et contempler la naissance d'une statue !

– C'est toi qui as fait ça ? Je n'y crois pas ! Mais regarde ! Il n'y a pas d'âme dans cette bouche idiote… Le regard est vide ! Le nez trop gros. C'est un museau !… Je dis bien ! Tu as perdu la main. Où est passée ta belle imagination ?

– Tu parles comme si cette sculpture était achevée ! Que veux-tu, Rascard ? T'imposer ? Toujours t'imposer… Que cherches-tu ? La bagarre ? Et pourquoi ? Parle ! Au lieu de tourner tout autour, comme une poule mouillée…

– Te voilà qui me manques de respect, maintenant ?

– Le respect, je le donne à qui me respecte… Je ne te crains pas, Rascard. Je ne te crains plus…

– Mais, dis-moi, pour en finir avec cette ébauche d'ange mal dégrossi, tu régresses ! Toi, le moderniste ! Ne vois-tu pas que cette tête est deux fois trop grosse par rapport aux proportions du corps ? Où est passée la Belle École de Reims, tout en finesse et en harmonie ? On te dirait inspiré par l'art grossier d'Amiens. Mon école ! Celle que tu critiques tant… et par laquelle tu as tout appris. De moi !..

– Tu divagues, Rascard. Tu es jaloux… Tu es vieux et jaloux…

– Sais-tu que tu vas singulièrement décevoir Gaucher ? En voyant ce monstre de pierre dont tu vas accoucher, cet ange du démon, il va forcément douter de ton talent. De ton génie créateur… Et il remettra en cause sa décision de me remplacer… par toi. Ton complot aura échoué, fils. Parce que l'ambition aura tué ce qu'il y avait de meilleur en toi… La vertu naïve de l'art…

– Que dis-tu ? Moi, j'ai comploté pour te remplacer ? Mais l'orage t'a frappé ! Tu délires !…

– Ce sont les rumeurs. Et on en parle.

– Eh bien, les rumeurs ne sont pas encore venues jusqu'à moi. Je ne t'ai pas toujours suivi comme un mouton, Rascard, mais j'ai toujours été loyal… Je suis loyal !

Macias, en pointant son doigt, avait bondi de l'estrade sur le sol détrempé, éclaboussant de projections glaiseuses leurs vêtements, et jusqu'à leurs visages… Tantôt Rascard ricanait, tantôt il hurlait. Et Macias s'était mis à hurler à son tour. Le bruit de leur querelle avait fini par faire sortir les compagnons des préaux voisins. De loin, ils voyaient, sans comprendre, ces deux formes s'agiter sous une barrière de pluie. Le ciel s'assombrissait. Des éclairs lointains déchiraient l'horizon. On se préparait à un nouvel orage, d'une rare violence. À l'image de ces hommes en colère.

– Tu me dois tout, Macias… Je t'ai tout donné. Je t'ai protégé comme un père. Je suis allé te chercher à Bamberg, où tu serais encore. Je t'ai appris mille choses que tu ne savais pas. J'ai fait de toi un maître… Je t'ai même proposé la fortune. La fortune ! Pourquoi n'as-tu jamais répondu à ma proposition ? Pourquoi ? J'avais besoin de ton aide, et tu me l'as refusée… La voilà donc, ta réponse ? La trahison ! Me voler ma place !

Excédé, Macias avait tenté de prendre Rascard par le col, mais ses doigts avaient glissé sur l'étoffe mouillée comme sur une serpillière.

– Je n'ai pas… refusé. Je n'ai toujours pas donné ma réponse, ça n'est pas la même chose… Et je n'ai jamais cherché à te doubler auprès de Gaucher… Je suis compagnon du Devoir, Rascard. Comme toi. Ne l'oublie jamais, comme je ne l'oublie pas moi-même. Et quels que soient nos destins, la « chaîne » aura toujours pour moi un sens. S'il doit y avoir un maillon faible, ce ne sera pas le mien.

*

Macias, blotti sous son estrade, songeait. Tremblant de froid. Rascard était parti, en s'étranglant de rage, toussant d'un râle caverneux tant l'humidité avait dû tapisser ses poumons. À l'heure qu'il était, il se trouvait certainement au sec, occupé à réchauffer l'intérieur de ses os autour d'un chaudron. Macias, lui, ne s'était toujours pas résolu à rentrer. Les nuages noirs qui couvraient le ciel comme un rideau de deuil avaient transformé le milieu de l'après-midi en une nuit profonde, pourfendue par des éclairs plus blancs qu'un fer porté au feu. À quoi songeait-il donc, Macias, grelottant dans ses habits mouillés ? À tout ce qui agitait son esprit et paralysait son bras. À la colère ivre de Rascard, persuadé de sa disgrâce auprès du chapitre. Aux accusations qu'il lui avait portées. À Sîlane. Aux Templiers. À l'ange qui, au-dessus de lui, semblait l'abandonner. L'ange, précisément ! Tout passait d'abord par l'achèvement de cette statue. Il l'avait commencée. Il fallait la finir.

Macias s'était levé. De ses fesses embourbées coulaient deux filets boueux sur l'arrière de ses cuisses. Il se sentait loqueteux, et défait dans sa tête. Comme un somnambule, il s'avança sous la pluie. Une force incontrôlée semblait le pousser vers l'intérieur de Notre-Dame. Il traversa ainsi, au plus fort de l'orage, l'espace ouvert qui séparait la façade en construction du corps principal de la cathédrale.

La nef était vide, Macias se dirigea instinctivement vers le chœur. Il était si trempé que l'eau ruisselait comme une fontaine au bas de son pantalon, laissant derrière lui une traînée. Puis une flaque sous ses pieds, lorsqu'il s'arrêta devant le maître-autel. Épuisé de tout, il demeura ainsi figé, fixant la couronne d'épines du Christ sur la croix. Il était pris d'une soudaine envie de prier, comme tous les malheureux voués à l'impuissance. Mais il ne savait pas, lui qui croyait à peine. Et en tous cas pas aux sornettes des curés, ni aux mensonges des prélats. Pourtant, la prière est le dernier recours. La supplique s'adresse, comme un cri déchiré, aux forces supérieures, quand tout vous abandonne. Avec l'espoir qu'il y a bien quelqu'un dans l'univers, capable de recevoir le dernier message d'un naufragé, survivant de l'espèce. Alors, Dieu, si tu existes, à défaut de l'exaucer, écoute la prière de Macias ! Il parlait haut et sa voix résonnait entre les colonnes des allées. La tête basse et les bras grand ouverts, crucifié dans l'attitude de l'homme qui implore le pardon… Mais seule l'eau de pluie coulait le long de son corps. À la place du sang.

– … Je ne sais comment te parler, Dieu tout-puissant. J'ai oublié les mots… et j'ai tellement douté de ton existence que je ne m'accorde pas le droit de t'implorer aujourd'hui pour moi-même… Mais aide-moi à retrouver la foi ! Car, elle seule me sauvera, et me rendra les forces et la vigueur qui m'abandonnent… Sur la croix de ton supplice, je jure d'accomplir ce que tu me commanderas, tant que tu me laisseras la vie sur cette terre. Et je saurai reconnaître ton signe lorsqu'il me parviendra… Alors aide-moi, Seigneur ! Aide-moi !…

En criant cet appel, Macias avait tiré de sa ceinture l'un des ciseaux qu'il présentait comme une offrande au Dieu qu'il implorait… Lorsqu'un éclair jaillit au milieu du tonnerre, inondant la cathédrale d'une lumière incandescente qui emprunta aux vitraux qu'elle venait d'embraser la fulgurance de ses couleurs. Un trait de cette foudre, ondoyant comme un feu follet, porté par le courant d'air de la porte entrouverte, vint frapper le métal du ciseau, levé en direction du ciel. Le choc le fit voler sur la table de l'autel, dans un grésillement satanique. La foudre, guidée par l'eau dont ruisselait Macias, lui parcourut le corps, avant de s'échapper par le fer des autres ciseaux qui pendaient à sa ceinture de sculpteur. Macias tituba, avant de s'écrouler.

Lorsqu'il rouvrit les yeux, la tête d'un ange était penchée vers lui. C'était Capucin, l'un de ces éphèbes qui traînaient, nuit et jour, sur le chantier. Des petits gitons, modèles angéliques pour les sculpteurs, qui posaient, le jour, sur les tréteaux, ou se prostituaient dessous, vendant leur cul, la nuit, pour une bouchée de pain. Rascard en protégeait quelques-uns, dont Capucin, qui lui vidait les couilles quand il en avait besoin.

– C'est toi, Capucin ? Qu'est-ce que tu fais là ?

– Comme toi ! Je suis venu me mettre à l'abri. Sous la protection du Seigneur. J'ai tellement peur de l'orage. Surtout qu'on se serait dit en enfer… Tu sais, je t'ai bien cru mort ! La foudre t'a enveloppé, elle t'a fait tourbillonner… comme si tu dansais avec le diable… Regarde ton bras. Il est tout roussi.

– Je ne sens rien… C'est bizarre ! Ça m'a séché d'un coup !

Macias s'était relevé. Il eut d'abord la sensation d'être engourdi. Le corps endolori, comme s'il avait porté des sacs ou des blocs de pierre toute la sainte journée. Puis ses muscles se mirent à trembler. Secoués par un flux qui le parcourait de façon anarchique. Il avait l'impression que la foudre était toujours en lui, qu'elle cherchait à s'échapper, sans y parvenir, par les pores de sa peau, et par ses poils dressés. Elle prenait possession de son être, s'installant doucement, comme une vague apaisée. Curieusement, il n'éprouvait aucune souffrance. Au contraire. Il avait maintenant le sentiment d'être habité par une énergie nouvelle.

La pluie avait cessé. Le ciel, lentement, se découvrait, laissant apparaître le soleil. Les saints de glace restituaient à la terre sa clarté, abandonnant derrière eux un bourbier ruisselant et une atmosphère chargée d'humidité. Macias tendit au gamin une torche, accrochée à l'un des piliers de la cathédrale.

– Tu la remettras tout à l'heure ! On va faire du feu. Le froid est encore trop pénétrant. Il y a un tas de bois que les charpentiers ont jeté au pied de la façade… Après, tu viendras poser pour moi ! En échange, tu iras manger et boire à mon compte, chez le Rat…

Capucin dut s'y prendre à vingt fois avant de faire crépiter son brasier, tant le bois et le sol étaient gorgés d'eau. Après avoir raccroché la torche, il revint, faisant sauter d'une main dans l'autre le ciseau du sculpteur.

– Tiens ! Tu l'as oublié. Il était sur l'autel… Il est encore très chaud.

– Hé, c'est celui que je préfère ! Chaud ? Il est brûlant, tu veux dire ! L'éclair l'a bien secoué. Et moi avec… J'ai même l'impression qu'il est plus léger qu'avant. Mais ça doit être une sensation, à cause de la chaleur ! Assieds-toi là ! Courbe un peu la tête… Voilà, comme ça ! Laisse aller ton regard dans cette direction, et souris !

– Souris, comment ? Aaah ! Comme ça ?

– Non, c'est trop ! Tu as l'air idiot ! Souris, la bouche fermée, les lèvres légèrement tirées vers le haut… Un sourire triste, mais qui t'illumine de l'intérieur. Un sourire de l'âme. Comment elle sourit, ton âme, Capucin ?… C'est un sourire de bonté qui remonte le long de tes joues et fait sourire tes yeux… Bon ! Écoute, on ne va pas y arriver ! Alors, pense à la journée de chien que tu as vécue. À ta misérable vie. Ça, tu sais ? Tu as faim… Et tu penses à la chaleur d'un bon repas, à la taverne, quand on aura fini… Voilà ! C'est ça ! On dirait un ravi. Ne bouge plus ! Rascard a raison, elle est bien trop grosse, cette tête !

Macias, dans sa position préférée, jambes écartées, torse en avant, frappa un premier coup, ferme et assuré. De la fin de cette journée jusqu'à l'aube de la suivante, il sculpta sans s'arrêter. Capucin ne quitta la pause que pour aller recharger son feu dont les flammes firent danser la façade, toute la nuit… Au petit matin, l'ange leur souriait.

*

– Dis, Mathieu, tu n'en as pas marre des toits d'églises ?

– Non, c'est le seul endroit où je me sens bien !

– D'accord, mais quand même ! Celui-là, on le connaît ! On est déjà montés dessus, la dernière fois.

– Justement ! En semaine, le matin, il n'y a personne. Tu vois ! Personne pour écouter les révélations que je vais te faire…

Pépé tendit l'oreille.

– … Car j'ai des révélations à te faire… Pose tes fesses là-dessus. Regarde la mer ! Et imagine qu'un jour ont débarqué là, sur cette plage, deux femmes, parties de l'autre bout de la Méditerranée, sur une barcasse, à la dérive. On dit que l'une d'elles était Marie Madeleine… Elles avaient fui la Palestine, avec une servante. Sarah la Noire, qui depuis est devenue la patronne des Gitans. C'est pour cela qu'ils viennent, tous les ans, lui rendre hommage, ici… Elle fait même des miracles !

– Quand tu deviens mystique, toi, tu me fais peur…

– Attends ! Tu n'as encore rien entendu…

Les rues étroites qui serpentaient derrière l'église fortifiée comptaient, à cette heure-là, plus de diseuses de bonne aventure que de gogos à plumer. Les Saintes-Maries-de-la-Mer somnolaient toujours, émergeant lentement d'une nuit pétaradante de feux d'artifice. On avait beaucoup dansé et bu pour marquer la fin du pèlerinage. Et il était encore trop tôt pour entendre sonner l'éveil d'une nouvelle journée qui s'annonçait chaude en soleil et en touristes. Les vendeuses commençaient à peine à sortir des boutiques, leurs bacs remplis de souvenirs inutiles. Chemises de gardian. Cuirs et peaux du Maroc. Céramiques de Provence, cigales jaunes et noires, toujours les mêmes. Enduits corporels à l'huile d'olive, herbes de la garrigue et bouquets de lavande… toute une panoplie symbolique qui finirait, au retour de vacances, dans les malles des greniers, déjà remplies d'autres ailleurs.

Une grappe de Gitanes tournait autour des murs, prête à fondre sur les touristes comme des oiseaux de proie. J'avais dû repousser brutalement l'une d'entre elles, au pied du petit escalier qui menait sur le toit de l'église. Préservant mon portefeuille d'une main, je lui avais arraché l'autre qu'elle refusait de me rendre, égrenant, dans la foulée, son chapelet de prédictions… qui n'avaient rien à voir avec celles qui m'avaient comblé de joie la première fois que nous étions venus visiter les Saintes-Maries, avec Pépé. C'était quand le mistral avait soufflé si fort. La Gitane m'avait alors prédit une aventure unique, au-delà du réel, avec une jeune femme dont le nom était celui d'une fleur. Je n'avais pas cherché à en savoir davantage. L'image de Flora avait suffi, ce jour-là, à mon bonheur. Tant qu'à croire leurs sornettes, je voulais rester sur cette impression-là.

Assis là-haut, sur ce toit, entouré d'un chemin de ronde fermé par des créneaux, comme une muraille de château fort, on voyait passer au loin des escortes de petits chevaux blancs dont les sabots peinaient sur la terre craquelée de Camargue. Ils portaient, sur leurs dos creusés par des charges trop lourdes, les cow-boys, les gauchos, les gardians d'un instant… Les cavaliers de la promenade du matin, partis derrière leur guide à la rencontre des flamands roses et des manades de taureaux, dans les marais salants. Dans un décor revisité où Crin blanc avait fini par se laisser dompter par les devises des tour-opérateurs.

Pourquoi là-haut ? Peut-être parce que l'endroit, mi-église, mi-forteresse, mêlait lui aussi les marques de la guerre aux mystères de la religion… Des hommes étaient tombés là où nous étions assis. Pour défendre leur foi ou le pouvoir de leur maître. Pour préserver ces pierres dont la mémoire aurait tant à nous dire, si elles pouvaient parler… Je me sentais en harmonie avec elles pour dévoiler, ici, à un ami, quelques pans de mon histoire.

J'ai tout raconté à Pépé. Tout. Je sais qu'il me faudra recommencer. Expliquer. Prouver. Mais, pour l'instant, j'avais obtenu l'essentiel. Prendre des vacances tous les deux, puisque nous faisions équipe ensemble. Au moins quinze jours, avant de repartir sur un autre chantier. Le temps de décrypter le message de Macias. Et de l'aider, si c'était encore possible…

9

Une puanteur de chiasse verte, mêlée à l'âcreté d'une odeur de vieille pisse, flottait sur la paille humide et empestait l'atmosphère de la cellule, la rendant irrespirable. Macias se tenait près des grilles. Il préférait s'allonger sur le sol inconfortable plutôt que de côtoyer la merde séchée que n'avaient pas encore nettoyée les cafards, sur cette litière infâme, nid de toutes les vermines, gorgée de poux, de puces et de tous les souvenirs laissés par ses prédécesseurs avant leur supplice. Le tout baigné de moisissures. Car l'eau suintait toujours entre les pierres mal ajustées des murs. Rappel des récentes inondations qui imprégnaient encore le sous-sol et les caves.

Le porte-clés lui jeta un quignon de pain et une écuelle d'eau qui lui arriva presque vide, après que ce monstre à la trogne hideuse l'eût poussée, sans ménagement, du bout du pied, sous la grille. Il grognait comme un porc, faisant tourner dans sa bouche un moignon de langue arrachée. Les geôliers de l'archevêché étaient tous des muets de naissance ou des repentis à qui, sous la torture, on avait ôté la parole pour toujours. On était certain ainsi qu'ils ne parleraient jamais avec les prisonniers. Et qu'ils seraient ainsi moins faciles à corrompre.

Mais celui-là n'était pas sourd : il réagissait violemment aux insultes que proférait Macias. Et pour toute réponse, simulait, avec des gestes de plus en plus obscènes, sa jouissance bestiale à l'idée de pouvoir l'émasculer, dès qu'il lui serait livré pour être soumis à la question. Car il n'y avait pas meilleurs bourreaux que ceux qui avaient connu le supplice du fer et du feu dans leur chair sans avoir pu y résister. Ces êtres frustres qui avaient avoué sous la torture leur complicité avec le démon ne pouvaient se racheter qu'en faisant avouer les autres, avec encore plus d'atrocité. Ou se venger en les regardant mourir dans la souffrance, comme pour s'affranchir de leur propre lâcheté, dans un orgasme de cruauté rédemptrice…

L'autre en revanche vivait dans un silence total. Il était né comme ça. Sourd et muet. Guettant, dans l'obscurité, chaque frémissement de lèvres, chaque mouvement, cherchant à percer les états d'âme et les intentions secrètes des prisonniers. Parfois, il se retournait d'un coup, l'œil sournois, en espérant surprendre dans son dos un signe hostile, une articulation de bouche qu'il interpréterait aussitôt comme une injure. Alors, il cognait le bois noueux qu'il traînait comme une canne, de toutes ses forces, contre les barreaux, éclatant des lèvres, un menton, écrasant un nez ou des doigts agrippés aux grilles, lorsqu'il était assez rapide. Il valait mieux se tenir à l'écart chaque fois qu'il faisait sa ronde. Car, sa soif de frapper pouvait l'entraîner à enfoncer son bâton dans les côtes des prisonniers, s'il parvenait à les atteindre au travers des barreaux. Juste pour le plaisir. Ces hommes étaient des cafards. Traités comme des cafards par leurs maîtres et répliquant par la haine, unique sentiment généré par la bestialité de leur condition.

Deux autres prisonniers occupaient les cellules d'à côté. De la femme, Macias ne connaissait que le murmure plaintif, toute la journée, et ses cris de terreur lorsque la clé du monstre à la langue arrachée crissait dans la serrure de sa porte. Griffant, mordant, elle cherchait d'abord à lui échapper, courant d'un mur à l'autre. Sifflant, tel un serpent, jusqu'à ce qu'il ne l'empoigne et la jette violemment sur le sol. Sa maigreur ne frappait pas la terre avec plus d'impact que celle d'un chat efflanqué. Elle froissait juste la paille en tombant. C'est là qu'il la frappait. Les coups résonnaient parfois plus fort que les gémissements étouffés de la malheureuse qui n'avait, alors, plus d'autres moyens de résister que retenir ses cris de douleur. Puis, plus rien. Sans doute finissait-elle par s'évanouir ! Alors commençait l'œuvre de fornication du cloporte qui, haletant comme un chien, se masturbait entre les chairs endolories de ce corps inerte et désarticulé… Il venait la violer ainsi presque tous les jours. Avec la même brutalité. Depuis qu'il était enfermé là, Macias avait réussi à recomposer la scène au travers des bruits et des cris qui se répétaient selon un rituel d'une immuable fatalité. Il serrait les dents lorsqu'il entendait la fille se débattre comme un animal cerné par toute une meute. Comprenant que ses forces l'abandonnaient un peu plus chaque jour. Et il sentait monter en lui une haine meurtrière quand la voûte de cette cave résonnait du râle bestial de la jouissance du cloporte… Avant que le silence ne retombe sur ce misérable corps dénudé dont on imaginait les meurtrissures. Et l'effroyable solitude.

Macias ne l'avait jamais vue. Il ne savait pas qui elle était, ni pourquoi on la retenait prisonnière dans ces pires conditions. Il lui vint même à penser qu'on devait ramasser ainsi, de temps à autre, une pauvre fille abandonnée pour la livrer en pâture aux appétits du monstre obscène. Après celle-ci, une autre viendrait, sans bien savoir pourquoi. Accusée d'irrévérence à la cause divine et livrée au pardon sous les coups de boutoir du monstre, au fond des geôles de monseigneur l'évêque.

D'ailleurs, quelle importance ! Il n'y avait personne pour les réclamer !

La misérable, en tous cas, n'avait déjà plus la force de chanter. À écouter monter chaque jour son malheur, il était clair qu'elle n'en avait plus pour très longtemps… Quand Macias était arrivé, elle conjurait ses attentes en chantant à tue-tête, improvisant des paroles incompréhensibles. Excepté lorsqu'elle promettait d'arracher de ses dents les couilles de la grosse merde. Et de lui foutre dans la bouche, à la place de la langue, son vit infâme et difforme, rongé par la vermine. Elle n'avait guère d'élégance lorsqu'elle s'exprimait sur le sujet… Sa violence et son incohérence prouvaient bien qu'elle était devenue folle, si elle ne l'était déjà avant d'arriver là. Depuis, elle murmurait à peine. Vomissant quelques sons, sortis de sa gorge comme des éructations de sang, régurgitées du plus profond de ses entrailles blessées, éclatées sous les coups. Bientôt, il ne resterait plus qu'à l'achever. L'autre tortionnaire sans doute s'en chargerait. Lui qui n'était jamais venu abuser du corps de la pauvresse. Certainement impuissant ou castré, il prendrait son pied plus tard, en l'étranglant, lorsque le cloporte aurait décidé qu'elle ne lui servait plus à rien.

De la même façon, il attendait avec délectation le moment où il pourrait fracasser, de sa canne, le crâne du troisième prisonnier qui gémissait encore de temps à autre, dans la cellule d'en face. Macias entrapercevait sa masse recroquevillée et sanguinolente, dans un rai de lumière, chaque fois que la porte de la cave s'ouvrait. Il ne bougeait déjà plus. Il attendait la mort. Le sourd-muet l'avait traîné sans ménagement dans l'escalier, après lui avoir fait subir une dernière fois la question. Puis jeté là comme un déchet. Il était dans un tel état qu'on ne pouvait guère espérer le remettre sur pied, afin de le supplicier sur la place publique, un jour de marché. Il allait donc falloir, lui aussi, s'en débarrasser.

Et Macias ? Il n'avait vu personne depuis son arrestation sur le chantier. Accusé de pratiques diaboliques et de connivence avec le Malin. Et mis au secret dans cette cave…

*

* *

La cathédrale menait ses vies parallèles. Maison de Dieu, maison du peuple. Avec plus que jamais ses marchands de souvenirs qui ne respectaient même plus le jour de la grand-messe… Pauvre Jésus !… Lui qui avait signé son arrêt de mort en balayant de colère les étals des boutiquiers de Jérusalem, sur le parvis du Temple, s'il avait su que, deux mille ans plus tard, le commerce l'emporterait toujours sur la foi ! C'était bien la peine de monter au Golgotha, pour si peu de résultat ! C'était peut-être aussi pour ça qu'il n'était jamais revenu sur terre !

En ce dimanche ensoleillé, il y avait, sans prendre la peine de les compter, plus de badauds que de fidèles, sous les voûtes de Notre-Dame. Les premiers déambulaient dans les allées, comme dans les couloirs d'un musée, passant sous les vitraux de Chagall comme sous le nez de *La Joconde*. Sans le moindre respect des lieux. Foulant la mémoire de cet édifice, de leurs tongs jaunes et bleues, avec la désinvolture conquérante des touristes, gonflés de bière ou d'ignorance. Et, le plus souvent, des deux à la fois…

Les autres, les fidèles, étaient parqués au fond de la nef, derrière le maître-autel, chantant sans trop d'allant les louanges au Seigneur, comme pour ne pas déranger la faune qui virevoltait tout autour. Ainsi cet homme au ventre arrondi sous sa chemise Lacoste contrefaite, qui s'éloignait, en grognant, à la reprise des chants après l'Élévation. Courroucé de ne rien entendre à l'autre bout de son portable. Il parlait fort, avec l'accent du Sud, et demandait à son interlocuteur comment allait Suzette. Mais quelle idée, pestait-il, de faire une messe dans la cathédrale à onze heures du matin, un dimanche, en pleine saison touristique ! Décidément, ces grenouilles de bénitier ne respectaient plus rien !

Parqués, ils l'étaient, ces cathos du dimanche ! À l'arrière, dans la partie la plus sombre du chœur, cernée par des grilles qui en protégeaient les accès. Ils faisaient penser, dans leur isolement carcéral, aux premiers chrétiens, entassés au fond des arènes, lorsqu'ils imploraient Dieu, avant d'être livrés aux lions… Bousculant les panneaux qui invitaient à « ne pas circuler pendant la célébration de l'office », les touristes les contemplaient derrière leurs barreaux. Derniers spécimens d'une espèce en voie de disparition. Le catholique pratiquant… Ils prenaient même des photos. La messe en cage faisait partie du spectacle.

– Regarde ! Il n'y a que des vieux là-dedans.

– Normal ! À cet âge-là, ils ont intérêt à y croire.

– Ne ris pas comme ça, ils nous regardent.

C'était un peu comme si la Comédie-Française ne jouait Molière qu'en coulisse et en douce, par manque de spectateurs, après avoir abandonné ses planches aux tournages des auto-shows pour ego-stars de la télévision… Les bâtisseurs n'avaient sans doute pas imaginé, en dressant leurs plans, qu'un jour viendrait où le peuple de Dieu serait si clairsemé qu'on irait dire la messe en catimini dans l'arrière-boutique du chevet, là où se tenaient autrefois en réserve les servants, les auxiliaires et les enfants de chœur. Du coup, l'autel était devenu réversible. On pouvait célébrer l'office des deux côtés. Comme dans un décor tournant. À l'endroit, à l'envers. Grande cérémonie, petite cérémonie. Acte I, acte II. Grande messe et petite messe…

Envahie de la sorte, la cathédrale avait perdu son âme. Caricature de la cohabitation du sacré et des profanes… Le contraste était singulier. Dans la lumière de la nef, les barbares adorateurs du Nikon et des bondieuseries à cent balles. Et dans l'ombre, à la croisée des transepts, le carré des résistants du ciel, retranchés dans la lecture de l'épître à saint Jean. Les uns à peine vêtus, les autres endimanchés. Ceux-là bruyants, ceux-ci priant. D'un côté de la barrière, ceux qui se hissaient par-dessus les épaules pour mieux profiter du spectacle. De l'autre, ceux qui s'agenouillaient, tête basse devant l'hostie symbole. Et partout, le cortège incessant des touristes tournant autour de la fosse aux chrétiens, comme les troupes de Josué, avant que les trompettes ne fassent s'écrouler les murs de Jéricho… Mais après tout, les cathédrales n'étaient-elles pas déjà devenues des musées ? Des tombeaux pour la chrétienté d'Occident, là où le béton avait remplacé depuis longtemps la pierre. Si on n'avait pas restauré régulièrement leurs façades et leurs statues, le vent, la pluie, le temps qui passe, auraient déjà effacé l'essentiel de leur message. Et, sans la puissance de leur monumental témoignage, l'oubli de la mémoire aurait sans doute précipité l'érosion de la foi.

J'en avais des frissons dans le dos ! Tant ma chemise, mouillée de sueur, remontait, comme un fluide glacial, le froid du marbre de cette stèle jusqu'au cœur de ma peau. Une sensation qui me pénétrait jusqu'aux os. Je tentais bien de retenir ces frémissements qui me secouaient, mais ils étaient incontrôlables… Et je ne pouvais pas bouger ! Même pas me tourner sur le côté. Car l'espace était trop étroit pour me contenir dans une autre position… au risque de faire craquer les bancs.

Mon pauvre Mathieu, dans quel traquenard t'es-tu encore fourré ? Est-ce que tu te rends compte du ridicule de la situation ? À même le sol, allongé sur la stèle mortuaire d'un cardinal dont tu ne te souviens même plus du nom, mais qui a dû être suffisamment important pour qu'on accepte de lui offrir la cathédrale comme dernière demeure. Caché sous trois bancs d'église, entreposés là, côte à côte. Au beau milieu de la messe du dimanche. Enfin, au milieu ! Au fond, plus exactement.

J'avais repéré l'endroit, la veille. Je ne sais pas pourquoi. Une intuition peut-être. Je m'étais dit que, tôt ou tard, je me laisserais enfermer la nuit dans la cathédrale, sans que les vigiles ne s'en aperçoivent, afin de poursuivre tranquillement mes investigations… À moins que ce ne soit, intuitivement, dans l'idée d'échapper à cet homme bizarre qui me suivait partout depuis quelques jours, et dont le manège commençait à m'inquiéter sérieusement… C'était d'ailleurs ce qui s'était passé.

*

Depuis le début de la semaine, je n'avais cessé de déambuler entre les colonnes et les piétons visiteurs, dans les allées de Notre-Dame, testant tous les endroits, toutes les situations, dans l'espoir que mes visions reprendraient, à un moment ou à un autre. Mais rien n'y faisait. J'avais beau appeler Macias, au milieu de cette foule… Il ne répondait plus.

Pendant ce temps, patiemment, Pépé m'attendait au bistro… Aux bistros, avec trois *s* !… car à ce régime-là, il allait bientôt pouvoir rivaliser avec le *Gault et Millau* local, le Petitrenaud des comptoirs et tous les guides au nez rouge de la région. Et dans ce coin de vignoble où cordon rouge signifie coupe de champagne, il y avait de quoi faire !… Je le récupérais, tous les soirs, allumé comme un réverbère. Bourré à sa façon. Digne, mais bourré. Il n'en finissait pas, alors, de me raconter ses rencontres de la journée… Lorsqu'il était dans cet état, Pépé devenait liant comme la farine dans une béchamel. Il parlait, il buvait. Il buvait, il parlait à en perdre la fluidité de son élocution. Et adorait ainsi enjoliver sa vie. Comme il voulait participer et m'aider, il avait déjà dans la manche un coursier du journal *L'Union*, un gardien de la bibliothèque municipale, un huissier de l'hôtel de ville, un archiviste de l'université, deux spécialistes du trésor des sacres – ça, je demandais à voir ! – et surtout… Alice, femme de ménage à l'archevêché qu'il avait mise en confiance et à qui il saurait tirer les vers du nez, la prochaine fois.

– … avec doigté, et en douceur. Tu me connais, fils !

– Pourquoi tu m'appelles fils, d'un seul coup ?

– Rien ! Comme ça.

– D'où ça te vient ?… Tu ne m'as jamais appelé fils !…

– Ben, je ne t'appellerai plus fils.

– Non, ce n'est pas ce que je veux dire… J'aime bien, dans le fond, que tu m'appelles fils… mais ce n'est pas une raison pour raconter mes histoires à tout le monde…

Pépé, c'était tout l'un, ou tout l'autre. Il était capable de passer des journées entières sans desserrer les dents, comme sur les toits des églises, quand on bossait – à croire qu'il me faisait la gueule ! Ou bien, il n'en finissait pas de bavasser tout seul, sans même écouter les autres.

– Pépé, tu parles trop ! Tu vas finir par dire des conneries !

– Ingrat que tu es ! Je m'intéresse à ce que tu fais, voilà tout !

Bon ! Je lui pardonnais. Après tout, n'avait-il pas accepté de prendre des vacances, rien que pour moi ?

Et surtout de les passer à Reims, comme un frontalier belge qui aurait eu de la parenté dans la région… D'autant qu'on avait largement de quoi se payer quinze jours pénards dans un petit hôtel sur la Côte d'Azur, si on avait voulu !… Mais il avait bien senti que c'était trop important pour moi, de me laisser courir derrière mes fantômes. Et d'en finir avec ce cauchemar qui me hantait et le réveillait toutes les nuits. Car, si j'avais perdu le sommeil, lui aussi n'en dormait plus, par la même occasion.

Comme prévu, j'avais dû reprendre mes explications une bonne dizaine de fois avant qu'il ne comprenne… Au début, il m'avait écouté avec bienveillance, m'estimant, sans trop le dire, fatigué, dépressif, ou victime de mon imagination. Ce n'est que lorsque j'avais repris l'image du médium qu'il avait commencé à s'intéresser. Car il avait vu tourner les tables dans sa jeunesse. Son cousin de Saint-Lô communiquait avec les morts. Un coup pour Yvette. Deux coups pour André… L'au-delà, il y croyait. Il avait même été fortement impressionné quand Loïc, le cousin médium, le neveu d'André, bavant et éructant dans une transe dont le récit le glaçait encore, avait pris la voix de son oncle pour révéler à l'assistance qu'il avait été empoisonné à petit feu et qu'il n'était donc pas mort tranquillement dans son lit, comme chacun l'avait cru. Yvette, décédée douze ans plus tard, et consultée à son tour de là-haut, n'avait jamais voulu confirmer, ni infirmer, au cours de ces séances, la version du crime parfait. Ainsi était né le soupçon. Et depuis, les Leguélec n'avaient plus jamais adressé la parole à la descendance des Kerhouan…

Et Flora ?… J'avais décidé de ne l'appeler qu'après. Une fois renoué le dialogue avec le passé. Persuadé que mon prochain rendez-vous avec la mémoire des pierres allait enfin provoquer la confrontation, espérée autant que redoutée, avec le fantôme de Macias. Je ne savais pas pourquoi, ni comment, mais je pressentais un dénouement rapide… Peut-être parce que j'avais hâte d'en finir, quel que soit le prix à payer ! Peut-être aussi par orgueil ! Puisque Flora avait réussi, jusqu'à présent, à faire parler les signes du ciseau, c'était à moi de conclure.

Et le temps passait ! Cinq jours déjà, depuis notre retour à Reims. Aucun contact avec Macias. Donc pas de contact avec Flora. Je trichais bien un peu… en flânant, à l'heure de l'apéritif, le soir, du côté des Colonnes. Et si, par hasard, elle était là ! Un regard furtif. La salle, la terrasse…

– Dis, Pépé ! Les Colonnes, tu connais ?… Un bistro sympa ! On prend un verre ?

– Tu m'as déjà dit ça hier ! On a pris l'apéro à l'intérieur… Tu perds la boule ou quoi ?… Regarde, c'est plein de fils de bourges là-dedans !

Mais qui donc es-tu venu chercher, Mathieu, en revenant ici ? Elle ou lui ? Lequel des deux exerce sur toi la plus grande tyrannie, la plus puissante emprise ? Qui te trouble le plus ? Flora ou Macias ? Avec lequel dois-tu d'abord en finir, si tu veux retrouver l'autre ? Macias ou… Allez, ne fais pas l'enfant ! Tu sais bien que l'un des deux possède un téléphone portable.

Depuis cinq jours, je faisais ainsi l'ouverture et la fermeture. Les portes de la cathédrale s'ouvraient, le matin, sur les bigotes, les Japonais et moi, et se refermaient derrière moi. Plus mystique, on n'avait jamais vu ! Pas même le boutiquier qui me saluait d'un petit signe de tête, assuré désormais que je ne lui faisais pas d'ombre en vendant sous le manteau des saintes vierges enneigées, importées de Shanghai. Ni les vigiles qui avaient renoncé à me suivre, convaincus enfin que je ne venais pas ici pour piller les troncs des chapelles.

Tourner en rond, une journée entière, dans une cathédrale, c'est long ! Et même épuisant. Je la connaissais par cœur. Je crois bien que j'aurais pu la dessiner de mémoire, sans oublier un seul vitrail. Ni une statue, ni une sculpture ! J'avais eu tout le temps de lire et de relire les inscriptions, gravées en latin sur les dalles et les stèles mortuaires… C'est fou ce qu'il y a de gens enterrés là-dessous ! On leur marche sur la tête, sans savoir. Et pourtant, il ne viendrait à l'idée de personne de se promener dans un cimetière en marchant sur les tombes !… Bien entendu, j'ai lu et relu également les explications sur les bornes lumineuses. Sous les photos et les affiches qui jalonnaient les allées. Même en allemand et en anglais. Je n'y comprenais rien, mais je lisais quand même. J'ai même pensé qu'avec ces touristes jaunes, ils devraient bien traduire aussi tous ces textes en chinois. J'en avais, de drôles de réflexions, en tournant dans ma cathédrale. Oui, « ma » cathédrale !… parce qu'après cinq jours, je m'étais laissé gagner par un sentiment de légitime propriété. Je me sentais chez moi… même plus que l'archevêque que je n'avais pas croisé une seule fois en cinq jours…

Parfois, pour tuer le temps, je me glissais dans un groupe, lorsqu'il me paraissait sympathique ou concerné. Avec eux, je repartais pour un tour, m'arrêtant devant chacune des bornes, comme devant les stations d'un chemin de croix. J'apportais des précisions, en baragouinant, si nécessaire, quelques mots d'anglais ou d'allemand, empruntés à mes lectures précédentes. Je connaissais tout… « Ici, les métiers traditionnels de la campagne champenoise au Moyen Âge. Ces vitraux sont d'origine. Les autres ont été restaurés, ou confiés au talent de maîtres verriers et de peintres contemporains. Quelle consécration – songez-y, mesdames, messieurs ! – pour un artiste que de pouvoir inscrire son nom dans un rai de lumière qui baigne pour l'éternité ces pierres sacrées et séculaires ! »… Beaucoup de vitraux originaux – hélas ! – avaient volé en éclats. Car la cathédrale n'avait pas subi que l'érosion du temps. Elle fut incendiée par les obus allemands, en 1914. Troisième grand incendie de son histoire. Ce jour-là, sa charpente fut entièrement détruite dans un brasier si intense que sa toiture avait fondu. Quatre cents tonnes de plomb en fusion qui s'étaient déversées dans les rues, jaillissant de la gueule des gargouilles géantes, dans un brouillard de feu qui rougissait le ciel, comme au temps des guerres ou des insurrections du Moyen Âge… Un vrai guide, je vous dis ! Ils m'écoutaient. Et ils en redemandaient. À mon avis, ils devaient me prendre pour un agent occasionnel de la cathédrale, recruté en renfort pour la saison touristique.

Pour être tout à fait honnête, je complétais mon érudition, le midi, devant un sandwich sur la terrasse du Cardinal. Là où j'avais pu admirer pour la première fois la croupe élancée de la Dame. Je revoyais encore l'air médusé de Pépé, ce jour-là, offusqué par mes propos. Et pourtant, plus encore aujourd'hui, je me sentais autorisé à formuler, sans arrière-goût de blasphème, mes déclarations charnelles à l'adresse de ma cathédrale. « T'as un beau cul, tu sais ! »

J'avais raflé chez le boutiquier tout ce qu'il proposait comme documentation. Ça nous avait d'ailleurs rapprochés. Ma soif de connaissances l'avait rassuré sur ma santé mentale et sur mes intentions. On s'était même parlé. Il m'avait conseillé… *Notre-Dame de Reims, sanctuaire de la monarchie sacrée. Le Labyrinthe de la cathédrale. Connaissance des Arts. La Sainte Ampoule et le sacre des rois…* J'avais tout parcouru. Plutôt deux fois qu'une. Cherchant à m'accrocher à je ne sais quel indice qui aurait pu me permettre de débusquer Macias.

À l'extérieur, comme à l'intérieur, je ne quittais pas des yeux ma Belle. Pierre après pierre. Je l'observais sous toutes les coutures. Je me disais qu'une nouvelle vision risquait de m'échapper si je n'étais pas ouvert et attentif à tous les signes. Alors, je guettais. J'épiais. J'interrogeais les statues. Et toi, saint Nicaise, tu n'as rien vu ? Tu n'as rien à me dire ?… De toutes façons, je n'obtiendrais rien de cette façade nord. D'après ce que j'avais lu, elle était bien antérieure à Macias. Clovis était entré par là pour se faire baptiser. C'était tout dire !…

Au cinquième jour, je me suis pris à douter. C'est vrai : j'avais tout essayé !… Toutes les heures ou presque, je regagnais, au fond de la nef, la colonne qui séparait saint Jean-Baptiste de Jeanne d'Arc. C'était là que j'avais laissé Macias, penché sur le corps de Rascard agonisant. Il se préparait à redescendre dans le souterrain où il venait d'assister au guet-apens. Puis tout avait basculé, et mes fantômes s'étaient évanouis. Comment faire pour renouer le fil ? Pour reprendre la scène et visionner la suite ?… J'avais sans doute trop présumé de mes dons de voyance. Bercé par les encouragements de Véra, la sorcière des beaux quartiers, je ne m'étais même pas posé la question. J'imaginais qu'il suffirait d'appuyer sur le déclic. Comme pour la lecture d'un DVD. Arrêt sur image. Pour continuer, appuyez sur la flèche « en avant ». OK. Et ça repart… Or, déception ! Le laser n'accrochait plus. *No disc.*

Médium, c'est comme tout, ça se travaille ! me suis-je dit. Je devais d'abord me concentrer et y penser intensément. Me mettre en condition. Ce qui n'était pas facile, avec cette foule qui me tournait autour. Donc, l'air de rien, je venais m'adosser à la colonne. Debout, puis accroupi. Un peu plus à gauche. Un peu plus à droite. On ne sait jamais, il y avait peut-être un angle de vision pour capter mes fantômes ! Mais rien ! Désespérément… En réalité, je crois que je n'arrivais pas à m'immerger sereinement dans le passé. Même les yeux fermés, dans une attitude de fervente prière, à la recherche d'une apesanteur hypnotique de l'esprit. Le brouhaha ambiant finissait par l'emporter. Il y avait trop de monde. Pourtant le soir, avant la fermeture, lorsque les allées se vidaient, je n'obtenais pas davantage de résultat. Le fil était bien rompu. L'au-delà ne me répondait plus.

J'allais me planter aussi de l'autre côté, à l'entrée du petit escalier, recouvert, dans mes rêves, par une dalle pivotante, et qui menait au dédale souterrain des galeries… Aujourd'hui, ces marches étroites descendaient sous le chœur, donnant accès à une crypte. Petite chapelle, sans grâce ni décors, aux allures de premier ou de dernier refuge. On pouvait l'imaginer aussi bien abritant le secret des chrétiens persécutés par Rome – mais nous n'étions pas à Rome – qu'en abri antiatomique, avec autel, permettant à l'archevêque d'y célébrer, le jour venu, son ultime messe, avant l'apocalypse… En saison, elle était ouverte au public. Je l'avais visitée. J'avais même touché, comme des reliques, les murs de ce caveau voûté. Sans éprouver la moindre sensation. Et surtout sans y déceler la moindre trace révélatrice d'une cavité bouchée, d'une ouverture condamnée. Pas de raccord dans les joints. Aucune différence dans l'origine des pierres. Du travail bien fait ! En remontant, déçu, j'étais allé tout droit consulter mon expert et nouvel ami, le boutiquier… Il était indispensable pour la crédibilité de mon histoire qu'il y ait eu un souterrain là-dessous ! Hélas ! À sa connaissance, l'escalier n'avait jamais donné accès à un quelconque tunnel.

– … Oui, j'ai bien entendu parler de ce réseau de galeries dont l'une aurait même été creusée jusqu'à Saint-Remi. Mais est-ce qu'elles existent encore ?… Vous savez, on raconte tellement de choses sur la cathédrale. Ce ne sont pas les légendes qui manquent !

– C'est vrai ! Mais c'est avec les légendes qu'on fait l'histoire !

– Vous ne seriez pas un peu historien, vous, par hasard ?

– Non… mais je fais une étude sur la cathédrale… je prépare un livre… justement, sur les légendes !…

– Ah, je me disais aussi… J'aurai peut-être le plaisir de le vendre !

– Mais certainement. J'espère !… Bientôt !

Le voilà rassuré. Moi, je n'étais pas plus avancé. Pourtant ce tunnel était bien là. Je le savais. Je l'avais vu… Et puisque les endroits de mes apparitions ne me répondaient plus, j'en ai essayé d'autres. Assis, pendant des heures, sur les margelles qui couraient tout autour de la nef. Fixant les portes latérales, comme si je m'attendais à voir ressurgir Montchicourt et sa horde. Je me suis même mis à écouter la pierre, l'oreille collée contre les murs. Sur les colonnes. Ou allongé par terre, comme un Indien… Quand la vieille dame s'est penchée vers moi, inquiète, en me demandant : « Qu'est-ce qui vous arrive, mon petit ? Vous êtes malade ? », j'ai pris conscience du grotesque de la situation et de l'absurdité de ma démarche. Mathieu, tu deviens fou ! Peut-être est-il temps de t'interroger sur ta dérive mentale, et de retrouver rapidement le chemin de la raison ? J'en connais qui ont terminé pour moins que ça à l'asile !…

Et me voilà, aussitôt, avachi sur un prie-Dieu, à genoux devant le maître-autel. Je ne prie pas. Je pense. Je réfléchis. J'essaye de faire le point. Mais tout se brouille dans ma tête électrisée. J'ai la sensation d'être au bord d'une implosion cérébrale, tant mes tempes sont écrasées de l'intérieur par la pression d'une cacophonie de pensées qui s'enchevêtrent. Ni les mots, ni les images, que la mémoire restitue pour nourrir la réflexion, ne parviennent à s'ordonner. Mes neurones ne connectent plus. Le risque de court-circuit est grand… C'est là que, levant la tête, la vue d'un homme m'a tiré de mon enfermement. Il ne me regardait pas, il m'épiait. Je me suis rendu compte qu'imperceptiblement sa présence avait marqué mon esprit comme une image subliminale. Ce n'était pas la première fois que je le croisais, lui et son regard inquisiteur. Depuis deux, peut-être trois jours, il était là. Derrière moi. À côté. Sans que je n'y prenne garde… Il baissa furtivement les yeux, comme d'ailleurs il l'avait fait à chaque fois que je m'étais retourné vers lui, ou dans sa direction. D'un geste de contenance, il tira des deux mains sur les revers de sa veste, et disparut prudemment, comme effacé par le va-et-vient des touristes… Je l'avais déjà vu quelque part, celui-là ! Qu'est-ce qu'il pouvait bien me vouloir ?

J'ai délaissé Macias sur-le-champ, afin de libérer ma mémoire et mettre en chauffe mon imagination, déjà lancées à la poursuite de cette ombre fugace. Car mon ordinateur de bord l'avait identifiée, d'instinct, comme hostile. Il m'intriguait. Plus ! Il m'inquiétait. Du coup, mon état comateux s'était dissipé, et la clarté de mon esprit refaisait surface. Rien ne valait un bon zeste de paranoïa pour me remettre les idées en place ! Ce n'était pas le gabarit de l'homme qui m'effrayait. Mais la perception soudaine de sa présence sournoise. Elle avait déclenché en moi un processus émotif, identique à celui d'une rencontre nez à nez avec un sale type, dans l'obscurité d'une cage d'escalier d'immeuble borgne. Surprise, méfiance… puis sentiments d'insécurité et d'agression mélangés… Si j'avais dû dresser son portrait-robot, j'aurais décrit un personnage d'allure ordinaire, de taille moyenne, cheveux noirs, et moustache fine, accrochée sous un museau de fouine. Costard de beauf, plutôt gris, qui lui allait comme un smoking à un apprenti charcutier… Mais doué d'une agilité particulière à se glisser dans vos pas, sans se faire remarquer. Parfait pour une filature ! C'était peut-être un flic, après tout ! Peut-être que mon *sit-in* dans la cathédrale avait dérangé une vieille bigote qui m'avait signalé au commissariat…

Puis, je me suis souvenu… Hier, il était à quelques pas, regardant comme moi l'un des ramasse-poussière brodés d'hermine que les rois traînaient derrière eux, le jour de leur sacre. Ça devait d'ailleurs peser lourd, un machin comme ça ! Je suis certain qu'il y avait au moins une bonne dizaine de jeunes pages pour les aider à marcher, en soutenant cette longue cape de velours. Sinon ils risquaient bien de tomber à la renverse… Oui, c'est ça ! – je me souvenais – la fouine faisait partie du même groupe de visiteurs. Car, chaque jour, j'allais faire une promenade dans le palais du Tau. La maison des archevêques. Aujourd'hui, monseigneur Colaggioni devait se contenter d'une seule aile. L'autre, celle qui communiquait directement avec la cathédrale, était transformée en musée. Tout ce que vous devez savoir sur le sacre des rois…

En arpentant ces salles immenses – dont la plus grande, qui abritait les ripailles d'après-sacre, aurait pu accueillir à elle seule une piscine olympique –, j'avais découvert aussi quelques originaux de sculptures. Ou ce qu'il en restait. Bien rongés par le temps, et la guerre de 14. Des répliques avaient pris leurs places sur les façades… Quand même ! m'étais-je dit, à force de substituer comme ça une copie à chaque pierre, un jour la cathédrale sera entièrement fausse ! Qui sait ? Dans un siècle, ou quelques décennies… Méditant sur cette fatalité qui n'épargne ni la pierre, ni l'offrande faite à Dieu, je contemplais, à deux pas devant moi, l'original flétri du *Sacre de la Vierge*. C'est là que j'avais remarqué, pour la seconde fois, la fouine qui me dévisageait plus qu'il n'appréciait les vestiges de cette pièce maîtresse… Croisé trois fois en deux jours, dans trois endroits différents, ça faisait beaucoup. Et toujours à me regarder ! Un flic ? Un gardien en civil ? Et pourquoi pas un homo ? Aujourd'hui, il n'y a même plus d'endroits préservés !

Sur l'original de ce sacre, parachèvement du portail royal, figuraient d'ailleurs deux anges qui encadraient la scène du couronnement de la Vierge. Tout granuleux et encrassés de pollution, eux aussi. Je les avais remarqués parce qu'ils possédaient trois ailes, dont une au milieu du dos. Drôle d'idée ! Je n'avais jamais remarqué ce détail sur la copie bien blanche qui trônait désormais à leur place, sur la façade d'entrée… Ils avaient l'air si tristes, relégués au musée comme dans une remise, arrachés à leur pierre maternelle, noircis et effrités. Leur temps était passé ! Ils n'étaient plus que des témoignages… C'était bizarre ! Mais cette fantaisie à trois ailes, je l'aurais volontiers attribuée à Macias. Je l'imaginais bien comme ça !… Lui qui m'avait laissé tomber.

Je n'avais cessé de le chercher, de le traquer, de l'appeler… le supplier, l'implorer. Et en retour je ne faisais que m'enliser dans la froide obscurité de son silence. Pourquoi ne me réponds-tu pas, Macias ? Qui t'empêche de parler ? Alors, j'avais commencé à douter. Allons, Mathieu, réfléchis ! Il serait absurde et inutile de traîner un sixième jour ici, emmuré dans tes chimères. Il n'y a plus de fantômes, tu le vois bien ! Il n'y a peut-être même jamais eu de Macias ! Seulement un nom sur un ciseau rouillé…

Bien calé sur la paille de ma chaise, entouré de mes prieuses habituelles, je regardais Jésus. Celui qui était sur la croix, au-dessus du maître-autel. Encore un peu, et je me prenais pour lui !… mais n'exagérons rien !… pour lui, juste au moment où il appelait son père… Je me surprenais ainsi à geindre intérieurement. « Macias, pourquoi m'as-tu abandonné ? » Avec des trémolos dans la voix… Je débloquais. Ça n'a pas duré longtemps, car c'est à partir de là que j'ai commencé à ne plus trop y croire…

Plus je déroulais dans ma mémoire les différentes séquences de mes visions, moins je les trouvais empreintes d'un souffle surnaturel. Il y avait bien trop de détails que j'aurais pu décrire. La couleur d'un gant, l'ambiance d'un lieu, le ton d'une voix. Je finissais par me demander si je n'avais pas inventé tout ça. Alors qu'un rêve est toujours flou et volatil, moi j'étais capable de dessiner les contours du décor, la finition des costumes, de faire le casting et d'écrire les dialogues. Spielberg, en personne. Même Rascard, je lui donnais les traits de Pépé. Flora m'apparaissait en Sîlane. Et Macias, c'était moi… Est-ce qu'à partir d'hallucinations, un jour de grosse fatigue, je n'aurais pas échafaudé, par hasard, un scénario ? Pour justifier un instant de délire. Après quoi j'aurais été conforté, poussé, manipulé par une pythie qui s'imaginait tenir enfin l'expérience du siècle. J'étais sa Jeanne d'Arc. J'entendais des voix, et la pierre de cathédrale servait d'écran à mes projections fantasmagoriques. J'étais le bon client. Le gogo parfait… Comme elle devait s'ennuyer, Véra, à siroter le champagne de son mari, et à pétiller de sciences occultes toute la journée devant ses amies, enfoncées jusqu'au cou dans ses fauteuils édredons. Et moi qui ne croyais ni aux cartomanciennes, ni aux tables qui tournent, je m'étais laissé abuser. Pourquoi ?… Par envoûtement amoureux. De toutes mes visions, la seule véritable était celle de ma rencontre avec Flora. Cette beauté inaccessible, froide comme le granit des statues qu'elle copiait sur son écran laser. Elle devait s'ennuyer tout autant. Car, à bien y regarder, sur ses ordinateurs, elle ne parlait qu'aux pierres ! Mon irruption dans sa vie, avec celle de Macias, avait forcément pimenté ses grands airs de lassitude mondaine, avec un goût piquant d'aventure qui n'exigeait aucune compromission. Ni sociale, ni sentimentale… Et moi, accroché comme une anguille à un hameçon, je l'avais suivie, les yeux fermés, dans le jeu de piste du ciseau. Avec une candeur d'enfant qui espère sa récompense à l'arrivée… Je n'avais pas envie, au fond, de connaître la solution de l'énigme. S'il y en avait une ! Parce que je redoutais la conclusion de l'histoire. Sans Macias, je n'étais rien. Lui perdu, je la perdais, elle… Alors, désemparé, sans ressources, sans même avoir eu le courage de lui annoncer mon retour, j'étais venu, pendant cinq jours, enfermer mes doutes dans la cathédrale. Sans plus oser en sortir… Voilà ! Je crois qu'il était inutile de se faire davantage d'illusions sur mes motivations profondes. La messe était dite. Merci, Seigneur, de m'avoir ouvert les yeux… Les bigotes étaient sorties. Elles avaient fini de prier. Elles reviendraient demain. Mais, je ne serai plus là… Est-ce que j'irai voir Flora avant de repartir ?

Je ne sais pas pourquoi, mais avant de quitter l'enceinte de Notre-Dame, comme on quitte une femme, j'ai éprouvé l'envie de faire un dernier tour de nostalgie avec elle. Je n'étais plus remonté sur le toit, depuis cette chute qui était à l'origine de tout. J'ai donc pris un ticket pour la visite des tours. Cinq cents marches à gravir, dans un colimaçon étroit. Suivi de la traversée de la nef, sous la toiture de plomb. Un grenier bien propret, désormais à l'abri d'un nouvel incendie. Le guide fit d'ailleurs remarquer, avec une fierté de bâtisseur, que les poutres étaient désormais en béton et que toutes les pièces avaient été coulées à l'identique, avant d'être assemblées par des chevilles… en chêne. À l'ancienne. Les matériaux changent, mais les techniques demeurent. Pépé avait d'ailleurs dû s'adapter quand on était venus réparer. Au début, il était un peu perdu. Mais finalement, ça s'était bien passé. C'était même presque plus facile. Tout était calibré…

Après la soupente, petite visite entre les deux tours. On se serait cru dans la cour intérieure d'un château ! Au milieu des statues de la galerie des Rois, hautes d'au moins trois mètres, et grossièrement sculptées. Mais, d'en bas, ça ne se voyait pas. C'est la perspective qui comptait !..

À partir de là, je connaissais… La coursive qui faisait le tour du toit, comme un chemin de ronde, je l'avais empruntée tous les jours, lorsqu'il avait fallu redresser la couverture de plomb du transept nord, et surtout réparer le faîtage qui avait cédé sous l'explosion de la bonbonne de gaz. On y circulait sans danger. C'était sur cette coursive que les compagnons avaient pris appui pour dresser l'échafaudage qui avait bien failli m'être fatal.

Penchés dans le vide au-dessus du parvis, les touristes jouaient à se faire peur, en s'agrippant au garde-fou de pierre qui reliait les deux tours.

– Oh ! Ça fait haut !… C'est plus haut que Quasimodo dans *Notre-Dame de Paris*. T'as vu le film ?… Regarde les gens, ils sont tout petits !

J'avais quitté discrètement le groupe et m'étais dirigé vers l'arrière. Comme pour un pèlerinage devant la toiture du transept. Quand même, j'avais eu de la chance ! Sans ce bout de ferraille providentiel, au pire je rebondissais, et j'allais m'aplatir, quatre-vingts mètres plus bas, comme une crêpe, aux pieds de la Jeanne d'Arc du parvis. Au mieux, je m'écrasais dans la coursive, membres brisés, paralysé à vie. Rien que d'y penser, ma peau frémissait d'une trouille rétrospective.

Là, j'ai admiré un moment les toits de la ville. J'ai respiré le calme des tuiles rouges et de l'ardoise grise. En plein mois d'août, il n'y avait pratiquement pas de circulation. Aucun bruit ne remontait de ces artères désertes qui quadrillaient les maisons en petits carrés bien organisés, comme sur la maquette d'un architecte. Du Grand Architecte, peut-être ! C'est ainsi que les francs-maçons désignent les forces spirituelles et supérieures qui gouvernent l'univers. Et que d'autres appellent Dieu… Car en cet instant, je me suis senti porté et libéré par ces forces-là. Non pas que je me sois pris, même une étincelle de temps, pour une divinité rédemptrice, tel le célèbre centaure de bronze qui bandait son arc, de l'autre côté de la toiture, mais mon esprit s'était gonflé, d'un coup, d'une grande bouffée de sérénité, comme pour chasser définitivement mon délire, en même temps que mes poumons aspiraient ce calme régénérant. Comme un air de repos.

En bas, la place Royale ressemblait à un carré fortifié, sans âme. Avec ses pierres effritées et jaunies. Elle avait été reconstruite, après la Révolution… À vrai dire, je savais tout sur cette place depuis seulement cinq minutes. Parce que le guide nous avait gratifiés d'un cours abrégé d'histoire sur le sacre des rois. Ainsi j'avais appris que, sous la Révolution, l'ancienne place et sa statue avaient été livrées à la vindicte populaire et saccagées. Place Royale, pensez donc ! Tout le monde n'avait pas Louis XVI sous la main pour se venger !… Et, clou du spectacle, paraît-il que le commissaire du peuple y avait piétiné, devant la foule, la sainte ampoule. La fiole qui contenait l'huile des sacres. Il s'était emparé de ce symbole des liens qui unissaient l'Église à la royauté, et que gardaient en grand secret les évêques et archevêques de Reims, et il l'avait brisé d'un revers de talon, mêlant à la boue le saint chrême, l'onction sainte qu'il contenait… Mille ans de la céleste alliance entre la puissance de Dieu et le pouvoir du Trône s'étaient ainsi répandus sur le pavé. Un peu comme si toutes les têtes des rois de France roulaient d'un seul coup dans la sciure du panier de Sanson…

Mais on ne se débarrasse pas du Tout-Puissant aussi facilement ! La légende avait tout prévu… Tandis que la foule exultait, un petit curé, sans soutane ostentatoire, se servant des fragments de verre comme d'une pelle à poussière, avait réussi à ramasser assez de saint chrême pour les sacres à venir… Car la colombe ne pouvait passer deux fois ! C'est elle qui, en des temps plus obscurs, avait, dans son bec, apporté ce témoignage divin à l'évêque saint Remi qui se désespérait de n'avoir aucun signe de Dieu pour oindre Clovis, le premier roi des Francs… Après Rousseau et Voltaire, une seconde tournée de la colombe n'aurait guère été crédible. Car les révolutionnaires ne le savaient pas, mais il y avait encore, par la suite, à sacrer Charles X, en 1825. Mieux valait donc avoir récupéré, même par la légende, un peu d'huile pour l'occasion !…

C'est en contemplant cette place sans grâce que j'ai senti à nouveau sa présence. L'homme à la moustache de fouine me regardait, à l'autre bout de la coursive. Décidément, celui-là n'était pas dans mes rêves ! J'ai fondu droit sur lui. Il était encore plus rat fielleux de près. D'abord, il s'est poussé de deux pas en arrière, mi-effrayé, et décontenancé à la fois par mon assaut.

– Qu'est-ce que vous avez à me suivre ?… Ça fait deux jours que…

– Trois jours !

Et voilà qu'il jouait au malin ! En faisant sautiller sa moustache, remuant sa lèvre supérieure avec la fébrilité d'un lapin qui vient de trouver une carotte… J'avais quand même dû lui faire peur. Car il jetait des regards furtifs sur le côté, comme s'il cherchait un chemin de repli pour s'enfuir.

– Vous ne vous débinerez pas, cette fois-ci ! Qu'est-ce que vous me voulez ?… Je viens de dire : qu'est-ce que vous me voulez ? Vous êtes sourd ou quoi ? Vous allez me répondre, sinon… je vous balance par-dessus la margelle !

– À moins que ce ne soit nous qui te balancions !

L'autre était arrivé derrière moi. Je ne l'avais jamais vu… Du genre sorti de prison de frais, avec la boule rasée au millimètre. La veste éclatée sur le poitrail. Une vraie tronche de gargouille maffieuse.

J'étais tellement loin d'imaginer ce qui me valait leur soudaine compagnie que j'ai poursuivi sur le même ton. Ou presque…

– Puis-je savoir pourquoi vous me suivez ? Je ne vous connais pas…

– Mais nous, on te connaît… Mathieu Corneille… Tu vois bien !

La fouine avait cessé de faire bredouiller sa moustache. Il la déplissait maintenant le long d'un rictus, effilé comme une lame de rasoir. Couard l'instant d'avant, l'arrivée à la rescousse de son ami Chéri Bibi l'avait requinqué comme une poupée gonflable.

– Alors, puisque tu veux parler, nous on va te parler ! On sait que tu lorgnes un magot, caché quelque part par ici. Un trésor dont tu connais le secret. D'ailleurs on te piste. Et on voit bien que tu attends le bon moment pour sauter dessus. Mais il y a peut-être trop de monde, en ce moment ! On n'est pas pressé, comme tu vois. On a le temps !

– Vous êtes cinglés ou quoi ? Qui vous a raconté des conneries pareilles ?…

– Sois poli, ma poule ! Comme nous on l'est avec toi… Les grossièretés n'arrangeront rien. Ni la rébellion. Ni les keufs, si par hasard tu étais tenté de leur faire signe… Surtout qu'on n'est pas des ingrats !… Si tu coopères, voilà ce qu'on te propose. Tu nous mènes au trésor. On t'aide même à le sortir. Et on fait fifty-fifty. Après on ne se connaît plus. Tu ne nous as jamais vus. On ne t'a jamais vu ! Parce que c'est peut-être pas beau de notre part de te piquer la moitié du magot, mais ce n'est pas beau de ta part de vouloir voler le trésor des curés ! En somme, on te vient en aide ! Et tu nous remercies. C'est un bon deal, non ?

Et le voilà qui me tape sur l'épaule !…

J'étais littéralement coincé entre ces deux malfrats qui ne me laissaient guère d'espace pour réfléchir. Encore moins pour agir… À l'évidence, je comprenais que leur interprétation rocambolesque de mon séjour dans la cathédrale s'appuyait sur une trame tissée en contresens de mon histoire. Je cherchais un fantôme. Pas un trésor. Mais qui avait bien pu leur mettre cette idée-là dans la tête ? Et que faire ? Leur expliquer, ou m'enfuir ?… Trop compliqué dans un cas et impossible dans l'autre. Je n'en menais pas large. J'étais même sur le point de crier, d'appeler à l'aide, quand sont apparus, au bout de la coursive, les touristes de mon groupe qui poursuivaient la visite, à la queue leu leu derrière le guide.

– … Vous pouvez admirer sur la droite, à l'extrémité du transept sud, cette magnifique statue d'archer d'inspiration unique. Il s'agit d'une représentation du Sagittaire. À l'origine, sa flèche visait un cerf dans la cour du palais du Tau. Mais cette statue a été détruite… Sans doute à la Révolution. Comme furent détruites, à cette époque, les fleurs de lys qui figuraient sur les façades. Parce que symboles de la royauté. On aperçoit toujours ici – tournez-vous ! – les traces des coups de burin qui ont fait sauter toutes les fleurs de lys…

Quand la fouine s'est écartée pour les laisser passer, j'ai filé, en bousculant tout le monde. Je connaissais le terrain. Il m'a fallu peu de temps pour regagner le passage sous la toiture de la nef. Puis la cour, entre les tours. J'ai redescendu, quatre à quatre, les cinq cents marches du colimaçon. J'ai même sauté les dernières, porté par mon élan, en faisant irruption dans l'enceinte de la cathédrale. Sauvé !… Ou presque. Car j'ai choisi – allez savoir pourquoi ? – de me fondre dans la foule, à l'intérieur, plutôt que de courir vers la sortie toute proche. Trop confiant, sans doute, dans le respect du droit d'asile, réputé inviolable dans une maison de Dieu…

Ceux-là parlaient trop fort. Des Allemands. Je me suis donc mêlé, un peu plus loin, à un groupe de retraités, en tout cas des vieux, qui suivaient religieusement un cours technique sur la restauration des vitraux, après la dernière guerre. Ils n'avaient pas l'air d'y comprendre grand-chose, mais ils écoutaient, en hochant la tête, avec beaucoup d'intérêt. Portant leur regard généralement du mauvais côté. Vers l'arbre de Jessé quand on leur parlait de la crucifixion. Ou vers les vitraux de Chagall quand on leur vantait l'art de Brigitte Simon. Mais peu importe ! Dieu que c'était beau !…

Caché derrière eux, j'avais la descente de l'escalier et les portails d'entrée en enfilade. Je pouvais ainsi observer mes deux maîtres chanteurs qui s'étaient d'abord dirigés vers le parvis. Puis s'étaient ravisés. Ayant fait demi-tour, ils s'étaient séparés et avaient entrepris de remonter, chacun, une allée latérale. J'étais pris dans la nasse. Je n'ai eu que le temps de filer au fond de la cathédrale et de pénétrer dans la cage aux chrétiens. Là où se disait la messe. On en était à l'*Agnus Dei*. Les fidèles chantaient avec ferveur. J'ai fait semblant de chanter avec eux.

À droite, le crâne rasé. À gauche, la moustache fouineuse. Je n'étais pas tiré d'affaire. J'avais beau me faire tout petit, en masquant mon visage derrière un polycopié des chants, distribué sur chacune des chaises, ils ne tarderaient pas à m'apercevoir au travers des grilles. Ils regardaient déjà… C'est là que j'ai eu l'idée d'aller me glisser sous les bancs que j'avais repérés, la veille, entreposés derrière le petit autel du fond. Pourvu qu'un bedeau ne les ait pas retirés entre-temps. J'ai donc profité de l'eucharistie et du va-et-vient des communiants pour gagner cet endroit, mains jointes, l'air inspiré, comme si j'avais une hostie sur la langue… Et me voilà allongé sur la dalle mortuaire du cardinal bienfaiteur ! Collé à cette stèle qui me glaçait les os, tant j'avais transpiré de chaleur et d'émotion.

J'ai patienté encore un bon quart d'heure, dans cette position inconfortable, après avoir entendu le bois des chaises crisser sur la pierre. *Ite, missa est !* Les fidèles avaient quitté la cage…

Quand je me suis relevé, la fouine était toujours là. L'autre aussi. Tous deux campés de part et d'autre du chœur. J'ai compris que je n'allais pas m'en sortir… Alors, ça m'a pris comme ça ! J'ai sonné la charge, bousculant la bonne sœur qui installait son micro pour le prochain office.

– Monsieur, on ne traverse pas le chœur ! C'est interdit !… criait-elle. *Vade retro, Satanas !* Médusée, ulcérée. Bousculée par ce démon qui cabriolait devant elle.

Mais si, mais si, ma sœur ! Non seulement je vais traverser le chœur, mais je vais courir dans la nef. Je vais en bousculer d'autres. Des touristes. Des bigotes. Des ecclésiastiques. Je vais faire basculer des chaises, renverser des cierges… Mes nouveaux amis du toit n'oseront pas me suivre, tétanisés par le mouvement de panique que je vais provoquer. Les vigiles vont me ceinturer. Et il ne leur restera plus qu'à s'éclipser…

Comme prévu, les vigiles m'ont ceinturé. J'ai bien tenté de leur expliquer que deux hommes me poursuivaient. Mais mes explications étaient forcément embrouillées, puisque je ne pouvais pas leur dire la vérité ! Cette fois, ils ont appelé la police… Pas de chance ! Je suis tombé sur ceux qui m'avaient déjà ramassé, l'autre nuit, éméché sous la pluie. Quand j'appelais Macias, place du Boulingrin. Avec eux, j'étais bon pour l'asile…

Dans le panier à salade, j'ai aperçu, au passage, sur le parvis, mes anges gardiens, Chéri Bibi et la fouine, qui s'entretenaient comme des voleurs avec un troisième homme… C'était curieux ! Même allure, même coupe gominée, j'ai cru reconnaître le fiancé de Flora ! Et garée sur le trottoir, une Porsche rouge comme la sienne…

10

Les clés cognèrent dans la serrure de la geôle d'à côté. Un court silence, chargé d'un mauvais présage… puis, la grille grinça, plaintive comme une poulie rouillée qui aurait laissé glisser lentement au fond du trou le cercueil de la fille. Macias tendait l'oreille, déjà préparé au pire. Car elle ne criait pas, comme à son habitude, en se jetant contre les murs. Comme chaque fois que le muet à la langue arrachée pénétrait dans sa cellule pour la battre et la violer. Elle ne criait déjà plus, depuis la veille. Son chant de misère et de folie s'était tu… Noyé dans la chape obscure de sa prison, Macias ne percevait que le souffle bovin du cloporte qui permettait de le situer dans l'obscurité, quand il se déplaçait. Il vit son ombre passer… portant comme un sac, au bout d'un seul bras, la dépouille de la fille. Elle ne devait plus peser bien lourd !

Macias eut à peine le temps de songer au sort de cette créature misérable, dont les os décharnés iraient sans doute craquer, ce soir, sous les crocs des chiens affamés des faubourgs, que le porte-clés à la face hideuse revint chercher le corps de l'autre prisonnier. Il était mort lui aussi dans la nuit. Les chairs écrasées dans les étaux de l'autre bourreau, lors d'une dernière séance de tortures… parce qu'il s'obstinait à jurer qu'il n'avait jamais rencontré le diable. S'il avait juré le contraire, il serait mort aussi !

Le cloporte l'avait remonté en le tirant par un pied. Achevant de vider la cervelle de son crâne qui éclatait un peu plus chaque fois qu'il rebondissait sur une marche. La porte s'était alors refermée sur un noir silence. Le monstre avait emporté avec lui l'unique torche qui vacillait en haut de l'escalier, laissant se déverser sur Macias une obscurité glaciale qui lui donnait la sensation d'être brutalement plongé dans l'angoisse des ténèbres du Jugement dernier. Il était désormais seul dans cette nuit, au secret, comme oublié au fond des geôles pestilentielles de monseigneur l'évêque.

Depuis combien de temps partageait-il ainsi la litière des cafards et des rats ? Difficile à évaluer ! Coupé du rythme des jours, il avait perdu ses repères. Sans lumière. Sans repas régulier. Sans rien qui lui permette de mesurer les heures. Car les gardiens n'effectuaient jamais leur ronde à espaces réguliers. Ils pouvaient passer plus d'une journée entière sans venir frapper, violer, menacer de leurs gestes obscènes. Ou leur jeter du pain comme à des animaux… Depuis que Macias pourrissait dans ce cachot, la fille avait été violée une bonne dizaine de fois, jusqu'à son dernier râle. Le prisonnier était passé trois fois à la question, avant d'expirer. L'un comme l'autre avaient vraisemblablement subi leur supplice pendant les heures du jour. Mais à quel moment précis les tortionnaires se repaissaient-ils de leurs cris et de leur sang, assouvissant leurs pulsions et leurs instincts ? Le matin ou le soir ? Et dans l'attente aveugle de ces événements qui, seuls, marquaient le temps, on pouvait sauter, sans s'en rendre compte, un lever ou un coucher du soleil !… Certes, dans l'immonde trou des geôles où la bestialité s'installait, les femmes et les hommes ne valaient pas plus que le poids de leurs corps sans âme, mais la perte de cette notion du temps, insidieuse et cruelle, qui les rendait fous, leur était sans doute infligée à dessein. Car, au cours des procès en sorcellerie, il était ensuite plus facile de proclamer la culpabilité d'un esprit perturbé que celle d'un esprit sain…

Macias s'efforçait donc de laisser son corps s'assoupir quand ses yeux se fermaient. Soucieux de ne pas rompre avec son propre rythme, tout en prenant le risque d'être livré sans défense à une intrusion des cloportes qui auraient pu profiter de son sommeil. S'il avait bien compté, il était là depuis quinze jours. Peut-être davantage !

Quinze jours sans comprendre ce qu'on lui voulait. Ni pourquoi il était là. Les hommes d'armes venus le saisir sur le chantier, comme un criminel, ne s'étaient pas embarrassés d'explications. Il avait bien tenté de résister, en les harcelant de questions. En leur clamant qu'il n'avait rien à se reprocher, qu'ils devaient se tromper. Jusqu'à ce que l'un des soudards finisse par hurler, en lui tordant le bras, qu'il n'aurait qu'à répondre de ses connivences avec le diable devant l'Inquisition.

Deux ou trois jours passèrent encore. Puis le cloporte reparut, suivi d'un garde. Pour la première fois, il fit tourner la clé dans la serrure de sa cellule, et entreprit de lui passer des fers, aux pieds et aux poignets. Il soufflait comme un bœuf, en faisant mine à chaque geste de le frapper du poing. Sa haine était si pressante que le garde dut l'écarter du pic de sa lance pour éviter qu'il ne cognât vraiment.

La montée de l'escalier fut rude. Les jambes de Macias étaient à ce point entravées que la longueur de chaîne lui permettait à peine de soulever un pied, puis l'autre, pour gravir les marches. Bousculé par le cloporte, il trébuchait. Chaque mouvement était une nouvelle blessure. Les fers trop serrés lui entamaient la peau… Puis ses yeux furent agressés quand la porte s'ouvrit, aveuglés par la lumière des torches. Il était resté trop longtemps dans le noir, à écarquiller les pupilles, comme un rat, afin de discerner quelques contours dans sa nuit prisonnière. C'était aussi le seul moyen pour lui de conserver la mémoire de l'espace. Comme il l'avait fait pour la mémoire du temps.

Se frottant les yeux comme il pouvait, avec ses mains enferrées, il lui fallut attendre un long moment avant de retrouver son acuité. En revanche une odeur de sueur aigre et de sang frais lui avait fait plisser le nez de dégoût, en entrant dans cette chambre où flottait également un fumet de chair cuite… Il distinguait maintenant un chaudron à la braise encore chaude. Une vieille épée à lame courte était plongée dedans. Elle devait servir à infliger des brûlures aux suppliciés. On disait même que les bourreaux leur grillaient la plante des pieds avec jubilation, sachant qu'ils ne pourraient remarcher de si tôt, et qu'ils réapprendraient à se tenir debout dans d'atroces douleurs… Macias était au cœur de la question. Au milieu des colliers, roues, écarteurs et instruments de torture de toutes sortes. Fruits de l'imagination tortionnaire de générations de bourreaux.

Ses jambes d'abord se dérobèrent. Puis tous ses muscles se durcirent d'un seul coup comme de la pierre. Comme s'il venait de tendre, dans un réflexe de peur, une carapace protectrice autour de lui, pour résister aux cordes et aux fers du cloporte. Il était gagné par une terreur blanche, celle des victimes innocentes qui savent qu'elles ne peuvent échapper, quoi qu'elles fassent, à leur destin. Il s'y était pourtant préparé, seul, depuis la mort de ses deux compagnons avec lesquels il n'avait même pas pu échanger un mot. Mais il redoutait cet instant, comme il redoutait ses réactions devant l'épreuve de la question. Qu'y avait-il de pire que de souffrir sans savoir pourquoi ? De mourir sans raison ? La révolte ne peut s'exprimer qu'en brisant ses chaînes… Il n'avait bien entendu pas le moindre espoir d'y parvenir.

Dans le brouillard des torches, la vue retrouvée de Macias l'avait soudainement placé face à un moine sévère, à la bure noire comme le sourcil, qui s'écarta aussitôt d'un pas, faisant signe au garde et au cloporte de disparaître. Il paraissait jouir d'une grande autorité.

– Tiens, je te le laisse… Mais fais vite… Nous n'avons pas beaucoup de temps…

L'homme en noir disparut dans l'ombre, en même temps que Rascard en sortait.

– Tes yeux sont rouges, fils ! Tu es bien amoindri !… Et cette barbe te creuse encore plus le visage. J'espère que tu tiens le coup ?…

– Que fais-tu là, Rascard ?… Que se passe-t-il ? Explique-moi ! Je n'y comprends plus rien !

Macias dévisageait Rascard, venu comme dans un rêve. Sans y croire vraiment. Ce tête-à-tête impromptu, derrière les tréteaux à écarteler les cuisses jusqu'à ce que les chairs éclatent, lui semblait irréel. Sorti d'un halo encore fumant, à l'odeur de mort, Rascard apparaissait comme un miracle. Comme un ange salvateur. À moins que…

– C'est toi !… Oui, c'est toi Rascard qui m'as fait jeter ici !

– Oh ! Comme tu y vas ! Ne me parle pas comme ça, fils ! À moi qui viens, comme un pénitent, supplier pour ta grâce !… Mais si tu le prends ainsi, je peux te laisser croupir jusqu'à ta fin, dans cette auge d'équarrisseur ! À mon avis, il n'y a pas bien longtemps que le dernier est passé par ici, entre les mains du bourreau. S'il est déjà refroidi, je parie que l'autre butor, lui, doit être encore chaud pour le suivant !

Cloué au pilori de ces paroles cinglantes, Macias, toujours chancelant, ne sut que lui répondre. Il fixait sans rien dire cet homme pour lequel il avait eu tant de respect et d'estime. Son aîné, son maître, que la jalousie emportait... Mais l'heure n'était pas à la confrontation. S'il lui tendait la main, aussi rugueuse qu'elle soit, il n'avait d'autre choix que de la saisir. Il serait temps plus tard d'apprendre et de comprendre qui avait tissé les fils de cette machination. Et pourquoi ? Une fois sorti d'ici...

– Alors que dois-je faire pour obtenir cette grâce ?

– Voilà ! J'aime quand tu me parles doux... Sache donc qu'on t'accuse d'entente avec le diable. Bien entendu, je n'en crois rien.

– Le diable n'existe pas !

– Va dire ça aux croyants ! À l'évêque. À l'exorciste... Car si l'Inquisition n'a pas plus d'idée que toi sur le Fourchu, Satan est l'un des plus grands bienfaiteurs de l'Église. Pas de diable ! Point de sauveur ! Sans lui, il n'y aurait plus de péchés à pardonner. Plus de protection. Plus de rédemption. Plus de peur ! Il faut diaboliser pour être respecté ! Sans compter qu'aujourd'hui l'argent rentre mal. Les caisses du Tau et du chapitre sont vides. Pourtant, il faut bien payer nos travaux qui n'en finissent pas ! Le temps presse. Notre cathédrale se doit d'être flamboyante pour accueillir le prochain sacre. Imagine que Louis nous revienne malade de son exil ! Qu'un de ces mauvais chancres d'Orient l'emporte ! Devant l'impossibilité d'être couronné ici, son dauphin n'aurait d'yeux que pour Paris. Tu le crois ? Ajoute à tout ceci que, depuis les émeutes, certains sont enclins à s'émanciper du pouvoir de notre sainte mère l'Église. Il est temps pour elle de recouvrer sa place. Qu'elle rétablisse l'ordre et le bien... Qu'on la craigne ! Tu vois, Macias, autant de raisons de débusquer le Malin, partout où il va se nicher. Alors, il faut des exemples ! Des damnés à présenter au peuple... et à tout ce bel attirail... Comme toi.

– Belle démonstration, Rascard ! mais tu ne me dis toujours pas ce que je fais ici, dans ce trou, pieds et poings enferrés ?…

– Écoute ! Moi, je connais ton art et ta dextérité. Je sais de quoi tu es capable quand la rage de ciseler s'empare de ton burin… Cette nuit-là, tu as sculpté une œuvre rayonnante. Et qui marquera, pour des siècles, toutes nos écoles sur les chantiers de toutes les cathédrales de la chrétienté. Mais à qui feras-tu croire qu'en une seule nuit tu as pu réaliser une si parfaite figure ? Une prouesse telle, sans l'aide d'aucune magie, sans force supérieure qui se soit emparée de ton âme ?… Moi, je dis que ton inspiration, cette nuit-là, fut divine. Dieu guidait ta main… Mais d'autres, malveillants, y voient le signe d'une possession du diable…

– Ni Dieu, ni diable ! Seulement la force qui est en moi, capable de saigner dans la pierre ce que mon esprit ressent et voit. Ne suis-je pas l'un des meilleurs ? C'est toi-même qui l'as dit. Et Gaucher aussi. Pourquoi ne pas le proclamer à la face de tous ces jaloux, menteurs et calomniateurs qui, pour exister, n'ont jamais eu d'autres projets que d'éliminer ceux qui les surpassent ?

– Ne t'emporte pas, Macias ! Tu es faible. Tu chancelles. Garde tes forces ! Tu en auras besoin… Ce que tu dis là pour ta défense, je le sais… mais un témoin t'a vu danser avec le diable, devant l'autel de Notre-Dame. Tu étais parcouru par les flammes de l'enfer. Juste avant de te lancer dans un sabbat qui dura toute la nuit. Et à l'aube, un ange au sourire maléfique avait remplacé la sculpture à peine ébauchée que tu avais entreprise sans succès depuis plusieurs jours…

– Honte à toi, Rascard, de rapporter ces calomnies ! « Au sourire maléfique », dis-tu ? Cet ange est magnifique, au contraire ! Son sourire est celui de la bonté divine. C'est l'annonce de la paix sur la terre… J'en suis fier. Ce sourire est sans doute la plus belle expression que j'aie jamais saisie… Oui, cette nuit-là, j'ai reçu la lumière. J'ai été inspiré par une force supérieure. Cela s'appelle la foi ! Mais une foi intime. Comme une révélation. Pas celle qu'on cherche à nous imposer sans comprendre.

– Parle doucement. On peut nous entendre derrière la porte… J'ai confiance en toi, tu le sais, mais il y a un témoin…

– Oh, je le connais ton témoin ! Il a le cul grand ouvert comme la bouche. Une gargouille à bites, perruquée comme un ange… qui pour un morceau de pain, et l'absolution de ses bassesses, témoignerait de n'importe quoi. Je l'étranglerai…

– Tais-toi ! Ne profère pas de mots injurieux, ni de menaces de mort sur la tête d'un témoin. Cette charge serait retenue contre toi… Capucin t'aime bien. Mais que veux-tu, il a la langue trop pendue… Il a parlé. Il a raconté ce qu'il avait vu cette nuit-là. Et tout le monde l'a cru !

– Si la foudre est l'instrument du diable, alors au lieu de me posséder, il aurait plutôt cherché à me détruire. Sais-tu que, cette nuit-là, j'ai bien failli mourir ? Je gisais sur le sol, le bras brûlé. Il m'a fallu surmonter la douleur pour reprendre la taille de ma pierre… C'est de cela que Capucin pourrait témoigner ! C'est lui qui m'a servi de modèle… Mais qui a bien pu le soudoyer à ce point qu'il vienne ensuite cracher des vilenies pareilles ?

– Tu es beaucoup jalousé, Macias… Toi et ta bande de Bamberg, vous n'avez pas que des amis. Vous intriguez par vos frasques, vos beuveries et vos cousinages entretenus dans les bouges des bas quartiers. Les filles raffolent de vos dégaines et de l'extravagance de vos comportements. Trop ! au goût des autres. Car elles aussi, on dit que tu les as envoûtées, à ta façon… Ici, quoi qu'il advienne, tu seras toujours un étranger, venu des Flandres. Ce que tu as en plus, on aimerait te le prendre. Trop de charme, trop de réussite, trop de talent… Étonne-toi donc que l'affaire ait fait le tour de la ville ! Dans les cours, dans les assemblées, dans les tavernes, à la sortie des messes, on ne parlait que de cela. Tu n'imagines pas avec quelle vivacité la rumeur s'est propagée ! Satan s'insinuant au cœur des bâtisseurs de notre cathédrale ! Quel effroi ! Voilà ce qu'on disait… Même les nôtres se sont interrogés. « Comment a-t-il fait ? demandaient-ils. Comment est-ce possible de réaliser un chef-d'œuvre en une seule nuit, à la lueur d'un feu ? » Aucun n'a trouvé de réponse… Puis, est venu s'en mêler le Grand Inquisiteur. Il voulait proclamer l'arrêt du chantier jusqu'à l'aboutissement de ton procès. Il disait, haut et fort, qu'il ne pouvait tolérer une présence diabolique sur un lieu voué à la gloire de Dieu et à la Vierge Marie. Heureusement, l'évêque est intervenu. Justifiant qu'il n'était pas concevable de freiner l'ardeur des ouvriers en ces temps difficiles !… Alors, il t'a fait jeter au secret aussitôt. Jusqu'à l'éclaircissement de cette affaire… Au mieux tu pourriras ici, jusqu'à ton dernier souffle. Les prisonniers n'y séjournent guère longtemps. Les brutes qui te gardent se chargent de les faire crever au plus vite, de faim ou de folie… Au pire, tu passes à la question et tu finis sur le bûcher… Mais tu peux aussi choisir d'être lavé de tous soupçons… si tu m'écoutes.

– Alors, dis-moi !

– Le Grand Inquisiteur m'attend. Il est avec l'évêque. Je leur ai amené Capucin… qui va se rétracter comme je le lui ai demandé. Tout le monde sait qu'il est simplet. Et que rien ne lui fait aussi peur que l'orage. Pour lui, c'est pire que le diable. C'est l'enfer tout entier ! Il affirmera que les éclairs si violents et le tonnerre assourdissant ont perturbé sa pauvre raison… Ensuite, il dira qu'il t'a vu sculpter l'ange, de ses propres yeux. Il dira même qu'il a parlé avec toi toute la nuit… Et moi, je vais répondre de vos têtes, à tous les deux, sur mon honneur et ma dignité de grand maître, bâtisseur de deux des plus prestigieuses cathédrales du royaume de Dieu.

– Il n'y a rien d'autre que la vérité, dans tout ça !

– Oui, Macias, la vérité !… Mais la vérité est double. Il y a celle qu'on veut bien dire, et celle qu'on veut bien entendre. Le menteur détient la vérité, s'il a pour lui le nombre, la force ou s'il se trouve à la croisée d'intérêts partagés… Dieu, lui, est la vérité ! Mais son représentant sur terre n'est autre que l'inquisiteur… Que pèses-tu, face aux rumeurs de la ville ? Ta vérité, mon pauvre Macias, risque fort de s'arrêter sur la roue, place du Boulingrin, ou sur un tas de fagots secs… Alors, écoute-moi bien !… Capucin va s'expliquer, et moi je vais jurer ton innocence, mais à une condition…

– Ah, nous y voilà ! Du chantage ! Je pensais bien que tu n'étais pas venu t'excuser des insultes dont tu m'as abreuvé, l'autre jour, sous l'orage.

– Modère tes paroles ! Il y va de ta vie… Le soir de la foire aux vins, je t'ai livré un secret… Montchicourt… La rançon du roi… Je n'en dirai pas plus, en ces lieux… J'ai demandé… j'ai imploré ton aide, en évoquant un beau partage. Tu m'as dit réfléchir. Je n'ai jamais eu de réponse… Désormais le temps presse. Montchicourt me harcèle et me menace de mort. Le roi Louis a quitté son exil sur les terres franques de Syrie-Palestine. Il sera de retour sous huit jours… J'ai besoin de toi pour agir… comme tu as besoin de moi pour vivre. Voilà un marché qui ne te coûte rien… et t'apportera tout !

– Je hais tes manières ! Mais bien entendu, je n'ai pas le choix ?

– Bien entendu !… Nous savons, nous les francs-maçons, que nos secrets s'enterrent avec nous dans la tombe. À toi de choisir ta tombe, et son moment !

Demain, conspué par la foule. Ou au jour décidé par Dieu, après une bonne vie de bourgeois, aux côtés de Sîlane, devenue ta belle épouse… Dépêche-toi ! Ça pue la mort ici !

Macias ne redescendit pas dans les oubliettes du Tau. Il passa la journée entière dans un face-à-face haineux avec le cloporte, surveillé par le garde. À la tombée de la nuit, il fut jeté comme un chien sur le pavé. Sans avoir revu Rascard, ni croisé Capucin.

*

Le policier poussa la grille de la cellule et me fit signe de sortir. Quoi ? Encore un interrogatoire ! Par deux fois, depuis le début de ma garde à vue, j'avais eu l'occasion de m'expliquer longuement… J'allais forcément me répéter ! Puisque j'avais dit la vérité. Toute la vérité. L'avocat de Flora m'avait conseillé de le faire, au risque de passer pour un maboule complet. Mais après tout, je n'avais ni volé, ni tué personne !

– Mathieu Corneille ! C'est toi ? Tu es libre. Suis-moi ! On va chercher tes affaires.

Ce qu'il y a de plus déplaisant chez les poulets, c'est leur façon de vous parler… Il avait à peine mon âge, déjà une petite bedaine, et le teint rougeaud du bar de la cantine. C'est sûr, on n'avait pas chassé les fantômes ensemble ! Je l'ai suivi, sans en rajouter, en tenant mon pantalon à deux mains et en traînant les pieds. Je n'avais pas de lacets, plus de ceinture. La tenue réglementaire du « gardé à vue ». Histoire de vous maintenir en état d'infériorité ! J'étais rentré suspect, j'avais l'impression d'en ressortir inculpé… Certes, mon jean restait accroché à mes hanches et je ne risquais pas de perdre mes chaussures, mais je m'accrochais à eux par instinct, comme à une bouée, pour préserver ma dignité. Sans mes attaches, je me sentais nu, et diminué. Deux lacets, une ceinture… il ne faut pas grand-chose pour humilier un homme ! Ça le rendrait même coupable, si on en avait besoin ! C'était le but recherché. Plus que la crainte de me retrouver, au petit matin, pendu… à je ne sais quoi d'ailleurs ! Car, dans mon cas, il aurait fallu envisager un suicide collectif. Nous étions trois dans la cellule… « Tourbillon », un SDF qui passait son temps à engueuler les flics sur la voie publique, dans l'espoir de passer une nuit au ballon, au chaud, avec un sandwich et une couverture.

– Je suis trop connu, maintenant, se lamentait cet ivrogne qui puait la crasse plus que le vin. Ils ne font même plus attention à ma grande gueule ! J'ai beau monter le ton… mais ça devient dur pour se faire emballer ! Cette fois-ci, je les ai traités d'enculés. Après, pff… !

La fille, elle, s'appelait Jennifer. Nom de guerre d'une pauvre gosse des rues, convaincue de racolage, qui subissait les sarcasmes du poste de police.

– Ils m'enchristent régulièrement, pleurnichait-elle, jusqu'à ce que je leur fasse des pipes à l'œil. J'y ai droit chaque fois que le gros porc est de garde, la nuit. Ils me descendent au sous-sol, pour boire un coup. Tiens ! À la bonne franquette. Une tournée, une tournante… Mais j'en ai marre ! Je ne suis pas une merde, non ! Cette fois, ils peuvent se brosser !

– Ben, vous n'avez qu'à porter plainte !

– Tu parles ! Les putes, on a toujours tort, avec ces salauds ! Ils seraient capables de dire que c'est moi qui leur saute au paf. Les enfoirés !

Assis sur un banc de bois dans l'entrée du commissariat, j'attendais que l'obsédé sexuel, enchristeur de Jennifer, en ait fini avec un arrivage de nuit pour retrouver ma ceinture, mes lacets et mes papiers. Profil bas, le nez dans les godasses, je l'écoutais malmener ses nouveaux clients. Un fourgon complet. Avec deux autres tapineuses qui finiraient sans doute, elles aussi, au sous-sol. Derrière elles, pas fiers, un voleur à la tire et un loubard, le crâne fracassé, qui accusait ses anges gardiens de l'avoir tabassé. J'en avais donc encore pour un bon bout de temps, à attendre mon tour ! Alors, recroquevillé sur mon banc, je me suis fait discret, craignant d'être pris à témoin par cette grosse brute de chef de poste que je n'osais même pas regarder. Il était en verve, et cherchait visiblement un public pour tester son arsenal de plaisanteries grasses et méprisantes. Moi, je n'entendais rien. Je baissais les yeux. Une nuit et deux interrogatoires, ça me suffisait amplement ! J'avais hâte d'en sortir… Les mains serrées entre les cuisses, j'avais l'air d'un puni…

Heureusement, ce n'était pas celui-là qui m'avait auditionné la veille. Après que les vigiles de la cathédrale m'eurent livré, tout menotté, à la police. Ma réception au commissariat fut moins démonstrative. Et les présentations plus expéditives. Car à l'évidence, j'avais bénéficié d'un régime personnalisé, sans arrêt prolongé au guichet d'accueil. Prise d'empreintes rapide, vérification d'identité, et comparution directe devant un instructeur. Je ne sais pas qui, en m'arrêtant, ils pensaient tenir, mais ils avaient l'air d'avoir flairé un gros poisson ! Pensez donc ! Course-poursuite dans la cathédrale, voie de fait, avec en toile de fond une histoire de vol de trésor, et une bande organisée. L'« Affaire » !

On m'a signifié mes droits. Je pouvais appeler quelqu'un au téléphone. J'ai, bien sûr, pensé tout de suite à Pépé. Mais que pouvait faire Pépé dans une ville où son horizon s'était arrêté à la ligne bleue des comptoirs de bistros ? Inutile ! Alors, j'ai hésité. Pas trop longtemps, parce que le commissaire était impatient. J'ai fait le numéro de Flora. Tant pis ! Je n'avais pas d'autre choix… Sonneries. Allez, décroche, Flora !

Je t'en prie, décroche ! Toi qui es toujours sur répondeur. Ne me fais pas ça ! Bien entendu, je suis tombé sur la messagerie du portable. C'était foutu ! J'ai quand même laissé un message…

– Bonjour, Flora. C'est Mathieu… Euh ! Je suis dans la merde… pardon ! Pouvez-vous me rappeler d'urgence au… c'est quel numéro ici… s'il vous plaît ?

– Commissariat central, c'est dans l'annuaire !

– … Au commissariat central. C'est dans l'annuaire. Surtout, c'est très urgent ! À Reims, bien sûr ! Au commissariat central de Reims.

Pas très coopératif, le commissaire. Je redoutais le pire. Mais, dans la minute qui suivit, le téléphone a sonné. Rappel automatique du numéro ! Je n'en revenais pas. Non seulement elle était là, mais elle volait à mon secours, répondant, sans même savoir pourquoi, à mon SOS énigmatique. Merci, Flora, de cet aller et retour spontané et numérique que j'allais, bien entendu, interpréter comme un signe ! Ça me réconfortait, à défaut de me rassurer pour la suite… Je lui ai tout raconté. Elle m'a dit qu'elle alertait immédiatement son avocat.

Basculé à la renverse dans son fauteuil, le commissaire, lui, était médusé. Il avait tout entendu.

– Ça va être difficile de nous faire croire aux fantômes ! soupira-t-il. Eh ben, allons-y ! On verra bien… Tu prends, Victor !

Victor prenait. C'était le sous-fifre, installé derrière moi, chargé de taper mes déclarations à deux doigts sur une machine, sans doute amortie, depuis longtemps, dans les comptes de la police.

– Bon, on commence par le commencement !… Nom… prénoms… âge et qualité.

– Corneille Mathieu…

– Lien de parenté avec l'écrivain ?

– Non. Ou alors, cousin très éloigné… Corneille, c'est une espèce d'oiseau…

L'échange était prometteur ! Le commissaire se voulait caustique et savant. Moi, je le suivais, comme au poker. Un petit jeu qui risquait fort de pimenter notre conversation, à mon désavantage ! Nous étions à peine entrés dans le vif du sujet que Flora rappelait. Elle avait donné le plus de détails possible à son avocat, maître Brissart, qui était en route pour le commissariat. Il était partisan de dire l'exacte vérité. Auquel cas, je ne risquais pas grand-chose, sinon de passer pour un illuminé. C'était sans conséquences. Car s'il avait fallu mettre en prison tous les « diseux » de bonne aventure, tous les voyants extralucides, toutes les cartomanciennes, les vraies, les fausses et toutes sortes de zinzins qui décryptent le cristal de nos incertitudes dans le marc de café, il y a bien longtemps que la terre ne tournerait plus rond. Déjà parce que ceux qui nous gouvernent ne prendraient plus de décisions… « Croire aux fantômes n'est pas justiciable », lui avait dit l'avocat. Et elle d'ajouter : « Vous dites la vérité, mais vous ne parlez pas du ciseau ! Ça ne sert à rien ! On ne sait jamais, ils pourraient vous demander de l'apporter comme pièce à conviction. Et s'ils le mettaient sous scellés, nous serions bien embêtés, pour la suite de nos recherches. Vous en avez toujours envie, j'espère ? Moi, oui ! »

Je rêvais ! Elle me rappelait, elle m'envoyait son avocat, et par-dessus le marché, elle voulait continuer à jouer au fantôme avec moi ! La prochaine fois, si ça continuait, j'aurais droit à une déclaration.

Le commissaire, s'il m'avait écouté, plutôt persuadé que je lui disais la vérité, n'avait fait aucun effort pour me cacher son intime conviction. Il me prenait pour un doux dingue. Et je le comprenais… parce que, moi-même, parfois, je m'interrogeais aussi. Lui, rien ne l'impressionnait. Montchicourt, Rascard, Louis IX… rien ni personne ne l'avait fait ciller à l'écoute de mon thriller moyenâgeux. Je lui parlais pourtant de meurtres, en plein cœur de la cathédrale. Pile dans son créneau ! D'accord ! Huit siècles s'étaient écoulés, et il y avait prescription. Mais on peut en sourire, quand même ! Non ? Même mes tentatives de pirouettes humoristiques n'étaient pas parvenues à le dérider. Alors que je cherchais simplement, en égayant mon discours, à lui prouver que je ne prenais guère mon histoire au sérieux… Rien ne l'impressionnait, excepté le pedigree de mon avocat.

– Vous connaissez maître Brissart ? avait-il relevé, étonné, presque inquiet.

– Moi, non ! Mais mon amie, oui… C'est son avocat !

– Vous savez que c'est l'avocat le plus influent du barreau ! On ne se refuse rien, dites donc ! Et, en plus de cela, il se déplace…

Avec un défenseur pareil, je me suis senti pousser des ailes. Comme l'ange, je lui ai répondu par un sourire.

Mieux encore, le maître Brissart en question était un passionné des phénomènes paranormaux. Et en plus, il aimait sa cathédrale. Chaque jour, il la croisait, à mi-chemin entre son étude et le palais. Il en parlait comme d'autres vous vantent les produits du terroir. Et pour couronner le tout, il courait les foires aux livres pour y chiner les ouvrages anciens, racontant les croisades. Trois bonnes raisons de s'entendre. Et d'abord de m'entendre… Nous avons donc échangé comme deux spécialistes. Ce bonhomme rondouillard, aux cheveux blancs comme la neige, avait le verbe haut des grands avocats. Il me parlait avec emphase, aspirant parfois les mots par le nez, ou les roulant sous sa langue comme pour les cajoler en rondeur, avant de les recracher dans un soupir. Vieux tics de tribun du prétoire. J'en avais rencontré quelques-uns, de ces rhéteurs à l'ancienne, dans des tenues de loge, qui malaxaient dans leur bouche les phrases de leurs discours, comme dans des tambours de machine à laver. Ils étaient toujours en représentation, ou en exercice… Après tout, le Brissart, il en était peut-être ? Les avocats sont souvent francs-maçons. Ou socialistes ! Sur le coup, j'ai bien pensé lui envoyer quelques signes de reconnaissance, mais je n'ai pas osé. Je me suis dit qu'au regard de son standing et de sa réputation, il n'apprécierait peut-être pas cette approche d'un maître du barreau par un maître couvreur. Surtout dans un commissariat. Trois points d'affinité, ça suffisait bien comme ça pour qu'il me tire de là ! Il ne m'a d'ailleurs pas demandé grand-chose sur les conditions de mon arrestation. Il avait l'air d'en connaître assez. Il s'est en revanche délecté de mon voyage dans l'au-delà qui semblait fort l'intéresser. Nous avons traversé le Moyen Âge, bâti une ou deux cathédrales, avant de nous arrêter un instant sur le retour de Saint Louis sur sa bonne terre des Francs. Je lui ai alors demandé si le nom de Montchicourt lui disait quelque chose. Il m'a répondu qu'il songeait, de mémoire, à un château situé autrefois du côté de Laon. Ou un nom comme ça ! À la fin seulement, il m'a dit presque négligemment que, pour notre affaire, il n'y avait pas de problème. Il était simplement navré de devoir me laisser passer la nuit au poste. Parce que je devais me soumettre à un autre interrogatoire, le lendemain. Pure formalité ! En revanche, s'il y avait de la casse, chaises, cierges, et matériel religieux, je devrais m'en acquitter pour éviter le procès… Et puis, il serait ravi de m'inviter, afin de poursuivre notre intéressante conversation, chez son ami Vogt, à la Brasserie du Palais.

Entre Jennifer et Tourbillon, ma première nuit au poste, allongé sur une planche comme un fakir, fut plutôt raide, blanche et perturbée. Impossible de dormir ! Mes deux compagnons de cellule n'eurent de cesse que de beugler comme des cornes de brume, insultant, tour à tour, tous ces flics de merde, tous les enculés de la terre, et cette société pourrie de « chez pourri ». C'est donc à tâtons que je me suis rendu, le lendemain, à la seconde convocation, après avoir avalé un gobelet de café, dégueulasse de « chez dégueulasse ». Et là, j'ai eu la surprise de me trouver face à deux instructeurs. En plus bien entendu de Victor… Le nouveau commissaire s'est levé. Il m'a serré la main et s'est présenté. Il était spécialiste des affaires extraterrestres… et paranormales. E.T. et les OVNI, c'était peut-être un peu beaucoup pour moi ! Mais question « fantômes », on m'avait délégué un interprète. Maître Brissart était sans doute passé par là.

– Alors, vous êtes médium ! m'a-t-il dit, sérieusement.

– À vrai dire, je n'en sais rien… J'aimerais bien comprendre. Parce que, pour ne rien vous cacher, je suis plutôt perturbé…

– Hm, hm ! J'imagine ! J'ai lu votre déposition d'hier avec intérêt, et je souhaiterais développer certains points avec vous…

– Allez-y ! Je n'ai rien à cacher !

– Vous n'avez jamais eu d'antécédent ?

– Vous voulez dire psychiatrique, neurologique ?… Non, non ! Je suis sain d'esprit… Pas de séjour en asile. Ni fou, ni manipulateur.

– Ça n'est pas ce que je veux dire ! Des précédents plutôt. Comme… d'autres types de visions, par exemple. Avant.

– Non, c'est la première fois. Je suis nouveau dans le métier. Médium primipare, si vous préférez !

Lui, au moins, il a souri.

Avec une méticulosité de curé défroqué, ce commissaire des sciences occultes m'a ensuite questionné longuement. Il ne m'interrogeait pas… Il s'interrogeait. Sur les éléments déclencheurs de mes visions et sur les circonstances de mes apparitions. Ce qui l'intriguait le plus, c'était l'arrêt brutal de mes communications avec l'au-delà. Il ne s'expliquait pas cette panne sur mes ondes télépathiques. Un peu plus, il se serait proposé pour m'aider à renouer le contact ! Bien entendu, je ne lui ai pas parlé du ciseau… Parfois ses questions prenaient même une tournure franchement ésotérique. Nous voilà-t-il pas en train de deviser sur la lutte du bien contre le mal ! Puis sur la réincarnation des esprits ! Un vrai curé ! Tonsuré jusqu'à la moitié du crâne, des yeux fixes qui ne me quittaient pas… J'ai eu l'impression, un moment, d'avoir été livré à l'exorciste du diocèse.

Victor, lui, impassible, « prenait » toujours, sur sa machine à écrire du temps des cathédrales. Il avait du mal à suivre et nous arrêtait à tout bout de champ pour obtenir des précisions.

– Là, je consigne quoi ? Que Corneille Mathieu reconnaît avoir vu le corps gisant sur le sol… Et « Rassequare », comment ça s'écrit ? Épelez, s'il vous plaît !

Quant à l'autre, le commissaire savant de la veille, les pieds sur le bureau, il n'en pipait pas un. Fermé comme une porte de prison, il se curait les ongles avec la mine de son crayon, sans même se rendre compte qu'il les noircissait davantage. Signe qu'il contenait mal son impatience. Et son agacement d'avoir été doublé sur cette affaire de cons.

Il regarda sa montre encore une fois, d'un geste ostentatoire qui ne pouvait échapper à personne. Pour provoquer la question :

– Quelle heure est-il ?

– Ça va faire deux heures !

– Bon, alors, nous allons conclure ! Tenez ! Prenez ma carte et contactez-moi dès que vous aurez du nouveau ! J'aimerais bien vous revoir à l'occasion, et suivre cette affaire jusqu'au bout… Encore un mot ! Il y a une chose dont nous n'avons pas parlé. Les hommes qui vous ont menacé… Je crois que nous les connaissons. Il s'agit d'une petite bande de Pieds Nickelés qui sévit dans la région. Dès que nous en aurons coffré un, vous serez convoqué au commissariat pour l'identifier… Pour le reste, je donne des instructions au chef de poste…

Ouf ! Je sentais déjà le bon air de ma liberté retrouvée s'engouffrer dans mes poumons recroquevillés, depuis quarante-huit heures, dans ma cage thoracique. Comme s'ils s'étaient refusés à respirer l'ambiance frelatée de cette gare de triage des misères de la nuit.

Le tortionnaire de Jennifer avait fini de distribuer ses sarcasmes. Il avait bouclé tout son monde. Je me suis levé du banc, et ils m'ont rendu mes affaires. Sans même relacer mes chaussures, je suis sorti. Pépé m'attendait sur le trottoir. Ça m'a fait chaud au cœur. Quand il m'a pris dans ses bras, en me tapotant doucement sur l'épaule, je n'ai pu retenir deux grosses larmes qui roulèrent avec l'émotion, écrasées entre nos deux joues réunies. Alors, il m'a glissé dans l'oreille, en me serrant encore plus fort :

– Pardonne-moi, Mathieu ! Je crois que j'ai fait une connerie…

11

L'odeur de Linotte flottait encore entre les draps. Un parfum de jeune pousse aux chairs pétries d'amour. Mais sa place était froide. La garce avait déjà quitté le lit depuis longtemps. Macias, tout tendu des raideurs du matin, caressa langoureusement la couche. Il avait repris goût à la vie… seulement depuis la veille. Car, pendant ces trois jours, la fille du Rat l'avait laissé dormir. Il n'avait pas encore repris le sens du jour et de la nuit, qu'il avait perdu au fond des geôles sordides du Tau. Épuisé, il s'était abandonné là, presque évanoui dans un sommeil de fée. Elle le nourrissait de soupes bien grasses, épongeait son torse et son visage, baignés de sueur au goût salé et toujours imprégnée de l'odeur des cachots, froide comme la mort, qui lui collait à la peau, et qu'il expurgeait de son corps, en même temps que son esprit s'affranchissait des cris et des visions qui le hantaient toujours… Puis, le soir venu, après avoir fermé la porte de la taverne, Linotte venait s'allonger, nue, contre lui, se frottant doucement comme un animal blotti, cherchant à lui communiquer la chaleur de son ventre et de ses seins replets. Ses jambes se serraient pour mieux contenir en elle les contractions du désir qui montait à l'intérieur de ses cuisses, jusqu'au creux de ses reins ronds et charnus de jeune fille encore fraîche. Mais elle résistait à l'envie car, dans son état,

Macias ne pouvait répondre à sa demande. Et si jamais elle avait voulu appuyer ses avances, elle n'aurait fait qu'accentuer, sans véritable récompense, l'immense fatigue qui l'avait terrassé. La fille était chaude, mais plus encore amoureuse… Et lorsque enfin son attente fut comblée, il lui fit l'amour à faire trembler les murs. Personne, dans la taverne, n'avait pu l'ignorer… La vigueur de Macias avait réveillé, d'un coup, l'homme et la bête, dans la nuit.

Il ouvrit lentement un œil, puis l'autre. Le sommeil lourd qui l'avait cueilli, allongé de tout son poids sur la belle, lui collait voluptueusement les paupières. Le soleil filtrait au travers des planches mal ajustées du volet, striant la chambre de l'ardeur de ses rayons. Dehors, il devait déjà faire une magnifique journée.

– Linotte ! hurla-t-il à plusieurs reprises, comme un bœuf qu'on abat, Linotte !

Il entendit ses pieds marteler l'escalier. La porte s'ouvrit.

– Que se passe-t-il ? Tu vas mal ?

– Très mal ! soupira-t-il. Puis soulevant le drap : regarde ! Tu ne peux pas m'abandonner dans un état pareil !

Linotte remonta ses jupes qu'elle coinça sous ses bras et, encore tout ouverte de la nuit, vint s'embrocher sur Macias, comme on s'empale sur un pieu.

L'affaire fut brève. Sans préambule, ni manières inutiles. Mais charnelle et ardente. À peine le dernier soupir arraché à son amant que Linotte en sortit, comme elle y était entrée. S'essuyant les cuisses d'un revers de jupon.

– Tu sais que le Rat n'aime pas que je quitte la cuisine et les tables dans la journée ! Il faut que j'y retourne… Garde-moi ça bien raide ! Je reviendrai ce soir… Tu sais ! Claudius est passé prendre de tes nouvelles ce matin. Ils se demandent où tu es passé, sur le chantier !…

Et elle dévala l'escalier, plus vite qu'elle ne l'avait monté.

*

Trois jours plus tôt, quand Macias, à peine calé sur ses jambes, s'était retrouvé seul dans la rue, il n'avait pu s'empêcher de pleurer. Il s'était redressé sur le pavé, perclus comme un vieillard, après que les gardes l'eurent poussé du pied, hors de la prison, comme un galeux. Un lépreux. Un bâtard. Il tremblait. Ses forces l'abandonnaient. L'air du soir était encore doux. Certes embrumé des fumées de la ville, mais plus sain que la puanteur humide de ce trou au fond duquel il avait résisté jusqu'à l'épuisement. Maintenant ses muscles amoindris ne le portaient plus. Il se sentait si faible ! Alors qu'il s'était efforcé, chaque jour, de tourner en rond, dans sa cellule, comme un ours de foire, afin de préserver la vitalité de son corps… Sa tête aussi était vide. Comme s'il allait tomber d'ivresse…

Macias pleurait. Sur lui et sur sa solitude. Humilié jusqu'à la porte de sa prison. Abandonné dans la tiédeur de cette nuit naissante, pataugeant dans un néant qui lui glaçait le sang… Où étaient ses amis ? Et où trouver refuge ? À qui parler ? Qui lui parlerait encore ? Il serrait les dents, sans parvenir à retenir le hoquet de ses larmes saccadées qui lui tordaient le ventre. Elles roulaient de rage, de colère et de honte. Comme un choc en retour de la tension surhumaine qui lui avait permis pourtant de dominer ses peurs, dans la violence glaciale du noir absolu. Réveillé, à peine assoupi, par des hurlements. Des portes qui claquaient. Obsédé par la soif et la faim. Constamment sur ses gardes, sans savoir s'il ne serait pas écorché vif dans l'heure qui suivrait... À présent, ses nerfs le lâchaient. Le contrecoup de ces jours d'horreur et de terreur le rendait vulnérable. Mais surtout un incontrôlable sentiment d'abandon, béant comme un gouffre sans fin, l'entraînait malgré lui dans un vertige désespéré. Appuyé contre un mur, il s'arrêta longtemps, cherchant à éviter la chute et l'étourdissement. Et pour tenter de reprendre ses forces.

Mais où aller ? Il ne se sentait pas le courage de regagner sa loge, ni d'affronter, ainsi diminué, le regard de ses compagnons. Peut-être allait-on même se défier de lui ? Car un innocent arrêté demeure éternellement suspecté des crimes qu'il n'a jamais commis ! Retrouver sa place parmi les autres, clamer sa vérité, seraient des épreuves d'autant plus compromises que la rumeur avait gagné tous les étages de la ville, sans manquer bien entendu de s'amplifier dans chaque bouche et de se déformer dans chaque oreille. Il n'avait pas le choix. Il lui faudrait convaincre... ou partir. Mais avait-il seulement l'envie de se confronter au mur de la bêtise, plus haut que celui de la foi ? Y avait-il un sentiment assez fort pour résister à la méchanceté des hommes ? Et combien étaient-ils déjà à se réjouir de le voir, enfin, fauché dans son arrogante ascension ? Après n'avoir eu qu'à manier l'opprobre et le mensonge... La réussite ne se gagne pas ! Elle se doit, pensent les grands « ordonnateurs » qui gouvernent, au nom d'un Dieu dont ils ne sont pas légitimes. Alors, peut-être n'y a-t-il de véritable liberté que dans la solitude ? Macias échafaudait déjà les pires desseins lorsqu'il reprit sa route. Il se cachait dans l'ombre des maisons. Détournant son visage des passants, tel un voleur ou un mendiant défiguré. Il chemina ainsi sans but, une bonne partie du soir... Car s'il évitait les siens, il n'avait pas non plus le goût d'aller se réfugier dans une chambre pouilleuse des bas quartiers, à écouter piailler les filles sous les coups de boutoir des clients.

C'est en redescendant vers la cathédrale, résigné à passer le reste de la nuit sous les voûtes du chantier, qu'il avait pensé à Linotte. Brave Linotte qui en disait plus qu'elle n'en faisait, au milieu de tous ces ivrognes qui fréquentaient la taverne de son père. Elle faisait tourner ses jupes et tenait ses chopes de vin bien appuyées sur ses seins convoités, sans y voir de malice. Lançant en réplique ses propos délurés comme des voiles de pudeur. Elle se défendait avec ses arguments, Linotte, mais son cœur était pur et rempli d'illusions. Elle attendait le beau chevalier qui viendrait, sur son destrier blanc, la sortir de son bouge et lui conter ses rêves. Et Macias lui plaisait…

Le « chevalier » blessé, sans force, et qui sentait le creux marqué de ses joues en passant la main sur sa barbe de forçat, s'était tapi dans l'obscurité d'une échoppe, face à la taverne du Rat. Le dernier client sorti, il s'était précipité avant que Linotte ne referme la porte. Effrayée, la pauvre n'avait pu s'empêcher de crier en voyant bondir cette ombre hirsute de l'autre côté de la rue. Tant il avait l'allure hostile d'un détrousseur.

– Tais-toi, Linotte ! N'aie pas peur ! C'est moi, Macias !

– Oh ! Mais c'est pas Dieu possible ! Dans quel état ils t'ont mis !

Il s'était effondré dans ses bras. Elle, surprise, n'avait pu le retenir car, bien qu'amaigri, il pesait toujours son poids. Ils s'étaient donc affalés tous les deux sur le sol, dans la sciure qu'elle avait déjà jetée pour balayer les souillures de la taverne.

Ils passèrent ainsi près d'une semaine dans la chambre de Linotte à partager leurs plaisirs. Personne ne le savait.

Excepté le Rat et sa femme qui fermaient les yeux. Et leurs oreilles, la nuit.

– Qu'est-ce qu'il en dit, le vieux ?

– Rien ! Tu sais, lui, il s'en cogne ! La cathédrale, c'est son gagne-pain. Comme il dit, pour l'instant c'est lui qui fait la quête. Avec tous ceux qui viennent boire et manger ici ! Pour le reste, les curés et les bourgeois, il les méprise. Le Rat, tu le connais, c'est pas son monde ! Il leur tire la bourse, et il compte la monnaie ! Et puis, il t'aime bien, toi ! Il n'en aurait pas laissé un autre monter dans ma chambre ! Il dit aussi que tu les as bien eus. Que tu es un vrai héros !

Ce n'était pas son monde à lui non plus, Macias ! Même si son esprit s'était égaré à l'évocation d'un avenir présomptueux, dessiné comme une promesse par Rascard, qui lui avait agité la gloire, la richesse et l'amour comme autant de mirages jusqu'ici interdits. Mais désormais, il n'en voulait plus. Pas de cette façon-là ! Il avait eu tout le temps d'y penser, dans son cachot. La compromission avait un goût bien trop amer pour lui. Au fond, il savait pourquoi il n'avait jamais donné sa réponse à Rascard. En aidant les croisés à cacher leur trésor et en prenant sa part, il se faisait complice d'une forfaiture infâme et de tous les crimes qui y avaient conduit. Cet or lui aurait brûlé les doigts, autant que la conscience. Il n'aurait pas supporté de vivre avec le poids d'une telle dette à partager jusqu'à l'enfer, entre son orgueil et son intégrité. S'il n'était jamais riche, qu'importe ! Il se contenterait de sa solde de bâtisseur. S'il devait s'élever en rang et dignité, ce ne serait que le fruit de son art et de son labeur. D'ailleurs Gaucher n'avait-il pas envisagé de lui confier la charge et les insignes de maître des sculpteurs ? C'est Rascard qui le lui avait dit, emporté par la jalousie et la colère… Après quoi, la voie lui serait toute tracée pour ouvrir, un jour, son propre atelier… Et puis Linotte valait bien Sîlane ! qu'il finirait bien par coucher, tôt ou tard, au creux d'un pré, s'il le voulait, le temps d'écouler son plaisir. Car, à la vérité, son désir de posséder cette nymphe au teint rosé, fille de Montchicourt, n'était que pur défi. Un trophée de plus à accrocher à son insatiable besoin de plaire. Comme font les seigneurs, après la chasse, avec les ramures des grands cerfs, servis à la dague pour satisfaire leur soif de sang en dehors de la guerre… Mais la chair n'est pas l'amour. Et on ne devient pas roi en lutinant la reine…

Une nuit, dans sa prison, en écoutant ronger les rats, il s'était juré que s'il sortait vivant de cette aventure, il ne guiderait pas les croisés dans les souterrains de Notre-Dame… Mais à présent, que pouvait-il faire ? Puisque Rascard, avec ses manigances sournoises, avait fini par le soumettre et lui arracher, contre sa libération, la promesse de l'aider. Il avait même répété derrière lui le serment des compagnons. S'il ne craignait pas de se faire étriper, Macias ne supportait pas l'idée du déshonneur et du parjure… Il faut dire que ce jour-là, au milieu des instruments barbares de la question, il aurait juré n'importe quoi !

*

Ayant lacé le haut de ses bottes, Macias se redressa fièrement. Il tira sur les pointes de son gilet, retroussa ses manches jusqu'aux coudes, lissa des deux mains la peau tannée de son tablier de sculpteur… Par chacun de ces gestes, emprunts d'une lenteur solennelle, il se donnait l'allure, grave et déterminée, d'un guerrier qui s'apprête pour le combat.

Linotte avait couru jusqu'aux loges pour ramasser sa plus belle tenue. Celle qu'il portait lors des cérémonies. En chemin, elle avait forcément croisé du monde.

Plus curieux et inquiets les uns que les autres. Du coup, la nouvelle circulait. Macias revient ! Macias est là ! Certains l'avaient vu. D'autres assuraient qu'il préparait déjà sa vengeance…

Campé bien droit, jambes écartées, les poings sur les hanches, il se tourna vers Linotte, en souriant de sa propre parade.

– Alors, comment me trouves-tu ?

– Même moi, tu m'impressionnes !

– Je veux les impressionner tous ! Je veux qu'ils me craignent ! Comme dit si bien Rascard, on n'est respecté que si l'on est craint, Linotte. Ils vont tous me respecter…

– Surtout avec cette estafilade ! On dirait que tu sors d'un duel à l'épée ! Tu saignes encore.

Il porta la main sur sa joue. Du sang perlait sur le bout de ses doigts. Lorsqu'il avait coupé sa barbe, la pointe trop effilée du couteau avait marqué sa peau d'une entaille vive, plus longue que profonde. Ses gestes restaient mal assurés. Il avait tremblé légèrement en faisant glisser la lame sur son visage… Il avait d'ailleurs hésité à faire disparaître cette broussaille enchevêtrée qui lui conférait une prestance de bailli. Mais, à y regarder de près, elle le vieillissait et soulignait ses traits encore tendus… Et puis, tous ces poils au menton finissaient par le gratter. En les rasant, il avait effacé d'un coup tranchant les souvenirs pouilleux des jours terribles qu'il avait vécus…

Macias saisit la ceinture de cuir à laquelle pendaient ses ciseaux de sculpteur. Il ajusta lentement la boucle, frappée aux insignes de sa loge, et d'un revers de paume enfila sur son flanc le manche de son burin, comme on glisse une lame à l'intérieur d'un fourreau. Ainsi harnaché, paré de ses outils, arborant ses symboles, il se sentait prêt à affronter le monde.

– Il est bientôt midi. Les ouvriers vont recevoir leur salaire. Il va y avoir foule sur le chantier… C'est le moment de se montrer !

– Pour sûr ! Depuis deux jours, il y a même du beau linge sur le parvis ! Avec tous les grands architectes… Ils sont en train de monter les statues.

– Monter les statues… Quelles statues, Linotte ?

– Les grandes, celles qui vont sous les portails !

– Ça fait longtemps ?

– Ça fait deux jours, je te dis !

Macias tira violemment la porte de la chambre et s'engouffra d'un pas rageur sur le palier. Laissant Linotte plantée là, sur le plancher, comme une chandelle. Désemparée. Effrayée par cette brusquerie soudaine. Les battements de son cœur étaient devenus sourds dans sa poitrine. Elle respirait à peine. Elle avait l'impression de le perdre à jamais. Déjà parti ailleurs. Furieux d'avoir appris qu'on avait commencé sans lui la levée des statues.

– Macias ! hurla-t-elle, en se jetant contre lui.

Elle l'enserra dans ses bras. Puis, marquant de son pouce une croix sur son front :

– Reviens-moi ! supplia-t-elle doucement.

Il déposa un baiser sur sa chevelure et, en fermant les yeux, acquiesça d'un signe de la tête… avant de faire craquer à nouveau les marches sous l'empreinte de ses bottes.

À l'appel de son nom, tous, dans la taverne, s'étaient tournés vers l'escalier. Macias descendit lentement, puis traversant la salle, la tête haute et le regard droit, les toisa sans un mot, tel un seigneur admiré par une cour silencieuse. Il plia le cou pour passer la porte basse, et dévala la rue des Tournelles, en direction du parvis.

Quelques groupes de femmes regardaient monter les statues que les maçons scellaient sous les portails. Autour d'elles, des enfants couraient dans la poussière, bousculant les mendiants, autres spectateurs impatients de voir se dresser ce décor qui rythmerait bientôt leur existence misérable. Porteurs de sébiles le jour et tire-laine la nuit, ils attendaient depuis si longtemps la fin du chantier qu'ils regardaient l'installation des grandes statues comme un aboutissement… Déjà les murs, au nord et au sud, avaient fait leur jonction avec la façade principale qui n'apparaissait plus comme une arche isolée, abandonnée aux vents. L'enceinte montait, pierre après pierre, délimitant désormais la nef, abondamment ouverte au jour par des fenêtres hautes. Cette nouvelle cathédrale devait, plus que toute autre, laisser jaillir dans son chœur la lumière tamisée par les couleurs chaudes d'une multitude de vitraux.

Une dizaine de statues trônaient déjà sur leurs socles, éparpillées çà et là, aux entrées des trois portes. À mesure qu'il s'approchait, Macias reconnaissait leurs silhouettes. Des œuvres déjà anciennes, sculptées par les maîtres d'Amiens qui, comme Rascard, avaient, à son goût, le burin bien trop lourd. Pour les jeunes loups de Reims, ces représentations étaient d'un autre âge et d'aspect démodé. Ils les trouvaient trop sages. Inexpressives. Sans âme et même grossièrement taillées. La critique, entre les deux écoles, était sans concession. Et leur rivalité, qui opposait, de fait, les jeunes maîtres aux anciens, était parfois brutale. Aucun n'acceptait de se plier aux arguments des autres, ni d'admettre l'expression de leurs talents différents. Les discussions tournaient invariablement au dialogue de sourds. Voire au pugilat. Et il fallait le rappel aux principes de fraternité et de hiérarchie de leur Ordre, en complément de l'autorité de Gaucher, pour éviter que ne s'installent des rancœurs et des conflits tenaces. On avait même vu se perpétrer des actes graves de malveillance et de déprédation, allant, dans certains cas, jusqu'au bris de statues. Car derrière ces querelles d'art se profilaient des luttes d'ambitions et des combats d'influence fratricides. Les plus jeunes réclamaient leur part de reconnaissance et plus d'égalité dans les loges. En réponse de quoi les tenants de l'école d'Amiens arguaient de leur légitimité ancienne et de leur expérience.

Macias avait reconnu, de loin, les statues déjà placées dans l'encadrement des portes, parce qu'il les avait découvertes, un jour, entassées comme des corps morts, sous l'un des préaux du chapitre. Elles campaient là, poussiéreuses, depuis plusieurs années, attendant le jour où on viendrait les sortir de leur torpeur de pierre pour leur offrir enfin l'écrin de leur consécration. Ainsi, la Vierge de l'Annonciation, tête voilée, avec son air absent et son visage rond de servante, ou encore le vieillard Siméon aux yeux vides et à la barbe fleurie… Macias avait passé des heures à s'imprégner des gestes et de l'attitude de cette Vierge, car il lui fallait bien imaginer à ses côtés une posture élégante à donner à son ange, commandé par Gaucher. La cathédrale étant vouée à la mère du Messie, les représentations de Marie ne manquaient pas. Pas plus que celles des anges qui virevoltaient un peu partout, de haut en bas, sur les quatre façades.

– Ne tiens pas compte de la Vierge ! lui avait dit Gaucher, travaille la sculpture de ton ange selon ton cœur !…

Un défi comme il les aimait et qui l'avait conduit à rechercher une harmonie parfaite, propre à concilier, pour des siècles, la sensibilité des deux écoles divisées.

Les apprentis avaient dressé un trépied, en arrière de cette Vierge, et s'apprêtaient à lever une nouvelle statue, enchâssée comme une momie dans un sarcophage pour la protéger des chocs. L'opération était délicate. Car il fallait hisser le tout avec des cordes jusqu'à hauteur d'homme. Faire sauter les planches du sarcophage en prenant garde de ne pas lui imprimer de mouvement de balancier, au risque de faire crouler l'échafaudage. Puis la pousser sur son cul-de-lampe en la faisant glisser bien droit dans les fers, scellés au mur par les maçons. Il était rare d'y parvenir du premier coup. Alors on redescendait la statue. On reconstituait le sarcophage. Et on recommençait. Une vingtaine d'apprentis, parmi les plus solides, participaient à ces opérations. Sous la conduite du maître qui avait sculpté la pièce et qui, généralement, ne laissait le soin à personne de manœuvrer pour lui…

Macias venait d'apercevoir Rascard, qui agitait sa masse rugueuse et braillarde sous le trépied, dont le sommet vibrait comme un diapason… Arrivé à l'extrémité du parvis qui n'était encore qu'une esplanade de terre battue, encombrée de pierres, d'outils et de gravats, il prit conscience soudain que l'emplacement autour duquel s'échinaient les apprentis n'était autre que celui dédié à son ange. Le plus convoité. En tête des grandes statues… Furieux, il pensa d'abord que Rascard avait décidé d'entreprendre l'installation sans lui. Mais, c'était impossible ! L'ange n'était pas terminé. Sa chasuble n'était que dégrossie. Et il n'avait pas encore sculpté les ailes… Or, une aile dépassait du sarcophage. Il y avait donc bien un ange là-dedans, derrière ces planches. Mais pas le sien ! Lequel, alors ? Une substitution ? Un coup monté par Rascard ? Oui, c'était ça ! Sous son nez, on lui volait sa place ! On remplaçait son ange !

Une colère sourde de violence monta en lui, plus bouillonnante qu'un jet de lave dans le cratère d'un volcan. Bousculant femmes et enfants, il se précipita en direction des portails, tourbillonnant entre les badauds comme une tornade. Écartant les uns, faisant tomber les autres. Macias était comme fou. Écumant. Enragé.

Il agrippa au passage l'épaule de l'architecte chargé de l'ordonnancement statuaire, qui se déhanchait, dans une extravagance de mimes et de contorsions, pour tenter d'apprécier, avec le recul, la justesse et la symétrie de la mise en place. S'il n'était pas satisfait d'une perspective ou d'un positionnement, il faisait tout recommencer. Et comme il était très pointilleux, l'installation d'une seule statue pouvait durer des jours entiers… La brutalité de l'empoignade fit voler la toque et les plans du malheureux, l'entraînant dans un déséquilibre de toupie, sur une jambe puis sur l'autre, qui lui fit terminer sa danse, lui aussi, le cul dans la poussière. Cette cabriole grotesque, sous la risée des pauvres, stoppa la course de Macias qui prit conscience d'avoir ridiculisé, dans son élan désordonné, ce proche de Gaucher.

– Pardonne-moi ! dit-il, en lui tendant la main, je voulais simplement te parler…

– Es-tu devenu fou, Macias ?… Qu'est-ce qui te prend ?… Regarde où sont mes planches !

– Écoute, Vilpain ! Je veux rester courtois. Mais je veux savoir aussi ce qui se passe, ici… Tu sais que je me suis absenté longtemps ?

– Je sais ! Je sais l'injustice qu'on t'a faite !

– Eh bien, il y a pire encore ! C'est ce que je vois là ! Dis-moi, l'emplacement où sont les apprentis, il était bien prévu pour recevoir l'ange de l'Annonciation ?

– Oui ! Et c'est bien l'ange de l'Annonciation !

– Comment… « de l'Annonciation » ? Ce n'est pas l'ange de l'Annonciation ! C'est impossible ! C'est moi qui l'ai sculpté… et il n'est pas fi-ni !

Macias montait le ton, ne comprenant rien au discours de Vilpain.

– Je sais qu'il n'est pas fini, le tien ! Et quand il le sera, il ira prendre sa place sous le portail nord.

Regarde sur ma planche ! L'*Ange au sourire*... C'est bien celui-là ?

À la lecture de la planche de Vilpain, Macias comprit tout de suite qu'on avait interverti la position des grandes statues.

– Et qui en a décidé ainsi ?

– Gaucher !

– Gaucher, tout seul ?

– Oui, Gaucher tout seul ! Si tu veux savoir, c'est Rascard qui lui a réclamé ton emplacement... Il estime que sa dernière sculpture possède une meilleure tenue que la tienne pour représenter l'Annonciation.

– Ah oui ? Parce que Rascard a sculpté un ange !

– Mais enfin, Macias ! Tu disparais pendant des semaines, et te voilà qui viens nous demander des comptes ! Va donc t'expliquer avec Gaucher !

Gaucher, ce serait pour plus tard ! Rascard, en premier lieu !... qui donnait ses ordres, autour du sarcophage, avant de se lancer dans une nouvelle tentative de levage. Tout semblait prêt. De part et d'autre, les apprentis tenaient les cordes tendues pour tirer, à la force de leurs bras, cette masse qui, avant d'être une œuvre pour eux, restait d'abord un poids. Macias, à grandes enjambées avait franchi leurs lignes et s'était planté devant le maître.

Rascard, sans même le regarder, feignant d'être affairé, lui lança un « Ah, te voilà enfin ! »... moitié mépris, moitié reproche.

– Que caches-tu derrière ces planches ?

– Je vois que tu n'as rien perdu de ton arrogance ! Je ne cache rien. J'installe un ange que j'ai dû réaliser moi-même, puisque tu n'as pas pu honorer la commande qu'on t'a faite...

– Sois maudit, Rascard ! Tu n'es qu'un vil menteur et un voleur des autres ! Ta langue est un poison qui te fera crever... Tu es aveuglé par l'envie et la haine. Tu renies tes serments… tes amis. Tu vends l'âme des autres, mais c'est la tienne qui rôtira en enfer ! Pour la purifier d'autant de puanteur… Tu assassines, Rascard ! Tu assassines tout ce qu'il y a de beau et de bon autour de toi, parce que tu es mauvais ! Jaloux ! Et maintenant, trop vieux ! Alors, crève à ton tour ! Tu as profité de mon absence, comme un lâche, pour t'octroyer ma place. Je ne te laisserai pas faire ! Maintenant, j'ai la certitude que c'est toi… toi qui m'as dénoncé faussement comme « possédé », dans le seul but de me voir disparaître. Tu as soudoyé ce cul véreux de Capucin contre je ne sais quelle promesse. Honte à toi ! Va pourrir au diable !

– Tu perds la raison ! Sais-tu même ce que tu dis ? À moins que tu ne veuilles retourner d'où tu viens ?

– Je te tuerai avant ! Fais-leur retirer sur-le-champ cette statue ! Cette place m'appartient.

– Et tu me donnes des ordres, maintenant ! Sais-tu que c'est moi qui décide ! L'aurais-tu oublié ? Je suis le maître ici ! Je suis le maître !

– Après tout ce que tu as fait, je reprends mes serments. Tu n'es plus mon maître, Rascard ! Je n'obéirai désormais qu'à Gaucher. C'est lui qui m'a promis cette place, et il me la rendra !

– Il a changé d'avis… depuis que je lui ai montré ce que je savais faire, moi… sans la main de Satan ! ricana fielleusement le maître des sculpteurs.

Macias, arrachant alors son dégoût du plus profond de sa gorge, le recracha à la face de ce masque hideux qui tremblait devant lui sous l'effet de sa propre colère.

– Je vomis sur ta haine et sur ta jalousie ! Crève, Rascard !

Puis, ayant croisé les bras d'un geste rapide, il dégaina, comme des armes, d'un côté son burin, de l'autre son ciseau le plus tranchant. Se précipitant vers le sarcophage, il libéra, de deux coups nets, les cordes serrées à mi-hauteur qui retenaient le tout… Les planches basculèrent, une à une, dans un grand fracas, faisant trembler la statue, déjà levée de quelques pouces. Elles rebondirent sur les marches du parvis, glissant jusqu'aux pieds des apprentis… Quand la poussière fut dissipée, Macias demeura interdit devant ce qu'il voyait. Suspendu, incrédule, bras ballants, cloué par l'étonnement ; l'ange était si ressemblant qu'il s'y serait trompé lui-même. Cédant à l'illusion, il avait bien cru, sur le coup, se trouver nez à nez en présence de son œuvre. Mais la surprise passée, il ne reconnaissait ni tout à fait l'attitude de son ange – le mouvement de la tête lui parut inversé – ni sa facture, ni sa marque. Ni surtout son sourire… La copie était parfaite… mais pour tout autre que lui…

– C'est toi qui as fait ça, Rascard ? hurla-t-il.

– Tu m'en crois incapable !

– Alors, non seulement tu me voles ! mais aussi tu me plagies ! Misérable copiste, tu ne te sens pas petit et infâme ? Honte ! Que les foudres du ciel t'anéantissent, toi et tout ce qui te ressemble !

Fort heureusement, ce fut le burin qui partit le premier. Macias le projeta comme une fronde, de toutes ses forces, à la face de Rascard qui s'écroula, frappé en plein front… Le sang avait jailli sur ses rides profondes. Les apprentis s'étaient précipités pour le relever. Et retenir l'autre main de Macias, celle qui tenait serré son ciseau à la lame si tranchante.

*

Après avoir ravivé l'un des feux du chantier, Macias s'était assis et regardait monter les flammes. Une odeur de graisse brûlée flottait tout autour… Chaque jour, les compagnons ranimaient ces foyers, et laissaient chanter dessus, toute la journée, un peu d'eau, dans de grandes marmites, culottées comme des chaudrons noircis par la suie. Certains laissaient même fumer, contre les pierres, des tranches de lard qu'ils mangeaient avec leur pain, quand la faim se faisait sentir.

La nuit tombait, Macias ne songeait pas à rentrer à la taverne, ni à retrouver Linotte qui l'attendait, sans doute rongée par l'inquiétude depuis qu'elle avait entendu conter les événements de la journée. Isolé entre l'ombre et le feu, il avait la sensation d'être enfermé à l'air libre, séquestré dans une prison, bien plus terrible encore que celle qu'il avait connue. L'impuissance ! S'il n'avait pas été ceinturé, il aurait été capable d'égorger Rascard, et de faire basculer cette statue pour qu'elle aille, comme les planches, se fracasser au bas des marches du parvis. Mais personne ne l'aurait compris. Le mensonge avait fait son œuvre dans les esprits. La calomnie rampait et le soupçon demeurait, incrusté à jamais.

Qui disait vrai ? Lui bien sûr ! Mais la foule ne l'entendait pas de cette oreille. La victime a tort… parce qu'elle est la victime. Elle demeure le témoin et la preuve du mauvais sort qu'on lui a fait subir. Et ceux qui s'en sont réjouis ne se sentiront libérés de leur erreur… que si un brin de soupçon demeure, malgré tout, à jamais gravé dans les bonnes comme dans les mauvaises consciences… L'acteur du mal ne se trompe jamais, sinon ce serait reconnaître qu'il en est l'auteur, et pour les autres, qu'ils l'ont accepté.

Derrière le flou dansant des flammes, lui apparut alors la tête de Capucin. Il avait les traits d'un faune grisâtre, tremblotant dans la fumée. Hagard. Les yeux plaintifs d'une bête traquée qui n'a plus que le choix de l'endroit où la mort lui sera la plus douce. Macias se leva d'un bond, une poignée de poussière dans la main qu'il jeta dans sa direction, pour le chasser comme on chasse un loup. Avant de le poursuivre jusqu'aux échelles arrimées à la façade du sud, où il l'agrippa fermement par la manche.

– Ne me tue pas, Macias ! Ne me tue pas ! Il m'a obligé ! gémissait le gamin qu'il traîna jusqu'aux flammes du foyer.

Là, il lui fit tout raconter.

Ce jour-là, Capucin, furetant du côté des loges bleues, avait été détourné par Rascard qui, après l'avoir déculotté vigoureusement dans sa carrée, lui avait fait tinter quelques pièces à l'oreille, en échange du soulagement qu'il lui avait offert. C'était bien plus que d'habitude ! Le gamin se tenait déjà les fesses quand il comprit que le maître n'en voulait pas qu'à son cul, mais qu'il payait pour autre chose.

– Dis-moi, petite vermine, on m'a dit que tu étais avec Macias, la nuit où il a sculpté son ange…

– Pour sûr, maître ! C'est même moi qui ai tenu la pause ! Il m'a fait sourire, toute la nuit, comme un âne. J'en avais mal aux deux mâchoires ! Mais, avant, j'ai bien cru que lui et la cathédrale allaient disparaître ! quand la foudre est tombée dessus… Tu aurais vu ça !

– Raconte !

Capucin lui avait alors décrit, dans tous ses détails, cette nuit qu'il avait vécue comme une parenthèse rare et sublime. Une nuit ruisselante d'éléments déchaînés, de drame évité, de lutte contre le froid, de course contre le temps, d'émotions portées par l'exaltation et l'ardeur créatrice de Macias dont l'ombre de géant se trouvait projetée par un feu d'enfer sur les murs de la cathédrale. Il sculptait et il sculptait comme un démon, faisant monter la puissance de son art jusqu'à l'apothéose. Capucin en frémissait encore ! Il se remémorait chaque instant avec de la folie et des flammes plein les yeux, bien qu'il ait dû rester la bouche tirée comme un croissant de lune pendant toute la nuit !

– Tu as bien dit « feu d'enfer » et « comme un démon » ?

Le piège venait de s'ouvrir comme une trappe, sous les descriptions alertes et passionnées du gamin. Sans prudence, il était tombé dedans. Car reprenant chacune de ses paroles, Rascard s'était empressé de tourner son récit en version satanique… « Il a levé son ciseau vers le ciel, dis-tu ? »… Il réfléchissait, en tournant autour de Capucin, comme une araignée géante tissant son fiel dans la pauvre mémoire de cette proie d'autant plus docile que l'enfant était paralysé d'effroi. Inique et sans scrupules, il reconstituait une fresque diabolique, interprétant à sa manière les gestes de Macias.

– … En présentant son ciseau au diable, il défiait Dieu, au cœur même de son église… Alors, une langue de feu l'a enveloppé. Ce n'était pas l'orage, mais la langue du Malin ! Voilà ce que tu as vu, Capucin ! La langue du Malin !

L'enfant était si troublé qu'il avait répété, comme une leçon de catéchisme, tout ce que Rascard voulait lui faire entendre. Il avait dit et redit sa nouvelle version, inventant au besoin des détails, et convenant que, cette nuit-là, il avait bien été le témoin d'un pacte avec l'enfer. Il avait même vu la main crochue du diable qui tenait celle de Macias lorsqu'il donna à sa sculpture son sourire figé et démoniaque… Le lendemain, sans prévenir, le maître l'avait traîné devant l'inquisiteur.

– … Alors, tu comprends, j'ai cru devenir fou quand il m'a demandé, après, de me renier ! Moi, il m'a fait passer pour un benêt à la cervelle de passereau… Et pour toi, il a dit qu'il répondait de la sincérité de ta foi chrétienne sur sa propre vie. Tout le contraire d'avant ! J'avais peur qu'on me pende pour parjure, mais il m'a dit que j'étais sous sa protection… et il m'a offert d'autres pièces. Depuis, il est gentil. Il ne me bat plus. Mais tous les autres se défient de moi. On me crache dessus. On me lance des pierres. Tiens, regarde là ! J'en suis tombé par terre ! Le jour, je me cache. Avant j'avais peur de lui et de l'inquisiteur. Maintenant, j'ai peur qu'on vienne me tuer, au coin d'une rue… J'ai peur, Macias ! J'ai peur, tout le temps !

Capucin pleurait à grosses larmes, en reniflant, comme un gosse qu'il était. Abandonné dans une vie sans étoiles, et déjà si meurtri dans sa chair et dans son cœur par tous les coups qu'il avait reçus. Macias fut touché par sa supplique. Il voyait bien que l'enfant était venu implorer son pardon et soulager sa conscience, au risque de se faire étrangler. Traqué comme une bête sans défense, il n'avait déjà plus le goût de vivre au-delà de ses forces.

– Arrête de chouiner comme une pucelle, Capucin ! Je sais que tu n'as rien à voir dans tout ça… Va, je te pardonne !

De sa main étroite et blanche, l'enfant prit la main de Macias et la baisa comme on baise la bague d'un évêque, en signe d'allégeance et de respect. Puis se relevant, et saisissant une planche qui brûlait :

– Viens ! dit-il, je vais te montrer quelque chose !

Sur le parvis, ils croisèrent l'ange de Rascard qu'on avait laissé là, comme un fantôme dans la nuit. Ses yeux en amandes, balayés au passage par la lueur de la flamme, semblaient les suivre jusqu'aux trous noirs des entrées. Car les portes n'étaient toujours pas fixées. Seuls les chambranles étaient scellés. On attendait pour ce faire que se referment sur l'avant, toujours à ciel ouvert, les ogives monumentales qui devaient parachever la nef, et l'art gothique de Reims.

– Tu ne savais pas où elle était. La voilà ! dit Capucin en entrant et en pointant sa torche en direction de l'*Ange au sourire* de Macias, entreposé dans un coin. Puis, il lui montra, tout à côté, des éclats de pierre taillée, encore éparpillés sur le sol… Rascard, qui devait sculpter lui aussi un ange, aux côtés de saint Nicaise sous le portail nord, avait fait amener son ébauche jusqu'ici. Assez près pour pouvoir copier à sa guise. À l'abri des témoins.

– Je l'ai vu, plusieurs fois, poursuivit Capucin, il prenait même les cotes depuis son échelle, tellement il était près. Et il regardait sans cesse le tien, avant de polir le sien… Son nez allait d'une pierre à l'autre. À en avoir le tournis ! Il a voulu me chasser. Mais ensuite, il m'a laissé regarder, quand il m'a proposé son marché…

– Un marché ! Quel marché ?

– Rien… Je n'ai rien dit !

– Je t'ai pardonné, Capucin, mais tu me dois la vérité !

– J'ai si peur, Macias !

Capucin tremblait, comme un écureuil, la patte prise dans un collet. Regrettant d'avoir lâché, par mégarde, des mots qu'il aurait dû garder secrets. À moins qu'il ne soit venu chercher, inconsciemment, la protection du sculpteur ! Macias apprit ainsi que Rascard attendait la visite des croisés. Le lendemain, dans l'enceinte de la cathédrale, à la nuit tombée. Il avait demandé à l'enfant de venir faire le guet, jusqu'à leur arrivée.

– Et après ?

– Après ? Rien ! C'est tout ce qu'il m'a dit !

– Tu en es sûr ! Tu ne me caches rien ? Jure-le, sur ta vie d'écorché ! Que le diable t'emporte !

– Que le diable m'emporte si je mens ! Il m'a dit qu'une charrette arriverait avec des hommes en armes. Et que je devais courir le prévenir aussitôt. C'est tout ! Je te jure, Macias !

– N'y va pas, Capucin ! Il va te tuer !

– Mais, Macias ! Je dois juste l'avertir… et, rien que pour ça, il me donnera une bourse suffisamment remplie pour que je déguerpisse d'ici, à jamais. Loin de tous ces gens qui me veulent du mal… Il paraît qu'on bâtit d'autres cathédrales ailleurs ! Là où on ne m'appellera plus Capucin… Et toi, dis-moi, Macias, est-ce que tu connais mon nom ?

Il ne le connaîtrait sans doute jamais, car il avait déjà tourné les talons.

Cet enfant blond sans nom, qui gardait sa perruque d'ange pour cacher la pelade disgracieuse de ses cheveux, ne savait pas non plus pourquoi on l'avait affublé de ce sobriquet ridicule. Ressemblait-il à l'un de ces petits macaques, perchés parfois sur l'épaule des mendiants ? On le traitait si peu comme un être humain ! Les uns le tyrannisaient, les autres s'en amusaient comme d'un animal de compagnie. À commencer par Rascard qui s'en était toujours servi. D'abord pour assouvir ses pulsions, avant de lui arracher ce faux témoignage qui lui avait permis de livrer Macias à l'Inquisition… le temps de plagier son œuvre et de voler sa place. Ainsi, il espérait que, sorti vainqueur d'une compétition qu'il avait lui-même initiée, il resterait, aux yeux de Gaucher, le maître incontesté des sculpteurs. Plus roué encore que le plus vil des maniganceurs, puisqu'il avait fait d'une pierre deux coups, en arrachant à celui qu'il avait fait jeter en prison la promesse de son aide, contre sa libération. Tout était clair, désormais, dans l'esprit de Macias…

*

Rascard, qui somnolait, sursauta sur sa couche. Se redressant d'un bond, il chercha à saisir l'épée courte, posée sur un tabouret à portée de sa main. Mais Macias, qui avait poussé la porte de la loge avec violence, avait déjà fait voler du pied le tabouret et l'épée à l'autre bout de la pièce. Plantant ses yeux de fer comme deux piques dans le regard du maître, le doigt pointé vers lui, il était menaçant.

– Si tu touches un seul cheveu de Capucin, je te tuerai de mes propres mains !

– Pour ce qu'il lui en reste !

– Tu seras donc ignoble jusqu'au bout, Rascard ! Mais, je t'en empêcherai... Pourquoi as-tu entraîné ce gosse dans cette aventure ? Prends garde ! J'y serai, moi aussi, demain soir ! Mais pas pour te prêter main-forte... Je serai derrière toi, dans ton ombre, pour retenir ton bras, quand tu voudras faire taire ce misérable témoin, dès qu'il t'aura prévenu de l'arrivée de Montchicourt...

– Qui t'a parlé de cela ? Ce petit loqueux, bien sûr !

– Il a peur de toi. Mais il te renifle comme un pauvre chien. Il sent bien le sort que tu lui réserves... Mais, dis-moi ! Tu oublies que je connais tes plans ! Je n'ai besoin de personne pour me les apprendre... Tu devrais te souvenir que tu m'as supplié de t'aider !...

Le ton de Rascard s'était radouci.

– Justement, Macias, ne crois-tu pas qu'il est temps de mettre fin à nos querelles déraisonnables ? Cessons cet affrontement indigne et qui nous ruine ! Regarde, je te tends, une fois encore, la main ! L'enjeu dépasse nos défis. C'est la richesse, Macias ! La richesse ! Viens demain ! Non derrière moi, mais à mes côtés. J'ai besoin d'un homme robuste comme toi. Tu me l'as encore prouvé aujourd'hui. J'en ai le front tout éclaté... Tu vois, je n'ai pas de rancune ! J'en souris même, à présent... Car, à vrai dire, je n'ai aucune confiance en Montchicourt... Demain, il faudra lui tenir la dragée haute...

– Tu ne m'y prendras pas, Rascard ! Et quand bien même je me serais fait à l'idée de te suivre dans cette aventure et de m'enrichir d'un or taché de sang, je n'ai pas davantage confiance en toi qu'en ces croisés perdus.

– Tu as juré, Macias ! Et quels que soient nos différends, il n'y a rien qui puisse briser la parole d'un compagnon de l'Ordre ! Chacun de nous est le maillon d'une chaîne qui ne peut se rompre, quoi qu'il advienne.

– Ce serment n'a aucune valeur. Je l'ai fait sous la contrainte à un homme de déshonneur qui n'a pas hésité à me dénoncer faussement devant l'Inquisition… Oublierais-tu que j'ai failli pourrir, par ta grâce, dans l'infamie, au milieu des cafards et des rats ?

– Comment oses-tu signifier une calomnie pareille ! Moi qui t'ai fait libérer… sur ma caution !

– Je ne me perdrai pas en arguties à déjouer tous tes mensonges. Ta langue est bien trop venimeuse, Rascard ! Tu es bien trop malin ! Mais, sache que j'ai cerné tous tes desseins ! Tu m'as écarté pour me salir, et agir à ton aise. Avant d'exercer ton chantage… l'as-tu pensé dans les moindres détails, ou t'es-tu laissé guider par l'opportunité du hasard ? Moi, je crois que tu as mûri, dans ton esprit tortueux, chaque instant, chaque effet d'un plan diabolique. Car le diable, c'est toi ! Tu avais si peur, Rascard, que Gaucher ne te remplace. Par moi… Car tu connaissais son intention. L'élève a dépassé le maître. Le maître est vieillissant… Et ça, Rascard, ton orgueil ne peut s'y soumettre ! Alors, tu m'as copié. Tu m'as volé. Tu as renié, en cachette, ton vieil atelier amiénois pour te glisser, comme un coucou, dans le nid de la Belle École de Reims que tu avais tant décriée… Voilà la vérité, Rascard ! Mais je vais reprendre ma place ! J'irai en parler à Gaucher !

– Gaucher ne t'écoutera pas ! Même convaincu de ton innocence, il ne replacera jamais, sous le portail royal, l'œuvre d'un homme souillé par l'opprobre… Jamais il n'osera déposer côte à côte une statue de la Vierge et celle d'un ange dont le sourire a été jugé satanique par les bonnes gens d'Église. Même s'ils ont reconnu aujourd'hui leur erreur ! Non, Macias, tu as perdu ! Le maître, c'est toujours moi !

– Plastronne, Rascard ! Mais, regarde-moi bien ! Demain, à cette heure, ton âme aura rejoint l'enfer !

Dans un dernier défi, il prit alors la position, et rompit cette confrontation par le salut des maîtres. Ce signe de reconnaissance fraternelle dans leur tradition claquait, en la circonstance, comme une rupture et un adieu.

*

Nos verres s'entrechoquèrent. À ta santé, Pépé ! Mal dans sa peau, il tournait en rond depuis la fin de la matinée. Je sentais bien qu'il avait quelque chose à me dire. Mais, comme dans les vieux couples, sans le brusquer, j'attendais qu'il se décide à trouver les mots justes. Le bon moment. L'occasion de rebondir dans une conversation. Il avait du mal à cacher son trouble. Son émotion, ou sa pudeur. Il était même gêné d'être gêné. Commençant ses phrases d'une voix blanche et étranglée. Pas naturel ! Visiblement quelque chose le turlupinait. Ça paraissait, sinon grave, en tout cas assez sérieux !

Il était parti tôt, le matin, sur la pointe des pieds, en chaussettes. N'enfilant ses chaussures que dans l'escalier de l'hôtel, pour me laisser dormir et récupérer de ma nuit passée au poste de police. Quand il est revenu vers midi, j'étais toujours en travers de mon lit. La mère poule m'avait monté un café et le journal. Là, il s'est déridé un peu. Ça le faisait beaucoup rire.

– Tu es encore la vedette ! Page locale : « Rodéo dans la cathédrale »... Ils ont de la mémoire. Ils rappellent même que « l'illuminé », ce n'est pas moi qui le dis, c'est écrit, « un ouvrier couvreur, s'était déjà illustré en restant accroché à la toiture de Notre-Dame, après une chute spectaculaire ». Lis ! Tu es habillé pour l'hiver !

Puis, il s'était refermé comme une huître, pour la journée…

L'ambiance était morose, pluvieuse comme le temps, mais moi, je patientais. À l'heure du déjeuner, nous sommes allés étrenner la Brasserie du Palais dont l'avocat de Flora m'avait vanté l'adresse. Là, Pépé a encore détourné la tension en liant la conversation avec le patron. Une grande bringue sympathique qui avait hérité ce restaurant de sa grand-mère. Le décor kitch était resté, mais lui préférait son piano, au fond de la salle, à celui de la cuisine. Quand il avait le blues, il tirait le rideau de fer de sa boutique, et il se faisait un bœuf… avec ses copains, nostalgiques comme lui des bastringues de La Nouvelle-Orléans…

Ensuite, à la gare, on a fait les réservations pour le retour. À l'Empire, on a revu, comme des mômes, *Capitaine Némo*. Celui du poisson rouge qui ressortait en salle. Puis, on a traînaillé en ville jusqu'au soir, avant de finir au fond d'un bar à champagne que connaissait Pépé. La nuit tombait. L'obscurité, c'est bien connu ! est plus propice aux confidences.

– C'est là que j'ai rencontré le mec ! Il m'a fait boire. Et là, Mathieu, j'ai déconné !

Pépé s'était lancé. Il m'avait attiré sur les lieux de cette cuite coupable dans l'espoir de favoriser la remontée de ses remords qui lui avaient écrasé la glotte, toute la journée, au point d'en bredouiller même quand il me demandait l'heure… Verre après verre, pour se donner du courage, il m'expliqua comment il avait rencontré, sur la place d'Erlon, le fiancé de Flora… Stop ! J'étais déjà fâché. Je me sentais doublement trahi… Mais que venait faire le gominé dans cette histoire ? Et d'où le connaissait-il ? En réalité c'était lui qui s'était présenté à Pépé trop content de s'immiscer dans mes affaires. À l'entendre, le Christian en question – puisque c'était le nom de ce garçon coiffeur – était prêt à m'aider dans mes recherches, archéologiques, disait-il, sous la cathédrale. Un de ses amis qui passait là, par hasard, était venu se joindre à eux. Ça tombait bien ! Il était, lui aussi, expert en archéologie et incollable sur le trésor du sacre des rois. Un petit bonhomme, propre sur lui, avec une moustache fine collée comme un postiche au-dessus de ses lèvres, qui lui donnait un air de fouine. Pépé s'était tellement laissé griser par sa discussion entre experts, autant que par les bulles, qu'il s'était livré de bon cœur.

– J'étais complètement bourré. Alors, je me suis vanté… J'ai raconté plein de conneries dont je ne me rappelle même plus le sens. Sinon que nous avions trouvé la trace d'un trésor caché. C'est ce qu'ils voulaient entendre. Comme s'ils savaient déjà… J'ai dit « nous ». Je me suis mis dans le coup, tu comprends ! En fait, je pense qu'ils me cuisinaient.

– Et ils t'ont cru ! Pour l'autre maquereau, tu m'as bien dit qu'il avait une tête de fouine ?

J'ai appelé Flora aussitôt. J'étais livide de rage. Trahi, trompé, dépité, humilié. Je lui ai joué une scène de dernier acte, un final mêlé de reproches durs et de jalousie furieuse. Je crois même lui avoir raccroché au nez ! Une demi-heure plus tard, elle m'a rappelé. Elle n'avait jamais parlé à quiconque, jurait-elle. Et encore moins à… qui vous savez.

– Vous êtes injuste, et méchant ! Décidément, vous ne comprenez rien !

Pour la première fois, Flora pleurait.

12

Amiens… Il y a des noms comme ça qu'on associe plus facilement à une carte météo qu'à un itinéraire bis… Nationale 7, ça vous chante les marchés de Provence… Brest, ça sent le tonnerre et la tempête. Plateau de Millevaches, et il gèle à pierre fendre. C'est où ça déjà ? Peu importe ! C'est loin… puisqu'on en parle toujours comme de la Sibérie française… De la même manière, l'évocation d'Amiens restait pour moi chargée de grisaille et de pluies noires comme du charbon. Ici, s'ouvraient les portes du Nord, comme à Valence, les portes du soleil. Ici, commençaient les corons… même si nous n'y étions pas encore.

Bien entendu, il pleuvait sur l'autoroute ! Et plus nous avancions plus le temps se couvrait. Au fond de l'horizon, se découpait une plaque noire, rapiécée comme un emplâtre sur des nuages déjà bien gris. Amiens, 20 km. C'était, sans doute là-dessous ! J'en rajoutais certainement un peu ! Dans le filtrage des couleurs et des ambiances. Mais mon humeur était ainsi ! Triste, désabusée. Mélancolique et morne, comme le paysage, défiguré, qui défilait devant nos deux silences… Terre meurtrie par les tonnes d'acier larguées des stukas ou tirées par la Grosse Bertha… La dernière guerre avait labouré les plaines de la Somme, complétant la dévastation infligée par les tranchées lors de la précédente…

tête aux pieds, maquillait si bien son corps, son regard et son âme qu'elle vous glissait entre les yeux, les sentiments et les discours, comme un glaçon entre les doigts. Ses larmes me peinaient, tout en me caressant de joie. Je les avais goûtées avec bonheur, les yeux fermés, comme un baiser. J'aurais voulu qu'elle me pleure dans les bras ! Et si je me trompais ?

Je plongeais à nouveau dans un doute abyssal dont seul j'avais le secret, quand elle m'a rappelé pour me remercier. Je me suis encore excusé. « Je vous en prie ! J'ai été grossier, voire insultant. À bientôt ! » Un peu courte, et pas très motivée, ma réponse ! Alors, je l'ai rappelée, à nouveau, pour voir si… ça allait mieux. Elle m'a dit qu'on se verrait demain et qu'on en reparlerait.

– De quoi ? ai-je demandé innocemment.

– Souvenez-vous, un jour, aux Colonnes, vous m'avez fait une phrase désabusée du genre : « Si on parlait de nous. De vous et moi ? » Je ne vous ai pas répondu…

Surpris, j'ai dit : « D'accord ! », suivi de quelques formules de politesse, avant de raccrocher. Trop rapidement. J'aurais dû reprendre au bond cet embryon tarabiscoté de déclaration ! Mais était-ce une déclaration ? J'ai refait son numéro aussitôt. Prétexte ? Si on devait se voir demain, nous n'avions pas précisé les modalités ni l'heure du rendez-vous.

– Si vous êtes libre, on peut en profiter pour visiter Amiens. J'ai toujours votre ciseau. J'ai même approfondi la lecture des signes. Quand je dis « approfondi », ça signifie que je crois avoir mis en évidence un ou deux détails que nous n'avions pas vus la première fois. C'est peut-être le moment d'aller vérifier si l'un des 7 barrés a ou non une correspondance avec la cathédrale d'Amiens… Vous voyez que je ne vous oublie pas ! Demain, sept heures, devant la gare. Bonne nuit ou ce qu'il en reste. Je vous embrasse…

Sucrée, salée. Ses changements de ton me perturbaient. Elle accélérait, elle freinait. Et moi, ballotté par son adresse de pongiste, j'allais me fracasser la raison, à tous les coups, sur le pare-brise de ses valses-hésitations. Elle le faisait exprès ou quoi ? Si telle était sa nature véritable, elle m'épuisait…

D'ailleurs, elle conduisait comme elle se conduisait.

– Attention ! Regardez devant vous ! Vous allez nous faire rentrer dans le camion… Vous tournez toujours la tête, quand vous me parlez ! C'est dangereux !

– Vous préférez quand je ne parle pas ?

– Si, si ! Mais regardez la route, quand vous conduisez !

À partir de là, nous n'avons plus échangé un mot, campés sur nos « ego », ruminant, chacun dans son coin, des sentiments qui n'en finissaient pas de se croiser, de s'éviter, de s'entrechoquer. Sans jamais parvenir à s'apaiser, à se rencontrer… à s'entrelacer.

À la gare, à peine monté dans sa voiture, d'emblée elle avait monopolisé la parole, avec la vivacité d'un poulpe projetant sa fumée d'encre pour mieux s'échapper. Et derrière l'écran d'un quasi-monologue, elle s'était efforcée de contenir mon envie prévisible de disséquer tous nos comportements de la veille… la dureté de mes accusations, ses larmes encore chaudes et le va-et-vient des échanges qui suivirent.

Les signes du ciseau se prêtaient parfaitement à l'affaire. Ils lui offraient un thème tout choisi pour une conversation à sens unique. N'allions-nous pas à Amiens pour cela ? Dans le but de confronter cette précieuse relique au passé d'une autre cathédrale ? Flora l'avait conservée dans son atelier, très étonnée que je ne m'en sois pas préoccupé davantage. Depuis si longtemps… C'était vrai ! Je me détachais, imperceptiblement, de ces épisodes fantastiques qui avaient bien failli bouleverser ma vie. Mon obsession se dissipait au fil des jours. Surtout depuis l'échec de ma quête prolongée, ouverte au doute, au cœur de la Belle Dame de Reims... Ce que je recherchais aujourd'hui était moins la signification improbable d'événements qui s'apparentaient désormais pour moi à un délire qu'une réponse à l'attrait magnétique qu'exerçait sur moi ce glaçon enrobé de charme qui persistait à vouloir dialoguer avec l'au-delà quand je le suppliais de me parler d'amour... Encore eût-il fallu exprimer tout cela, la bouche ouverte et à voix haute. Nous n'en prenions toujours pas le chemin.

Seule, avec son laser, elle avait donc poursuivi le dépoussiérage du rébus de Macias. En affinant avec beaucoup de précaution, certains détails estompés par la rouille lui étaient apparus. Ainsi le premier symbole, un rectangle surmonté d'une croix, était en réalité composé de deux dessins séparés et superposés. La croix, toujours. Et un signe qu'elle interprétait comme le dessin d'une couronne, en raison de la ligne brisée par trois pointes qui formaient le trait supérieur du rectangle. Avec l'usure du temps, cette ligne qui paraissait droite, à première vue, à l'épreuve du laser ne l'était plus.

– S'il était resté là-haut encore dix ans, souligna-t-elle, je crois bien qu'on n'aurait rien pu déchiffrer. La corrosion aurait tout mangé.

– Peut-être a-t-il gravé tout ça dans la précipitation... On peut imaginer qu'il n'a pas eu le temps de repasser plusieurs fois sur les traits, avec son poinçon !

Elle poursuivait déjà son raisonnement. Après avoir soliloqué longuement sur la signification du premier signe, elle arrivait à la conclusion que, finalement, ça ne changeait rien. Et, si couronne il y avait, le symbole n'en était que plus fort... Couronne = sacres des rois. Croix = église. Croix + couronne = cathédrale de Reims...

Ensuite, le trident de Montchicourt. Et à six pas, la dalle qui fermait le tunnel… Au fond du souterrain, ma dernière vision. Le guet-apens. Voilà où nous en étions ! Restait le triangle. Mais je lui avais déjà dit qu'il s'agissait sans doute d'un symbole ancien de la franc-maçonnerie. La clé de l'énigme tenait donc dans l'interprétation du dernier signe. Un autre trident dont les dents extérieures avaient été remplacées d'un côté par un 7 à l'envers barré de deux traits, de l'autre par un 7 barré d'un trait… Elle était fière de me rappeler qu'elle avait trouvé la signification, toute seule, sur une planche d'époque répertoriant les pierres des cathédrales. Pour Amiens, le premier 7. Pour Chartres, le second. Entre ces deux joyaux de la chrétienté se trouvait donc la solution… En réalité, rien que nous ne sachions déjà ! Mais cette démonstration lui avait permis de meubler la conversation, pendant près de cent kilomètres… C'est là qu'était intervenu l'épisode du camion. Suivi de ce long silence qui pesait entre nous, lourd comme les nuages noirs qui avalaient de plus en plus la terre, au bout de l'horizon.

Nous étions arrivés dans les faubourgs d'Amiens. Les briques rouges des maisons, collées les unes aux autres, défilaient, comme un ruban interminable. Morne muraille de séparation entre deux mondes. Nous étions bien dans le Nord !

– Putain de temps ! Ça vous foutrait le cafard, avec un décor pareil !

– C'est tout ce que vous avez trouvé ? renvoya-t-elle sèchement. Pincée. Sans détourner les yeux.

– Tout quoi ?

– Pour sortir de votre bouderie, ou je ne sais quoi !

– Et vous, qu'est-ce que vous avez trouvé ?

– Rien !

– Ça ne vaut pas mieux !

– Non !… Alors, on a l'air malin !

La porte était à nouveau entrouverte ! Mais c'était encore elle qui en avait pris l'initiative. Son avantage en tout me bloquait… Bêtement, j'ai voulu rejustifier l'origine de notre fâcherie, enchaînant sur le camion et sur l'autoroute du Nord qui était si dangereuse, surtout par mauvais temps… C'était plus fort que moi ! Elle renouait le contact et moi, je ne pouvais m'empêcher de replonger dans mes tentatives d'explication ! Comme pour avoir le dernier mot.

Heureusement, sourde à mes reproches ressassés, et pour éviter l'enlisement, elle me fit remarquer que le décor changeait… À mesure que nous avancions vers le centre-ville, les magasins, les bars et même les immeubles de bureaux se couvraient de néons, de glaces gravées et de couleurs. Telles des touches de gaîté et d'espoir. Il n'y avait que les gens du Nord qui, comme dit la chanson, ont dans les yeux le bleu qu'ils ne trouvent pas dehors… pour oser peindre, en jaune canari, en rouge vif ou en vert pomme, leurs devantures et leurs façades. Ça lui rappelait, disait-elle, certaines villes américaines qui avaient exporté la brique anglo-saxonne, à l'époque de la conquête du Nouveau Monde, et qui l'avaient bariolée de toutes les enseignes multicolores de la publicité et du tape-à-l'œil. Je ne connaissais pas l'Amérique, en dehors des films et des revues. Mais j'étais d'accord. Au moins, nous avions retrouvé la parole !

*

De bonne foi, je ne suis pas tombé à la renverse en abordant le parvis. Davantage secoué par le vent qui paraît-il décoiffe en permanence les pèlerins sur cette place, depuis le Moyen Âge… que par la prestance de cette façade toute blanche. Je découvrais, sans émotion particulière, la perfection d'une bonne grosse église, tellement bien ravalée qu'elle faisait presque neuve. Une belle maquette bien lisse et bien crémeuse, à placer sur la ville rouge comme sur un gâteau géant d'anniversaire. Bientôt huit cents ans d'âge… Il est clair que dès les présentations, je n'ai cessé de comparer, sous toutes les coutures, des ogives aux statues, « leur » cathédrale avec la mienne. Pas toujours avec une objectivité sincère, mais avec la passion des yeux et du cœur. Comme pour une œuvre d'art. Ni historien, ni conservateur. Mais amoureux.

D'ailleurs, pour commencer, je me demandais bien où ils avaient pu trouver qu'Amiens était la plus grande. En superficie, peut-être ! Car les chiffres étaient là. Mille mètres carrés de plus, ça vous fait déjà un bel appartement ! J'avais consulté, avant de venir, le catalogue acheté dans la boutique du marchand du temple. Pour y trouver les mensurations respectives des deux rivales. Avec des évaluations qui, selon les sources, variaient parfois de plusieurs mètres… C'était de bonne guerre ! Chacun essayait de tirer la suprématie à soi. Ainsi, la nef de Reims était un peu plus longue, les voûtes d'Amiens un peu plus hautes. Mais pour ces reines de pierres, comme pour celles de beauté, la prestance ne s'évaluait pas qu'à l'aune des centimètres gonflés sur une poitrine trop grasse, ou tirés sur des hanches amollies. La mienne était plus belle. Fine, élégante. Élancée. Majestueuse. Sa façade était noble et ses traits ciselés par ses milliers de statues qui l'ornaient de dentelle… À côté de la grosse cornette amidonnée de « l'autre ». Même ses cicatrices profondes, de la guerre et du temps, renforçaient la fière allure de ma Madone. L'une était taillée dans la craie, et l'autre dans la chair.

Déjà, la fréquentation du parvis marquait la différence. Les bancs des écoles prenaient ici la place des cars de Japonais. Des professeurs barbus officiaient sous les portails, rompant avec le charme multilingue des hôtesses rémoises, pimpantes en minijupes. Des grappes d'enfants stationnaient sur les marches. Écoutant conter l'histoire plus que l'architecture.

– Et là, sur ce bas-relief, devant les trois personnages, il y a un roi méchant… Vous connaissez ce roi méchant ? demanda le professeur.

– Hérode, lança une voix fluette, au milieu de ce groupe de lycéens, tous semblables avec leurs petits sacs à dos.

– Très bien ! Ils apprennent à Hérode que le Christ naîtra à Bethléem…

Nous étions loin du descriptif de l'*Ange au sourire* et des explications données sur la Belle École de Reims. D'ailleurs les grandes statues qui ornaient, là aussi, les trois portes d'entrée, paraissaient bien ordinaires. Représentatives et sans grâce. À bien les détailler, on avait l'impression que les sculpteurs d'Amiens s'étaient contentés de reproduire trois modèles, plus ou moins figés dans la pierre. Des vieillards à la barbe torsadée pour les saints et les personnages de la Bible, des visages ronds pour les anges, et des traits lisses et juvéniles pour les femmes qu'elles soient Vierges ou servantes. Il fallait donc connaître la symbolique de leurs attributs pour les différencier. Selon qu'ils tenaient une plume, une croix ou une épée.

– Je comprends que Rascard ait été jaloux de Macias !

– Le cachet n'est pas le même, souligna Flora. On entre ? Je commence à avoir un peu froid.

Le vent plaquait ses cheveux sur son visage. Elle était encore plus jolie, embroussaillée. Et plus séduisante défaite que parfaite.

On pénètre toujours dans une cathédrale, la première fois, à pas feutrés, presque en courbant la tête. Par marque de respect, on parle doucement. Puis on remonte jusqu'au chœur par l'une des allées extérieures, la plus proche de la porte par laquelle on vient d'entrer. Comme pour ne pas désacraliser la lumière de la nef, ou parce qu'on se sent indigne d'aborder de front la grande croix du Christ qui trône au-dessus du maître-autel. Par atavisme. Croyant ou non-croyant, le respect des lieux saints est inscrit dans nos gènes. Vieille réminiscence d'un ordre social et naturel, lié au religieux. Encore qu'aujourd'hui on n'ait plus peur de Dieu. Il y a bien longtemps qu'il ne nous a pas envoyé la foudre, la peste ou l'Inquisition ! Mais, une fois passées les premières secondes de révérence à l'égard du sacré, tous les instincts refluent. On peut les observer. Il y a ceux qui y croient. Ceux qui y croient un peu – on ne sait jamais ! Ceux qui n'y croient pas. Et ceux qui ostensiblement – et ils le montrent – n'en ont vraiment rien à foutre…

Il faut dire que, dans l'ensemble, les visiteurs d'Amiens affichaient une bien meilleure tenue que les excentriques de Reims. Ils déambulaient avec la même aisance entre les colonnes, sans faire leur signe de croix à tous les carrefours d'autels, mais ils semblaient plus respectueux et plus disciplinés. Et lorsqu'un baba-cool en sandales s'asseyait sur le gisant d'un évêque, au moins le faisait-il en silence. Nous étions samedi. Le public avait l'accent belge, ou parlait l'anglais… Sans doute aussi affaire d'éducation !

Et d'organisation. Car ici, pas de foule agitée devant la cahute des marchands du temple. Pas de bonbons, pas de sucettes à l'eau bénite, pas de crincrin à prière. Ni de bible, ni d'ouvrages en cinq langues. Pas de petites Jeanne d'Arc en fer-blanc. Rien… Si ce n'était un pauvre hère, au teint gris passe-muraille, qui louait ses écouteurs de visite audioguidée. Curieusement installé, toutes grilles ouvertes, au beau milieu de la crypte dédiée à saint Jean le Sauveur. Il était là, immobile comme une statue, interdisant toute dévotion au pauvre Jean qui avait eu le tort d'occuper la première place d'un chapelet de chapelles qui tapissaient toute la nef… Encore qu'au jour de notre visite elles étaient toutes logées à la même enseigne. Relâche pour tous les saints. Les grilles étaient fermées. Les chapelles, inaccessibles. Y compris pour les offrandes… La cathédrale s'était transformée en galerie, avec des toiles à la dimension de l'endroit. Du deux mètres sur deux mètres. Une exposition d'écrans blancs qui semblaient attendre, tendus sur les grilles des chapelles, une projection en VO du chemin de croix, station par station. Le compte y était presque… En réalité, ces toiles étaient bien des tableaux, d'un art très contemporain. Trois quarts blanc, un quart couleurs. Des taches sur toile immaculée. Des ailes d'oiseaux sans tête. Des papillons d'Amazonie. Des flammes de l'enfer. Des feux follets. Des chiures de mouches grossies au microscope… À moins que, vu l'emplacement, nous n'ayons été confrontés à des représentations hasardeuses de la langue de feu du Saint-Esprit, en deux ou trois bavures étirées de couleurs vives et chamarrées.

– Je n'apprécie pas ! marmonnait une bigote, version flamande, dans l'oreille de sa copine. Et ça cache toutes les chapelles ! On ne voit même plus les saints derrière. Ils exagèrent. C'est pas l'endroit. Y a des musées pour ça ! Et moi qui voulais faire une dizaine à Marie !

J'ai suivi Flora, attirée comme une abeille sur un pot de confiture par ces graffitis largement ouverts à l'imaginaire conceptuel et qui transformaient, telles des affiches « tendance », la nef de la cathédrale en abribus géant.

– C'est de l'abstraction lyrique qui permet tous les rêves et toutes les évasions, dit-elle, les yeux dans le jaune.

– Belle analyse picturale ! Voilà encore un talent que je ne vous connaissais pas ! ai-je répondu les yeux dans le vert.

– Non ! C'est écrit dessous… Ces œuvres sont de Kim En-jong. Un curé qui peint. C'est écrit aussi…

– Avec un nom comme ça, c'est plutôt un Chinois.

– Oui, mais un Chinois curé… et peintre… En tout cas, un Asiatique. Parce que curé en Chine ! Il vaut mieux tenir un pinceau qu'un goupillon… Décidément, vous ne voyez rien. Il a sa photo, là…

Nous sommes passés au deuxième tableau. Chacun à un bout de la toile, nous avions l'air d'un couple fâché, le nez dans le drap blanc de son lit en King Size.

– Et ça vous inspire quoi, ces jolies taches ? lui ai-je demandé, le regard dans le bleu.

Elle ne m'a pas répondu tout de suite. Je la sentais brusquement réfléchir. Comme si elle prenait son élan. Puis, sans quitter la toile, le regard dans le vague, abandonnant son ton vif et moqueur :

– Vous savez… dit-elle avec la gravité lente d'un aveu, j'ai rompu avec Christian. Rompu, c'est beaucoup dire ! Je n'ai pas eu vraiment de liaison avec lui. Il n'a jamais été mon fiancé. Je disais ça pour vous provoquer… Je l'ai d'ailleurs quitté peu de temps après vous avoir rencontré… Je sais qui il est, et je sais ce qu'il a fait. Il s'est servi de moi… Il était jaloux de vous. Et un jour où il m'exaspérait en me questionnant : « Qu'est-ce que tu fais toujours avec lui ? Qu'est-ce que vous foutez dans la cathédrale ? » je lui ai répondu que vous aviez trouvé le trésor du sacre des rois… Et je pense qu'il l'a cru… Ce n'est pas un garçon coiffeur, comme vous dites. Mais un petit séducteur qui vit d'expédients. La Porsche, les fringues et la vie facile, c'est pour les apparences. Au début, je ne le savais pas… Vous savez, les filles, c'est comme ça ! Ça fait souvent des manières, mais parfois ça couche aussi avec n'importe qui… J'étais seule et désemparée. Il s'est montré gentil. Attentionné. Je me suis laissé griser de sorties, de week-ends et de futilités… C'est tout !

Elle s'est tournée vers moi. Un sourire triste faisait plisser ses yeux. Troublés et fixes, dans l'attente d'une réponse ou d'un geste.

Sans savoir quand ni comment… elle avait sans doute prémédité cet instant où elle ferait tomber son masque de femme inaccessible, maîtresse de ses sentiments comme de ses apparences. Poursuivant sa fuite en avant, traversant sa vie et celle des autres en habit de surfeur pour mieux laisser glisser sur cette peau factice les intempéries de la vie et l'écume de ses désillusions. Elle me regardait plus émue que moi du désarroi qu'elle venait de provoquer. Pris par surprise, je ne savais comment réagir.

– Que voulez-vous que je vous dise ? Je…

– Rien !… dit-elle, en me prenant la main. Venez ! Il nous faut retrouver la piste de Macias…

Je ne l'ai pas lâchée, cette main. Et elle n'a pas cherché, non plus, à la reprendre. Une main chaude et fine de femme dont la peau veloutée me transmettait les battements de son cœur. Comme deux collégiens nous avons poursuivi la visite, en remontant la nef. Plus préoccupés par l'imminence du prochain signe entre nous que de trouver un sens aux hiéroglyphes gravés sur le ciseau.

Du coup, mon regard avait changé. Sur elle, comme sur la cathédrale… Au sol, les dalles s'éclairaient, lustrées par la lumière des vitraux, ouverts à la clarté. Crue, elle rejaillissait, découvrant, au pied de chaque colonne, des vestiges de la foi, statues, reliques, bas-reliefs et tombeaux. On ne savait plus où donner de la tête. Tout était beau, poignant. Naïf et coloré. Ce n'était plus une cathédrale, mais un musée ! Les siècles s'amoncelaient autour de nous, du début jusqu'à la fin du Moyen Âge. De Gérard de Conchy, évêque de la première croisade, bien gras et bien nourri à en juger par le gisant qui s'était refermé, comme la paix sur son âme, sur son cercueil de pierre… jusqu'à l'angelot doré, censé pleurer sur la mort du chanoine Lucas, Abbé Pierre du moment qui avait épousé, lui, la cause des orphelins. Plus de quatre siècles séparaient ces œuvres symboliques. Semées au milieu de ce cimetière de la mémoire, caverne sacrée d'Ali Baba où s'entassaient, côte à côte, les trésors du gothique et ceux de l'art baroque.

Mais qu'avaient-ils donc tous à vouloir se faire enterrer là ? Bien plus qu'à Reims, il y en avait partout. Les uns à côté des autres. Les uns sur les autres. Plus près de toi, mon Dieu ! Alors qu'aujourd'hui, ils servaient de carpettes pour s'essuyer les pieds, ou de sièges de repos pour visiteurs fatigués… Deux d'entre eux s'étaient même réservé un emplacement de choix. Evrard de Fouilloy et Geoffroy d'Eu, évêques bâtisseurs, tout de bronze vêtus, qui gisaient là, de part et d'autre de l'allée centrale, dans des sépultures individuelles fermées par des grilles basses. On disait que les Allemands, lors de la dernière guerre, avaient voulu les fondre… pour en faire des fûts à canons, afin de reconstituer leur artillerie fatiguée. Drôle de fin pour des apôtres de la paix ! Mais le Führer, furieux, s'en était mêlé. Motif ? En les arrachant à leur sommeil de bronze, on allait immanquablement détériorer les magnifiques dalles noires et blanches qui dessinaient sur le sol des croix dites « hindoues ». Rebaptisées depuis, par les designers du Reich, « croix gammées ». Sacrilège ! Evrard et Geoffroy furent ainsi épargnés sur

Mieux qu'Attila ! Là où les Allemands étaient passés, ni l'herbe, ni la forêt n'avaient repoussé, deux tiers de siècle plus tard… Et malgré leurs efforts, les paysans étaient à peine parvenus à dissimuler les plaies de la nature sous des champs vert pré ou jaune colza, déposés comme un linceul sur ces déchirures des deux guerres.

Nous ne parlions plus depuis un long moment, elle et moi, presque graves, fondus dans la morosité du temps. Flora conduisait, attentive à la route. Moi, je regardais la pluie jouer à saute-mouton avec les essuie-glaces. Malgré les apparences, je ne somnolais pas, bercé par la danse hypnotique des balais sur le pare-brise. Chacun de leurs mouvements me donnait l'impression de chasser une à une les questions que je n'osais lui poser. Les mots se bousculaient dans mon silence, avant même d'être formulés, et restaient là coincés derrière mes lèvres obstinément fermées. Je parle… je ne parle pas ? J'ose, je n'ose pas ? Oui, non. L'essuie-glace poussait l'un, poussait l'autre… Et rien ne sortait. Son silence, identique, exprimait peut-être, chez elle aussi, des pensées refoulées. En tous cas, je me plaisais à l'imaginer.

Elle m'avait cueilli tôt, devant la gare. Direction Amiens. Vous connaissez la route ? Non. Mais cap sur le Nord. C'était sûrement tout droit ! Ce voyage impromptu avait été la conclusion, la veille, d'une longue série d'appels dont les sonneries avaient tinté comme autant de petits pas, favorisant un rapprochement, une non-rupture. Révélateurs d'une envie d'explication. D'un désir de savoir. Ou – qui sait ! – d'en finir.

Moi, d'abord. Je l'avais appelée pour m'excuser de l'avoir fait pleurer. L'empreinte de ses larmes sur sa voix m'avait profondément touché. J'en éprouvais un sentiment de gêne, de honte… mais de victoire aussi. Car, enfin, j'avais percé, sans préméditation ni artifices, la virevoltante froideur de cette femme qui, de la ordre de Hitler. Et dorment toujours, depuis, entre les colonnes de l'entrée.

Penché sur leurs stèles, j'ai senti monter le long de mes joues les rougeurs d'une double jalousie. D'abord, parce que Flora s'était donnée, malgré tout, à ce crétin de garçon coiffeur. Mais je n'allais pas commencer à lui reprocher sa vie passée sans moi ! Ensuite parce que l'intérieur de cette cathédrale était, à l'évidence, plus attrayant que celui de « ma » cathédrale de Reims qui me paraissait rétrospectivement bien vide et même austère... Ça me vexait. Bon, dedans, admettons ! Mais à l'extérieur, rien à voir ! La majesté de la mienne, sur toutes ses façades, écrasait le petit tas blanchâtre de l'autre qui ne ressemblait décidément qu'à l'agrandissement d'une maquette... Et puis ! Exceptons ce mobilier sépulcral qui s'était entassé depuis ses origines jusqu'à la Révolution, il ne serait resté d'Amiens qu'un intérieur propret ! Elle aurait d'ailleurs pu servir de modèle dans un spot de télé. Comment nettoyer le carrelage de votre cathédrale après la messe du dimanche ? Alors que la mienne, pillée, volée, incendiée, bombardée, avait su garder sa sobriété altière, et toute sa noblesse. Son authenticité... Disons, pour en finir, que l'une avait tout misé sur son esthétique apparence, et l'autre sur sa richesse intérieure...

Tiens ! Une tête tranchée, sur un plateau doré ! Le crâne de saint Jean-Baptiste, le vrai, le baptiseur de Jésus. Il regardait passer, dans une alcôve vitrée, les touristes qui plongeaient leur nez dans ses orbites et ses nasaux bouchés à la vieille cire. Un pauvre petit crâne qui avait perdu l'éclat de ses os, et qui paraissait gris sale de la poussière des ans. Il était petit, saint Jean, ou on l'avait rétréci, à la façon des Jivaros ? Rien d'impressionnant, en tout cas ! Surtout présenté de cette façon. Avec une auréole qui en faisait le tour, comme ces dessous d'assiette vermeils qui font les bonnes tables dans les dîners en ville et les restaurants chics. Manquaient trois feuilles de salade, et on se serait cru chez Dracula ! Tellement cet habillage faisait croquignolet ! Même les quelques pierres qui ornaient cette soupière ressemblaient à des bouchons de carafe en verre blanc… Pourtant, ce faciès, relique du premier homme de la chrétienté, celui qui purifia le Christ dans les eaux du Jourdain, était certifié conforme ! Authentique ! Personnellement, je lui trouvais un faux air de Sarrasin, avec son casque et sa mentonnière qui le tenaient fixé sur l'assiette. Peut-être par mimétisme ! Après avoir séjourné si longtemps à Constantinople où un chanoine, héros des croisades, était venu l'arracher des mains des infidèles. Ensuite, il avait terminé, on ne sait trop comment, sa course dans la sacristie d'un curé de la région… Mais, bon ! C'était la face de saint Jean ! On ne remet pas en question une vérité d'Église !

C'est fou d'ailleurs, cette propension qu'on avait autrefois à découper les têtes et à les envoyer, en équipage recommandé, aux parents et amis ! On ne pouvait se retourner dans cette cathédrale sans croiser une statue de saint martyr, ou des bas-reliefs polychromes racontant, comme des bandes dessinées, des histoires pas marrantes qui se terminaient toujours la tête entre les pieds. D'un côté, la vengeance d'Hérodiade. De l'autre, la décapitation de saint Firmin… Décidément, il fallait l'avoir bien accrochée pour s'affirmer chrétien, à cette époque-là !

– Qui sait ? Nous allons peut-être découvrir que Macias, lui aussi, a perdu la tête !

– Qu'est-ce que vous racontez là ? Vous êtes toujours pessimiste, Mathieu !

Elle respira profondément, les yeux levés vers Salomé qui défaillait, contre le mur, devant la présentation du plateau sanglant. Le bas-relief de la Vengeance. Moi, j'étais resté sur la scène d'avant, lorsqu'elle dansait, pour séduire Hérode… Le roi méchant.

Elle avait repris son ton grave et profond.

– Je ne suis pas du tout comme vous m'imaginez ! Ni futile, ni froide… Ni bourgeoise prétentieuse qui vit dans un univers clos… Oui, j'aime m'apprêter. Me coiffer. M'habiller. Être jolie. Pour moi d'abord ! Je suis une fille, tout simplement ! Faite pour séduire, comme nos mères nous ont appris… Mais pas comme Salomé, pour de mauvaises raisons… Pour le reste, c'est vrai, je suis secrète. Je me préserve, comme beaucoup ! Mais je suis une femme, vous savez… Normale. Je suis en attente, comme les autres. Je rêve. Je pleure. J'ai envie… Je sais ! Je fais peur aux hommes. Ça me protège aussi ! N'ayez pas peur de moi, Mathieu !

Elle s'était tournée vers moi, comme tout à l'heure, devant les ailes de papillon. Éclairant son visage de la tendresse d'un sourire. Elle me parlait si facilement ! Moi qui restais muet, incapable de réaction devant ce qu'elle osait… et que je n'osais pas. À chaque avancée de ses mots, je sentais ma respiration se bloquer davantage. Elle était pour moi tellement inaccessible que je ne parvenais pas à trouver d'expression pour faire éclater, à mon tour, ma part de sentiment.

– Alors, quoi ? Je vous prends dans mes bras… et je vous embrasse !

– Non ! répondit-elle en riant, pas ici… C'est interdit. Et on nous regarde…

La grosse dame blonde ne nous avait pas quittés des yeux. Si elle ne s'était pas trouvée au beau milieu de la cathédrale, assise ainsi derrière sa table, on l'aurait prise pour une dame pipi… Mais elle était trop bien mise, plutôt dame patronnesse, attendant silencieusement qu'on vienne la solliciter pour adhérer à son club des Amis de la cathédrale.

Flora avait repris ma main, et m'entraînait déjà plus loin. Devant les plaques de bronze noircies qui tapissaient tout un mur, de l'autre côté du transept.

– Remarquez, on peut tout se permettre ici ! C'est écrit… « Quarante jours de pardon pour trois Pater et trois Ave… »… Et là ? C'est quoi, tous ces noms ? Toussaint, Thibault… Rainvenal, De la Warde… 1430, 1448… Sûrement des bienfaiteurs qui ont gagné leur place au paradis !…

– Les premiers adhérents de Madame Pipi !

– Vous n'avez pas honte ? Blasphème, ça vaut bien… un Pater et deux Ave…

Devant nous, un monsieur barbu renseignait les visiteurs avec une aisance de conservateur. Tout en installant, dans l'allée, une chaîne à maillons rouges et blancs, comme celles qui isolent les travaux de terrassement dans les rues. Touche d'incongruité, au milieu de ce musée de dorures et de pierres. Quelle qu'en soit la finalité, l'évêque devait quand même bien avoir de quoi se payer un cordon de velours parme, pour respecter les couleurs et les matières sacrées !

Flora :

– Vous croyez qu'ils vont faire des fouilles ?

Moi :

– Peut-être cherchent-ils Macias dans les souterrains ?… Nous avons de la concurrence !

– Pardon ! Je n'ai pas entendu ! dit le conservateur.

– Rien ! Je me demandais ce que vous faisiez ?

– C'est pour canaliser la foule ! Demain, c'est le jour de la visite des tours. Il y a toujours du monde. Parfois, il y a même la queue jusqu'à l'autre bout du parvis…

Un homme en imperméable s'était approché, affichant à la fois l'air inquisiteur de celui qui vient de découvrir une faille dans la sécurité et l'anxiété fiévreuse des névrosés du drame.

– Vous avez vu ? Il y a des lézardes dans les murs. Avec les pluies, vous ne croyez pas que ça craint ?

– On suit ça de près ! Ne vous inquiétez pas. C'est comme ça depuis cinq cents ans…

– Ah, oui ! Et ça tient ?

– Bien sûr ! En 1498, ce mur-là a failli s'écrouler. Vous imaginez ! Ça aurait fait comme à Beauvais. Tout se serait effondré… Mais les architectes ont consolidé avec des vérins. Depuis cette époque, la cathédrale est enserrée dans un corset de fer. Vous n'avez rien à craindre. Ça tiendra bien encore cinq cents ans comme ça !

– Mais, le fer, ça rouille !

– N'y pensez pas ! C'est du fer de Tolède !

Bon ! Si c'était du fer de Tolède, alors on pouvait continuer à visiter tranquille ! Mais vous imaginez les titres ? Une cathédrale s'effondre pendant la messe : trois morts dont le curé qui célébrait l'office… Ça a fait rire Flora qui regardait, songeuse, un couple de Suédois avec enfant jouer à la marelle, en plein cœur de la nef. Le père, la mère et la fille sautillaient, l'un derrière l'autre, sur les dalles bleu nuit et blanches du labyrinthe dessiné sur le sol… Autrefois, les pénitents à la recherche du pardon de leurs péchés remontaient ce dédale octogonal à genoux jusqu'au centre. Là où les bâtisseurs avaient apposé leurs effigies en guise de signature. Les silhouettes qu'on y découvrait, incrustées dans la pierre, étaient celles de l'évêque Fouilloy et des trois architectes, maître Robert de Luzarches, le premier. Thomas et Renaud de Cormont, le père et le fils qui avaient achevé l'édifice en famille.

Reims aussi avait eu son labyrinthe, sceau des bâtisseurs, au cœur de Notre-Dame. Mais il avait été détruit par des chanoines obscurs, préoccupés d'effacer des mémoires une représentation païenne et archaïque, réputée franc-maçonne après la Révolution. Auparavant, pourtant, la symbolique d'Église et celle des frères et compagnons du Moyen Âge avaient fait bon ménage. La légende du fil d'Ariane avait été récupérée, comme l'avaient fait bien d'autres avant eux, par les bâtisseurs de cathédrales. Cette allégorie qui vit Thésée sortir vainqueur du Minotaure exprimait pour eux la remontée des ténèbres vers la lumière. De l'ignorance vers la Connaissance. Pas étonnant donc que l'Église d'alors en ait fait, elle aussi, son symbole du parcours initiatique vers la Jérusalem céleste.

Flora avait mis le pied sur la première dalle du labyrinthe. La dalle d'entrée. Les Suédois étaient partis.

– On y va ? proposa-t-elle, avec un air de provocation finale. Le centre, c'est l'aboutissement. Il faut trouver la bonne voie pour y parvenir. C'est pour cela qu'ils signaient là, à l'achèvement des travaux… Remarquez, à Reims, ils étaient moins prétentieux ! D'après le relevé des dessins, les Gaucher, Le Loup et compagnie avaient posé leur empreinte à l'extérieur, aux quatre coins. Ils se donnaient l'éternité, eux, pour accéder au nirvana… Une façon de reconnaître qu'une cathédrale n'est jamais achevée. Comme toute œuvre sur terre. Si parfaite fût-elle… Une boucle bouclée n'est-elle pas qu'un nouveau point de départ !

– Fiiich ! Non seulement ésotérique, mais philosophe avec ça !… Quelle femme ! Je ne sais pas si je serai à la hauteur !

– Arrêtez avec vos complexes ! Je ne vous ai jamais pris pour un ouvrier couvreur, comme vous dites. Vous me plaisez tel que vous êtes. Vous… m'attirez… par instinct et par intuition… Et puis, ça suffit ! Ne me poussez pas à d'autres déclarations ! Nous sommes au bord du labyrinthe. Vous avez toutes les clés pour y entrer et en sortir… Alors, si vous voulez aboutir… toucher au cœur, vous n'avez qu'à avancer !

Et elle me poussa sur la deuxième dalle.

– C'est long, ce truc-là ?

– En surface, le cinquième de la cathédrale, si j'ai bonne mémoire… et en déroulé, plus de deux cents mètres. Allez ! Avancez !…

J'ai fait quelques pas sur le couloir des dalles bleu nuit. Elle me suivait. Alors, à mon tour, j'ai pris sa main et je l'ai entraînée directement au centre du labyrinthe. Là, je l'ai serrée dans mes bras et je l'ai embrassée. Je sentais sa poitrine qui se faisait légère contre mon corps. Ses lèvres étaient aussi brûlantes que les miennes. Elles sentaient l'eucalyptus, l'odeur de l'amour. En fermant les yeux, nous avons entendu vibrer la cathédrale d'Amiens qui tournait comme un vertige autour de nous.

Combien de temps a duré ce baiser, sanctuarisé ? Je ne sais pas. Si l'éternité existe, elle doit tenir dans ces moments-là… Puis, nous nous sommes retrouvés à errer sans rien dire dans les allées. L'esprit ailleurs. Libres. Détachés du jugement des derniers pèlerins qui tournaient encore avant la fermeture, et qui avaient dû subir, incrédules, la vision de notre danse blasphématoire devant la croix du Christ.

En passant devant l'une des dernières chapelles rayonnantes, consacrée à la Vierge, et cachée comme les autres par l'un des tableaux géants du Kim, j'ai aperçu la grille entrouverte et le confessionnal d'époque qui n'avait pas dû recevoir, depuis bien longtemps, l'absolution des péchés.

– Baissez la tête ! lui ai-je recommandé, on plonge !…

Elle m'a suivi, surprise et amusée. Nous nous sommes glissés sous la toile du peintre, engouffrés dans l'alcôve du confesseur, fermant la porte en bois sculpté sur nos envies sacrilèges… Ma bouche s'est portée sur son cou et ma main a glissé sous sa robe. Ceux qui passaient par là ont dû percevoir des bruits sourds, un souffle et des soupirs étouffés… Peut-être se sont-ils signés pour conjurer leur peur devant cette manifestation diabolique. Sans savoir que se déroulait, sous la bénédiction de la Vierge à l'enfant, un acte passionnel de chair dont la violence n'était que le fruit d'une longue attente qui avait gonflé nos désirs jusqu'à l'emportement… Nous n'avons pas fait l'amour, à vrai dire, ce jour-là, inconfortablement pressés dans cet habitacle inadapté. Mais, nous avons joui l'un de l'autre, presque instantanément, avec la volonté éperdue de marquer désormais nos territoires. Comme pour rattraper enfin le temps perdu. Et prendre date pour des rendez-vous plus convenables. Là où les sentiments retrouveraient toute leur place.

Nous sommes ressortis comme si de rien n'était. Défaits, ébouriffés. Dépenaillés et comblés. Elle, rajustant sa robe, moi, le pan de ma chemise. Nous avons ri, en traversant la rue. Comme des enfants heureux. Avant d'aller récupérer dans la brasserie d'en face, à l'enseigne des III Maillets.

Assis au bar, dans l'atmosphère embrumée des soirées chaudes du Nord, nous étions loin de l'ambiance des Colonnes. Ici, la bière blanche remplaçait le champagne. Et une jeunesse au teint mondialisé, les fils de grands bourgeois niaiseux… Nous n'avons pas fait de débriefing, ni cherché à entrer dans plus d'intimité. Nous étions là où nous avions voulu… Alors, je me suis dit que si mes visions n'avaient servi qu'à nous y entraîner, j'en acceptais tous les tourments passés. Finalement, Amiens !

– Avec tout ça, nous en avons oublié Macias ! ai-je quand même fait remarquer.

– Si nous n'avons rien vu, c'est qu'il n'y avait rien à voir ! Mais ce n'est pas une raison pour l'abandonner…

– Je ne sais pas si je dois te le dire, c'est idiot ! mais, quelques secondes avant… quand je t'ai prise dans mes bras, au centre du labyrinthe, j'ai cru voir passer dans un éclair… non pas Macias… mais l'ombre de Rascard…

– Tu as cru voir Rascard ?

– Oui ! J'ai eu l'impression furtive de le voir passer. C'était lui, mais… on aurait dit qu'il était plus jeune. Tu vois, ça n'a pas de sens ! Et puis, arrête ! À ce moment-là, je ne pensais et ne voyais que toi !

13

J'ai gravi lentement les marches du parvis. Une à une. L'estomac noué, le regard flou et les jambes incertaines. Cette fois, j'avais peur. À m'en donner le vertige… Et si Flora avait raison ! Je ne voulais pas y croire… Mes oreilles bourdonnaient, tellement mon cœur battait. Je devais être blême. L'Ange me regardait. Il me souriait… Il souriait. J'avais l'impression qu'il était vrai. Mais, aide-moi, l'Ange ! Au lieu de te moquer. Tu vois bien que j'ai la trouille ! Allez ! Je respire fort. Profondément. Zen. Non, il n'y a rien à faire. Je n'y arrive pas. Je ne respire plus… J'étais à tordre, comme une serpillière. Je montais à l'échafaud. J'étais déjà mort. Je me suis d'ailleurs retourné, comme un condamné qui jette un dernier regard derrière lui, sur la vie, avant de basculer dans l'inconnu… Le parvis était calme, presque vide. Le jour déclinait déjà. C'était la fin de l'été. Les premières lumières scintillaient derrière les vitrines des boutiques de souvenirs et de dégustation de champagne. Tiens ! J'aurais dû prendre une coupe avant de venir. Pour me donner du courage. Le dernier verre ! Allez ! Encore une marche ! Mais, ça n'était pas possible, à ce point-là ! J'avais les genoux qui flageolaient ! J'étais bien loin de l'appréhension que j'avais déjà connue dans ces moments-là. Cette fois, j'étais oppressé, corseté, confit dans une peur panique incontrôlable.

En rentrant d'Amiens, j'avais passé la nuit chez Flora. Dans un appartement tendu de tissus et d'odeurs. Un univers de femme, doux et soyeux, dont je n'avais guère entrevu que les murs de la chambre. Le temps de comprendre que tout ici lui ressemblait… Un confort fonctionnel. Du teck et du satin. Un mélange harmonieux d'époques et de contemporain. Des photos de famille et des tableaux d'«artistes ». Des ombres et des lumières. Même les objets négligemment posés dans cet appartement semblaient placés, ou déplacés, avec méthode et raffinement. Rien n'était laissé au hasard. Pas même une chaise tirée, ou un tapis excentré… Mais, où était-elle donc, Flora, dans tout cela ? Quelle était sa part d'ombre et de duplicité ? Sa part de vérité ? Comment respirait-elle, dans la vie ?… Après tout !… ni travestie, ni cachée, sans doute était-elle simplement hésitante et fragile, comme la plupart des femmes. Avant que les hommes ne les brisent, de leurs grosses mains avides…

Et nous ? Qu'allions-nous faire maintenant de tout cela ? Après avoir été précipités l'un vers l'autre, au cœur du labyrinthe… Je l'avais vue sincère, sous les toiles du curé et devant Salomé. Prête à croiser ses sentiments, ses lèvres et son corps, comme on croise le fer, dans un assaut passionné… Mais si tout cela n'avait été qu'un jeu ? Une épreuve amoureuse. À l'issue de laquelle nous aurions choisi, ensemble, de déposer les armes. Nous avions tellement cherché le contact, sans vouloir céder un arpent de nous-mêmes, que notre histoire aurait pu se terminer aussi bien par un adieu, dans un sursaut d'orgueil ! Amers et dépités, nous aurions quitté la scène. L'amour est un combat qu'il faut savoir livrer. Parfois avec soi-même…

Et demain ? Une fois le rideau retombé… Je n'aurai plus qu'à retourner sur le toit des églises ? Et elle dans son bureau laser ? Partager une nuit n'est pas partager la vie ! Mais là, de Flora, je ne savais rien encore…

Nous avions peu dormi. Au petit matin, j'avais refermé, sur son corps, le drap comme un écrin, et j'étais sorti sur la pointe des pieds. Il me fallait rassurer Pépé, avant qu'il n'appelle encore le Samu, la police et SOS disparitions…

Je m'étais donné la journée pour réfléchir. Elle m'a appelé, vers midi. Je piétinais, fébrile, devant la porte Mars, autre vestige du passé, romain celui-là, incapable de faire le tri dans mes contradictions… Pépé faisait les valises. Nous devions partir le lendemain. Le portable a sonné.

– Séduite et abandonnée ! Tu es bien comme tous les mecs ! Évidemment je plaisante ! Je sais ! Tu m'avais prévenue hier soir… Alors écoute ! J'ai trouvé ! Je suis certaine d'avoir trouvé !… Dis-toi, pour commencer, que tu as bien vu Rascard, hier, dans la cathédrale…

Elle en avait longuement parlé avec sa copine Véra. Et toutes deux avaient échafaudé, sans attendre, un nouveau scénario. Ainsi, elle m'expliquait déjà que Rascard m'était apparu plus jeune parce que son spectre se déplaçait dans une époque plus ancienne. Lorsqu'il apprenait les rudiments de la sculpture, sur le chantier d'Amiens. C'était la seule image que pouvait m'envoyer Macias pour me rappeler à son souvenir, pour la bonne raison que son esprit à lui ne pouvait s'être imprégné dans la pierre d'une cathédrale où il n'avait jamais séjourné. Donc pas de contact direct possible ! Jusqu'ici, admettons ! Ensuite, ma vision avait été fugitive parce que ma perception sensorielle avait été brouillée aussitôt par la force de mon élan vers elle. En d'autres termes, j'avais perdu la tête en l'embrassant fougueusement, et, par la même occasion, j'avais perturbé tout contact avec l'au-delà. Comme on brouille une séquence radio. C'était simple ! Il suffisait d'y penser ! Mais cette version de la panne me paraissait déjà plus sujette à caution. On ne pouvait décidément pas les laisser toutes les deux plus de cinq minutes ensemble !

– Et tu ne me demandes pas pourquoi ? C'est là que Véra est géniale ! Parce que… tu avais sur toi le couteau de Macias ! Oui ! Je te l'ai rendu hier, et tu l'as mis dans ta poche… D'ailleurs, quand tu m'as coincée dans le confessionnal, je l'ai senti contre ma cuisse. Je me suis même dit que tu étais très en forme… Remarque, à côté, ça n'était pas mal non plus ! Je ne délire pas ! Je m'amuse. Je t'aime…

Elle riait comme une fille. Elle semblait même heureuse.

Mais elle reprit aussitôt le cours de son intuition. Argumentant sur le lien puissant qui m'unissait à Macias et qui, une fois rompu, interdisait entre nous toute communication. Ce fil d'Ariane avec le passé était bien entendu… le ciseau. Planté sur le toit, comme un relais terrestre entre les siècles. Rien n'était dû au hasard. Il m'attendait là-haut, pour m'alerter et me guider… Notre portable, en somme ! Sur lequel Macias avait gravé son numéro, un SOS *post mortem*, abandonné au fil du temps, aux bons soins de celui qui le trouverait. Une bouteille à la mer.

– Son portable, si tu veux !.. ou son répondeur, puisque tu désacralises tout… Sans lui, tu ne peux plus écouter ses messages. J'en suis sûre ! Tu aurais pu te balader autant que tu voulais dans la cathédrale, rien ne se serait passé… Rappelle-toi ! C'est à partir du moment où j'ai gardé ce ciseau chez moi que tu as perdu tout contact avec tes visions. C'est évident ! Tu captes la mémoire des pierres par son intermédiaire. C'est ton décodeur. Ta boule de cristal… Essaye encore une fois !

– Et pourquoi m'aurait-il choisi, moi ?

– Ça, je ne sais pas ! On le saura peut-être plus tard… Peut-être parce que tu lui ressembles !

J'ai insisté. J'ai bien tenté de faire comprendre à Flora que je ne croyais plus à ces sornettes de pythie désœuvrée. J'avais assez perdu de temps, au risque d'y perdre la raison, pour replonger comme un cobaye dans ces errances absurdes. Simplement pour aller vérifier les théories d'une prêtresse qui lisait le passé dans les bulles de champagne. Véra en a pris pour son grade. Je n'y croyais plus. Je ne voulais pas y aller…

– Réfléchis ! Ce que tu as vu, tu l'as vu ! Ce n'est pas moi qui ai inventé Montchicourt ! Ce n'est pas moi qui ai inventé le trident ! avant même qu'on ne retrouve ce nom et ce blason, sur une planche. Dans un livre que n'a pas écrit Véra pour se justifier… Tu dois aller jusqu'au bout, Mathieu… Macias a un secret à te livrer. Tu n'as pas le droit de l'abandonner…

– Un secret ? Les grands mots ! Qu'est-ce que tu en sais ?

– J'en sais que ce mystère n'a pas franchi les siècles pour finir oublié… Peut-être tiens-tu entre tes mains une vérité dont tu n'imagines pas la portée ? Je le sens. Je suis un peu médium, moi aussi… S'il te plaît, fais-le ! Si tu m'aimes, vas-y !

– Et toi ? Tu m'aimes, moi… ou tu aimes Macias ?

Elle n'a pas répondu. À son souffle, suspendu dans un silence insondable à distance, je l'ai sentie blessée… Elle venait d'utiliser l'argument de l'amour, je ne pouvais m'y soustraire.

– C'est bon ! J'y vais !

L'obscurité tombait avec le soir au pied des colonnes monumentales, sur lesquelles s'ancraient puissamment les voûtes gothiques de la cathédrale. La nuit intérieure s'installait. Une à une les couleurs des vitraux s'éteignaient, quittées par le soleil. Le bleu, puis le rouge, puis le jaune. Le silence reprenait sa place dans la nef, chassant, avec les visiteurs, les derniers bruits et chuchotements, de plus en plus feutrés, balayés par les bedeaux qui fermaient la marche, jusqu'aux portes.

J'avais maintenant l'habitude, j'ai longé comme une ombre le mur jusqu'au transept nord. Et je suis resté là, un moment, sous les orgues. Immobile, transparent, comme pour me fondre doucement à la pierre… Plus que mon corps, c'était mon esprit que je m'efforçais de recaler dans l'ambiance de mes rêves. Sans parvenir à me concentrer. Car je refoulais ces images dans ma mémoire, en même temps que je les sollicitais. Déchiré entre deux forces d'égale contradiction qui m'arrachaient le cerveau, lobe après lobe, frontal, temporal, pariétal, et bientôt la tête tout entière. J'avais l'impression d'être soumis au supplice de l'écartèlement cérébral. Plus rien ne voulait sortir de ce crâne en ébullition. Verrouillé de l'intérieur par une peur liquéfiante. Paralysante.

En fermant les yeux, la tête levée vers le voile noir de la nuit qui enveloppait désormais la clé des voûtes, j'ai rassemblé mes forces et ma mémoire… Flora avait raison. Je n'avais pas pu inventer tout seul des situations et des personnages que je ne connaissais pas. Avec le simple acquis d'un Moyen Âge appris sur les bancs d'école, dans les cours d'histoire. Il y avait bien quelque chose ! Même si je refusais d'assumer ma récente requalification en médiateur de l'au-delà. Mais quoi ? Un phénomène paranormal ? Ou pire ! Une manifestation psychotique. Un délire schizophrène… D'y penser ne faisait qu'attiser mon appréhension. J'étais dans l'état d'esprit des polytraumatisés de la peur en avion. Plus on y pense, moins on le prend ! Plus je rassemblais mes arguments, moins j'avais envie de me frotter à la suite, voire à l'issue de cette expérience !

Pourtant, une à une, me revenaient les images… La cathédrale inachevée. Macias, tapi dans l'ombre. Témoin impuissant du meurtre de Capucin, un gamin innocent qui venait d'avertir Rascard de l'arrivée des croisés… Puis, l'entrée fracassante de Montchicourt, violant l'enceinte sacrée de la nef. Affichant avec arrogance la croix rouge du Temple sur sa tunique, et une large entaille sur sa joue… Il avait fait piquer Rascard qui revenait sur sa promesse de les accompagner au cœur du souterrain. Deux coups de lance qui l'avaient laissé agonisant sur la dalle, tandis que la horde disparaissait pour une course mystérieuse au fond du tunnel… Je revoyais leur séparation en deux groupes, au carrefour des galeries. Les quatre hommes, sur leurs gardes, autour de la charrette. Les malles aux ferrures sarrasines… L'attaque. Le guet-apens. Les flèches qui les avaient cloués sur leur chargement d'or… Puis ce silence caverneux et l'obscurité noire comme au cul d'un tombeau qui étaient retombés sur ce massacre éclair… alors qu'on entendait au loin le retour des trois autres. Daguin, Moineau et Montchicourt… Macias était remonté, effrayé par ce qu'il avait vu, et appréhendant la suite qu'il ne voulait pas voir… Là, il s'était penché sur Rascard qui, le tenant par l'épaule, lui avait glissé, à nouveau, quelques mots à l'oreille. Des mots si forts que le sculpteur s'était repris. Saisissant l'épée courte que le maître tenait cachée sur son flanc, ainsi qu'une torchère de l'autel, il avait replongé comme une furie dans le trou du tunnel… Ici, s'arrêtait ma dernière vision.

La cathédrale semblait vide. Déjà, je n'entendais plus rien. Ni dehors, ni dedans. Vampirisé par cette image qui s'était arrêtée dans ma tête, comme un plan gelé sur un magnétoscope. Je me suis approché de la colonne du trident. Ma peur avait disparu. Je n'étais plus le même. Le fil s'était tendu. Lentement, je remontais le passé. À la rencontre de Macias.

Appuyé contre la pierre, entre saint Jean-Baptiste et Jeanne d'Arc, j'ai sorti le ciseau de ma poche. Je l'ai serré très fort dans ma main. Cette fois, je n'avais pas l'intention de n'être qu'un témoin éloigné de la scène. Une force inconnue me poussait. J'ai compté les six pas, inscrits sur le ciseau. La dalle a basculé… Je suis sorti du tunnel, et je me suis penché, en même temps que Macias, sur le corps de Rascard. Sa main, dans un sursaut, a saisi nos épaules. Il tremblait au rythme saccadé de son sang qui s'écoulait par les plaies, les derniers soubresauts de sa vie.

– Il y a une embuscade, là-dessous ! Que se passe-t-il ? interrogea Macias, la gorge nouée par l'émotion… Quatre croisés sont morts. Et Montchicourt revient, avec les autres, par la galerie Saint-Remi…

Rascard, de sa voix rauque, à peine audible, lui fit alors partager son lourd secret.

– La sainte ampoule… Il a volé la sainte ampoule !… Montchicourt est devenu fou… Il veut devenir l'égal de Dieu… L'or ne l'intéresse pas… Aide-moi, fils ! Je ne peux me présenter devant le Tout-Puissant avec le poids du sacrilège ultime… Il a volé la sainte ampoule… Il faut l'en empêcher !

Macias courait déjà dans le tunnel. Il percevait les bruits et les cris d'un combat. Des lames s'entrechoquaient.

*

Élevé comme un veau sous la mère aux secrets de la franc-maçonnerie, Rascard nourrissait son importance de symboles ésotériques et de mystères de toutes sortes. Profanes autant que divins. À l'écouter, il en savait plus que le pape sur le tombeau du Christ, et plus que les Templiers sur l'étendue de leurs trésors. Sans cesse à l'affût de légendes nouvelles, il glanait partout ce qu'il pouvait de ragots qu'il transformait en vérités, sous le sceau du maillet, dans les réunions de sa loge. Trois coups sur le pupitre et l'affaire était close. Sans autre discussion. Usant de sa dignité de vénérable, il avait ainsi contribué à distiller autour de lui le poison du doute sur l'honorabilité des ordres issus des précédentes croisades. Parce qu'il les jalousait… En édifiant des cathédrales, il estimait agir autant pour la gloire de Dieu que les Hospitaliers ou les Templiers qui n'en finissaient pas de perdre les lieux saints, devant les Barbares du sultan, et recevaient malgré tout les honneurs et la fortune. Les confréries de bâtisseurs valaient bien les moines soldats d'Hugues de Payns ! Et il n'était pas plus aisé d'élever en Occident les pierres de la foi que de renverser les murailles des infidèles, aux confins du Levant !

Rascard cultivait d'ailleurs son goût dans les deux sens. Distillant ses secrets pernicieux qu'il n'était pas nécessaire de prouver, puisqu'ils étaient secrets, et cherchant en revanche à percer les mystères dont il avait connaissance, en raison de sa position hiérarchique dans les loges bleues… Ainsi, le mystère de la sainte ampoule le fascinait. Il avait partout cherché à s'instruire sur son existence, sans jamais trouver le moindre indice. Pas plus que sur sa divine provenance. Il s'était donc, d'abord, contenté d'en propager la légende, telle qu'il l'avait reçue lui-même.

Quand Clovis, le Barbare, décida d'honorer la promesse faite à Clotilde, sa belle épouse – se convertir à son Dieu chrétien qu'il avait imploré avant de vaincre les envahisseurs alamans –, il demanda à l'évêque Remi de lui donner le baptême. Le symbole était immense. Il unissait l'Église au roi des Francs. Un traité inédit de reconnaissance et de protection mutuelles qui allait se renouveler au cours des siècles par tacite célébration du sacre. Tous les rois ou presque allaient ainsi défiler dans la cathédrale de Reims jusqu'à la Révolution, et même encore après, pour recevoir la divine onction…

Mais, pour qu'elle soit divine, fallait-il encore qu'elle leur fût envoyée directement du ciel ! Pas de problème ! La colombe était là !… La même qui avait présidé au baptême du Christ. L'Esprit-Saint en personne. Elle était apparue, tenant dans son bec une fiole dont s'était saisi Remi qui désespérait de ne plus avoir de saint chrême pour touiller sa potion charismatique. Pensez donc ! Le cadeau inespéré de cette colombe ! Dieu était dans la fiole, comme le bon génie dans la lampe d'Aladin. C'était bien mieux que l'huile ordinaire de baptême consacrée chaque année, au moment du Jeudi saint…

Sur cet épisode, il y eut peu d'écrits. Pas la moindre trace de la sainte ampoule, jalousement gardée. Preuve qu'on ne laissait pas traîner Dieu entre toutes les mains ! Pourtant d'autres rois, Pépin le Bref, Hugues Capet, pour ne parler que des changements de dynastie, toujours accompagnés par l'Église, en avaient bénéficié. Tout comme le roi actuel, Louis IX, retenu en exil par les Sarrasins.

En attendant le prochain sacre, la fiole sommeillait à l'abri des regards et des convoitises, quelque part dans un endroit tenu secret dans les chapelles de la cathédrale ou dans les caves du palais du Tau. C'était, en tout cas, l'idée la plus répandue. Même si certains prétendaient aussi qu'elle était restituée, après chaque usage, à la garde vigilante du pape ! Mais on se demande bien pourquoi les archevêques et les évêques de Reims se seraient laissé déposséder d'une si puissante relique !

Personne ne remettait en cause toutes ces versions. Chacun croyait ce qu'il voulait. Sauf que, désormais, Rascard, lui, savait ! Un jour qu'il arpentait les ruelles, chinant sur le marché, il fut approché discrètement par un dignitaire du chapitre, maître Catelin, gros drapier, mais surtout gros monnayeur de dons et de travaux d'Église, qui cherchait, pour un ami – disait-il – un sculpteur de sa taille. Le marchand le présenta à un chanoine qui l'amena à un autre chanoine, avant d'être introduit, toutes tentures tirées, dans les salons de l'archevêché. Imaginez sa surprise ! Lui qui connaissait monseigneur de Bazoches ! dont le palais se trouvait à deux pas du chantier et qui aurait pu le faire appeler à sa guise, sans l'obliger à ce parcours initiatique, à peine digne d'un apprenti… À cette époque, Jacques de Bazoches, l'évêque de Soissons, régnait sur deux diocèses. Car depuis la disparition de Guillaume de Joinville, le siège de Reims était resté vacant. Sans doute en raison des émeutes. Passant son temps entre les deux églises, le prélat connaissait moins bien son monde. Mais il s'était déjà entretenu, à diverses reprises, avec le sculpteur. En particulier lors des réunions que tenait Gaucher devant les membres du chapitre pour justifier des sommes englouties dans les travaux. Rascard était donc connu de lui, et respecté comme maître des sculpteurs… bien qu'un peu moins prisé pour sa qualité de grand maître des loges de sa corporation. Les dignitaires du clergé se méfiaient du compagnonnage et de ses cérémonies secrètes. Mais ils s'en accommodaient. À défaut d'être fidèles à Dieu, ils savaient les francs métiers fidèles à leur engagement…

Étonné, Rascard était surtout vexé qu'on ait jugé bon de le soumettre à l'appréciation des intermédiaires, comme pour s'assurer de sa probité et de sa discrétion… L'évêque l'avait bien compris. Rompant avec le caractère mystérieux de cette entrevue, il l'avait d'abord couvert de mille compliments sur son art et sa personne. Avant de lui confier une mission d'importance – souligna-t-il –, même s'il ne s'agissait que d'une restauration bénigne sur le tombeau de saint Remi. Bazoches lui fit jurer le secret absolu, sur la Bible et sous le maillet. Car nul, d'ordinaire, n'avait accès à ces lieux réservés, et saints s'ils en étaient…

Quelques jours plus tard, il fut donc conduit dans la basilique où il passa plusieurs nuits à sculpter à l'identique l'une des statues qui ornaient le grand tombeau de Remi, fondement, sinon fondateur de l'Église de Reims et du royaume des Francs. Cette statue n'avait pas résisté au temps, et s'émiettait misérablement, sans doute taillée dans une mauvaise pierre, à une époque où les ouvriers des carrières n'avaient pas le même savoir-faire que ceux de Trigny ou de Courville.

Dans un silence monacal, il avait travaillé à la restauration, encadré par deux chanoines. Ceux-là même qu'il avait rencontrés avant d'être introduit au palais. Tels des sphinx, installés sur des prie-Dieu, ils se tenaient à l'avant et à l'arrière du tombeau. Seul, de temps à autre, un coup de burin plus appuyé faisait ciller l'attention de ces deux cerbères qui, dans une attitude de prière, ne le quittaient pas des yeux. Attentifs à tous ses déplacements et à chacun de ses gestes. Rascard se demandait bien pourquoi. Puisqu'il n'y avait rien à voler dans cette salle vide… Et même, à imaginer que le contenu du tombeau soit précieux, on pouvait à peine passer le bras par l'ouverture laissée en haut du sarcophage. Car il avait fallu pousser légèrement la dalle qui le fermait pour donner plus d'aisance au sculpteur qui risquait à tout moment d'entailler le couvercle. Ils avaient d'ailleurs dû s'y mettre à trois pour pousser cette lourde pierre, les chanoines ayant, à cette occasion, laissé apparaître, sous leur robe, des muscles plus communs chez des lutteurs que chez des serviteurs de l'Église.

Puis, au fil des nuits, la confiance avait fini par s'installer. Ils échangeaient même régulièrement quelques mots… Un soir que les cerbères étaient partis chercher de quoi manger, Rascard, poussé par la curiosité, s'était hissé le long du tombeau pour regarder, par l'ouverture, pas plus large qu'une main, ce qu'il y avait dedans. Dans la lueur de sa torche, il avait d'abord aperçu une châsse sculptée, à l'intérieur de laquelle devaient être rassemblés, pensa-t-il, les restes du saint évêque, tant l'air confiné sentait le moisi et le vieil os pourri ! Sur le côté, il vit deux fioles. L'une ordinaire, et l'autre qui se mit à briller comme un éclat céleste dans la lumière du feu… Une petite ampoule à la collerette blanche qui éclaboussait la nuit froide du sarcophage de sa couleur rouge, plus pure que le rubis. Rascard s'écarta aussitôt, aveuglé par l'intensité de cet astre minuscule qui rayonnait comme un soleil… comme un Univers formé de millions de galaxies, lancées dans un tourbillon sans fin, au cœur de ce liquide couleur de sang qui semblait les relier entre elles, derrière le cristal de la fiole… C'était la sainte ampoule ! Elle attendait là, posée comme un carafon d'huile ordinaire, le moment d'unir un autre roi mortel à l'éternité du ciel… Avec à l'intérieur, sans apparat ni distinction, le saint chrême, petite parcelle de Dieu, redescendu sur terre.

– Qu'as-tu fait ? demandèrent inquiets les chanoines, de retour, à la vue de Rascard affalé au pied du tombeau.

– Rien ! répondit-il. Avec toutes ces nuits sans dormir et la faim qui me tenaille, j'avais la tête qui tournait ! J'ai cru m'évanouir… Mais avec une bonne moitié de poulet, et un peu de vin, je vais pouvoir sauter sur mes jambes ! Je vois que vous avez pillé la cuisine des curés !

Depuis, Rascard avait gardé son lourd secret intact. Il y pensait souvent, dans ses moments de solitude, à la fois gonflé de vanité et pétri d'angoisse. N'était-il pas l'un des rares profanes à connaître la clé d'un si grand mystère ! Peut-être que le pape lui-même l'ignorait ! Il aurait pourtant tellement aimé en jouir, s'en vanter, s'en servir. Exulter. Dire aux autres qu'il avait vu la fiole comme il les voyait eux, dans l'instant. Et qu'il avait peut-être même reçu la grâce divine ! Mais il était condamné au silence absolu. Puisqu'il était le seul à savoir qu'il savait… En tirer gloire aurait signifié sa perte.

Aussi lorsqu'il vint à parler avec Montchicourt qui comptait sur lui pour mettre à l'abri le trésor des croisés, il lui fit part d'une cachette secrète dont il lui fallait taire l'endroit jusqu'au dernier moment. Il songeait bien entendu au sarcophage. Le tombeau était si grand et la châsse, à l'intérieur, si petite qu'on pouvait y entasser facilement les quatre malles pleines d'or… C'est là qu'un plan machiavélique vint traverser l'esprit tortueux de Rascard… S'emparer de la sainte ampoule. Et monnayer sa restitution aux représentants de l'Église qui ne pourraient que négocier dans le plus profond secret, devant des événements aussi graves…

Il ne s'était pas, ce jour-là, confié davantage au croisé, par crainte de sa réaction. Mais il espérait bien, le moment venu, s'en faire un complice, capable de le protéger par les armes. Ne savait-il pas désormais que Montchicourt n'avait ni remords ni scrupules, lorsqu'il s'agissait de s'enrichir pour asseoir son pouvoir ? N'avait-il pas embroché, lui-même, sans hésiter, d'autres croisés pour s'emparer de la rançon du roi ?

Mais une fois ce plan échafaudé, plus il y pensait, plus la peur le gagnait. Rascard avait beau se dire que tout ce qu'il avait vu et entendu, autour de lui, chez les tenants du culte, ne l'engageait pas à croire en toutes leurs simagrées. Pantomimes de pouvoir, pour asservir le peuple et maîtriser ses rois. Il redoutait malgré tout les forces du bien et du mal. L'éclair de feu rougeoyant qui l'avait aveuglé, en approchant ses yeux de l'obscurité du tombeau, n'était peut-être qu'un reflet de sa torche sur le cristal aux couleurs de rubis. Mais peut-être aussi un signe envoyé par le ciel, comme un avertissement ! Oserait-il même, dans ces conditions, se saisir de l'ampoule ? La tenir dans ses mains, sans risquer de se voir foudroyé aussitôt ? Des cauchemars épouvantables fracassèrent son sommeil, toutes les nuits qui suivirent. Il s'était vu rôtir et hurler de remords dans les flammes de l'enfer… Alors il décida de renoncer et d'aller cacher les malles de Montchicourt au fond d'un puisard, comme il l'avait prévu.

Mais le croisé ne fut pas dupe de ce retournement. Il comprit à ses atermoiements que Rascard lui cachait quelque chose. Sous la menace, à l'issue d'une chasse au sanglier dans les bois de Courcy, il lui fit tout avouer.

C'était une fin d'après-midi très chaude. Entre champs et forêt, Rascard faisait mine de cheminer comme un promeneur. Là où il devait rencontrer Montchicourt, quelques jours avant de descendre dans les galeries souterraines de la cathédrale… Lorsqu'il entendit le cor sonner la fin de la traque au cochon des Ardennes, il vit apparaître le chevalier dans sa tenue fringante, la dague rougie du sang des bêtes qu'il avait servies lui-même. Debout sur ses étriers, le croisé héla l'homme avec lequel il partageait désormais son secret, sans le gratifier pour autant d'un signe de respect. Montchicourt appartenait à cette race des conquérants de l'Est pour lesquels la violence tenait place de discours.

– Maintenant que nous y sommes, donne-moi ta cache secrète ! lança-t-il.

– Rien de plus, monseigneur, que le puits dont je t'ai parlé… Il est logé à cent pas, avant la sortie de Saint-Nicaise. Et il est si noir et si profond que personne n'oserait s'y hasarder. Deux bonnes cordes suffiront… Je t'attendrai à l'heure et je t'y conduirai…

– Tu mens, Rascard ! Prends garde à toi ! Tu m'as bien parlé d'une cache imprenable. Tu semblais si fier d'en parler ! Tu as changé ton plan ? Et pour quelle raison ? Aurais-tu l'intention de me trahir ?

– Jamais, monseigneur ! Jamais ! Ôte-toi cette vilaine idée de l'esprit ! J'ai dû mal m'exprimer ! Ou tu m'as mal compris…

Montchicourt avait tiré son épée du fourreau et poussé son cheval vers Rascard, l'obligeant à se réfugier contre un arbre. L'animal frappait rageusement le sol des quatre fers. Et la pointe de la lame s'enfonçait déjà dans la trachée du sculpteur.

– Si tu ne parles pas maintenant, tu ne parleras plus jamais ! menaça le seigneur.

Rascard sentit sur sa peau la brûlure douce du filet de sang qui roulait de sa glotte à la naissance de son cou.

– Grâce, messire ! supplia-t-il, je vais te dire la vérité. Mais, comme tu vas l'entendre, rien n'est dirigé contre toi…

Il lui raconta tout, depuis la réfection du tombeau de Remi.

Sa découverte. Sa vision. Ses cauchemars. Sa hantise du sacrilège. Jurant qu'il était prêt à se saisir, malgré tout, de l'ampoule, si d'aventure Montchicourt se ralliait à son idée première.

– Tu n'y songes pas, mécréant ! Je n'ai pas l'intention de passer ma vie à courir la terre entière pour échapper à la colère de l'Église ! J'irai voir cependant si ce tombeau est une meilleure cachette. Tu m'y conduiras !

Sur le chemin qui le ramenait vers sa loge, Rascard, le doigt appuyé sur sa blessure, n'avait cessé de ressasser les dernières paroles du chevalier. Il pressentait que Montchicourt, dont l'œil était resté bien ouvert lorsqu'il lui avait révélé l'existence de l'ampoule, se préparait à le contourner. Qu'il prendrait la sainte relique en otage, après quoi, il n'hésiterait pas à l'égorger comme un goret… C'est là, au terme de sa réflexion, convaincu de la duplicité de son seigneurial complice, qu'il décida de soudoyer quelques gueux, assassins des bas quartiers, pour tendre un piège aux croisés dans les profondeurs du tunnel. Ainsi il sauverait sa vie, la moitié du butin… et l'ampoule, si Montchicourt, dans sa folie, décidait réellement de s'en emparer… Car sa peur du sacrilège était trop forte. Rascard ne voulait en aucun cas s'exposer à la vengeance d'un Dieu dont il commençait de plus en plus à redouter l'existence…

*

Le choc lourd et métallique des épées secouait le silence des entrailles de la terre. Macias, sur ses gardes, s'avançait lentement dans le souterrain. Il apercevait maintenant les premières lueurs des torches qui balayaient les parois, en tous sens, au rythme des coups que se portaient les assaillants.

Le premier à tomber fut Daguin, le cou transpercé par une flèche mortelle. De retour de la basilique, il se tenait en avant-garde des deux autres qu'il devançait de quelques pas dans la galerie, tous enhardis par la réussite de leur expédition…

L'instant d'avant, ils avaient poussé sans ménagement la dalle du sarcophage qui s'était fracassée en tombant sur le sol. Montchicourt, dans un cri de victoire, avait alors brandi comme un trophée le reliquaire de la sainte ampoule. Car la fiole était enserrée dans une assiette d'argent plaquée d'or et incrustée de pierres précieuses. L'ensemble tenu en collier par une chaîne que le chevalier s'était empressé de passer autour de son cou… Il n'y avait plus de doute. L'ampoule était bien celle que la colombe avait descendue du ciel. Enchâssée dans sa soucoupe, identique à celle qu'on pouvait voir couvrant le plastron de saint Remi, sur les gravures des livres saints… Quand les deux chanoines, gardiens du lieu, firent irruption, alertés par tant de vacarme, ils furent cloués d'estoc par les épées des hommes de Montchicourt, et achevés au pied du tombeau…

Vacillant, la gorge traversée de part en part par la flèche, Daguin s'était écroulé, sans pouvoir crier gare. Mais il eut le réflexe de jeter devant lui sa torche qui éclairait maintenant le carrefour des galeries. Plaqués contre la paroi, Moineau et Montchicourt pouvaient ainsi voir danser, dans la lueur de la flamme, le spectre de la charrette renversée avec, autour, effondrés sur les malles d'or, les corps sans vie des autres croisés. En guerriers avertis, sans chercher à comprendre, ils se tenaient prêts à contenir un assaut, côte à côte. Ils ne bougeaient plus, retenant leur souffle. Un silence, puant la mort, flottait sur cette aire de massacre. Seule crépitait la torche…

Après un court instant, ils virent sortir de l'ombre, l'un après l'autre, les gueux. Ils étaient trois, qui avaient rejeté en arrière la capuche de leurs bures, pour mieux se préparer au combat corps à corps… Alors, Moineau, le fidèle, bondit comme un ressort, poussant des cris de guerre, comme lorsqu'il courait, faisant sus aux Sarrasins. D'un revers, il entama la jugulaire du premier, perça l'épaule d'un autre, avant de venir s'empaler sur la pique qu'avait ramassée le troisième et qu'il n'avait pas vue dans l'obscurité noire du souterrain… Montchicourt suivait derrière. Lentement, sûr de lui. Il acheva le premier, puis tel un titan fracassa la tête du suivant. Ayant brisé la lance du dernier, il s'apprêtait à en finir, lorsqu'il se retourna… trompé par la course de Macias qui venait d'arriver sur les lieux du combat. Le gueux en profita pour sortir sa dague. La lame aiguë glissa sur la cotte de mailles, avant de s'enfoncer profondément dans le flanc du chevalier… Blessé, Montchicourt, le héros des champs de bataille d'Orient, décuplant ses forces, rugit alors d'un cri féroce, en faisant claquer d'un geste de la tête sa crinière blonde de lion magnifique. Il fit basculer du pied cet adversaire sournois, et levant son épée des deux mains, la planta comme un pieu dans le corps du truand… Puis il se tourna, faisant front désormais au sculpteur qu'il avait pris pour un homme de la bande, venu le surprendre par l'arrière.

– Arrête ! hurla Macias, effrayé par le carnage qu'il découvrait, autant que par la stature guerrière du templier qui s'avançait vers lui. Arrête ! Je ne suis pas de ceux-là… Je ne suis pas ton ennemi ! Au contraire, je viens pour t'aider !…

– Pour m'aider ! Et qu'est-ce que cette lame que tu tiens dans la main ?

– C'est pour me défendre, et non pour t'attaquer, messire !… Regarde ! Je la dépose à terre…

– Avance un peu plus près, que je vois ton visage !

La torche que tenait Macias dans son autre main avait été soufflée dans sa course éperdue. Seule celle qu'avait lancée Daguin brûlait encore, à mi-distance entre les deux hommes. Macias s'avança prudemment.

– Ne frappe pas, seigneur ! J'ai déposé mon arme… D'ailleurs je ne sais pas combattre… Je suis Macias, le sculpteur. Tu peux demander à Gaucher, l'architecte. Je ne sais manier rien d'autre qu'un burin et des ciseaux !

– Alors, comme ça, tu es venu m'aider, le sculpteur ? ricana Montchicourt.

– Oui, je sais ce qui t'amène ici. Je sais tout de la rançon du roi Louis, que tu voulais cacher au fond d'un puisard, là-bas… Et, surtout, je sais que tu t'es emparé de la sainte ampoule que je vois pendre à ton cou… Toi qui portes sur ta tunique la croix du Temple, comment peux-tu oser commettre un si grand sacrilège ? Donne-moi ce don de Dieu ! J'irai le replacer là où tu l'as pris. Et pars avec tout cet or. Je n'en dirai rien à personne. Je l'ai juré à Rascard qui agonise, là-haut… J'appartiens à l'ordre des loges du Levant. Ma parole vaut bien celle d'un templier !

S'il avait gardé toute sa vigueur, Montchicourt n'aurait pas laissé Macias lui parler sur ce ton plus longtemps. Mais ses forces l'abandonnaient. Portant sa main à sa blessure, il sentit son sang s'écouler sous la maille. Et dut faire un pas en arrière pour ne pas vaciller.

– Qui es-tu, toi, le sculpteur, pour me parler de la sorte ? Tu es bien arrogant pour un tailleur de pierre ! Alors, tu es l'ami de Rascard ! Ce chien… qui m'a trahi… Tu veux… l'ampoule ? Viens donc la chercher !

Les mots sortaient avec difficulté de sa bouche. Sa vaillance faiblissait… Lorsqu'il leva le bras pour pointer son épée en direction de Macias, sa blessure s'ouvrit davantage, et son sang, imprégnant sa toge blanche, vint mêler sa couleur à celle de la croix rouge du Temple. Il eut la sensation de se vider de ses forces. Tituba, puis chavira en arrière, avant de s'affaler contre la paroi du tunnel.

C'était le moment ! La sainte ampoule était à sa portée… Macias, s'approchant d'abord lentement, avait bondi, tirant sur la chaîne, pour tenter d'arracher le reliquaire du cou de Montchicourt. L'empoignade fut brève, car dans un sursaut de rage de cet adversaire plus solide qu'un roc, il fut éjecté puissamment d'une violente poussée de botte.

Du coup, le croisé, porté par son élan, était parvenu à se relever, s'appuyant sur la garde de son épée comme sur le pommeau d'une canne… Le temps de se redresser à son tour, et Macias le vit disparaître dans l'obscurité du souterrain.

La peur avait saisi Macias qui se retrouvait seul, au carrefour des galeries, errant comme un fantôme au milieu des cadavres. D'une des malles éventrées lors du premier assaut, coulaient quelques pièces d'or dont aucun de ces malheureux ne jouirait jamais. Égorgés, transpercés, les croisés n'avaient su que partager leur mort avec des gueux, dans un combat inutile. Tant de haines et de trahisons, de meurtres et de sang qui avaient jalonné leur parcours depuis la Palestine, soldés en quelques flèches et quelques coups d'épée ! Misérablement, au fond d'un trou, écharpés comme des rats ! Que d'épopées sinistrement effacées ! Eux qui avaient survécu aux Sarrasins avaient fini sans gloire, saignés par des pointeurs de la cour des Miracles !

L'un d'eux gémissait encore, la tête à demi éclatée… Rien que d'y penser, la sensation du coup féroce, porté à la volée par la lame du croisé à la face de cet homme, fit frissonner Macias. Jamais il ne pourrait affronter un guerrier de la trempe de Montchicourt ! Même blessé… Il lui fallait renoncer. Le laisser courir. Au jugement de Dieu ! Et fuir ce champ de mort.

Pourtant une force irrésistible le tenait cloué là… Une voix intérieure lui commandait de rester. Il crut même voir passer, comme dans un rêve, l'*Ange au sourire* qui lui tendait un glaive… Ce n'était sans doute que le fruit de son imagination qui s'efforçait de canaliser ses émotions, mais il avait besoin d'un signe pour se persuader qu'une mission divine allait guider ses pas. C'était la façon qu'il lui restait de puiser la force et le courage d'assumer cette tâche qu'il était désormais le seul à pouvoir accomplir… Sauver la sainte ampoule. Macias avait l'impression de supporter, en cet instant, tout le poids de l'Église et du monde des chrétiens sur ses épaules de mécréant. Le moment n'était pas de s'interroger sur ce qu'il devait faire, et comment ! Mais de le faire ! Et s'il devait mourir, au moins savait-il pourquoi ! Dieu l'avait peut-être choisi ?…

Il ramassa son épée et la torche de Daguin, et s'enfonça, à son tour, vers le fond du souterrain.

Montchicourt n'était pas loin. Il n'avait pas cherché à défier l'obscurité. Adossé à la paroi, il observait comme un chat les mouvements du sculpteur. Lorsque Macias l'approcha, il lui fit signe de rester en arrière. La profanation tant redoutée était en voie d'accomplissement… Il avait ouvert l'ampoule, la levant au-dessus de sa tête, comme un prêtre lève le calice au-dessus de l'autel avant la communion. Puis ayant versé du saint chrême sur ses doigts, il s'était marqué le front, les joues et le menton… Déjà, de l'autre main, il avait repris son épée, tenant en respect Macias qui ne savait comment faire pour lui interdire d'aller plus loin dans sa profanation.

– Arrête, seigneur de Montchicourt ! supplia-t-il, que Dieu te foudroie, si tu poursuis ton blasphème ! Par saint Remi, saint Jean-Baptiste et tous les saints de la chrétienté, je te conjure de cesser d'insulter Dieu de la sorte !

– Hé, petit sculpteur, prosterne-toi ! Tu ne vois donc pas que désormais c'est moi qui détiens le pouvoir et la légitimité de Dieu sur cette terre ?

– Montchicourt, tu es devenu fou ! Tu vas gagner ta place en enfer, toi un chevalier du Temple ! Rends-moi cette fiole ! Il est encore temps ! Ne vois-tu pas que tu vas mourir, si tu ne ménages pas ta blessure ? Regarde ton sang !

– Et toi, ne vois-tu pas que je suis désormais immortel ? Oui, je suis templier, grand serviteur de Dieu… Nos rois n'ont-ils pas eu droit à l'onction divine, eux ? Ces fainéants, ces pleutres, ces incapables pour lesquels nous avons donné nos biens, nos femmes et nos vies en croisades, sans rien en retour… Tout va changer ! Car c'est moi qui tiens désormais la sainte ampoule entre mes mains… Je suis plus que le roi de France… Je suis l'égal de Dieu… à présent.

Montchicourt ricanait comme un possédé, et parlait comme s'il avait bu. Ivre de sa volonté de puissance et de la folie qui le gagnait… À nouveau, il chancelait… Macias tenta de profiter de sa faiblesse et leva son arme contre lui. Mais dans un ultime réflexe, le chevalier fou fit sauter cette épée mal assurée, d'un simple revers de sa lame, laissant Macias à sa merci…

Il n'en fit rien, car son délire était plus fort ! Montchicourt avait placé à nouveau l'ampoule au-dessus de sa tête, faisant couler l'huile sainte, à grosses gouttes, sur son front. Étalant le saint chrême sur sa peau, s'en barbouillant le visage et les mains… Secoué par ses mouvements désordonnés, il tituba encore. Ses forces déclinaient. Il lâcha son épée.

– Prends tout l'or ! Je te le donne, murmura-t-il, et va-t'en !…

Macias, qui avait gardé sur lui sa ceinture de sculpteur, se saisit de l'un des ciseaux qui pendaient sur ses hanches, avec la dextérité qu'on lui connaissait sur les chantiers. Et poussant un cri désespéré qui fit trembler l'écho du tunnel, il se jeta sur Montchicourt, enfonçant l'outil comme une dague dans sa blessure grande ouverte, en même temps qu'il enfonçait ses yeux, front contre front, dans les yeux du croisé… Jusqu'à ce que la mort les figeât comme des pierres.

Il rengaina aussitôt le ciseau, sans l'essuyer, pressé de ramasser l'ampoule, avant qu'elle ne se brise sous ce corps lourd et inerte qu'il avait peine à retenir contre la paroi. La fiole était presque vide…

Sans demeurer plus longtemps sur ces lieux sacrilèges, Macias remonta en hâte vers la sortie du souterrain.

*

Dès l'aube, on découvrirait la disparition du reliquaire, et la scène du massacre. Les gens d'armes du roi viendraient porter main-forte aux hommes du prévôt. On accuserait les Templiers d'avoir volé la rançon… Ou on ne dirait rien ! Rien ne se serait passé ! On brûlerait leurs cadavres et on oublierait tout. Car Louis et l'Église avaient encore besoin de l'ordre des moines soldats pour défendre et administrer, pendant des décennies, les terres conquises de Syrie-Palestine. Jusqu'à la prochaine croisade… Et la sainte ampoule ? Introuvable ! L'inquisiteur et l'évêque se concerteraient et décideraient de n'en parler à personne. Pas même au pape ! Elle serait remplacée par une fiole identique. En espérant que, un jour, un autre miracle remettrait Dieu dedans. La foi en l'Église serait sauve. Sa hiérarchie continuerait à régner, dans le mensonge, sur les rois et leurs sujets…

Ainsi pensait Macias… Hésitant à remonter, il s'était engagé dans la galerie qui menait à la loge souterraine. Il avait pris la clé sous la troisième pierre et il était entré. Là, assis sur le banc des apprentis, il réfléchissait, échafaudant toutes les hypothèses. L'ampoule serrée entre ses mains… Même s'il disait la vérité, on ne le croirait pas. On l'accuserait d'avoir été le complice des croisés. D'avoir tué Rascard et Capucin, qui l'avaient dénoncé comme possédé du diable devant l'Inquisition. On y verrait même l'aveu qu'il était bien l'auteur du sacrilège… S'il ramenait la sainte ampoule, il serait livré, dans l'heure, aux cafards de l'évêque qui, au fond de leurs geôles, découperaient sa chair en lambeaux pour la donner aux chiens galeux des bas quartiers. Il entendait déjà les grognements hideux du monstre à la langue arrachée lorsqu'il s'approcherait de lui, faisant claquer les mâchoires de sa grosse tenaille, prêt à l'émasculer…

Voilà pourquoi Macias décida d'aller cacher l'ampoule. De la mettre en lieu sûr, jusqu'à ce qu'il ait trouvé un moyen anonyme de la restituer. C'était facile. Elle tenait dans son poing… Il l'ouvrit et regarda la fiole. Elle brillait à nouveau de l'éclat d'un soleil. Le miracle s'était accompli. Car l'ampoule était pleine… L'avenir de Dieu sur terre était désormais dans les mains du sculpteur.

Macias fit plusieurs fois le tour de la loge. Prit à sa ceinture un poinçon plus petit et pointu, et commença à entamer la roche.

*

Ma vision s'arrêta là. J'étais remonté seul du souterrain. J'avais perdu Macias… Un clair-obscur étrange envoûtait les allées de la cathédrale endormie. Les rayons de la lune blanchissaient la couleur des vitraux. Cette fois, j'étais bien enfermé à l'intérieur. Je me suis assis au pied de la colonne au trident et, fatigué par tant d'épreuves, je me suis assoupi.

14

Toc… toc… toc… Macias martelait la roche d'une frappe sèche et saccadée. Déplaçant, après chacun de ses coups, son poinçon qui dessinait sur la paroi une courbe régulière, comme s'il cherchait à découper un cercle dans la pierre. Puis revenant à son point de départ, il cognait son maillet de toutes ses forces, enfonçant sa pointe comme une dague au cœur du rocher, dans la partie la plus friable que son œil expert avait su repérer… Il frappait, mâchoires serrées, les veines saillantes sous la peau de ses tempes… Le souffle haletant, tendu… celui d'un homme porté par des gestes fébriles et pressé d'aboutir… Sans cesse, cette image revenait dans mon rêve. La première fois, si présente que j'avais eu l'impression de la voir défiler en couleur. Mais elle s'était arrêtée, brusquement, sur l'expression du visage acéré de Macias… Sans voir plus loin, ni en quel endroit du temple il creusait, cherchant à cacher la fiole. À préserver la sainte ampoule… Depuis, inlassablement, mon rêve se redéroulait, reprenant ainsi, depuis le début, sa projection sur fond, celui-là monochrome, et pâle comme la trame usée d'une copie de film délavée… Des croisés, des sculpteurs. Des geôles pestilentielles, des souterrains de mort. Des serments, des parjures. Des crimes, des trahisons… Évanoui au plus profond du sommeil de la fuite, je subissais le défilement lancinant de ces images, projetées dans l'inconscient de mon état végétatif. Toc, toc, toc… Macias cognait… Non ! Quelqu'un frappait à la porte… Quelle porte ? J'ai ouvert les yeux, à peine réveillé, perdu entre l'immatérialité des fantômes de mes rêves et l'émergence d'un coma léthargique dont mon esprit avait du mal à s'extirper. Comme un noyé remonté en surface, j'aspirais l'air et l'eau, sans bien savoir encore à quel monde j'appartenais. De la vie, de la mort, ou d'une autre planète… D'ailleurs, je ne reconnaissais plus rien autour de moi. Ni l'endroit, ni les rideaux fermés. Ni cette armoire de pauvre dont la glace fendue me renvoyait l'image d'un homme hirsute et inconnu qui n'était autre que moi, égaré je ne sais où, prisonnier de cet endroit sordide… Les coups contre la porte frappaient de plus en plus fort. On allait l'enfoncer ! La voix, derrière, criait : « Répondez ! Vous êtes là ? Répondez ! » J'entendais, mais mon cerveau n'arrivait toujours pas à communiquer à mes lèvres la force de s'entrouvrir. La voix était celle d'une femme.

– Qui êtes-vous ? ai-je enfin pu articuler, la bouche pâteuse comme si j'avais bu toute la nuit.

– La concierge ! Mais ouvrez donc !

– La concierge… quelle concierge ?

– Ben, la concierge de l'hôtel, voyons !

À peine avais-je tourné la clé dans la serrure qu'elle me poussait vers l'intérieur, ses deux énormes seins en avant qui ballottaient par-dessus sa ceinture. Soufflant comme une vipère, elle s'était précipitée pour ouvrir rageusement les rideaux, arrachant au ciel bleu sa lumière qui soulignait plus encore les couleurs pisseuses du papier à fleurs sur les murs et l'austérité crasse du mobilier qui servait de confort à cette chambre de misère… Je me souvenais maintenant. En quittant la cathédrale, j'avais battu les rues de mes semelles de plomb, plus abasourdi que jamais, après que Macias eut mis fin, de ses propres mains, à la folie de Montchicourt. Instinctivement, j'avais regardé les miennes. J'avais du sang sur les doigts... Quelle panique ! Je me suis précipité vers la première vitrine de magasin capable de réfléchir mon image. Dans mon trouble, j'avais même le sentiment que c'était Macias qui était sorti du tunnel et que moi, j'étais resté dedans. Cette étrange confusion me donnait l'illusion de voir planer le double de notre corps désincarné, au milieu de la foule grise du petit matin. Nous flottions, tous les deux, au milieu de ces gens pressés qui couraient travailler, sans la moindre conscience de la virtualité de leur existence. Pauvres petites poussières d'atomes, accrochées à l'inconcevable corps céleste... et qui ne pesaient pas plus que la fraction d'une étincelle dans l'explosion de l'infini. Illusions ou créatures de Dieu... j'avais l'impression que ces particules agitées me traversaient le corps, tant nous remontions les trottoirs de l'irréel, de part et d'autre, à contresens...

Enfin, la glace d'un boulanger ! « Pâtisserie Viennoiserie, Raulet, Père et fils »... Le visage hagard, derrière cette inscription, pochée sur le verre vieilli comme sur un gâteau d'anniversaire... c'était bien moi !... Je me reconnaissais à peine. Du sang coulait sur mes lèvres. Je me suis essuyé d'un revers de la main. C'est vrai que je saignais souvent du nez après un gros effort ! D'ailleurs, quand ça m'arrivait sur les toits, Pépé me recommandait toujours d'aller voir un médecin. Je devrais l'écouter !

Désemparé, traumatisé même, comme un accidenté victime d'un choc violent, je n'étais pas en état de raisonner, ni de parler. Pas même à Flora qui devait se ronger d'impatience et s'interroger sur ma disparition, téléphonant tous les quarts d'heure à son amie Véra pour lui demander ce qu'elle en pensait… Pas envie non plus de rentrer à la maison. Pépé qui m'attendait depuis la veille devait se faire du mauvais sang. Mais il avait l'habitude !… J'ai erré comme ça un bon moment. Je ne saurais même plus dire où, ni combien de temps. J'aurais voulu m'effacer, disparaître… Dormir.

C'est guidé par cette double intention que je m'étais dirigé, comme un automate, vers mon ancien hôtel, derrière la gare. Connu de personne. Celui qui me faisait tellement honte, lorsque Flora voulait me raccompagner en voiture, au point que je préférais rentrer à pied. Même sous la pluie… Sitôt avoir fermé la porte de la chambre à double tour, je m'étais enroulé dans le couvre-pieds orange mal lavé, me laissant glisser dans l'oubli du sommeil où, seuls, mes rêves avaient fini par me rattraper.

La grosse dame poursuivait sa tournée d'inspection, sous mes yeux, sans gêne et toujours ronchonnant. Après les rideaux, elle s'était attaquée à la douche, tirant la glissière. Elle avait ouvert le tiroir de la table de nuit, puis la porte de l'armoire à la glace fêlée. Ses deux gros seins s'étaient enfin immobilisés, sous mon nez. Le regard verrouillé dans le mien, prête à me confondre.

– Vous n'alliez pas faire une bêtise, j'espère ?

– Ça va pas, non !… Qu'est-ce qui vous prend ?

– Il me prend que je ne veux pas de « suicidé » ici ! Et si c'est la drogue ! Pas de cette saleté-là non plus chez moi ! J'allais d'ailleurs appeler la police, si vous n'aviez pas répondu cette fois-ci…

J'ai compris qu'elle était venue tambouriner à ma porte à plusieurs reprises. Elle à qui rien n'échappait des allées et venues du quartier avait fini par s'inquiéter de ne m'avoir ni vu, ni entendu, depuis bientôt… deux jours. Déjà intriguée par ma dégaine de paumé, la veille, quand elle m'avait remis la clé, vers neuf heures du matin, elle s'attendait aujourd'hui à découvrir mon cadavre exsangue ou pendu… au mieux empoisonné, quand les pompiers seraient arrivés pour enfoncer la porte.

– Moi, je ne fais plus rien sans eux. Ou la police… L'année dernière, j'en ai eu « une » qui est venue s'ouvrir les veines ici. J'ai tenté de lui mettre un garrot. Mais elle était déjà morte… Après, j'ai eu les pires emmerdes. Alors, maintenant…

Sur mon répondeur, il y avait au moins vingt-cinq messages de Flora. Gradués de 1 à 25, sur l'échelle de ses angoisses. De l'inquiétude simple au délire métaphysique, visiblement décuplé par Véra… Non, je n'étais pas disparu dans la compression du temps, aspiré par le trou noir de mes rêves !

Pépé, plus prosaïque, lui, avait déjà appelé le Samu et les pompiers… Il était temps de rassurer tout le monde, maintenant que j'étais à nouveau en pleine forme !

*

Comme un athlète au seuil de la finale, j'avais besoin de les entendre tous. Et surtout de n'écouter personne. Car, désormais, la fin du parcours m'appartenait. Certes, les filles m'avaient forcé la main, poussé, encouragé. Parfois manipulé. Et mon vieux compagnon, supporté comme un fan. Mais, aujourd'hui, arrivé au bout du chemin, j'étais seul à pouvoir l'accomplir… On m'avait voulu médium, j'étais médium ! On m'avait persuadé de la mémoire des pierres, elles m'avaient livré leur secret. Il ne restait plus qu'à interpréter les derniers symboles du ciseau pour espérer enfin la vérité. Vérifier que tout cela n'était pas qu'un rêve étrange… Je savais que je ne reverrais plus Macias, mais je sentais qu'il allait me guider. C'était lui mon coach dans cette épreuve finale. Je devais me fier à mon instinct qui serait pour moi son dernier signe.

Sous l'opaline verte d'une lampe de Carnégie, je feuilletais tous les ouvrages que j'avais pu trouver dans les rayons, consacrés à la cathédrale et à ses bâtisseurs. Couvé des yeux par la bibliothécaire au chignon roux, qui régnait sur le silence de la salle de lecture comme une institutrice sur une salle d'examen.

– Vous savez, j'ai trouvé ! m'avait-elle annoncé fièrement, seins moulés, dès mon arrivée… « Montchicourt » avec un *t* !

– Moi aussi ! avais-je répondu, sans un regard…

Puis d'ajouter aussitôt, devant son air dépité, le nez levé au-dessus de son décolleté toujours aussi bien achalandé :

– … mais j'ai tellement d'autres choses à découvrir ici. Je peux compter sur vous, n'est-ce pas ?

La table de consultation se trouvait dans son axe. Pour me détendre, je lui décochais un sourire, de temps à autre, amusé par le rictus qu'elle me renvoyait comme un réflexe, en dépliant jusqu'aux oreilles sa grande bouche qui découvrait la gamme carnassière de ses dents écartées. Concupiscente derrière ses grosses lunettes, elle guettait le moindre de mes gestes, pour accourir aussitôt. Prête à déballer tous ses cartons d'archives, empressée de m'aider et de m'offrir, en complément, si besoin était, ses connaissances personnelles.

Brusquement son visage s'était fermé… bruit sec de talons aiguilles sur le parquet, froissements de plis souples sous un manteau de cuir… l'entrée remarquée de cette femme fringante qui osait venir déposer, sous ses yeux, un baiser sur ma bouche avait brisé son élan… C'était une grande première chez Flora que d'arriver sans prévenir. Sans ordres ni contrordres négociés sur les portables. Elle était visiblement impatiente de savoir. Je lui avais pourtant tout dit au téléphone. Mais elle entendait participer davantage. Car elle avait l'impression d'avoir été dépossédée.

– Je ne compte déjà plus ! Qu'est-ce que tu cherches, là ?… Il n'y en a plus que pour Macias, maintenant ! Si ça continue, tu vas virer pédé…

– Chut ! On entend tout ici ! Tu ne vas pas me faire une crise de jalousie ! C'est toi qui m'as envoyé là-bas, non ?… Je termine ce que j'ai commencé, voilà tout !

– Eh bien, je peux t'aider, moi aussi ! Qu'est-ce qu'elle a, cette grosse poufiasse rousse, à nous regarder comme ça ?

– Elle te trouve belle, je pense. Et ça l'énerve !

Flora était encore plus jolie jalouse et furieuse. Même sa colère me séduisait. L'éclat de ses yeux, la douceur perlée de sa peau, ses gestes et sa présence me captaient comme un aimant. Il faut dire que je l'avais placée dans un tel écrin qu'il me suffisait d'entrouvrir la boîte pour être irradié par sa grâce… En regardant ses yeux me couvrir de questions, je me trouvais injuste de l'avoir délaissée… J'avais honte. Après tout, elle avait fait tout le boulot ! Pour Macias comme pour moi… Je la regardais, mais je l'écoutais aussi. Elle était fine dans ses traits comme dans ses raisonnements. J'aimais parler avec elle. Je m'en étais privé pendant ces trois jours. Maintenant, elle se rattrapait.

– Je pensais à ça, hier ! Si tout est vrai… que la sainte ampoule a disparu pendant la septième croisade… alors Saint Louis aura été le dernier roi réellement placé sous la protection de Dieu… Tous les autres rois de droit divin sont des imposteurs. Ils sont faux. Archifaux. Ils ont été sacrés à l'huile de ricin… Et depuis Philippe Le Bel qui a envoyé les Templiers au bûcher, non seulement les rois ont été maudits jusqu'à la treizième génération, mais ils l'auront tous été, jusqu'au dernier… Sans quoi, on n'aurait pas coupé la tête de Louis XVI, va savoir !

Nous nous sommes ainsi réconciliés autour de quelques notes philosophiques, sur le thème de la vérité et de la croyance. Des faits et de leur interprétation, au service de toutes les volontés de puissance. Car la mémoire des siècles est comme celle des hommes. Elle ne retient bien que l'actualité la plus proche. Ensuite elle s'estompe… De nouveaux idéologues viennent alors nettoyer, à leur tour, le grand disque dur du temps, pour y installer leurs vérités révélées… N'a-t-on pas inventé, pour les besoins du discours, les poubelles de l'Histoire ? La mémoire collective, elle-même, n'est-elle pas une corbeille des vanités dans laquelle les générations piochent et rejettent ? Révisent périodiquement le poids des événements et la pensée des hommes ?… Faut-il donc croire en Dieu pour donner un sens à tout ça ? Avoir foi dans une finalité ? Donc dans un commencement ?

– En tous cas, dit-elle, pour faire ce que l'on fait, il vaut mieux y croire ! Parce que si la sainte ampoule n'avait été qu'une fiole à parfum pour un culte païen, nous ne ferions rien d'autre aujourd'hui que de la recherche archéologique sauvage… et je ne vois pas pourquoi on se donnerait tant de mal ! Non, moi, j'y crois ! Et si ça continue, je sens que je ne vais pas tarder à retourner à l'église !

– Moi aussi ! Deux conversions en cinq minutes, c'est un bon score, par les temps qui courent !

Son idée de recherche archéologique me convenait parfaitement. Sinon, avouez qu'il y avait de quoi perdre cent fois la raison devant l'énormité de la situation ! Rien que d'y penser, cette histoire me plongeait dans un vertige sans fin… Comment, moi, pauvre petite unité d'homme, se pouvait-il que je sois mêlé à une affaire pareille ? Choisi pour libérer Dieu de sa prison sacrilège et le rabibocher avec mes semblables ? Tout cela me paraissait tellement irréel ! Seul un minimum d'humour pouvait me sauver de la folie. Je ne tenais pas à finir comme Montchicourt, en me prenant pour le messie ! Alors, j'avais choisi de ne plus y penser. De débrancher mon cerveau du harcèlement sournois du questionnement… Pourquoi chercher à comprendre ce que mon esprit ne pouvait concevoir ? Pourquoi ces visions, ce ciseau, ce message venu du plus profond des siècles ? Pourquoi la mémoire de la pierre ? Pourquoi moi ? Silence ! Je ne voulais plus rien entendre ! Quand l'une de ces interrogations trompait ma vigilance, refaisant surface, plusieurs fois par jour, le plus souvent sous forme d'une angoisse grandissante qui s'ouvrait sous moi comme une trappe, vite je refermais les écoutilles de mes réflexions. Je les projetais ailleurs… Il me fallait alors penser intensément à autre chose. Oui mais à quoi ? J'étais souvent pris au dépourvu… Du genre : ça fait longtemps que je dois m'acheter une voiture ! Quelle marque ? Les modèles ne me venaient pas à l'esprit. Je passais ! Où irions-nous donc, après, avec Pépé ? Je n'en savais rien ! Je passais encore ! Et ça se terminait toujours avec Flora. Flora, elle m'apaisait. Quand tout serait fini, qu'allions-nous devenir ?

Pour le reste ? La récupération de la fiole ? Sainte ou pas, j'avais décidé de m'en tenir à l'éthique commando. J'avais une mission à accomplir. Je l'accomplirai… sans me poser de question… même si, au bout, il y avait la peur. L'appréhension du moment où je serai confronté à l'ampoule. Donc à Dieu lui-même ! Ben oui, à Dieu ! L'idée me paraissait totalement saugrenue. Mais ça, je préférais ne pas y penser non plus !

– Et si tout est vrai, demanda Flora, une fois retrouvée, qu'est-ce qu'on en fera, de cette ampoule ?

– Bonne question ! On la rendra à son propriétaire !

– Tiens, c'est ça ! Bonjour, monsieur l'archevêque. Je viens de la part de Macias. J'ai un cadeau pour vous… Et tu imagines qu'ils vont te croire ? On va te prendre pour un fou, oui ! Un imposteur ! Avec ton bon Dieu sous le bras, tu vas déclencher un merdier sans nom… Vingt-deux rois qui n'auront jamais été sacrés ! Qu'est-ce qu'on va bien pouvoir leur raconter maintenant, aux petits écoliers qui apprendront l'histoire de France ? Il va falloir brûler tous les bouquins, tous les traités doctes qui ont glosé sur la question du droit divin ? Et le Vatican ? Tu y as pensé au Vatican ? Tu vois le pape faire repentance pour expliquer que l'Église a menti pendant huit siècles ? Non ! Elle seule fait des miracles ! Pas toi, Mathieu ! Ta vérité est bien trop lourde à porter. Depuis les cathédrales, le monde a bâti son fragile équilibre sur des mensonges bien pires que celui-là… Avec Dieu dans ta fiole, tu passeras pour le diable… Peut-être même aura-t-on intérêt à te voir disparaître ! Ne ris pas ! L'élimination du témoin gênant n'est pas qu'un fantasme d'auteur dans les romans d'espionnage. Réfléchis ! Que pèse ta vie face aux bouleversements annoncés ? Au point où nous en sommes, il est peut-être temps d'arrêter ? Tu ne crois pas ? D'ailleurs, pourquoi ne pas tout leur raconter et leur laisser le soin à eux d'aller la récupérer, la sainte ampoule ?

– Non ! D'abord, nous ne savons pas si c'est vrai. Il faut s'en assurer… Ensuite, c'est moi que Macias a contacté ! Et personne d'autre ! C'est donc à moi d'y aller.

– Mais tu disais toi-même que ce ciseau était comme une bouteille à la mer ! Un autre que toi aurait pu le trouver ! Tu as fait l'essentiel du chemin. C'est magnifique ! Laisse donc l'Église se dépatouiller toute seule, si elle en a envie… À vrai dire, maintenant, tout ça me fait peur !

Nous avons eu du mal à nous replonger dans les livres et les documents dénichés au sous-sol par la rousse bibliothécaire qui avait repris quelques couleurs. Sa peau blanche avait rosi et sa bouche remontait doucement comme une guimauve, le long de ses joues. Elle avait sans doute interprété la vivacité de nos échanges comme des signes de dispute…

Je ne savais pas si Flora avait préparé ses arguments, et si sa visite surprise avait pour but de me convaincre – à moins qu'elle ne se soit effrayée toute seule, en même temps qu'elle raisonnait à voix haute ? Mais il était clair qu'elle avait basculé. Son instinct lui commandait désormais de faire machine arrière. Le jeu était fini pour elle. Elle redoutait même de me voir plonger dans l'inconnu. Comme dans ces expériences aux frontières de la mort dont certains disent qu'ils en sont revenu.

J'ai quand même déplié un plan ancien que j'avais trouvé sous l'intitulé « Fondations de Notre-Dame de Reims », dans une compilation d'architecture, réalisée au sortir de la Grande Guerre. Car après les bombardements de 1917, on avait dû explorer pour la première fois la solidité des soubassements et l'archéologie des lieux. Avant d'engager des travaux pour la restauration… Depuis, rien n'avait vraiment changé. Puisque le sous-sol avait été en grande partie consolidé sur les vestiges des deux anciennes cathédrales. Celle de saint Nicaise qui vit le baptême de Clovis et celle de l'évêque Samson, détruite dans l'incendie de la ville, en 1210. Un an après, jour pour jour, on avait posé la première pierre d'un édifice nouveau. Celui de la cathédrale actuelle… Le tout, lui-même érigé sur d'autres ruines, celles de thermes gallo-romains. Un amoncellement de pierres et de terre qui s'étageait, pour finir, sur près de sept mètres de profondeur. Ou de hauteur ! C'était selon ! Cette manie d'empiler les constructions ne datait pas de l'époque. Bien des cités anciennes avaient été reconstruites ainsi, les unes sur les autres… On pouvait imaginer aussi que les bâtisseurs avaient éprouvé le besoin de surélever leur cathédrale pour dominer la ville et la préserver des crues de la Vesle qui inondait si souvent la plaine et le bourg.

– Là, tu vois… un carré avec des ronds sur les côtés… c'est le baptistère de Clovis. Un bassin à colonnades. On plongeait les gens dedans, comme dans le Jourdain… Côté nord, sous mon doigt, entre la troisième et la cinquième travée de la nef, tu peux lire « galerie »… Hélas, ce n'est pas celle qu'on cherche ! Dans celle-là, on entassait le trésor de la cathédrale… Je t'étonne ? Mais je sais tout ça simplement parce que tu m'as appris à bien lire les notices… Là, le grand carré que tu vois… peut être déjà une chapelle intérieure ! Ou une sorte de sacristie. En tous cas, c'est l'emplacement de la crypte actuelle, juste en dessous du chœur. Ça ne peut pas être le temple de la loge de Macias. Il est trop près des escaliers… Il fallait marcher plusieurs dizaines de mètres avant d'y accéder… Je le sais. J'ai fait le trajet avec lui… En revanche, sur le côté du plan, regarde bien cette petite ouverture ! Deux traits qui partent vers l'extérieur. Aucune explication là-dessus ! À mon avis, le voilà le passage secret qui mène au tunnel…

– Et tu ne crois pas que tout ça s'est effondré depuis ? Avec les constructions d'immeubles…

– Si c'est bouché, c'est foutu ! C'est sûr qu'on ne va pas descendre avec un bulldozer !

– Je prie donc pour que ce soit bouché !

– Je vais aller voir quand même ! Quand on réparait le toit, avec Pépé, on connaissait tout le monde… Les spécialistes des fouilles avaient même proposé de nous montrer le baptistère de Clovis… Ce ne sera que partie remise !

*
* *

La campagne était belle, vue du haut des beffrois. Ronde tout autour, on avait l'impression que la ville avait été dessinée au milieu des champs, avec un gros compas dont la pointe aurait été plantée entre les deux clochers. La cathédrale était classée « patrimoine de l'humanité ». On comprenait pourquoi ! C'était l'une des plus vieilles. Elle respirait l'histoire. L'ancien bourg aussi. Au point qu'on pouvait se demander pourquoi l'Unesco n'avait pas classé tout le centre-ville d'un coup. Il s'accrochait à l'édifice comme un nœud de racines séculaires. Avec ses escaliers, ses ruelles et ses sentes qui montaient au parvis… Jusqu'aux maisons à colombages et aux enseignes, tout semblait faire partie du décor d'origine. À quelques crépis de façades près…

Les derniers signes du ciseau désignaient Chartres et Amiens. Nous avions vu Amiens. Nous étions donc partis pour Chartres.

Elle était puissante, cette cathédrale. Plus ancienne, mais solide sur ses pierres. Sombre comme un château fort, obscure comme le mystère répandu sur la foi. On imaginait bien, au son des trompes, le roi pénétrant autrefois à cheval dans cette enceinte, comme dans la cour de son donjon, martelant du sabot les larges pavés lisses du sol qui, depuis le Moyen Âge, avaient su résister à l'usure du temps… Le secret des bâtisseurs passait aussi par l'art de la récupération. La taille et le transport des matériaux valaient leur prix. Aussi s'étaient-ils servi, pour damer leur parterre, des pierres d'un premier édifice dont la rusticité renforçait le caractère féodal de cette forteresse de la chrétienté. Car là aussi, on avait reconstruit sur des ruines, après l'incendie qui avait détruit la première cathédrale.

J'avais sans doute présumé de mon souffle en montant allégrement l'escalier qui tournicotait à n'en plus finir à l'intérieur de cette tour. En arrivant exténué sur le dernier palier, j'avais bien compté une centaine de marches de plus que celles, déjà nombreuses, qu'il fallait escalader pour pouvoir se pencher au-dessus de la grande rosace de Reims. Il faut dire que ce colimaçon, raide autant qu'étroit, serpentait pratiquement jusqu'au sommet du clocher… Mais, parvenu là-haut, le spectacle valait le détour. Même le revêtement des flèches était en pierre. Elles encadraient la plaine, surplombant l'avancée des toitures de la nef et des transepts qui formaient dans le ciel comme une croix de plomb, verdie par l'air du temps, et qui planait sur la ville comme une bénédiction.

Je n'avais pas vu venir Flora qui était montée à son rythme, derrière moi. À cette hauteur, la coursive qui faisait le tour du beffroi était si exiguë qu'on ne voyait guère plus loin que la longueur d'un bras, d'un côté comme de l'autre. Lorsqu'elle avait crié mon nom, sa voix semblait lointaine. Elle n'était pourtant qu'à deux pas, sur le pan voisin de cette architecture octogonale. En appui sur la rambarde de pierre, le dos tourné au vide, elle avait renversé sa tête, dans un geste d'ivresse. Ses cheveux flottaient dans le bleu pur du ciel.

– Fais attention, Flora ! Tu pourrais tomber…

– C'est doux. C'est merveilleux, dit-elle en se redressant, c'est peut-être ça, le septième ciel ! On essaie ? Avant que les prochains arrivent… Il n'y avait personne derrière moi.

Les mains sur les hanches, elle avait commencé à faire glisser sa jupe vers le haut… J'ai accompagné son geste, sans gêne et sans pudeur. La serrant contre moi dans cet espace restreint, nous avons cédé, sans retenue, à une nouvelle pulsion d'amour sauvage, étreints dans une complicité profanatrice. Mêlant nos sensualités et nos fantasmes à la pierre chauffée par le soleil, comme d'autres gravent leur nom au milieu d'un cœur, pour marquer leur passage et leurs moments heureux… En face, un saint, ou un prophète, semblait nous regarder. Sa chasuble délavée, brune et ocre, portait encore un voile polychrome, témoin rare du temps où les statues des cathédrales étaient peintes de couleurs vives et symboliques… Flora relâcha sa nuque et posa sa tête sur mon épaule. L'émotion et la pression avaient été si fortes que j'avais l'impression d'avoir fait l'amour avec elle pour la dernière fois.

Nous sommes redescendus sur terre, par l'escalier. Électrisés, flous et enfiévrés. Croisant la cordée suivante, un couple d'Espagnols, à peine parvenu au tiers de l'ascension. Nous aurions même eu le temps de recommencer… Non ! Nous avions tout donné.

Silencieusement, nous avons fait deux ou trois fois le tour des allées. Poursuivant sans doute la même réflexion. Sur ces envies soudaines, débridées et provocatrices qui ne reflétaient, ni pour l'un, ni pour l'autre, des pratiques courantes. On n'a pas toujours une cathédrale sous la main ! Alors, étions-nous déviants, sujets à des bouffées d'exhibitionnisme ? Enclins aux pratiques sataniques et aux messes noires ? Ou victimes d'une sexualité fétichiste obsessionnelle ? Rien de tout cela ! Nous respections les lieux. Et j'avais pour elle la plus grande attention… En réalité, je crois que nous éprouvions, dans de telles circonstances, un besoin charnel de nous unir, pour conjurer la peur de l'au-delà, plus fort encore lorsqu'il s'exprimait dans des endroits qui généraient cette peur. Un peu à l'image de ce couple, héros de cinéma, qui, sous les bombardements de Londres, n'avait plus que la preuve par le corps pour s'assurer qu'ils étaient bien en vie. Faire l'amour devenait pour eux un ultime refuge, protégés par l'illusion qu'on ne détruit jamais un instant de bonheur… En s'abandonnant au plaisir, là-haut entre les tours, nous avions eu la sensation de dominer le monde. Plus rien ne pouvait nous arriver. Le ciel et les siècles nous en étaient témoins.

Car pour le reste, nous rentrions bredouilles. Après avoir fouiné dans tous les coins, sans succès. Je ne voyais toujours pas le rapport entre la cathédrale de Chartres et la cathédrale d'Amiens.

Retour à Reims via Paris… Passé le péage de Saint-Arnoult, désabusés, nous roulions sur l'autoroute comme sur une voie sans issue. Flora, secrètement heureuse malgré tout à l'idée que cette aventure risquait bientôt de tourner court. Et moi, ne sachant plus trop quoi penser, tiraillé entre l'envie d'aller au bout de mon rêve et mon désappointement devant cette succession d'échecs. Car, le ciseau que je promenais comme un pendule, dans ma poche, n'avait pas cillé de la journée.

– La sainte ampoule est cachée dans l'une des parois du temple. Ça, c'est une certitude !

Une fois de plus, je déroulais mon raisonnement à haute voix. Flora conduisait.

– … Ce que je ne m'explique pas, c'est pourquoi ce ciseau de malheur ne m'a pas montré l'emplacement exact de la cache… Je n'ai aucun repère. Et même si je trouve le temple, comment je vais faire ?… Il est sûrement très grand, puisqu'il pouvait contenir toute une cérémonie d'initiation !

– J'en ai parlé à Véra…

– Véra ! Ça faisait longtemps !

– Justement ! Elle a une explication, pas si idiote que ça… Elle a tout décrypté, dans le moindre détail, tu sais… et elle pense que la mémoire du ciseau s'est arrêtée lorsque Macias l'a enfoncé dans la blessure de Montchicourt. Ensuite, il l'a replacé sur sa ceinture, sans doute parce qu'il était couvert de sang… Et lorsqu'il a frappé la paroi, pour creuser sa cache, il s'est servi d'un poinçon… C'est bien ce que tu as vu ? C'est le poinçon qui aurait pu nous dire la suite. Mais nous ne l'avons pas ! Il ne nous reste que les signes…

Je me suis mis à crier. Je crois même à hurler.

– Stop ! Freine ! Vite !

Flora, cueillie au beau milieu de ses explications, a paniqué. Elle a enfoncé la pédale du frein de toutes ses forces, sans chercher à comprendre où se trouvait l'obstacle, l'imprévu, l'impact… La voiture a zigzagué, sous le blocage des roues… Derrière, les coups de freins des automobilistes surpris, les crissements de pneus et le concert des klaxons rageurs ont accompagné la glissade de la voiture sur le revêtement lisse. Une forte odeur de gomme brûlée avait envahi l'habitacle.

– Braque !… Mets-toi sur la bande d'arrêt ! Vite ! ai-je hurlé encore, dépêche-toi ! Ils vont nous rentrer dedans !

La voiture s'est stabilisée sur le bas-côté. Le cortège des automobilistes qui suivaient est passé, klaxonnant de plus belle. Ils se frappaient la tête de la main, en nous jetant des regards furieux, l'air exaspéré. « Ça va pas la tête, non ! » Mais nous avions évité le pire.

Martelant le volant des deux poings, Flora, tremblante, était au bord de l'hystérie…

– Tu es complètement fou ! Qu'est-ce qui te prend ? Tu veux nous planter ?

Poursuivant mon idée, le regard tourné vers l'arrière, je lui ai demandé de reculer. Plus exactement, intimé l'ordre. Car c'était à celui qui crierait le plus fort…

Elle a tenté de le faire. Elle n'y arrivait pas. Elle était trop fébrile.

– Fais marche arrière, bordel ! Jusqu'au panneau, là-bas !

Je t'expliquerai après…

– Puisque je te dis que je n'y arrive pas ! Je ne peux pas !

J'ai bondi hors de la voiture, et j'ai couru jusqu'au panneau. Dans le rétroviseur, elle m'a regardé déchiffrer la pancarte, puis traverser l'autoroute… trois voies dans un sens. Trois voies dans l'autre, après avoir enjambé la rambarde de séparation. Les appels de phares et les klaxons ont redoublé. Je suis passé quand même.

Après avoir gravi le talus à grandes enjambées, je suis venu me planter, perplexe, devant l'objet de tant d'agitation. Une de ces architectures tarabiscotées, sculpture d'art contemporain, comme on en voit ici et là sur le bord des autoroutes pour tromper la monotonie du paysage tout en participant à l'éveil culturel des usagers de la route. Ça agrémente aussi les conversations dans les voitures. T'as vu ? Qu'est-ce que c'est que ce machin-là ?

Celle-ci était un assemblage de piques en tôles galvanisées. Des petites et des très grandes, pointées vers le ciel, un peu dans tous les sens. Dos de porcs-épics préhistoriques ? Stalagmites géantes ? L'œuvre était de Saultere, comme le précisait la pancarte. Ni beau. Ni moche. Imposant et guerrier. Voire inquiétant… J'ai tourné plusieurs fois autour. Flora, atterrée, ne me quittait pas des yeux. Elle suivait de loin ma sarabande, sans rien comprendre. Je devais sûrement avoir l'air d'un demeuré, frétillant comme un gardon, et hululant comme un Peau-Rouge devant ce curieux totem… Puis, elle a fermé les yeux et rentré les épaules à chaque nouveau coup de freins. Plus stridents et plus nombreux au retour qu'à l'aller, quand j'ai retraversé.

Elle ne les a rouverts que lorsque j'ai frappé contre la vitre. Elle s'était enfermée, et ne voulait plus m'ouvrir. De me voir réjoui à ce point avait transformé son état de nerfs en crispation de colère. Un halo de larmes embuait son regard.

– Ouvre, s'il te plaît ! J'ai trouvé ! Tu entends, j'ai trouvé !… Pardonne-moi, ouvre ! J'ai trouvé, je te dis !

Heureusement, mon purgatoire n'a pas duré longtemps. Il commençait à pleuvoir. Elle a eu pitié de moi… Le soir tombait. L'horloge automatique a déclenché l'ouverture des spots, au pied du totem, faisant jaillir la lumière sur les pointes acérées qui s'élançaient comme des flèches, à l'assaut de la grisaille du ciel. Je l'ai prise dans mes bras.

– Tu sais ce que ça représente, ces bouts de ferraille ? Les flèches des cathédrales ! Oui ! Les flèches ! Tu vois, les trois grandes qui dominent les autres, elles m'ont fait penser au dernier signe du ciseau… En lisant la pancarte au passage, ça a fait tilt dans ma tête… Chaque cathédrale a une orientation différente. Je sais, par exemple, que celle de Reims est tournée vers le Sagittaire… Alors, écoute bien ! Le signe du ciseau nous dit… Sept barré d'un trait, symbole de la pierre d'Amiens. Il faut comprendre simplement cathédrale d'Amiens… Même chose de l'autre côté pour Chartres… Je traduis… Tracez l'angle défini par l'orientation des flèches d'Amiens et de Chartres… et la ligne qui passe par son centre vous conduira à l'endroit où se trouve la sainte ampoule… Ça, c'est de la symbolique pure de franc-maçon ! Ça ne peut être que ça !

– Pas tout à fait ! Et la pointe de ton angle ?… Tu la places où, sur la paroi, pour t'y retrouver ?

– Ouais… Tu as raison ! Mais, c'est ça quand même !

15

Si j'avais un énorme miroir, à l'échelle du cosmos… qui puisse réfléchir la lumière des galaxies… je la renverrais, à rebours, vers les origines de l'Univers. Sur le chemin du retour, peut-être effacerait-elle sa trace, en résorbant son énergie ! Le big bang se rembobinerait. Je recréerais le néant… Ou bien c'est moi qui serais le point de départ d'une nouvelle origine, et j'irais ainsi bâtir des mondes ailleurs… Voilà à quoi je pensais en me dévisageant devant la glace de la salle de bain ! face à cette image que je voyais, qui me ressemblait et qui n'était pas moi… Et lui, ce reflet de moi-même, me voyait-il ? Pensait-il ? Comment le savoir ? Si la glace était capable de refléter les traits, pourquoi ne refléterait-elle pas aussi la pensée ? De lui ou de moi, lequel était le vrai ? Et qui, le virtuel ? De quel côté se trouvait l'autre côté du miroir ? Étais-je la projection de Macias, huit siècles plus tard ? Ou son double ? Son clone… Je ne savais plus comment me situer. Alors, faute de réponse, je laissais cohabiter, sans autre forme de réflexion, le vertige de l'espace et du temps et la banalisation de l'état du « réel »… Sinon, ça devenait vraiment trop compliqué.

De toutes façons, l'heure n'était plus aux tergiversations métaphysiques. Plus question de reculer. Le moment était venu de descendre dans le souterrain. Si c'était possible ! Je me préparais donc, comme un cosmonaute, à explorer l'inconnu. C'était plus fort que moi, j'avais l'impression de partir pour un voyage dont je ne reviendrais jamais. J'avais bien pris une douche pour me détendre. Mais rien n'y faisait. Impossible de débloquer ce nœud qui me compressait l'estomac. Pas plus que je ne parvenais à maîtriser la tension qui me secouait nerveusement les joues et la mâchoire… Respirer. Il me fallait respirer profondément. C'était ça ! Respirer comme un yogi…

Déjà anxieux, j'avais répété vingt fois le plan avec Pépé. Même s'il s'appuyait sur un scénario tellement simple que tous les James Bond de la terre pouvaient dormir tranquilles. Il suffisait de ne pas jouer de malchance. Voilà tout !… D'ailleurs, la première phase s'était déroulée comme prévu. Nous étions descendus dans les sous-sols de la cathédrale avec Léonard, un archéologue qui n'en était pas un, mais qui consolidait les fouilles après chaque passage des experts. Il connaissait les lieux, et il avait les clés…

– Ne referme pas derrière nous ! avait pris soin de préciser Pépé. Je suis claustro… D'être enfermé dans une cave, ça me fout une peur panique…

Léonard avait juste tiré la porte. Puis, très fier, il nous avait fait découvrir le baptistère de Clovis… ou ce qu'il en restait. C'était impossible, mais quand même émouvant, d'imaginer qu'un acte fondateur de notre histoire s'était joué dans cette piscine à colonnades dont il ne restait que quelques pierres enfouies. Vestige décrépi et froid, comme une stèle symbolique au fond d'un caveau… Notre guide-terrassier nous avait décrit pourtant cet événement millénaire comme s'il l'avait vécu. Les costumes, la foule et les hourras guerriers. Les couleurs, les odeurs et la grande solennité qui accompagnait la conversion du Barbare, venu chercher là, les doigts de pieds recroquevillés dans l'eau froide, la rédemption de l'Église. Le front offert à l'onction du saint chrême qui se trouvait, nul ne le savait, à deux pas d'ici, dans l'ampoule.

J'avais laissé le soin à Pépé de flatter l'érudition de Léonard qui n'en finissait pas de parler comme un conservateur de musée. Avec l'assurance d'un majordome qui aurait fait visiter, en cachette, les salons du château à ses cousins de province. Moi, légèrement en retrait, l'air de rien, j'étais trop occupé à repérer les lieux. Et l'endroit où je pourrais me cacher.

– Quand je pense, avait fait mine de s'étonner Pépé, qu'il aura fallu que les boches incendient la cathédrale pour qu'on découvre tout ça… Vous avez trouvé autre chose, en fouillant ?

– Le mur, là ! qui date de la première église de saint Nicaise… Parce que, dis-toi bien qu'il y a plus de mille ans, ici, on se serait retrouvé au rez-de-chaussée… alors qu'on est au moins trois ou quatre mètres sous terre…

– Ah bon ! Je croyais qu'on se trouvait dans les fameux souterrains ! qui vont je ne sais où…

– Jusqu'à Saint-Remi… Non, pour ça, il faudrait encore descendre… Mais nous, on n'y va jamais !

– C'est où ? C'est secret ? C'est dangereux ?

– Pas du tout. L'entrée est derrière la porte en bois, là-bas. Tu fais dix mètres sur une pente raide, et après, c'est à moitié éboulé. Il faudrait y aller en rampant, si on voulait… Mais, ça n'a aucun intérêt !

En remontant, Pépé lui avait arraché, pour finir, une dernière faveur. Il souhaitait revenir et faire quelques photos. Personne n'en saurait rien ! Cinq minutes, pas plus ! C'était pour sa collection privée. Promis, juré, la main sur le cœur ! Léonard avait d'abord tordu le nez, en expliquant qu'il risquait gros, mais il avait fini par céder. Entre potes de comptoirs ! C'était bien parce qu'ils buvaient des coups ensemble, tous les soirs, au Cardinal ! D'ailleurs, depuis quelques jours, Pépé, prévoyant, lui avait laissé gagner toutes les tournées au 4-21…

*

Aligné sur le lit, je faisais la check-list de tout mon attirail de spéléo amateur. Du plus lourd au plus léger. Le laser de Flora, afin de projeter le spectre des flèches sur la paroi. Avec sa batterie et son trépied plié, même en acier léger, j'en avais déjà pour huit ou dix kilos… Un poinçon, un marteau, et le ciseau de Macias. Une corde, on ne savait jamais ! – quatre tournevis, de différentes tailles, plats et cruciformes. Des gants de plombier. Et trois lampes torches dont une petite que je pourrais tenir entre mes dents, si j'avais besoin d'avoir les deux mains libres… Ah, j'oubliais ! Le portable. J'espérais bien ne pas avoir à m'en servir.

Tout en poursuivant mon exercice de respiration assistée, j'ai soigneusement roulé les pièces de cet arsenal dans du chiffon, afin de ne pas laisser brinquebaler, comme sur le traîneau du Père Noël, cette quincaillerie arrimée à mon dos. Ensuite, j'ai calé le tout dans un grand sac de sport… Et me voilà parti ! J'avais l'impression d'être en route pour un casse.

Dans le bus, dès que quelqu'un me regardait, je détournais les yeux, le nez plongé dans mes baskets. Comme un coupable. Impossible de trouver une contenance. Vivement l'arrêt de la rue Libergier ! Sinon j'allais finir par attirer l'attention ! Sur quoi ? Je n'en savais rien. Mais j'avais tellement l'air suspect que ça commençait à en devenir suspect… Comment faisaient-ils donc, les vrais braqueurs, pour garder leur sang-froid ? Moi, je n'y arrivais pas. Avec mon blouson, mon jean et mon sac, je ressemblais pourtant à n'importe quel gars qui rentrait du boulot ! Dans la rue, c'était pareil. Alors, dans la cathédrale, je ne vous dis pas ! Je suis passé en crabe par la porte sud, tournant le dos au marchand de bondieuseries. S'il m'avait reconnu, il n'aurait pas manqué de m'interroger sur mon look de campeur ! Alors, j'ai dégagé mon sac de mes épaules, et je l'ai pris à la main. Après tout, rien ne m'empêchait de jouer au basket ! Je sortais de l'entraînement. D'ailleurs, j'avais gardé les chaussures aux pieds... C'était plus fort que moi, j'en faisais beaucoup trop ! À force de vouloir me fondre dans l'anonymat de la foule... bientôt, on ne verrait plus que moi !

Longeant les colonnes, je suis alors venu m'asseoir sur une chaise du transept, mon sac entre les jambes. Et depuis, j'attendais, passant mon temps à lorgner ma montre. Dix-neuf heures. Nous y étions. Je n'apercevais toujours personne !

Comme d'habitude, j'ai essayé de penser à autre chose... Afin d'évacuer cette appréhension qui me faisait taper nerveusement du talon sur la dalle. Au point de provoquer des vibrations qui me remontaient à l'intérieur du corps, réactivant mon stress... Il était temps de me calmer. Sinon, j'allais perdre tous mes moyens... Et ces gens qui défilaient, inquisiteurs, devant moi, quittant la cathédrale avant la fermeture, j'avais le sentiment qu'ils perçaient mon inquiétude. Alors, je les fixais droit dans les yeux, comme font les femmes, lorsqu'elles veulent soutenir et faire baisser le regard baladeur des hommes... Mais qu'avaient-ils donc à être en retard, tous les deux ? Bientôt je serais tout seul sur ma chaise. Et pour être repérable, je serais vite repéré !

M'efforçant de distraire mon angoisse, je redéployais dans ma tête le maniement du laser qu'il me faudrait caler tout à l'heure… si bien entendu je découvrais le temple de Macias ! Je m'étais déjà exercé, plusieurs fois, dans l'atelier de Flora. Jusqu'à maîtriser de mémoire toutes les opérations. Maintenant, je connaissais par cœur la position des flèches. Et l'angle qu'elles formaient.

*

Ce fut ma dernière visite à la bibliothécaire rousse… J'avais d'ailleurs mis moins de temps, ce jour-là, à consulter mes documents qu'à me soustraire à son appétit débordant. J'étais seul. Elle en avait donc profité pour me cerner de ses seins laiteux. L'attaque était si franche que j'avais eu beaucoup de mal à m'en défaire… Plus je lui posais de questions, plus je sentais le souffle mentholé de son haleine m'envelopper comme un jet de bombe allergisante. Heureusement, j'ai vite compris le sens et l'orientation des cathédrales.

Le monde des bâtisseurs était plein de symboles. On y mêlait, sans distinction, la science et le divin. Les croyances et la foi. Car, en regardant le ciel, bien avant d'y rencontrer Dieu, les hommes avaient su observer les étoiles. Et si la terre plate ne tournait pas encore, le rythme des jours et des saisons égrenait les heures, heureuses et malheureuses, de la vie éphémère… Le disque du zodiaque se déplaçait dans la nuit, quand l'horloge du soleil faisait glisser sa lumière, le jour, en promenant son ombre sur la pierre du temps.

Pour mieux les reconnaître, les astronomes avaient tiré des traits entre les étoiles. Ils les avaient nommées et regroupées, comme pour apprivoiser les mystères des ténèbres. Lion, Vierge, Sagittaire… et tous ces cycles, entre eux, immuables, s'enchaînaient avec la certitude d'un éternel retour. Les nuits, les jours. L'été comme l'hiver… Mais, à l'homme qui n'était qu'un passage, de sa naissance jusqu'à sa mort, il fallait bien aussi promettre une part d'éternité. Une raison d'espérer. L'Église s'en était chargé, en lui faisant briller les clés du paradis… et craindre les flammes de l'enfer.

Voilà pourquoi les bâtisseurs ouvraient leurs cathédrales en direction du ciel. D'abord vers l'est, pour recevoir la consécration du jour nouveau. Et non pour regarder Jérusalem, comme certains auraient voulu le croire. Ensuite, ils orientaient leurs flèches, selon l'humeur des architectes ou la dévotion des évêques. Chacun choisissant l'axe de sa nef, en vertu de l'interprétation qu'il faisait de la symbolique céleste et des textes bibliques… Ainsi, la cathédrale d'Amiens était tournée vers l'orient, présidant au lever du soleil, mais avec une inclinaison marquée de vingt-trois degrés vers le sud. Cette description, d'apparence ésotérique, signifiait tout simplement qu'elle regardait vers le point le plus bas de l'écliptique, ce grand cercle que semble dessiner le Soleil dans sa promenade annuelle autour de la Terre. Autrement dit, le solstice d'hiver, aux environs de Noël, qui est aussi la date retenue par les Évangiles pour marquer la naissance du Christ.

La cathédrale de Chartres pointait, elle, exactement à l'opposé. Vingt-trois degrés vers le nord, en direction du solstice d'été. Le 21 juin, jour le plus long, quand le soleil est au plus haut… Deux façons de voir la vie. Au commencement ou à l'apogée. Le calice à moitié plein ou le calice à moitié vide.

Vingt-trois degrés d'un côté. Vingt-trois degrés de l'autre… Décidément, Macias avait tout fait pour simplifier la lecture de son énigme. D'autant qu'entre ces deux points, la ligne médiane qui devait me conduire à la sainte ampoule correspondait – à ne pas y croire ! – à l'orientation de la flèche de Notre-Dame de Reims…

Ma cathédrale, entièrement dédiée à Marie, s'inclinait, en effet, tout naturellement, vers cet endroit du ciel où s'élève, chaque année, le soleil du 15 août, jour de l'Assomption… Dans la constellation de la Vierge.

Ainsi, les signes du ciseau avaient parlé ! Cet ensemble de hiéroglyphes qui nous étaient apparus, au premier jour, comme des dessins naïfs s'appuyaient, en réalité, sur des symboles puissants qui n'étaient sans doute connus, à l'époque, que des maîtres de loge.

Il ne me restait plus qu'à trouver sur lequel de ces points, correspondant à l'une des trois flèches, je devrais, tout à l'heure, appuyer le premier tir de mon laser. Mais j'avais déjà mon idée !

*

Mon impatience montait. En même temps que l'inquiétude agacée de n'apercevoir personne. Ni mon ami, ni son copain de bistrot… Car porté par mes réflexions, j'avais la sensation qu'une transformation curieuse s'opérait malgré moi. Je me sentais désormais la force de soulever la cathédrale tout entière. De répondre, sans faillir, à l'appel de Macias… J'étais prêt. Même à y aller seul, s'il le fallait. J'avais envie de me lever. De me secouer, comme un boxeur sur un ring, pour délier la tension de mes muscles et cette ardeur soudaine, descendue m'habiter comme une grâce. Je retrouvais, étrangement, chassant ma peur, la vigueur que me communiquait Macias quand je le suivais dans le tunnel de mes rêves. J'étais déjà ailleurs… Mais c'était maintenant !

Je me suis donc levé et dirigé vers la porte qui s'ouvrait sur l'escalier du sous-sol. Par instinct. Sans plan particulier… Était-ce une illusion ? Une impression conditionnée par toute cette aventure ? Je me sentais flotter entre deux vérités. Deux ambiances et deux mondes. Le mien, et celui, auquel je voulais croire encore, et qui m'avait donné rendez-vous jusqu'ici… Brusquement, j'ai détourné mon regard. Je n'avais pas vu venir Pépé. Il était passé devant moi, feignant de m'ignorer, et s'était planté à proximité de la porte. D'un geste discret, il m'avait fait signe de m'éloigner. Léonard arrivait. Nous étions donc toujours dans la réalité ! À partir de là, tout est allé très vite.

J'ai contemplé les vitraux, comme prévu. Trente à quarante secondes. Avant de m'engouffrer derrière eux. La porte était tout juste tirée. À cause de la claustro de Pépé ! Descendant à pas feutrés, je les entendais tourner et ricaner autour du baptistère… Zut ! Pour la photo, le flash ne marchait pas. C'était prévu. Le temps de comprendre que le poussoir n'était pas enclenché… j'avais alors cinq bonnes minutes pour me glisser dans un angle mort. Entre les soubassements et un tas de gravats qui n'avaient pas été évacués depuis longtemps. Pour étouffer le bruit d'une coulée de terre, toujours possible, j'avais demandé à Pépé de beaucoup parler et de rire. Un rire, et j'avançais de trois pas… Je suis même parvenu à me fondre plus rapidement que prévu dans ce coin sombre. Car Léonard gloussait encore plus fort. Il faut dire qu'ils en étaient arrivés, dans leurs plaisanteries grasses, au zizi de Clovis, à poil dans sa baignoire, qui se devait d'avoir le plus gros, devant les femmes de la cour et ses vassaux réunis. J'avais hâte qu'ils s'en aillent. Ils n'en finissaient pas. Léonard suffoquait. Et moi, j'aurais pu rire aussi.

Après avoir entendu la clé tourner dans la serrure, j'ai patienté encore un long moment, dans le noir, avant de sortir du sac une torche, le marteau et le ciseau de Macias. À présent, face à la porte en planches qui masquait l'entrée du tunnel, j'avais le choix entre le cadenas et une vieille ferrure branlante dans ses écrous rouillés. L'obstacle était symbolique. Un seul coup suffirait. J'ai choisi la ferrure. Pour faire moins effraction.

Sitôt franchi les premiers mètres, comme Léonard l'avait décrit, je me suis heurté à un mur de comblements qui obstruait l'accès du souterrain. C'était foutu ! J'ai quand même balayé la lumière de ma torche tout autour. Il était clair que la galerie ne s'était pas effondrée, mais qu'on avait poussé là des tonnes de pierres et de terre, extraites sans doute, comme mon tas de gravats, à l'occasion des fouilles… Tout en haut, un trou noir pouvait laisser penser qu'on avait ménagé un espace entre la voûte et le sommet du remblai. Je ne voyais rien de plus. Même en levant le bras, sur la pointe des pieds, je ne parvenais pas à agripper la partie la plus accessible de ce mur dont la glaise, tassée avec le temps, était aussi dure que la pierre. Y avait-il un passage ? « En rampant », avait dit Léonard. Ça valait le coup d'essayer !

Alors, j'ai creusé des cavités avec le ciseau. J'ai consolidé avec des cailloux pour ne pas glisser, improvisant ainsi un chemin de varappe. D'abord j'ai poussé mon sac dans le trou noir, avant de me hisser et de basculer à mon tour dans cette gorge étroite. Au bout de ma torche, il n'y avait que l'obscurité sans fin, profonde comme un puits sans espoir. Mais je ne devais surtout pas me poser de question. Ne pas perdre courage. Et avancer. Ramper. Poussant mon sac devant moi, comme un bouclier devant l'inconnu. J'avais vu des spéléologues pratiquer de cette façon, dans un documentaire… Tirant sur mes bras, poussant sur mes jambes, je m'arrachais la peau sous la toile pourtant épaisse de mon jean. Des cailloux pointus comme des silex transperçaient les coudes de mon blouson. J'avais chaud et je respirais mal… Puis j'ai senti soudain la voûte s'éloigner de ma tête. L'espace s'agrandissait. La pente devenait douce. Mon sac a failli basculer brusquement dans le vide. Mais je le tenais bon. J'ai tourné sur moi-même et j'ai laissé glisser mes pieds en arrière, jusqu'à ce qu'ils touchent le sol. J'avais dû franchir ainsi plusieurs dizaines de mètres… La galerie s'ouvrait maintenant dans la lumière de ma torche. J'avais l'impression de la connaître. Sans prendre le temps de me ressaisir, j'ai couru devant moi… Une vingtaine de mètres encore. Le premier embranchement. J'ai incliné sur la droite. Je savais où j'allais… jusqu'à la porte en chêne, assemblée par les compagnons charpentiers pour fermer l'entrée du temple. Elle était presque intacte… J'ai levé le bras. À hauteur d'homme, dans une cavité de la roche, il y avait trois pierres. Sous la troisième pierre, comme j'avais vu Macias le faire, j'ai pris la clé. Forçant à peine dans la serrure, elle tournait toujours. Mon cœur battait comme jamais je ne l'avais senti secouer ma poitrine. Alors, j'ai poussé lentement la porte séculaire du temple de la loge du Levant…

J'avançais, tout tremblant, derrière le faisceau de ma lampe. Muet comme une ombre. Perçant d'un rai de lumière froide les particules virevoltantes de l'oubli… car ma trace s'imprégnait sur le sol comme un pas sur la lune, foulant cette couche de poussière accumulée depuis si longtemps sans que rien ni personne ne l'ait marquée de son empreinte. Pulsées sous mes pieds, ces cendres du temps volaient et scintillaient comme des paillettes d'argent dans ma lumière…

À chacun de mes pas, je marquais un palier dans cette descente en apnée au cœur des mystères du passé. La peur et l'émotion étreignaient le rythme court et saccadé de ma respiration. J'avais l'impression de violer l'enceinte d'une autre cathédrale. Sans colonnes ni chapelles. De fouler le secret d'un tombeau interdit. De profaner le silence du temps… Pourtant, dans le balayage de ma torche, je n'accrochais que l'aspérité de la roche. Sans le secours de la mémoire, cette salle souterraine ressemblait à une grotte, aux parois brutes, à peine taillées par endroits, qui lui donnaient, malgré tout, l'aspect d'une pièce immense, carrée, à la voûte fragmentée par des veines inégales. Plus hautes sur le devant, là où je venais d'entrer… On pouvait même imaginer que cette caverne, aujourd'hui enfouie sous la terre, avait connu le soleil et la vie, il y a des centaines de millions d'années…

J'ai sorti de mon sac ma seconde torche. Plus puissante. Et, tel un magicien, j'ai réveillé cet endroit dans un flot de lumière. Subitement, la voûte s'est agrandie. D'un geste, j'ai repoussé les parois, puis de l'autre, j'ai embrasé l'espace, offrant à ce lieu un court instant de sortilège et de résurrection… Une lampe dans chaque main, j'ai fait courir ce ballet lumineux sur la roche. Créant des ombres qui dansaient autour de moi. Je redonnais la vie. À Macias et à ses compagnons. Traversé par un courant d'ivresse, je faisais tourner les tables du passé… J'avais d'ailleurs l'impression d'entendre le bruit sourd des pas martelés par la chenille des maîtres. Le tintement de leurs médailles cognant les outils symboliques, croisés sur leurs poitrines. Le souffle de l'initiation vibrait encore… « Tu es Macias, Cœur de pierre », disait Gaucher, en touchant son épaule de l'épée. J'ai mis un genou à terre, comme si ces paroles solennelles m'étaient adressées. Étaient-ils là, pour m'adouber, ces fantômes qui me poursuivaient du fond des siècles ? J'ai appelé « Macias ». Mais seul l'écho de la roche amplifiait son nom. J'étais seul dans la caverne…

Quand je me suis relevé, ma lampe s'est arrêtée juste au-dessus d'un bloc imposant, taillé comme une estrade. Pour y accéder, il y avait sept marches, pratiquées dans la pierre. C'était l'endroit où se tenait le grand maître, pendant la cérémonie, telle que je l'avais vécue dans l'un de mes rêves. Je revoyais distinctement sur la paroi, au-dessus de la tête de Gaucher, un triangle suspendu, marquant l'Orient de la loge. Avec en son milieu, le dessin d'un œil, symbole de la Connaissance. Le même chez les francs métiers d'autrefois que chez les francs-maçons d'aujourd'hui.

À la place de cet œil, Macias avait gravé un point à l'intérieur de son signe… La signification était simple. Le triangle qui dominait la loge, derrière le vénérable maître, marquait le sommet de l'angle qu'il avait imaginé, en s'appuyant sur l'orientation des flèches des cathédrales… Vite, j'ai déplié mon trépied, à hauteur d'homme, sur l'estrade rocheuse. J'ai branché la batterie du laser. Un premier point rouge est allé se ficher sur la paroi, au fond du Temple. Ainsi, suivant la logique de Macias, j'avais matérialisé la droite de la flèche d'Amiens. Ensuite, j'ai calé, par deux fois, vingt-trois degrés. Puis j'ai décoché la flèche de Chartres. Entre ces deux points ciblés, un troisième s'est inscrit au milieu… La sainte ampoule devait être là !

J'ai passé la main sur la roche. Dessus, dessous, sur les côtés. J'approchais du but. J'y étais ! En haut, sur la droite, j'ai senti sous mes doigts une saignée régulière… Dans la lumière de la torche, cette marque formait un cercle presque parfait. Macias avait dû découper la pierre comme un bouchon pas plus grand que la paume de sa main. Il l'avait replacé ensuite, après avoir creusé son alvéole. Puis, il avait masqué la brèche avec de la glaise du tunnel. Bien malin celui qui aurait pu déceler cette cachette, placée au-dessus des regards, dans l'obscurité du temple ! D'ailleurs, moi-même, il me manquait vingt centimètres. Je ne touchais la saignée qu'avec le bout des doigts. Et il n'y avait rien dans cette grotte. Pas de bancs comme autrefois, pour se hisser à bonne hauteur…

J'ai couru jusqu'aux gravats qui bouchaient l'entrée du souterrain. Là, j'ai glissé deux grosses pierres dans mon sac, mais il m'a fallu faire un second voyage, avant de pouvoir m'aménager une assise confortable…

J'avais souvent essayé d'imaginer cet instant irréel. Cette confrontation redoutée aux confins de la magie et du surnaturel… lorsque ma main viendrait caresser la présence de Dieu, enfermé dans la fiole. À chaque fois, invariablement, un trouble aveugle m'envahissait, aussitôt mué en peur panique. Ma gorge se nouait. Rien que d'y penser, j'avais la chair de poule. J'étais paralysé de terreur, par anticipation…

Là, juché sur mes pierres, curieusement, j'étais calme. Attentif et précis dans mes gestes. Je n'irais pas jusqu'à dire que les quelques tremblements qui m'agitaient encore n'étaient dus qu'à la fébrilité de mon action ! Mais sans commune mesure avec la trouille qui m'arrachait les tripes tout à l'heure, quand j'avais poussé la porte du temple… Non ! J'accomplissais ma mission, tendu mais déterminé, à la grâce de Dieu et avec l'aide de Macias. Ils me devaient bien ça, tous les deux !

Avec le ciseau, j'ai fait sauter le bouchon de ce tabernacle de fortune. Les bras levés au-dessus de la tête, je ne parvenais toujours pas à voir ce qu'il y avait à l'intérieur. C'était encore trop haut pour moi. J'ai donc glissé la main dans la cavité, et caressé alors la forme lisse d'un objet… La fiole était dedans ! Je l'ai tirée délicatement… Osant la regarder, sans appréhension, la tête renversée, j'ai projeté la lumière de la lampe, que je tenais serrée entre mes dents, au travers du cristal rouge de l'ampoule. Elle brillait des mille feux d'un soleil écarlate. Sa collerette blanche reflétait cette incandescence jusqu'au cœur du saint chrême que mes mouvements avaient secoué. Car la fiole était toujours pleine. Saint Remi en soit béni ! Le miracle de la colombe s'était perpétué…

Un long moment, les yeux accrochés à cette boule étincelante, je suis resté figé dans la position du prêtre qui présente à ses fidèles l'eucharistie sacrée. Puis j'ai baissé la tête, comme devant l'autel, au moment de l'élévation… Je me suis signé et j'ai prononcé, intérieurement, des mots de prière. J'étais l'Agneau de Dieu, venu racheter tous les péchés du monde… Moi qui croyais si peu, en cet instant précis, je me suis senti investi comme jamais. Nouveau porteur de croix, dans une aventure mystique qui me dépassait et dont je n'étais que l'instrument. Encore un peu, et je me serais pris pour le deuxième fils de Dieu !

Revenu sur terre, en descendant de mes pierres, j'ai pensé qu'il valait mieux repartir au plus vite, au lieu de m'irradier égoïstement des feux et de l'esprit de la sainte ampoule. La folie de Montchicourt me restait en mémoire. Maintenant, il fallait sortir… J'ai tout rangé. Enveloppé la fiole dans un chiffon. Le retour fut plus acrobatique. Car ramper d'une seule main ne fut pas un exercice facile. L'autre levée, serrant l'ampoule pour éviter les chocs. J'avais trop peur de la casser ou de renverser son divin chargement… Je me demandais d'ailleurs ce que j'allais bien pouvoir en faire, en rentrant. Comment ? Et à qui la restituer ? Bof ! Il serait temps d'y penser ! En attendant, Dieu patienterait quelques jours, dans un placard, chez Flora, entre deux flacons de parfum. Après tout, il avait bien attendu huit siècles, oublié au fond d'un trou noir !

Dernier obstacle, avant de passer la nuit à attendre la réouverture de la cathédrale, il me fallait sortir du sous-sol. J'avais tout prévu. Déposer la serrure de l'intérieur, pour ne pas faire de bruit. Mon sac sur le dos et l'ampoule dans la poche, j'ai donc entrepris de la dévisser…

La dernière vis venait de tomber… lorsqu'une force inouïe s'engouffra dans la porte. Un tourbillon de vent qui la fit rebondir sur ses gonds. Elle claquait tant et plus, menaçant de me voler en pleine face. Heureusement, j'avais réussi à me tenir, comme je pouvais, l'épaule appuyée contre le chambranle. Le pied en avant prêt à contrer le retour de cette porte dont la serrure m'était restée entre les mains… La tornade semblait venir du chœur… Je me suis avancé dans l'allée, cherchant à identifier l'origine de cette déflagration, brutale et inquiétante. S'agissait-il d'une explosion ? Du souffle d'une bombe ? Quand même pas d'un attentat ? J'ai tout de suite pensé à la bonbonne de gaz qui avait déchiré la toiture de la cathédrale. Avant notre arrivée…

Mais, je ne voyais rien. La nef était vide, intacte, et calme dans la nuit. Quelques cierges brûlaient encore… Pourtant, un vent glacial circulait dans les travées, comme un puissant courant d'air, traversant de part en part l'édifice… Subitement je me suis senti lourd. Las ou fatigué. Sans doute le contre-coup de mon aventure souterraine ! La tête me tournait. Je me suis appuyé contre une colonne. À ce moment-là seulement j'ai pensé à l'ampoule. Je l'ai sortie de ma poche. Je craignais qu'elle ne se soit brisée, dans cette tourmente dont je ne m'expliquais toujours pas la violence, ni la cause… Alors, les murs ont vacillé. Les voûtes ont tremblé. Le sol a vibré sous mes pieds… Ce n'était pas moi qui chavirait ! C'était la cathédrale qui semblait se distordre. Les pierres se disloquaient, ébranlées par ce nouveau désordre. Le sable coulait entre les blocs et les statues. Les vitraux éclataient sous le souffle du vent…

Cherchant à résister à cette houle, réelle ou virtuelle, j'avais le sentiment de flotter sur mes jambes. J'étais ballotté, déséquilibré, projeté d'une colonne sur une autre, comme un bouchon dans la tempête. Je n'avais plus la force de me battre contre un nouveau séisme… Tout tournait autour de moi. Comme si j'allais m'évanouir. Épuisé… Je suis parvenu, pourtant, à me reprendre. Je me suis secoué. Ouvrant les yeux en grand… car une vision dantesque s'imposait désormais devant moi. Le calme était revenu. J'étais debout, hébété, au milieu d'un décor fantastique, mêlant la vieille église, encore dans les travaux du côté de l'abside, et la cathédrale d'aujourd'hui. Là où je me trouvais…

Plus de statue de Jeanne d'Arc, ni de saint Jean-Baptiste. Des fenêtres hautes, ouvertes au vent. Des pierres et des planches entassées. Mon œil gauche retrouvait le théâtre de mes premières visions. Le chantier inachevé du temps des bâtisseurs… Alors que sur ma droite, la lumière des étoiles, plongeant au travers d'un vitrail de Chagall, venait caresser dans la pénombre un coin du maître-autel. Au fond de l'allée, la cahute du marchand, rideau baissé, ressemblait à une boutique de foire…

Un bruit sec. Puis un craquement. Des pas. Un froissement de tunique. Et le cliquetis des armes… Ils étaient tous là. Les fantômes de mes rêves. Debout et menaçants. Couverts de leurs stigmates. Montchicourt, la maille ensanglantée. Rascard, les flancs percés. Les croisés et les gueux qui les avaient piégés… Le contour flou de leurs statures semblait sortir tout droit de la mémoire des pierres. Comme s'ils étaient restés cachés là, ombres vacillantes venues du fond des siècles… À quelle épreuve devais-je encore me soumettre ?

Un frôlement à peine perceptible a secoué ma main. Celle qui tenait l'ampoule. Capucin l'agrippait de toutes ses forces, comme s'il voulait se saisir de la fiole.

– Mais qu'est-ce qui te prend, Capucin ? me suis-je écrié en le repoussant violemment.

– Ils m'ont obligé, Macias ! gémit l'enfant, en même temps que sa forme s'effaçait là où, dans mon rêve, le soldat avait fait rouler son corps inerte, transpercé par Rascard.

Ainsi, je serais parvenu aux confins de la compression du temps ? Un pied de chaque côté du miroir dont l'interface était l'ampoule ? Capucin m'avait appelé Macias. Parce que, désormais, nous ne faisions plus qu'un…

Étrangement, je les regardais tous, sans peur. Tantôt visibles comme dans un rêve, tantôt dissipés dans le halo nébuleux des ténèbres. Telles ces marques indélébiles qui imprègnent parfois le théâtre d'actions si violentes que rien ne peut les dissiper. Elles restent gravées dans la matière tant que les murs et les objets eux-mêmes résistent à la destruction des hommes et du temps. Ne dit-on pas en pénétrant sur les lieux d'un drame épouvantable qu'ici ça sent la mort ! Qu'il y a toujours comme une odeur de sang ! Cette vision fantastique qui autrefois m'aurait fait douter de mon état d'éveil, ou de ma santé mentale, ne me troublait pas. Si leur image parvenait à peine à se matérialiser, la présence de leur esprit et la fureur de leurs crimes étaient bien réelles, inscrites ici, en ces lieux, dans la pierre. Que je sois Macias ou Mathieu, aux deux bouts de la chaîne, j'étais porteur de cette mémoire. Il me restait à basculer dans un siècle ou dans l'autre. Si je savais comment ? Si j'en avais la force ? En balayant ces dernières traces des témoins de l'ultime sacrilège…

J'ai sorti de ma ceinture le ciseau de Macias. D'un revers, comme du plat d'une épée, j'ai écarté les piques des deux lanciers qu'avait lancés contre moi Montchicourt. Renvoyant leurs ombres dans les limbes du passé. Puis, j'ai frappé Rascard dont le spectre s'est affaissé à deux pas de la dalle qui ouvrait sur l'entrée du tunnel… Alors, je me suis avancé vers le chef des croisés. Plus fort, plus résistant. Dont le fantôme était toujours porté par l'illusion qu'il avait conservée jusqu'à sa mort d'être l'égal de Dieu, en se couvrant le visage de l'huile sainte…

Montchicourt avait jeté son épée, et s'était rué sur moi pour m'arracher la fiole. J'ai serré de toutes mes forces. J'avais l'impression d'avoir la main prise dans un étau. Alors, comme l'avait fait Macias dans le tunnel, j'ai enfoncé, une seconde fois, le ciseau dans sa blessure, contraignant ce fantôme enragé à lâcher son emprise. Il a reculé de deux pas en arrière, regardant couler son sang qui, huit siècles plus tard, n'était rien d'autre que le sang d'un homme, cruel et fou, persuadé qu'il allait conquérir le pouvoir éternel.

Là, je ne sais pourquoi, ni poussé par quel instinct, j'ai projeté l'ampoule en direction des voûtes de Notre-Dame. Comme pour la renvoyer vers le ciel, d'où elle était venue. Je l'ai regardée monter puis disparaître dans un éclair de feu. Un souffle puissant a aspiré toutes ces ombres dans les entrailles du tunnel. La dalle s'est refermée. Comme si tout venait de s'effacer.

*

– Eh bien, qu'est-ce que tu fais là, mon garçon ? Tu as eu un malaise ?

L'homme qui me secouait avait l'air d'un curé.

J'étais vautré de tout mon long contre la colonne, les fesses glacées par la pierre. Saint Jean-Baptiste me regardait. Derrière, Jeanne d'Arc somnolait, bien accrochée à son épée. La cathédrale s'éveillait comme à son habitude. Rien n'avait changé.

– Oui… c'est ça ! Je crois que j'ai eu un malaise. Mais ça va !… Ça va aller. Merci, mon père !

– Vous voulez un médecin ?

– Non, merci… ça va aller !

Je me suis relevé. J'ai ramassé mon ciseau. C'était curieux… au toucher, il me paraissait lisse ! J'ai regardé. Il n'y avait plus rien. Les signes de Macias avaient disparu.

16

Un nouveau jour s'était levé… Drapée dans sa dentelle séculaire, la cathédrale avait percé la brume de ses deux tours. Et toisait majestueusement l'agitation naissante de son parvis. Les premiers cars de Japonais déversaient déjà leur clientèle de touristes, venus rendre hommage à sa beauté, et picorer les miettes de son histoire. Elle, hautaine et fière, restait sourde à leur rumeur. Son regard était tourné vers le ciel… Elle en avait vu passer, des rois, des cortèges et des misères ! Entendu, des proclamations, des cris et des prières ! Gardant tous ses secrets, emmagasinés dans sa pierre comme les meurtrissures du vent, la chaleur du soleil, le fouet de la pluie et le gel de l'hiver. Elle résistait aux hommes comme aux assauts du temps. Riche de tous ses siècles. Muette et rayonnante comme un tombeau du Christ.

Ce matin-là, sa masse puissante se découpait dans le bleu d'un ciel pur et limpide. Elle avait retrouvé la paix. L'ordre était revenu. La tache profanatrice du mystère de la sainte ampoule s'était diluée dans la nuit de l'oubli. Comme si rien, jamais, n'avait existé. D'ailleurs, qui savait ? Les fantômes avaient disparu. Ils ne reviendraient plus. Et la fiole de saint Remi avait recouvré son origine sacrée, sans que personne ne le sache. Par la grâce d'un mystère insoupçonné, sinon d'un miracle de Dieu lui-même.

Assis à la terrasse du café, j'attendais l'heure où Flora gagnerait son bureau. Pas avant dix heures. Elle était toujours en retard… Je ne m'étais pas senti le courage de lui raconter par téléphone, même en résumé, mon incroyable odyssée. J'avais besoin de sa présence. Du réconfort de sa voix. De l'indulgence et de l'amour de ses yeux… Je n'aurais surtout pas trouvé les mots pour lui expliquer la disparition du laser. J'avais posé mon sac quand la cathédrale avait tremblé. Et il avait disparu, peut-être emporté dans la tourmente, au fond du tunnel… Comment lui faire comprendre les invraisemblances de cette nuit fantastique qui m'avait fait côtoyer les rives de l'au-delà ? Comment nommer tout cela ? Il fallait bien qu'elle me croie… Or, il ne restait que mon témoignage. Je ne possédais aucune preuve… D'ailleurs, moi-même, je ne savais plus quelle était la part du réel, du rêve ou de l'imaginaire. J'avais l'impression que certaines pièces de ce puzzle surnaturel commençaient déjà à me manquer. Je ne parvenais plus à faire le point tout à fait dans ma tête. J'étais vidé. Comme un médium qui aurait tout donné. Anéanti, comme un boxeur groggy.

En traversant le parvis, j'ai fait un signe à l'Ange. Il souriait toujours. De son sourire en coin, doux et malicieux. À l'autre, j'ai tiré la langue. Quand je pense que Rascard n'avait pas hésité à l'amputer d'une aile ! Pour le loger au forceps dans cette alvéole de star qui ne lui revenait pas ! Voleur ! Je lui ai tiré une deuxième fois la langue.

*

Assis dans l'escalier, j'attendais Flora depuis un bon moment. J'avais beau leur dire bonjour, les gens qui montaient à l'étage me contournaient à nouveau comme un SDF, sans un mot. Renfrognés… L'un d'eux est même redescendu pour m'interroger.

– Qu'est-ce que vous faites là ?

– J'attends Flora !

– Flora qui ?

– Ben… du laser, là derrière !

– Si vous attendez vraiment quelqu'un du laser, alors vous n'avez qu'à frapper ! Ils sont là, depuis neuf heures. Il est bientôt onze !

J'ai frappé… Flora a entrebâillé la porte. Un œil à moitié fermé. Elle avait relevé sur son front ses grosses lunettes de fourmi myope.

– Qu'est-ce que c'est ?

J'ai souri, écartant la porte, pour la prendre dans mes bras.

– Si tu savais la nuit que je viens de passer !

Elle m'a repoussé violemment, effrayée, et s'est mise à crier.

– Au secours ! Vous êtes fou… hmm, hmm…

J'avais mis ma main sur sa bouche, pour étouffer son cri. En la serrant contre moi…

– Chuttt, Flora ! C'est moi ! Mathieu ! Ne me dis pas que tu ne me reconnais pas ?

Elle tremblait. Elle se débattait. Dans ses grands yeux, j'ai vu passer la terreur et l'effroi. Je l'ai lâchée aussitôt.

– Arrête, Flora, je t'en supplie… Regarde-moi ! C'est Mathieu…

– Je ne vous connais pas, monsieur ! Partez, sinon je hurle… Vous êtes d'ailleurs mal renseigné. Je m'appelle Fleur… Pas Flora ! Partez ! Tenez, ça tombe bien ! Voilà le patron du labo ! Vous allez vous expliquer avec lui !

Je me suis retrouvé nez à nez avec Christian, le garçon coiffeur gominé. Déguisé en blouse blanche…

– Calez le laser, Fleur ! J'arrive tout de suite, recommanda-t-il en ouvrant largement la porte. Bon ! Qui êtes-vous, monsieur ? Qui vous envoie ?

J'apercevais, sur son trépied déplié, bien à sa place, le laser qui bombardait de ses points rouges la reproduction d'une statue de la galerie des Rois… Louis IX, dit Saint Louis. Canonisé après la huitième croisade où il trouva la mort. Dernier roi de France consacré par la sainte ampoule véritable…

– Euh ! Rien… non… Excusez-moi ! C'est une erreur ! Je me suis trompé d'étage ! ai-je répondu au patron de… Fleur. Et je suis parti.

Vite ! J'ai appelé Véra, la pythie… C'était la première fois qu'elle entendait mon nom. Des histoires de voyance ? Ça ne lui disait rien ! Elle ne pratiquait pas… De toutes façons, elle détestait être démarchée par téléphone.

Pépé non plus ne se souvenait pas de « Flora ». Ni vue, ni entendu parler ! Au passage, il m'a rappelé que je devais monter, le lendemain, sur la toiture de Notre-Dame pour finir la réparation… Et après, direction Saint-Rémy-de-Provence où on nous attendait. Ça nous ferait des vacances !

Seul sur le parvis, je ne sais pas comment j'ai pu tenir debout. J'étais vidé. Sans corps, ni cervelle. Un ectoplasme. Ballotté comme une pustule dans l'univers. Une merde dans l'océan. Je me retrouvais, abandonné, ici. Sans une épaule sur laquelle pleurer… J'étais cocu de tout. Même la mémoire du temps me filait sous les pieds, comme l'eau de la marée aspirée par le sable. Le Grand Effacement était en cours. Il avait déjà tout balayé autour de moi, comme une souris sur un écran numérique… J'étais tout seul avec cet épouvantable secret à partager, avec la folie qui ne tarderait pas à m'emporter… Et toi, Dieu ! Après tout ce que j'ai fait pour toi, c'est tout ce que tu m'adresses comme remerciements ! Pourquoi m'avoir sacrifié ? Tu n'avais qu'à sortir de cette fiole tout seul ! Tu n'es pas Dieu pour rien, non ? Ton fils, lui, a bien poussé la dalle de son tombeau ! Alors, pour un petit bout de rocher comme ça ! Ou alors, il fallait y rester ! De toutes façons, le saint chrême ne sert plus à rien, il n'y a plus de rois à couronner…

Oh, ma tête ! Je vais devenir fou ! J'ai respiré longuement. J'ai mis un pas devant l'autre. La vie courait autour de moi. La fille du syndicat, la jolie en mini-jupe, m'a adressé un sourire, en faisant remonter ses Chinois dans son car… Je ne me souvenais plus très bien ! C'était quoi déjà, cette histoire d'ampoule ?

*

Raté, le bus ! J'ai couru. Je savais que Jaquemard, le maître architecte, ne dirait rien. On avait fait du bon boulot. Je ne me suis donc pas attardé en excuses en arrivant sur le chantier. Pépé avait fait le nécessaire. Je suis monté directement tout en haut… sans harnais. Pas besoin ! Je n'avais qu'à souder les derniers raccords de toiture dans la masse épaisse du plomb… À la fin, j'ai fait le singe comme d'habitude, pour faire comprendre, en bas, que le travail était terminé. Mon chant de victoire habituel, comme les anciens des francs métiers… Mais, j'étais si fatigué ! L'un de mes genoux a plié. Mon pied a vrillé. C'est là que j'ai perdu l'équilibre… Alors, je me suis aplati sur le toit comme un sac, et j'ai glissé sur le ventre, les pieds devant. Dans un instinct de survie, j'ai tendu les bras, sans rien pouvoir saisir. Ma tête a frappé le parapet de la coursive. J'ai basculé dans le vide…

… C’était la première fois que Macias remontait sur le toit, depuis le massacre du tunnel dont il gardait, seul, le secret. Ce jour-là, il devait replacer sur son cul-de-lampe un ange, endommagé par la foudre. Lorsqu’il a basculé en arrière, il regardait le ciel comme pour l’implorer. Son corps s’est disloqué sur les gravats entassés par les compagnons, quarante mètres plus bas. Son ciseau, qu’il avait réussi à planter entre la pierre et le plomb, n’avait pas pu le retenir…

RÉALISATION : NORD COMPO À VILLENEUVE-D'ASCQ
IMPRESSION : BRODARD ET TAUPIN À LA FLÈCHE
DÉPÔT LÉGAL : MAI 2007 – N° 91735 (40958)
IMPRIMÉ EN FRANCE

Collection Thriller

P1110. Funérarium, *Brigitte Aubert*
P1477. Le Dernier Testament, *Philip Le Roy*
P1478. Justice imminente, *Jilliane Hoffman*
P1479. Ce cher Dexter, *Jeff Lindsay*
P1480. Le Corps noir, *Dominique Manotti*
P1481. Improbable, *Adam Fawer*
P1562. La Morsure du dragon, *Jean-François Susbielle*
P1563. Rituels sanglants, *Craig Russell*
P1564. Les Écorchés, *Peter Moore Smith*
P1603. Pour adultes seulement, *Philip Le Roy*
P1604. Offre publique d'assassinat, *Stephen W. Frey*
P1605. L'Heure du châtiment, *Eileen Dreyer*

P1681. Ultime Témoin, *Jilliane Hoffman*
P1682. Los Angeles, *Peter Moore Smith*
P1694. L'Ultime Sacrilège, *Jérôme Bellay*
P1695. Engrenages, *Christopher Wakling*
P1704. Dexter revient !, *Jeff Lindsay*

Collection Points

DERNIERS TITRES PARUS

P1566. Aara. Aradia I, *Tanith Lee*
P1567. Les Guerres de fer. Les Monarchies divines III
Paul Kearney
P1568. La Rose pourpre et le Lys, tome 1, *Michel Faber*
P1569. La Rose pourpre et le Lys, tome 2, *Michel Faber*
P1570. Sarnia, *G. B. Edwards*
P1571. Saint-Cyr/La Maison d'Esther, *Yves Dangerfield*
P1572. Renverse du souffle, *Paul Celan*
P1573. Pour un tombeau d'Anatole, *Stéphane Mallarmé*
P1574. 95 poèmes, *E. E. Cummings*
P1575. Le Dico des mots croisés.
8 000 définitions pour devenir imbattable, *Michel Laclos*
P1576. Les deux font la paire.
Les couples célèbres dans la langue française, *Patrice Louis*
P1577. C'est la cata. Petit manuel du français maltraité
Pierre Bénard
P1578. L'Avortement, *Richard Brautigan*
P1579. Les Braban, *Patrick Besson*
P1580. Le Sac à main, *Marie Desplechin*
P1581. Nouvelles du monde entier, *Vincent Ravalec*
P1582. Le Sens de l'arnaque, *James Swain*
P1583. L'Automne à Cuba, *Leonardo Padura*
P1584. Le Glaive et la Flamme. La Saga du Roi Dragon III
Stephen Lawhead
P1585. La Belle Arcane. La Malerune III
Michel Robert et Pierre Grimbert
P1586. Femme en costume de bataille, *Antonio Benitez-Rojo*
P1587. Le Cavalier de l'Olympe. Le Châtiment des Dieux II
François Rachline
P1588. Le Pas de l'ourse, *Douglas Glover*
P1589. Lignes de fond, *Neil Jordan*
P1590. Monsieur Butterfly, *Howard Buten*
P1591. Parfois je ris tout seul, *Jean-Paul Dubois*
P1592. Sang impur, *Hugo Hamilton*
P1593. Le Musée de la sirène, *Cypora Petitjean-Cerf*
P1594. Histoire de la gauche caviar, *Laurent Joffrin*
P1595. Les Enfants de chœur (Little Children), *Tom Perrotta*
P1596. Les Femmes politiques, *Laure Adler*
P1597. La Preuve par le sang, *Jonathan Kellerman*
P1598. La Femme en vert, *Arnaldur Indridason*
P1599. Le Che s'est suicidé, *Petros Markaris*

P1600. Les Nouvelles Enquêtes du juge Ti, vol. 3
Le Palais des courtisanes, *Frédéric Lenormand*
P1601. Trahie, *Karin Alvtegen*
P1602. Les Requins de Trieste, *Veit Heinichen*
P1603. Pour adultes seulement, *Philip Le Roy*
P1604. Offre publique d'assassinat, *Stephen W. Frey*
P1605. L'Heure du châtiment, *Eileen Dreyer*
P1606. Aden, *Anne-Marie Garat*
P1607. Histoire secrète du Mossad, *Gordon Thomas*
P1608. La Guerre du paradis. Le Chant d'Albion I
Stephen Lawhead
P1609. La Terre des Morts. Les Enfants de l'Atlantide IV
Bernard Simonay
P1610. Thenser. Aradia II, *Tanith Lee*
P1611. Le Petit Livre des gros câlins, *Kathleen Keating*
P1612. Un soir de décembre, *Delphine de Vigan*
P1613. L'Amour foudre, *Henri Gougaud*
P1614. Chaque jour est un adieu *suivi de* Un jeune homme est passé
Alain Rémond
P1615. Clair-obscur, *Jean Cocteau*
P1616. Chihuahua, zébu et Cie.
L'étonnante histoire des noms d'animaux
Henriette Walter et Pierre Avenas
P1617. Les Chaussettes de l'archiduchesse et autres défis
de la prononciation
Julos Beaucarne et Pierre Jaskarzec
P1618. My rendez-vous with a femme fatale.
Les mots français dans les langues étrangères
Franck Resplandy
P1619. Seulement l'amour, *Philippe Ségur*
P1620. La Jeune Fille et la Mère, *Leïla Marouane*
P1621. L'Increvable Monsieur Schneck, *Colombe Schneck*
P1622. Les Douze Abbés de Challant, *Laura Mancinelli*
P1623. Un monde vacillant, *Cynthia Ozick*
P1624. Les Jouets vivants, *Jean-Yves Cendrey*
P1625. Le Livre noir de la condition des femmes
Christine Ockrent (dir.)
P1626. Comme deux frères, *Jean-François Kahn et Axel Kahn*
P1627. Equador, *Miguel Sousa Tavares*
P1628. Du côté où se lève le soleil, *Anne-Sophie Jacouty*
P1629. L'Affaire Hamilton, *Michelle De Kretser*
P1630. Une passion indienne, *Javier Moro*
P1631. La Cité des amants perdus, *Nadeem Aslam*
P1632. Rumeurs de haine, *Taslima Nasreen*
P1633. Le Chromosome de Calcutta, *Amitav Ghosh*
P1634. Show business, *Shashi Tharoor*

P1635. La Fille de l'arnaqueur, *Ed Dee*
P1636. En plein vol, *Jan Burke*
P1637. Retour à la Grande Ombre, *Hakan Nesser*
P1638. Wren. Les Descendants de Merlin I, *Irene Radford*
P1639. Petit manuel de savoir-vivre à l'usage des enseignants *Boris Seguin, Frédéric Teillard*
P1640. Les Voleurs d'écritures *suivi de* Les Tireurs d'étoiles *Azouz Begag*
P1641. L'Empreinte des dieux. Le Cycle de Mithra I *Rachel Tanner*
P1642. Enchantement, *Orson Scott Card*
P1643. Les Fantômes d'Ombria, *Patricia A. McKillip*
P1644. La Main d'argent. Le Chant d'Albion II *Stephen Lawhead*
P1645. La Quête de Nifft-le-mince, *Michael Shea*
P1646. La Forêt d'Iscambe, *Christian Charrière*
P1647. La Mort du Nécromant, *Martha Wells*
P1648. Si la gauche savait, *Michel Rocard*
P1649. Misère de la Ve République, *Bastien François*
P1650. Photographies de personnalités politiques *Raymond Depardon*
P1651. Poèmes païens de Alberto Caeiro et Ricardo Reis *Fernando Pessoa*
P1652. La Rose de personne, *Paul Celan*
P1653. Caisse claire, poèmes 1990-1997, *Antoine Emaz*
P1654. La Bibliothèque du géographe, *Jon Fasman*
P1655. Parloir, *Christian Giudicelli*
P1656. Poils de Cairote, *Paul Fournel*
P1657. Palimpseste, *Gore Vidal*
P1658. L'Épouse hollandaise, *Eric McCormack*
P1659. Ménage à quatre, *Manuel Vázquez Montalbán*
P1660. Milenio, *Manuel Vázquez Montalbán*
P1661. Le Meilleur de nos fils, *Donna Leon*
P1662. Adios Hemingway, *Leonardo Padura*
P1663. L'avenir c'est du passé, *Lucas Fournier*
P1664. Le Dehors et le dedans, *Nicolas Bouvier*
P1665. Partition rouge poèmes et chants des indiens d'Amérique du Nord *Jacques Roubaud, Florence Delay*
P1666. Un désir fou de danser, *Elie Wiesel*
P1667. Lenz, *Georg Büchner*
P1668. Resmiranda. Les Descendants de Merlin II, *Irene Radford*
P1669. Le Glaive de Mithra. Le Cycle de Mithra II, *Rachel Tanner*
P1670. Phénix vert. Trilogie du Latium I, *Thomas B. Swann*
P1671. Essences et parfums, *Anny Duperey*
P1672. Naissances, *Collectif*

P1673. L'Évangile une parole invincible, *Guy Gilbert*
P1674. L'époux divin, *Fransisco Goldman*
P1675. Petit dictionnaire des étymologies curieuses
Pierre Larousse
P1676. Facéties et Cocasseries du français, *Jean-Loup Chiflet*
P1677. Ça coule sous le sens, expression mêlées
Olivier Marchon
P1678. Le Retour du professeur de danse, *Henning Mankell*
P1679. Romanzo Criminale, *Giancarlo de Cataldo*
P1680. Ciel de sang, *Steve Hamilton*
P1681. Ultime Témoin, *Jilliane Hoffman*
P1682. Los Angeles, *Peter Moore Smith*
P1683. Encore une journée pourrie
ou 365 bonnes raisons de rester couché, *Pierre Enckell*
P1684. Chroniques de la haine ordinaire 2, *Pierre Desproges*
P1685. Desproges, portrait, *Marie-Ange Guillaume*
P1686. Les Amuse-Bush, *Collectif*
P1687. Mon valet et moi, *Hervé Guibert*
P1688. T'es pas mort !, *Antonio Skármeta*
P1689. En la forêt de Longue Attente.
Le roman de Charles d'Orléans, *Hella S. Haasse*
P1690. La Défense Lincoln, *Michael Connelly*
P1691. Flic à Bangkok, *Patrick Delachaux*
P1692. L'Empreinte du renard, *Moussa Konaté*
P1693. Les fleurs meurent aussi, *Lawrence Block*
P1694. L'Ultime Sacrilège, *Jérôme Bellay*
P1695. Engrenages, *Christopher Wakling*
P1696. La Sœur de Mozart, *Rita Charbonnier*
P1697. La Science du baiser, *Patrick Besson*
P1698. La Domination du monde, *Denis Robert*
P1699. Minnie, une affaire classée, *Hans Werner Kettenbach*
P1700. Dans l'ombre du Condor, *Jean-Paul Delfino*
P1701. Le Nœud sans fin. Le Chant d'Albion III, *Stephen Lawhead*
P1702. Le Feu primordial, *Martha Wells*
P1703. Le Très Corruptible Mandarin, *Qiu Xiaolong*
P1704. Dexter revient !, *Jeff Lindsay*
P1705. Vous plaisantez, monsieur Tanner, *Jean-Paul Dubois*
P1706. À Garonne, *Philippe Delerm*
P1707. Pieux mensonges, *Maile Meloy*
P1708. Chercher le vent, *Guillaume Vigneault*
P1709. Les Pierres du temps et autres poèmes, *Tahar Ben Jelloun*
P1710. René Char, *Éric Marty*
P1711. Les Dépossédés, *Robert McLiam Wilson et Donovan Wylie*
P1712. Bob Dylan à la croisée des chemins. Like a Rolling Stone
Greil Marcus